Entre idas & vindas

AVA WILDER

Entre idas & vindas

Tradução
Laura Folgueira

Título original: WILL THEY OR WON'T THEY

A Harlequin é um selo da HarperCollins Brasil.

Contatos: Rua da Quitanda, 86, sala 601A — Centro — 20091-005
Rio de Janeiro — RJ
Tel.: (21) 3175-1030

Edição: *Julia Barreto*
Copidesque: *Marina Góes*
Revisão: *IBP Serviços Editoriais e Natália Mori*
Ilustração e design de capa: *Raquel Euzébio*
Diagramação: *Abreu's System*

Publisher: *Samuel Coto*
Editora-executiva: *Alice Mello*

CIP-Brasil. Catalogação na Publicação
Sindicato Nacional dos Editores de Livros, RJ

W664e
Wilder, Ava
Entre idas e vindas / Ava Wilder ; tradução Laura Folgueira. – 1. ed. – Rio de Janeiro : Harlequin, 2024.
336 p. ; 23 cm.

Tradução de: Will they or won't they
ISBN 978-65-5970-318-0

1. Romance americano. I. Folgueira, Laura. II. Título.

23-86688 CDD: 813
CDU: 82-31(73)

Gabriela Faray Ferreira Lopes – Bibliotecária – CRB-7/6643

PARA TODO MUNDO QUE TEVE
QUE ME AGUENTAR ENQUANTO
EU TRABALHAVA NESTE LIVRO.
OBRIGADA — E ME DESCULPA.

Prólogo

Oito anos antes

LILAH HUNTER SABIA QUE NÃO devia ter muita esperança. As chances de conseguir um papel em sua primeira temporada de pilotos eram pequenas e, mesmo que conseguisse, as chances de o programa ser contratado eram ainda menores. Na semana anterior, ela havia chegado à última rodada de testes para uma comédia sobre um grupo de jovens solteiros e bonitos em alguma cidade não especificada, mas hoje, a caminho do teste em cuja sala de espera ela se encontrava, tivera a notícia de que não tinha conseguido o papel.

E este parecia ainda mais improvável: não só uma coadjuvante ou parte de um grupo, mas uma das protagonistas de um drama em um canal aberto. Como na maioria dos testes para os quais era enviada, ela não sabia quase nada sobre a série em si, fora o título (*Intangível*), o nome da personagem dela (Kate) e o nome do outro protagonista (Harrison). Lilah já tinha feito duas leituras, dando seu melhor para montar uma caracterização coerente a partir das cenas sem contexto que recebera. Mas o que quer que tivesse feito devia ter funcionado, já que chegara até o teste de química.

Havia seis pessoas ali: duas outras Kates em potencial e três Harrisons, todos fingindo que não estavam avaliando um ao outro. Eles sabiam que nessa fase a coisa não tinha mais a ver com o desempenho individual, e sim com achar a combinação certa, uma que fosse maior que a soma de suas partes. Lilah tinha chegado até lá sozinha, mas seu futuro em *Intangível* dependia de sua capacidade de encontrar — ou fingir encontrar — uma conexão instantânea e palpável com pelo menos um dos três estranhos aleatórios sentados à sua frente.

Mas sem pressão.

As outras duas Kates pareciam ter mais ou menos a idade dela, de 20 a 25 anos, mas, fora isso, eram suficientemente diferentes à primeira vista para deixar óbvio que o casting não tinha um tipo particular em mente. Os Harrisons potenciais eram bem diferentes também, fora o fato de cumprirem todos os requisitos básicos para se qualificar como "bonito para a TV".

Assim que ela entrara, seu olhar tinha sido imediatamente atraído para um deles em particular. Havia nele algo menos engomadinho e bem-penteado do que nos outros dois, que transparecia de maneira menos óbvia suas aspirações de ser uma Pessoa Bonita profissional.

Mesmo assim, ele *era* um cara bonito. Pernas longas, cílios longos, cabelo escuro caindo na testa, mas sem chegar aos olhos. Não só bonito, mas atraente — o que nem sempre é a mesma coisa. Em seu curto período morando em Los Angeles, Lilah já havia conhecido uma cota bem grande de gente bonita, mas com o carisma de um chuchu. Só que esse cara tinha algo magnético, algo que a fazia querer lhe assistir compulsivamente, mesmo com ele ali sentado sem fazer nada. Talvez fosse sua aura de confiança discreta, destoando numa sala cheia de gente tremendo de nervoso.

Ele a pegou olhando e segurou o contato visual antes de desviar para o corpo de Lilah, numa expressão de avaliação que por pouco não ultrapassou os limites do mal-intencionado. Para sua surpresa, ela sentiu o coração bater um pouco mais rápido e as bochechas esquentarem. Desviou os olhos para não ter que vê-lo enquanto ele a via corar.

Talvez ela não precisasse se preocupar com ter que fingir química, afinal.

Macy, diretora de elenco, entrou no saguão com uma prancheta.

— Bom, o-*lá*, pessoal — disse ela, com um sorrisão. — Superobrigada por voltarem hoje. Faremos todo o possível para tomar bem pouco tempo.

Ela então explicou como os seis seriam pareados e rotacionados para cada Kate ter uma chance de ler junto com cada Harrison, mas Lilah só entendeu que seria a última: o que era ótimo e péssimo ao mesmo tempo. Todo mundo já estaria de saco cheio de ouvir a cena, mas pelo menos ela teria a chance de deixar a última impressão.

Enquanto os primeiros Kate e Harrison em potencial se levantavam e seguiam Macy pelo corredor, Lilah puxou o roteiro da bolsa. O papel já tinha sido dobrado e desdobrado tantas vezes que estava amaciado, quase saindo do grampo. Ela conhecia aquelas falas de trás para a frente, mas testes nunca foram seu ponto forte, então era impossível estar preparada *demais*.

Uma pilha de nervos, com as páginas tremendo de leve nas mãos, Lilah fechou os olhos, tentando controlar a respiração. Quando estava calma o bastante para abri-los, o Harrison bonitão a observava. A ansiedade voltou, mais aguda que antes. Era possível que a química naquela situação fosse algo *ruim*, se ele estava atrapalhando o foco dela antes de trocarem meia palavra?

Enquanto esperavam, os dois atores que sobravam começaram uma conversa, murmúrios baixos pontuados por risadas animadas, altas demais. Lilah se permitiu encará-lo de novo. Ele olhou de volta, curvando o cantinho da boca para cima e revelando uma covinha.

Antes que ela conseguisse descobrir o que queria falar, se é que queria falar alguma coisa, Macy surgiu para convocá-lo para o teste. Quando terminou, o bonitão se sentou na cadeira ao lado de Lilah.

Ela deu um olhar de soslaio, mas ele estava concentrado no roteiro que tinha em mãos. Envergonhada, ela voltou ao seu próprio. Também de soslaio, viu-o dobrar as páginas e, quando olhou de novo, ele estava fitando-a de frente, o poder daquela covinha ainda maior com a proximidade.

— Oi — disse ele.

Ela já sentia outra vez a pele corando desde o pescoço.

— Oi.

— Shane.

— Lilah.

Cumprimentaram-se com um aperto de mãos e Lilah ficou grata por ele não mencionar o quanto a dela devia estar gelada, graças ao mix de nervosismo e ar-condicionado gelado demais. A mão dele, por outro lado, estava especialmente quente.

— De onde você é? — perguntou ela. — Seu sotaque, digo. Texas?

O som meio fanhoso das vogais era sutil o bastante para ela não perceber se não tivesse aprendido a escutar com atenção.

— Oklahoma. — Ele fez uma careta. — É tão ruim assim?

— Não, não. Não é nada ruim.

Ela mordeu a língua antes de deixar escapar um "É fofo".

— De onde *você* é?

— Filadélfia. Bem perto daqui.

Shane sorriu outra vez, mais largo do que antes.

— Ah, é? Fala "*water*" para eu ver se fica parecendo "*wooter*".

Ela riu.

— Bela tentativa, mas passei os últimos quatro anos treinando para não fazer isso.

Ele também riu, e ela sentiu um frio na barriga como se tivesse pisado em falso num degrau.

— Se está tentando me intimidar com a sua experiência, está funcionando.

Ela baixou os olhos para o roteiro, em busca de um respiro do foco de farol de milha que era o olhar dele.

— É sua primeira temporada de pilotos?

— Meu primeiro teste, na verdade — respondeu ele. — Bom, terceiro, se você contar as outras rodadas para este papel.

— Uau. Que sorte.

Ele riu baixinho.

— Nem me fala. — Shane olhou ao redor e falou mais baixo. — Eu nem sou ator. Fui garçom da Macy no The Vine mês passado. Foi ela quem me pediu para vir aqui fazer o teste.

De repente, a energia displicente dele passou a fazer perfeito sentido. Ele não era como os outros, cem por cento conscientes de estarem a centímetros de atingir seu sonho, mas com muito mais chances de se machucarem feio na queda. Se Shane tivesse parecido arrogante ou metido por isso, provavelmente a atração de Lilah teria morrido bem ali. Mas ele havia falado quase com culpa, como se soubesse que não deveria estar ali. Como se tivesse vergonha até de ter chegado tão longe.

O fato de ele *ter* chegado tão longe, porém, sinalizava alguma coisa.

Lilah ergueu a sobrancelha.

— Então vocês existem *mesmo*. Achei que esse tipo de coisa fosse uma lenda urbana para aumentar nossa esperança. Já que Los Angeles provavelmente entraria em colapso econômico sem o funil de atores aspirantes trabalhando no setor de serviços.

Ela mesma estava com o uniforme do bufê guardado no carro, porque iria dali direto para a festa em que trabalharia à noite.

Shane sacudiu a cabeça e abriu um sorriso autodepreciativo.

— Eu ainda nem abri mão dos meus outros turnos, pode ter certeza.

— Acho que todo esse lance hoje é só uma formalidade antes de eles selecionarem uma galera que já é do meio. Por acaso seu pai não é dono do canal, é?

— Não que eu saiba, mas faz umas semanas que a gente não se fala. — Ele apontou com o queixo para as páginas de roteiro na mão dela. — Eles te contaram sobre o *plot twist* do final?

— Qual? Que você não sabe que é um fantasma?

— E que você não sabe que é médium.

Lilah folheou distraída o texto.

— Bem esperto da parte deles.

— Como assim?

— Você sabe como funciona. Com certeza a ideia é arrastar a coisa entre Kate e Harrison e estender a tensão sexual mal resolvida pelo maior tempo possível. Se os personagens literalmente não conseguirem se tocar, a série pode durar anos.

— Anos — repetiu ele, levantando as sobrancelhas ironicamente. — Você acha mesmo que eles fariam a gente esperar tanto?

A forma com que Shane falou foi inocente, mas, quando seus olhos encontraram os dela, a sugestão neles a fez perder o fôlego. Lilah lutou para manter a expressão neutra.

— Bom, talvez não seja a gente.

— Verdade. — Ele assentiu devagar. — Mas talvez seja até melhor assim. Esse é o tipo de coisa que muda o rumo de uma vida, né? Não sei se estou pronto para isso.

Embora seu tom continuasse blasé, ela sentiu uma pontada de verdade por trás.

— Não necessariamente — falou Lilah. — Podemos gravar o piloto e a série não ser contratada, ou ser cancelada depois de três episódios. Seja como for, tem, tipo, noventa e nove por cento de chance de você estar de volta ao The Vine na próxima temporada de pilotos..

Ele inclinou a cabeça para o lado, e ela se perguntou se ouviria um sermão por ser tão cínica. Mas, em vez disso, Shane abriu um sorriso ainda maior.

— Gostei dessa probabilidade. Pelo jeito, então, a gente nem precisa se preocupar com nada.

— Não exatamente, a gente sempre precisa se preocupar com alguma coisa — respondeu Lilah por reflexo, meio baixinho; mas também estava sorrindo e se sentiu recompensada quando ele riu de volta.

Os olhares se encontraram outra vez e os sorrisos foram minguando, o ritmo fácil da conversa parando com um solavanco. Era um pouco desconcertante a forma como Shane olhava para ela. As pupilas escuras engolindo as íris cor de âmbar, deixando Lilah impotente como uma mosca presa na teia.

— Vai dar tudo certo — disse ele, simplesmente.

Algo na forma como a boca dele se mexeu ao dizer "certo" causou uma excitação profundamente não profissional no baixo-ventre dela — rapidamente subjugada pela onda de vergonha que se seguiu. Mas era por isso que estavam ali, certo? Era difícil evitar sentir frio na barriga em uma situação que estava mais para uma rodada de *speed dating* do que uma entrevista de emprego.

Sentir era uma coisa. Agir seria errado.

Shane estava perto o bastante para Lilah notar que ele não tinha feito a barba direito e havia um ponto pequeno e escuro de pelo curto decorando o canto do maxilar. Logo sua mente estava divagando em como seria a sensação daquele ponto em seus lábios, os lábios se arrastando por toda a pele dele. O pensamento causou um arrepio quente.

Ainda bem que, ao contrário da maioria das leituras de par romântico, aquela não envolvia contato físico. Ela não teria que passar pelo climão de tocar o cara pela primeira vez diante de uma mesa cheia de desconhecidos.

Pela primeira vez? De onde tinha vindo aquilo, cacete? Pense numa pessoa se adiantando: era ela. Mesmo que os dois fossem escalados, eles não se tocariam — era justamente essa a questão do roteiro.

Era tarde demais quando Lilah se deu conta de que tinha passado muito tempo olhando sem falar nada. Shane continuava observando-a, com um leve sorrisinho no canto da boca. *Covinha*, pensou ela, que nem uma idiota, involuntariamente. Então, abriu a boca e inspirou fundo — como se isso fosse fazer as palavras virem mais rápido —, mas hesitou.

— Lilah? Shane? — A voz de Macy veio ao resgate, dando um susto em Lilah. — Estamos prontos para vocês.

1

Agora

COMO SE ELA PRECISASSE DE mais um lembrete, o fato de que Lilah Hunter estava mais uma vez presa numa sala com Shane McCarthy e mais ninguém era confirmação de que sua vida tinha degringolado.

Ela devia ter se preparado. Era só questão de tempo. Por sorte, ele não estava no voo dela para Nova York e não tinham se esbarrado no hotel. Lilah sabia que ia vê-lo à noite, obviamente, mas, ingênua, tinha presumido que as coisas estariam caóticas o bastante para sempre haver algum amortecedor entre os dois — assim não teriam que reconhecer a presença um do outro, quanto mais interagir. Por enquanto, pelo menos.

De início, ela estivera certa. Uma hora antes, os bastidores dos artistas no Radio City Music Hall estavam lotados, todo mundo reunido pelo mesmo propósito: a apresentação anual da UBS para a mídia, parte do evento televisivo mais importante do ano. Durante uma semana em maio, todas as grandes emissoras se revezavam para revelar suas programações de outono, convidando suas maiores estrelas para apresentações espetaculares, na tentativa de atrair a grana dos anunciantes.

Lilah tinha evitado Shane desde o segundo em que entrara no camarim, mas, na verdade, ele a evitara primeiro. Quando ela passou pela porta, os dois imediatamente se olharam e a coluna dela formigou com aquele frisson familiar e involuntário de nojo. Ela devia ter se preparado para isso também.

Se ele tivesse parecido minimamente feliz por vê-la ou até indiferente, ela teria ido lá e o cumprimentado toda atenciosa, como se tudo estivesse bem. Teria mesmo. Mas, em vez disso, o rosto de Shane ficou sombrio, a boca contraída, e, depois de um breve momento de reconhecimento, ele simplesmente deu as costas e retomou a conversa em que estava. Beleza, então. Se era isso que ele queria... Lilah tinha endireitado os ombros e entrado alegremente na sala, engatando logo uma conversa fiada com o primeiro conhecido que viu.

Devagar, porém, a multidão diminuiu à medida que as pessoas foram escoltadas ao palco em pequenos grupos. O anúncio de *Intangível* era o último na agenda da UBS naquela noite: o *grand finale*. De algum jeito, eles tinham conseguido manter o retorno de Lilah à série em segredo, o que, mesmo num encontro entre os maiores e melhores nomes da emissora, causou um burburinho quando ela subiu ao palco. Ela ficara meio envergonhada, mas ao mesmo tempo aliviada pela distração.

Porque naquele momento eram só os dois, encurvados em sofás de lados opostos da sala, se ignorando. Embora estivessem no mesmo cômodo havia mais de uma hora, ainda fazia quase três anos que não se falavam. Desde a noite da última festa de despedida dela da série.

Lilah sentiu o rosto quente. Era a última coisa em que ela deveria estar pensando. Precisava focar. Eles seriam chamados ao palco a qualquer momento, e Shane já era distração suficiente.

Ele estava de barba. O cabelo também estava mais comprido, escuro como sempre, mas mais ondulado do que ela achava que estaria, a parte de trás quase roçando no colarinho. Mas ela já sabia disso. Tinha sido impossível evitar os anúncios das últimas temporadas de *Intangível*. Os anúncios sem ela. O novo rosto barbado de Shane tinha sido estampado, sozinho, em todos os outdoors da Sunset Boulevard.

Lilah sentiu um nó na garganta diante de uma lembrança não solicitada, da primeira vez que tinham visto um outdoor de *Intangível* com os dois, antes de a primeira temporada ir ao ar. Tinham posado para fotos na frente do anúncio, rindo feito dois bobos. Depois de mandarem as fotos para os respectivos pais, Shane havia passado um braço pelos ombros dela e esticado o outro o máximo que dava, capturando uma única selfie borrada, com o outdoor mal enquadrado ao fundo. Aquela era só para eles.

Lilah fez mais ruído do que pretendia ao soltar o ar, tão alto que foi quase um suspiro. Os olhos de Shane foram até ela só por um segundo. Lilah olhou para baixo. A situação toda era um erro, o último em uma longa fileira deles. Ela não podia refazer aquele elo, independentemente de quanto dinheiro lhe oferecessem.

— Bonito cabelo.

Lilah levantou a cabeça com tudo e viu Shane a olhando, quase entediado, de baixo para cima. A mão dela voou para cima do ombro, passando os dedos involuntariamente pelas pontas do cabelo. Ela havia feito um corte na altura do queixo alguns meses antes, num surto emocional (como era o caso da maioria dos cortes drásticos).

O tom de Shane foi tão insosso que era difícil saber se ele estava sendo sincero ou irônico. No que dizia respeito a ele, a interpretação menos caridosa costumava ser a correta. Mas ele não estava errado. Aquele corte em particular, ainda em camadas e excessivamente repicado mesmo depois de meses deixando crescer, não estava favorecendo em nada. Estava razoável naquela noite, depois de passar pelas mãos de um cabeleireiro antes do evento, mas, na maior parte dos dias, parecia só mais um erro olhando de volta para ela do espelho.

Lilah abaixou a mão e cruzou os braços, tentando replicar o tom irônico dele.

— Valeu. Bonita barba.

Infelizmente, a barba dele *estava* bonita, mas, com sorte, a entonação dela teria sido ambígua o bastante para plantar as mesmas sementes de insegurança. Se funcionou, Shane não demonstrou.

— Valeu.

Ele sustentou o olhar dela por um longo momento, respirando fundo como se estivesse prestes a falar mais alguma coisa. Mas, em vez disso, só sacudiu a cabeça de leve, deu um sorrisinho afetado e desviou o olhar.

— O que foi? — perguntou ela, incapaz de evitar.

— Aposto que você nunca achou que acabaria de volta aqui, né? — perguntou ele, voltando a encará-la.

A falsa simpatia só tornou a insinuação ainda mais amarga, mais afiada.

Não adiantava responder. Não era uma pergunta de verdade. Claro que Lilah nunca achou que acabaria de volta ali. Ele obviamente também não. Caso contrário, não teriam passado as últimas semanas de gravação dela acrescentando alguns tópicos de última hora à infinita lista de ressentimentos mútuos.

Ele mudou de posição, se inclinando à frente e descansando os cotovelos de forma relaxada sobre os joelhos. Pela forma como estendia o pescoço em direção à porta, Shane obviamente estava tão ansioso quanto ela para sair dali. Ele murmurou algo baixinho.

— Oi? Não entendi — falou Lilah, bem claramente.

Ele se voltou a ela.

— Eu falei *que palhaçada isso aqui.*

Desta vez, cada palavra foi perfeitamente enunciada.

Ela se forçou a respirar fundo, mas não ajudou em nada; seu tom foi tão maldoso quanto o dele:

— Bom, não foi ideia minha. Pode ter *certeza.*

Uma faísca de divertimento passou pelo rosto dele, aliviando um pouco da tensão que pulsava entre os dois.

— Ah, eu sei. Eu vi seu filme.

Ele fez uma careta de dor.

Lilah tentou evitar o vermelho que foi colorindo seu rosto ao olhar para ele com ódio.

Na época, tinha parecido uma decisão óbvia sair da série. Ela estava lá havia cinco temporadas, seu contrato estava vencendo, ela estava em ascensão e as coisas entre ela e Shane estavam tão ruins quanto sempre foram. Eles mal diziam uma palavra ao outro fora do roteiro. Então, naturalmente, ela agarrara a oportunidade daquele que parecia ser o papel dos sonhos: uma adaptação em longa-metragem do livro de memórias de um jornalista premiado sobre sua relação com a mãe perturbada, pelas mãos de um diretor com quem Lilah estava doida para trabalhar.

Em retrospecto, o fato de que estavam dispostos a colocar uma mulher de 27 anos num papel que abrangia as idades de 35 a 70 devia ter sido a primeira pista de que as coisas nos bastidores estavam meio enviesadas no âmbito criativo. Mesmo assim, Lilah tinha se dedicado cem por cento ao papel, ignorando a pilha de preocupações crescente durante as filmagens, minimizando-as como inseguranças normais de sair da zona de conforto pela primeira vez em anos.

A certeza de que tinha embarcado numa furada veio antes mesmo do fim das gravações, quando uma foto espontânea e nada lisonjeira dela no set, com a maquiagem de velha, tinha vazado e viralizado, dando origem a um meme humilhante em segundos. Ela recebera o meme da própria irmã, com a legenda "Você, depois de ver essa foto pela milionésima vez". Tinha sido a única a fazê-la rir.

E o filme em si fora ainda pior, considerado um ponto baixo da carreira de todos os envolvidos. Não só medíocre, mas risivelmente ruim — um clássico instantâneo do mau gosto. Ao receber o convite, Lilah ensaiara o discurso do Oscar no chuveiro; na época do lançamento do filme, ela estava contemplando se deveria ou não ir receber sua Framboesa de Ouro pessoalmente. No ano seguinte, não recebera ofertas mais substanciais do que uma propaganda de anticoncepcional.

Mas, felizmente, *Intangível* estava em uma situação tão desesperadora quanto a dela. Apesar de todos os esforços, a audiência tinha despencado sem a sua personagem. Lilah, no entanto, não deixou a informação subir à cabeça. Eles estariam na mesma situação se, em vez dela, Shane tivesse saído. Independentemente do que sentissem um pelo outro com as câmeras desligadas, era a química entre os personagens deles, Kate e Harrison, que fazia a série valer a pena. Ela sabia. Ele sabia. A porra do mundo inteiro sabia.

Então, sendo um erro ou não, ela concordara em voltar para uma última temporada.

No início, tinha parecido uma tábua de salvação. Um papel de protagonista numa série de TV de sucesso não era o pior cenário, de forma alguma. Mas ela tinha tido um gostinho do que a aguardava quando chegara aos bastidores e todo mundo se virara para ela praticamente ao mesmo tempo. Algumas pessoas pareciam felizes em vê-la, claro, mas a mesma quantidade havia levantado a sobrancelha e se virado, com seu antigo (e futuro) par liderando o ataque.

Lilah não as culpava. Afinal, ela de fato abandonara as pessoas que lhe deram sua grande chance e depois, quando sua busca por algo maior e melhor deu errado, voltara rastejando. Ficou enjoada de pensar em como o elenco e a equipe de *Intangível* a tratariam quando estivesse de volta ao set.

Com base na recepção fria que estava recebendo do membro do elenco sentado à sua frente, não era um cenário promissor. Mas isso era o normal com Shane.

Bem neste momento, a porta se abriu e uma assistente de produção colocou a cabeça lá dentro.

— Lilah? Shane? Podem vir comigo.

Lilah se levantou, alisando a saia, e apressou o passo para alcançar Shane, que já estava saindo. Com a ajuda de seus saltos não tão altos, estava com a mesma altura que ele — um e oitenta e oito, mais ou menos, dependendo da postura. Ela sempre fora grata por poder usar sapatos confortáveis quando precisavam ficar um ao lado do outro, já que, com qualquer coisa maior que sete centímetros, ela ficaria mais alta (o que obviamente confundiria e atordoaria os espectadores). Ela ergueu o queixo bem alto, tentando se alongar o máximo possível enquanto caminhava ao lado dele, equiparando cada passo. Queria ter todas as vantagens que pudesse sobre ele.

A assistente de produção os levou a um ponto nas coxias e entregou um microfone sem fio a cada um.

— Podem entrar assim que ele anunciar vocês — sussurrou antes de desaparecer de novo.

Lilah ficou imóvel, absolutamente rígida, tentando ignorar a sensação dos olhos de Shane a perfurando. Seu estômago se revirou quando ela sentiu o cheiro do sabonete dele — leve, mas ainda dolorosamente familiar. Só quando ele desviou o olhar de novo ela se permitiu mais uma olhadela.

Agora que estava mais perto, conseguia ver a luz do palco refletindo o punhado de cabelos brancos que haviam surgido por entre os fios escuros. Seu olhar passou pelo maxilar anguloso que ela sabia que se escondia embaixo da barba e vagou para o terno — marsala, de aparência cara, ajustado perfeitamente aos ombros e bíceps, que estavam definitivamente maiores do que antes.

Da primeira vez que tinham feito aquilo, ele aparecera arrumado demais, usando um smoking barato alugado que conseguia ser ao mesmo tempo grande e pequeno demais — não que ela tivesse direito de julgar, depois de estourar o cartão com um vestido irritantemente da moda, encaixando as etiquetas com cuidado para dentro depois de fechar o zíper. Mesmo assim, ela o provocara: "Não sabia que a gente ia ao baile da escola".

"Então, o que você quer que eu faça com seu ramalhete?", ele tinha respondido, com um sorriso.

Ela fez um esforço para voltar a atenção ao que conseguia ver do palco. Hal Kagan, presidente da UBS, estava apresentando a grade da quinta à noite, parecendo apenas moderadamente duro ao ler o teleprompter.

— Há quase uma década, neste mesmo palco, apresentei a vocês um piloto que acabaria se tornando uma das nossas séries mais populares: o drama sobrenatural *Intangível.* — Pausa para os aplausos. — Infelizmente, como tudo que é bom tem um fim, depois de nove temporadas maravilhosas, *Intangível* chegará ao final no ano que vem. Mas podem acreditar que faremos isso em grande estilo. Primeiro, vamos dar uma olhada em alguns dos momentos mais memoráveis de Kate e Harrison ao longo dos anos.

Hal foi para o outro lado do palco e as luzes diminuíram. Embora Lilah não conseguisse ver a tela, seu cérebro preencheu sem dificuldade as imagens do piloto que acompanhavam o áudio altíssimo. O primeiro encontro de Kate e Harrison era o trecho do teste do piloto. Depois de oito anos fazendo aquilo, a maior parte do material tinha virado um borrão na cabeça dela — a cena era decorada, gravada e prontamente esquecida —, mas aquela ali, especificamente, ela ainda sabia de cor.

— *O que você quer?*

Ela parecia tão jovem, sua voz mais aguda e trêmula do que se lembrava de ter sido um dia.

— *Bom, na verdade, eu estava torcendo para você me ajudar a descobrir* — respondeu Shane, com uma fala mansa.

Mesmo sem ver, Lilah sabia que ele estava lançando O Olhar, aquele que a tinha feito esquecer cem por cento das falas no teste em par. Ela tivera certeza de que a trapalhada lhe custara o papel, mas depois descobriu que foi justo aquele o momento que convenceu a emissora a escolher os dois.

As cinco temporadas seguintes passaram voando em um clipe ao som de um *cover* eletrizante da música-tema: os dois discutindo, fazendo piada, resolvendo mistérios sobrenaturais (a maioria dos quais se passava convenientemente na região metropolitana de Los Angeles) e, claro, se olhando cheios de desejo quando achavam que o outro não estava vendo.

O arco da quinta temporada havia se centrado na missão de Kate e Harrison para restaurar a forma corpórea dele, de modo que ele voltasse a viver. No final da temporada, parecia que tinham conseguido, mas, quando enfim caíram um nos braços do outro, um efeito colateral inesperado fez Kate amolecer, sua força vital totalmente drenada.

Os soluços amplificados de Shane encheram o teatro.

— *Kate... ah meu deus, por favor, não... por favor... você não pode me abandonar, não agora... Kate... KATE!*

Lilah jurou que conseguia ouvir fungadas espalhadas pela plateia. Até ela precisava admitir que ficara impressionada com a atuação de Shane; não achava que ele fosse capaz. Mas impressionante mesmo tinha sido o bagel de alho com porção extra de salmão defumado que ele havia comido bem antes da gravação. Tinha sido preciso usar cada fiapo de técnica de atuação para manter o rosto relaxado enquanto ele exalava aquele bafo de peixe curado na cara dela.

O vídeo terminou com aplausos e as luzes se acenderam quando Hal voltou ao palco.

— Embora a gente tenha o maior orgulho das últimas três temporadas, a relação entre Kate e Harrison sempre foi o coração da série. — Ele pausou para causar um efeito dramático. — Senhoras e senhores... estou *animadíssimo* em anunciar que Lilah Hunter está de volta para a nona e última temporada de *Intangível*.

O fim da frase foi engolido por gritos desenfreados. Lilah quase sentia a irritação irradiando de Shane em ondas. Hal continuou:

— Por favor, recebam no palco as estrelas de *Intangível*: Shane McCarthy e Lilah Hunter!

Lilah colocou um sorriso no rosto e se virou na direção das luzes ofuscantes, alguns passos atrás de Shane, ambos acenando enquanto a plateia rugia. Shane e Hal deram um aperto de mãos e Lilah se abaixou para dar um beijo na bochecha de Hal.

Shane se virou para a multidão e levantou o microfone.

— Obrigado, gente. — Ele pigarreou, olhando Lilah. — Acho que falo por nós dois quando digo que somos muito gratos por toda esta jornada, especialmente pelo fato de que vamos poder terminar da forma como começamos: juntos.

Shane deu um passo até ela, e Lilah sentiu um frio na barriga. Antes que ela soubesse o que estava acontecendo, ele tinha estendido o braço e segurado a mão dela, puxando-a mais para perto — um gesto platônico, mas inegavelmente íntimo. Só pôde ficar boquiaberta antes de ser atingida: lá estava O Olhar, descomunal, o rosto dele a centímetros do dela, sem sequer dar tempo a ela de se preparar para o impacto. Era injusto pra caralho aquilo ainda ter um efeito tão poderoso depois de tantos anos, depois de tudo o que tinham passado. Lilah se recompôs com dificuldade.

— Com certeza — conseguiu dizer enfim, com um sorrisão para ele antes de voltar o rosto para a plateia. — Eu... *nós* estamos muito animados com a oportunidade de dar a Kate e Harrison o final que eles merecem.

— Obrigado mais uma vez por todo o amor que vocês demonstraram por esses personagens e por nós ao longo desses anos. Não estaríamos aqui sem vocês.

Shane deu um último aperto na mão dela antes de soltar.

Entorpecida, Lilah saiu do palco atrás dele, incapaz de sentir as pernas, os aplausos e vivas ecoando nos ouvidos. Outro assistente de produção escoltou os dois pela porta dos artistas, onde havia uma longa fila de limusines esperando na rua para levá-los de volta ao hotel.

De relance, Lilah notou a tensão no maxilar de Shane, a linha rígida entre as sobrancelhas. Qualquer traço do calor e afeto que ele transbordara momentos antes já tinha se esvaído de seu rosto. Ela se perguntou se ele estaria pensando o mesmo que ela: a primeira vez deles nessa apresentação para os anunciantes, havia exatamente oito anos, logo depois de *Intangível* ser contratada.

A primeira vez que eles transaram.

Naquela noite, depois da apresentação da UBS, eles tinham fechado o bar do hotel. A atração que cozinhava em fogo brando entre os dois desde antes da gravação do piloto finalmente fervera. Os toques falsamente inocentes — roçadas acidentais dos joelhos, lábios murmurando contra bochechas, mãos pressionadas em antebraços ou lombares — foram ficando mais intencionais, mais quentes, até que, quando ela voltou do banheiro, Shane passou o braço pela cintura dela e a puxou para o colo como se fosse inevitável. Como se ela tivesse estado lá o tempo todo.

De volta com ele, tantos anos depois, com todas as primeiras e últimas vezes e "nunca mais" vívidos como nunca, Lilah sentiu um nó de mal-estar no peito que dificultava a respiração.

Só quando Shane correspondeu é que Lilah se deu conta de que estava encarando e rapidamente afastou o olhar.

— Vocês querem ir no mesmo carro ou em carros separados? — perguntou a assistente, num tom melodioso.

— Separados — responderam em uníssono.

2

HAVIA QUARENTA E QUATRO DIAS sem Lilah Hunter entre a apresentação da UBS e a primeira leitura de mesa da temporada, e Shane adorou cada um deles. Só uma vez ele escapou por um triz — quando foi gravar as primeiras imagens promocionais da nova temporada —, mas, como faziam desde a segunda, os dois foram fotografados em sessões separadas e photoshopados juntos depois.

No dia quarenta e três, Shane parou o carro no manobrista do The Vine, onde marcara um almoço com sua agente. Ele chegou cedo, mas Renata era ainda mais adiantada e já estava recostada nas almofadas floridas enquanto a hostess levava Shane ao pátio dos fundos, lotado.

O The Vine não teria sido sua primeira escolha, mas ele sabia por que Renata o escolhera. Primeiro, porque era o melhor lugar para quem queria ter certeza de que seria visto. E, segundo, ali ele tinha sido, entre muitas aspas, "descoberto". Ironicamente, na época Shane era um dos únicos funcionários que não estavam tentando ativamente entrar nesse meio — um fato que o tornou muitíssimo impopular no restaurante quando correu a notícia de que ele tinha feito um teste. Que bom que conseguira o papel, porque provavelmente teria tido que procurar um novo emprego.

De certa forma, sua carreira tinha começado de trás para a frente, com ele indo atrás de uma agente só depois de já ter sido escalado para a série. Renata fora escolhida por ter sido a única a não prometer que faria dele o próximo Ethan Atkins em cinco anos ou menos. Também ajudava o fato de, com seu pigarro alto de ex-fumante e olhos argutos, ela ser igualzinha à tia favorita dele, a que tinha se casado cinco vezes (mas só com três maridos diferentes).

Com oito anos de relação profissional, ele ainda não sabia se tinha tomado a decisão certa, já que ela jamais havia conseguido um único teste para ele — mas, também, Shane nem queria. As gravações de *Intangível* duravam de doze a dezesseis horas por dia, por nove meses do ano, e ele preferia não encher sua agenda com ainda mais trabalho. Mas agora, pela primeira vez na carreira, era hora de fazer algumas escolhas.

Para ele, ainda era meio surreal ter uma carreira, ou que as pessoas realmente o considerassem ator. Ele sabia que Lilah, pelo menos, não considerava. Para a srta. Treinamento Clássico com Mestrado em Juilliard, ele sempre seria um garçom que teve sorte.

— Oi, meu bem. — Renata se levantou para abraçá-lo, e seu perfume o envolveu antes dela. Eles mal tinham se acomodado nos lugares quando ela começou a bombardeá-lo com perguntas. — Você curte ostras? Nunca lembro quem gosta e quem não. Será que você não quer dividir a bandeja de frutos do mar frios? Não? Bom, perguntar nunca ofende.

Assim que a hostess saiu da mesa, Renata plantou o queixo nas mãos e sorriu para ele com afeto.

— Então. *Intangível* finalmente vai bater as botas, hein?

— É o que dizem.

Ela franziu a testa.

— E como você está com toda essa situação?

Ele sabia o que ela estava perguntando de verdade: *Como você está em relação a trabalhar de novo com Lilah?*

A merda era saber que, quando ouvira a notícia de que Lilah voltaria, por uma fração de segundos, Shane chegou a ficar feliz.

Felizmente, o sentimento passara quase de imediato. E então ele tentara fazer tudo a seu alcance para impedir que isso acontecesse.

Infelizmente, o poder dele não era tão abrangente quanto esperava. O crédito de produtor que Renata havia negociado para ele antes da sexta temporada era só um aumento de salário e um título vazio. Além disso, por mais sucesso que *Intangível* tivesse feito em seu auge, naquele ponto a série estava com os dias contados — especialmente num cenário televisivo que tinha mudado drasticamente na última década. Não dava para culpar ninguém por recorrer a esse tipo de truque barato para manter o emprego de todos por mais um ano, lhes dar chance de sair segundo as próprias regras.

Shane deu de ombros e baixou os olhos para o cardápio.

— Tomara que exista vida depois da vida após a morte.

Renata lhe deu um olhar calculista, depois claramente decidiu não forçar. Desdobrou o guardanapo e colocou no colo com um floreio.

— Bom, é exatamente por isso que estamos aqui. Você está numa posição muito delicada agora e a gente precisa garantir que seu próximo passo seja o certo.

— Não é meio cedo para essa conversa? Só vou ficar livre de novo no próximo verão.

— Não tenho nenhuma oferta séria nem nada, mas este é um bom momento para pensarmos no que é importante para você, em como você quer que seja a próxima fase da sua carreira. É um ponto de virada, sabe? A série está sendo supercomentada agora, o que é ótimo, mas fazer um papel muito marcante na TV é sempre uma faca de dois gumes, porque as pessoas só veem você como Harrison. Muitos atores têm dificuldade de seguir carreira depois que um papel icônico acaba. Não dá para ser nada muito parecido para você não ficar marcado, mas também não dá para ir longe demais na outra direção.

Shane assentiu devagar. Espirais de ansiedade subiam pelas costas, ameaçando sufocá-lo. Harrison era essencialmente uma versão intensificada dele próprio — especialmente depois de oito temporadas com os roteiristas personalizando o papel para ele —, e Shane nunca tinha tentado fazer outra coisa. Qualquer tentativa de ir em outra direção podia acabar sendo uma caminhada curta e uma queda bem alta. Não tinha como descobrir sem arriscar humilhação pública total, do tipo que ele havia testemunhado Lilah se esforçando para superar nos últimos anos. Do tipo que havia afundado sua carreira a ponto de ela precisar voltar à série para começar do zero. Sem *Intangível*, ele não teria mais rede de segurança.

— Acho que estabilidade é o mais importante para mim agora. Se eu conseguir outro trabalho regular que nem esse, posso ser flexível em relação ao que for.

A garçonete veio servir mais chá gelado para Renata e anotar os pedidos. A agente deu um longo gole antes de apoiar o copo e soltar o ar com satisfação.

— O que você acha de super-heróis? Uma oferta eu não garanto, mas acho que posso conseguir um teste. E um vilão? Pode ser divertido, né?

Shane se recostou na cadeira e considerou.

— Eu ia precisar ficar sarado?

— Provavelmente.

— Passo.

Shane até que estava em forma, mas, a julgar por sua infelicidade sempre que precisava cortar os carboidratos para a ocasional cena sem camisa em *Intangível*, não era muito a cara dele sacrificar meses (se não anos) da vida com treinos brutais e planos alimentares restritivos. Além do mais, os outros dias de gravação de que ele menos gostava eram aqueles em que tinha que atuar diante de uma tela verde de chroma-key. Ele duvidava que fosse capaz de fazer um filme inteiro reagindo ao nada.

Renata franziu os lábios.

— Você que sabe. Mas, se quiser meu conselho, eu não descartaria totalmente. Se você quer estabilidade, é um bom lugar para amarrar seu burro.

— Quais são minhas outras opções?

Ela suspirou e pegou um pãozinho da cesta.

— Tá. Direção oposta. Fiquei sabendo que Perry McAllister vai filmar uma biografia do F. Scott Fitzgerald, mas ainda estão trabalhando no roteiro. Acho que você seria perfeito, se tiver interesse. É meio arriscado, mas, se você conseguir bancar, vai poder escolher o projeto que quiser depois. Pode mostrar sua versatilidade, talvez até acabar concorrendo a prêmios. Perry tem um histórico bem bom.

Shane teve mais um solavanco de nervos, tão rápido e forte que tremeu fisicamente. *Se é que eu tenho alguma versatilidade.*

— De repente, quem sabe... O que mais?

— *Anna Karenina?* Tem uma nova minissérie rolando, e você já tem a barba.

— Não sei se consigo fazer sotaque russo.

Renata fez um gesto de mão de desdém.

— Eles vão querer britânico. Você nunca viu filme de época?

Shane fez uma careta. Seu trabalho com sotaques era limitado a atenuar ou amplificar o dele próprio.

— Sei lá...

Renata deu uma gargalhada.

— Então, você não quer nada comercial e não quer nada de prestígio. Bem, está prestes a perder seu lugar no topo da minha lista de Clientes Mais Tranquilos.

Shane bebeu todo o copo d'água.

— E outra série? Não só uma minissérie. Não tem nada assim?

Eles foram interrompidos pela garçonete passando para deixar os pratos: tacos de camarão para ele, pizza marguerita para ela.

Renata separou delicadamente uma fatia da pizza.

— Cedo demais para saber, mas vou ficar de olho quando estivermos mais perto da temporada de pilotos. — Renata deu uma mordida e hesitou enquanto mastigava. — Na verdade... tem mais uma coisa. Mas já sei que você não vai gostar.

Shane espremeu sua rodela de limão sobre os tacos.

— O quê?

Renata soltou a fatia de pizza.

— A UBS veio falar comigo sobre um novo *game show* de horário nobre para a próxima temporada. Querem que você apresente. Manter você na família e coisa e tal.

Shane se endireitou. Apresentar definitivamente era uma habilidade que ele tinha. No mínimo, era um cara charmoso — pelo menos, a maioria das pessoas que não se chamavam Lilah Hunter parecia achar isso. E até ela achava antigamente.

— Por que eu não gostaria? O que é o programa?

Ela suspirou.

— Chama *Eu não engulo essa*. Os concorrentes tentam pegar o outro mentindo e, se conseguem, o que foi pego tem que comer uma coisa nojenta. Supostamente é um puta sucesso no Reino Unido.

— Eles têm que comer ou têm que engolir?

Renata revirou os olhos.

— E eu que sei? Imagino que mastigar seja escolha pessoal.

— Quanto eles estão oferecendo?

— Uma caralhada de dinheiro. — Ela ergueu as sobrancelhas. — Você está realmente considerando? Jura?

Ele se recostou e passou a mão pela barba.

— Assim... provavelmente seria um trabalho de longo prazo, né?

— Pode ser, sim. Esse tipo de coisa ou é cancelada na metade do primeiro episódio, ou dura quinze anos. Mas seria bem difícil, talvez impossível, as pessoas voltarem a ver você como um ator sério depois disso.

Shane ficou quieto, segurando a pergunta na ponta da língua: *E eu agora sou um ator sério, por acaso?* Ele nunca admitira a extensão de suas inseguranças a Renata, embora sentisse que ela meio que captava. Shane não sabia do que tinha mais medo: que ela mentisse para ele ou que dissesse a verdade.

Renata lançou um olhar afiado, levantando o canto da boca ironicamente.

— Bom, se você está aberto a essa oferta, recebi outro dia um roteiro que vai amar. Você é um pai solteiro batalhador que contrata uma babá nova, mas rola uma superconfusão e você acaba com... vem aí, hein... um macaco.

Shane caiu na gargalhada. Renata manteve a expressão séria, embora ele visse que ela estava com dificuldade de segurar.

— O macaco vai ser computação gráfica, se for essa sua preocupação.

— *Renata.*

A agente sorriu, dando batidinhas nos lábios com o guardanapo.

— Bom saber que você ainda tem algum bom senso. — Ela soltou o guardanapo e perdeu qualquer sinal do bom humor. — Não quero ser enxerida, mas... está tudo bem com você? Em relação a dinheiro?

Shane deu de ombros.

— Está, sim. Só quero continuar ganhando, né.

O estilo de vida de Shane não era especialmente luxuoso, mas ele tinha acabado de comprar uma casa nova para os pais e prometido à irmã que pagaria a faculdade dos três filhos dela. Além do mais, embora Shane não estivesse bancando Dean diretamente, o irmão trabalhava como seu *stand-in* desde a segunda temporada. Um período extenso de desemprego não afetaria somente Shane.

— Só para saber. Você tem alguém cuidando das finanças, né? Porque posso te passar uns nomes, se precisar.

— Estou basicamente guardando barras de ouro embaixo do colchão. Mais seguro e tal.

— Parece desconfortável. Meus pêsames para quem for dormir com você.

— Você sabe que estou esperando até o casamento — respondeu ele, inocente.

Renata sorriu.

— Sorte sua você ser tão bonitinho para poder se safar com essas piadinhas. — Ela empilhou as bordas das pizzas metodicamente no canto do prato. — O que me lembra de uma coisa. Sei que você não quer falar sobre isso, mas... você e Lilah. Preciso saber de alguma coisa?

Shane por pouco não engasgou com o taco.

— Como assim? — conseguiu dizer entre goles de água. — A gente mal se viu. As gravações ainda não começaram.

— Na apresentação, rolou um boato de que vocês dois foram bem frios um com o outro nos bastidores. Eu sei que você não está superanimado de trabalhar de novo com ela. Precisa que eu faça alguma coisa a respeito?

Ele fez que não com a cabeça.

— Acho que não. Eu e a Lilah... a gente vai dar um jeito.

Mesmo no campo das palavras, a promessa parecia impossível — mas nenhum dos dois tinha escolha. Ambos eram adultos e profissionais. Mais importante, a profissão deles literalmente girava em torno de sua capacidade de mascarar de forma convincente seus verdadeiros sentimentos. A questão é que nada podia tê-lo preparado para o acesso de raiva e ressentimento, mais vivo do que nunca, que explodira nele quando a viu naquele camarim, emoldurada pela porta, e seus olhares se encontram no mesmo instante.

Renata analisou o rosto dele e franziu a testa.

— Tá. Me avisa se eu puder fazer alguma coisa. Mas espero que vocês se resolvam mesmo. Vocês eram uma graça juntos.

— Kate e Harrison eram uma graça juntos, você quer dizer.

— Isso — respondeu ela calmamente.

Ele forçou um sorriso.

— Bom. Por isso que ela voltou, acho.

— Exato. A galera finalmente vai conseguir o que quer. — Renata apontou uma crosta de pizza na direção dele. — Agora, o próximo passo é descobrir o que *você* quer.

Shane sentiu seu sorriso vacilar. Essa era a pergunta de um milhão de dólares. Mas a única pergunta em sua mente naquele momento era se seria possível ele e Lilah saírem inteiros da última temporada. E, com o relógio correndo em seu último dia de liberdade e o nó de temor em sua barriga cada vez mais apertado, a vida após *Intangível* parecia mais longe do que nunca.

3

A SEDE DA PRODUTORA DE *Intangível* ficava bem no Valley, no mesmo lote de fundos onde ficavam os estúdios. Mesmo com trânsito, Lilah nunca levava mais de meia hora para chegar saindo de sua casa em Beachwood Canyon — o principal motivo para ter escolhido morar lá para começo de conversa.

A série, claro, tinha oferecido um motorista, mas ela sempre ficava nervosa como passageira — e, além do mais, enjoava no banco de trás. Desde a primeira temporada, ir dirigindo tinha sido uma parte essencial da rotina, um tempo de meditação no início e no fim do dia de trabalho. Ela havia dirigido por aquele mesmo trecho mil e duzentas vezes desde que pedira demissão sem nem pensar duas vezes. Mas agora, a caminho da leitura de mesa, foi assolada por lembranças que, até o momento, achava ter reprimido com sucesso.

Lembranças do primeiro dia, em que havia superestimado o tempo de trajeto de seu apartamento sublocado em Los Feliz e chegara tão cedo que foi preciso ficar sentada por uma hora no estacionamento.

Do começo das coisas com Shane. O esforço que tinham feito para esconder de todo mundo. Ela saía da cama dele (ou ele da dela) e os dois revezavam a chegada, cada um indo sozinho, flutuando naquela onda efervescente de sexo bom e segredos.

E então, depois que a casa caiu no final da primeira temporada, toda manhã ela apertava o volante até os nós dos dedos ficarem brancos. Com a mente acelerada, Lilah tentava ao máximo ser profissional e deixar a irritação presa dentro do carro. Quando a pressão foi cedendo um pouco, passou a dirigir com o olhar perdido no horizonte. Chegava no set ou de volta em casa com zero lembrança de como havia sido o trajeto.

Naquele dia, no entanto, o mesmo trajeto parecia interminável. Não era com a atuação que ela estava preocupada — como era de se esperar, ela só aparecia no episódio na ultimíssima página, ressuscitada como fantasma sem qualquer lembrança de sua vida anterior. Ela podia ter previsto que eles iam querer esticar o arco final de Kate e Harrison pelo maior tempo possível. Afinal, era por isso que as pessoas estavam assistindo.

Mas era justamente aí que morava a ironia. Por mais que os fãs estivessem loucos para os dois ficarem juntos, quando acontecesse, seria o beijo da morte. Aquela tensão era o que mantinha a série no ar. Assim que eles consumassem as coisas, ou o relacionamento ficaria frio e um tédio, ou os roteiristas teriam que recorrer a um ciclo infinito de términos, voltas e drama forçado.

A promessa do relacionamento — a fantasia do que poderia ser — era o chamariz. A realidade consumada, depois que a lua de mel acabasse e alguém estivesse de coração partido, com os dois incapazes de ficarem juntos num mesmo ambiente sem criticar, sabotar ou simplesmente ignorar o outro, não era interessante.

E, como esperado, sem esse combustível, o maquinário bem lubrificado de *Intangível* tinha começado a falhar. Depois de algumas tentativas e erros, a série tinha agora um grande elenco, liderado por Shane, em que todos tinham a mesma importância e tempo de tela, trazendo alguns personagens recorrentes de temporadas anteriores e acrescentando uns novos.

Isso significava que Lilah estava prestes a entrar no que parecia o primeiro dia de aula numa escola nova, só que pior, porque ela não chegava zerada e com a chance de se reinventar. Só restava abaixar a cabeça, fazer seu trabalho e torcer para Shane não ter virado a equipe toda contra ela durante sua ausência.

No banco de passageiro, havia uma caixa de donuts veganos, sem glúten e sem açúcar refinado — era o que ela sempre levava quando queria conquistar as pessoas com docinhos, mas sem correr o risco de oferecer algo que a maioria se recusaria a comer. O Mitzi era muito popular no bairro dela e um dos segredos mais bem guardados de Los Angeles, já que, por algum motivo, apesar de não conter nenhum dos ingredientes necessários para tal, os donuts eram verdadeiramente deliciosos.

Lilah equilibrou a caixa no quadril e passou a bolsa pelo ombro enquanto ia na direção da entrada, suspirando de alívio quando a porta apitou e se abriu com um clique quando ela pressionou o cartão magnético. No caminho pelo corredor acarpetado até a sala principal, a sensação perturbadora de déjà-vu misturada com medo aumentava a cada passo.

Ela dobrou a esquina e deu um gritinho ao quase colidir com Walt London, o *showrunner* de *Intangível*. Walt parecia aflito — se bem que ele meio que sempre parecia aflito. Com 40 e poucos anos, era alto, pálido e macilento, com cabelo preto comprido e três rugas profundas na testa que, para Lilah, eram como se alguém tivesse arrastado um clipe de papel num pedaço de massinha.

Walt comandava as rédeas de *Intangível* desde a terceira temporada, depois da saída da criadora da série, Ruth Edwards, devido a diferenças criativas com a emissora. Quando foi contratado, o tom mudou drasticamente. *Intangível* tinha começado como uma análise excêntrica e meio filosófica do luto, com os personagens fantasmas fazendo um papel tão metafórico quanto paranormal. A inovação principal de Walt tinha sido fazer uso de todas as criaturas mitológicas já conhecidas, além de abrir a série ao mundo de conspirações sobrenaturais mais amplas (governamentais, entre outras).

Lilah não tinha ficado muito animada com essa reviravolta, mas não podia negar que dera resultado. A série havia sido um sucesso na primeira temporada, mas, no fim da segunda, a audiência caíra bastante. Depois de Walt assumir, eles recuperaram a posição da série mais vista do horário. Quer dizer, até a saída dela.

Quando Walt percebeu que era ela, sorriu, uma expressão que, por algum motivo, só o fazia parecer mais preocupado.

— Lilah, oi. Que bom ver você.

Era difícil saber se ele ainda estava chateado com a partida dela, já que parecia sempre chateado. Nas vezes que encontrara com ele e com os representantes da emissora, meses antes do início das gravações, ele parecera tão transtornado quanto agora.

— Igualmente. Todo mundo já chegou?

— Não, estão chegando aos poucos. Sabe como é.

Era um dos bordões dele, quase sempre pronunciado junto a um suspiro de quem está exausto da vida. Sempre que o bordão surgia, a única opção era fazer que sim de modo contemplativo, mesmo que, na verdade, Lilah não soubesse como era.

— Sem problema. Vou deixar isso aqui, então.

O olhar dele caiu na caixa que ela tinha nos braços.

— Ah. Que legal, acho que Shane também trouxe um negocinho.

Lilah sentiu o sorriso morrer. Claro que ele tinha trazido. O mais irritante era que Shane era tão naturalmente agradável que nem *precisava* subornar ninguém com doces.

— Que bom — disse ela, ressuscitando o sorriso com tanta força que ficou com medo de distender um músculo do rosto. — Te vejo lá.

Ela fez menção de passar por ele, mas Walt colocou a mão no antebraço dela, fazendo-a parar.

— Lilah. — A expressão dele era péssima. — Só quero que você saiba que estou feliz por você estar de volta. Independentemente do que... qualquer pessoa pense. Você é parte essencial da série. Você e Shane... são nossas âncoras. Nossas estrelas-guias. Lembre-se disso.

De repente, a boca dela ficou seca.

— Acho que só existe uma estrela-guia.

Ele inclinou a cabeça bruscamente e deu de ombros.

— Bom. Sabe como é.

Ele soltou o braço dela e continuou seu caminho pelo corredor. Lilah respirou fundo, a pulsação martelando no ouvido, e empurrou a porta que levava ao andar dos roteiristas.

Os escritórios de *Intangível* eram sem graça e despretensiosos: luz fluorescente, carpete cinza cheio de calombos, odor permanente de café velho. Só os cartazes publicitários de temporadas antigas emoldurados nas paredes — além da prateleira que exibia um punhado de Emmys e

Globos de Ouro — o separavam de qualquer escritório de empresa de contabilidade ou seguros. Aparentemente nada tinha mudado desde a última vez que Lilah estivera ali.

No centro da sala, havia quatro mesas dobráveis compridas dispostas em um quadrado, cercadas por cadeiras de plástico. Nas mesas, havia fileiras de prismas, um na frente de cada cadeira e com um nome impresso. Embora não conseguisse ver o dela, Lilah sabia onde estaria: bem ao lado do de Shane.

Que, por sinal, já estava sentado estudando seu roteiro. Ela ficou meio surpresa de não o ver conversando; tinha pelo menos mais uma dúzia de pessoas na sala — atores, roteiristas, produtores, vários coordenadores e assistentes —, a maioria reunida em torno da mesa encostada na parede, perto do café.

Ao se aproximar do grupo, com os olhos instintivamente grudados em Shane, Lilah considerou os comentários de Walt. Ela e Shane tinham mesmo a responsabilidade de liderar a série. Será que conseguiriam deixar de lado sua história, suas diferenças, seus ressentimentos que havia tanto tempo ferviam — ao menos pelos próximos meses? Afinal, tinham se dado bem antes, embora, a essa altura do campeonato, essa ideia parecesse quase um delírio. Mas não era meio imaturo, depois de tantos anos, ainda o odiar tão fervorosamente quanto se ele a tivesse magoado no dia anterior?

Talvez a tensão entre os dois na apresentação para a mídia fosse só um acaso, um veneno residual enfim sendo liberado do organismo. Talvez ambos tivessem mudado. Amadurecido. Seja como for, parecia levemente degradante ter um nêmesis depois dos 30 anos.

Quando Lilah se aproximou da estação de café, porém, qualquer ideia de trégua evaporou. Na mesa, aberta ao lado das canecas, estava uma caixa de papelão cor-de-rosa com flores verde-claras na borda. Uma caixa idêntica à que ela tinha apoiada no quadril.

Filho de uma puta.

Ela jogou a caixa na mesa sem nem se dar ao trabalho de abrir antes de dar meia-volta e ir direto até Shane, que ainda parecia alheio à sua presença na sala.

Não fala nada. Fica quieta. Você ainda pode sair por cima. Só deixa pra lá.

— Como você é babaca — murmurou ela ao se sentar em seu lugar, tão *inferior* que podia muito bem estar rastejando no chão.

— Bom ver você também, Lilah — respondeu ele com frieza, sem sequer tirar os olhos do roteiro.

— *Eu* que falei dos donuts da Mitzi para você. Você sabia que eu ia trazer hoje. Foi muito mesquinho, até para você.

— E isso aí foi muito egocêntrico, até para *você*. Eu queria fazer algo legal no primeiro dia de volta. Quem disse que tem alguma coisa a ver com você?

— A loja não é nem no seu bairro. Você precisou desviar completamente do seu caminho para ir comprar.

— Ah, é. Acho que desviei, mesmo.

Ele enfim levantou os olhos para ela, com aquele sorrisinho torto de sempre se abrindo preguiçosamente.

Ela manteve o tom despreocupado, embora, por dentro, estivesse fervendo.

— Bom, tomara que tenha valido a pena.

Ele deu de ombros e voltou ao roteiro.

— Não sei por que você está tão irritada. Eu só vejo duas caixas idênticas de donuts. A não ser que você tenha mandado escrever "Cortesia de Lilah Hunter" na sua, para todo mundo saber a quem agradecer.

Ele pontuou a frase com uma mordida enorme no donut de baunilha e lavanda que estava pela metade à sua frente, soltando um gemido tão alto que pareceu quase orgástico. Algumas pessoas viraram a cabeça na direção deles.

Era impressionante o quão rapidamente Shane a levara de irritada a vítima de *gaslighting* a envergonhada — tudo por causa de uma coisa insignificante como donuts. Ele tinha razão. Não fazia diferença ele ter levado. Mas Lilah não tinha dúvidas de que havia sido só para provocá-la e fazê-la se sentir ridícula por se importar; e, claro, tinha funcionado. Sempre funcionava.

Ninguém a afetava como Shane. Ela só queria que ele não sentisse a necessidade de aproveitar todas as oportunidades de fazer isso.

Lilah empurrou a cadeira para trás, arranhando o chão, e saiu para o banheiro sem falar mais nada.

Ela não estava indo se esconder. Isso seria abaixo do nível dela. Tinha 31 anos e, por mais que no momento parecesse, não estava mais no ensino médio. Só precisava ficar sozinha por um segundo e, se esse segundo por acaso durasse todos os treze minutos até o começo da leitura, bom, coincidências acontecem.

Ela se trancou na cabine mais distante da porta, se sentou na privada com a tampa abaixada e rolou distraidamente a tela do celular. Estava respondendo a uma mensagem da irmã perguntando como estavam indo as coisas (o que envolvia basicamente procurar aquele GIF do cachorrinho de desenho animado sentado na sala pegando fogo dizendo "tá tudo bem") quando ouviu a porta do banheiro se abrir, junto com o fim de uma conversa.

—... que eles mostraram na apresentação para a mídia. Aparentemente, era a série da Kate e do Harrison.

Lilah congelou ao ouvir o estalo alto de uma porta de cabine se fechando perto da entrada do banheiro.

— Bom, o que você esperava? Agora que ela voltou, a gente vai ser praticamente figurante. — Esta voz soava mais perto de Lilah, ao lado da pia.

— Eu sei. É uma palhaçada. E eu achando que de repente esse ano eu ganharia um enredo decente.

— Quer trocar? *Eu* vou ter o privilégio de ser a filha da puta que não deixa os dois ficarem juntos.

A primeira riu, deu a descarga e saiu da cabine.

— Nãããão, valeu. É melhor fechar seu Instagram agora, antes de os Karrissons virem atrás de você.

A segunda gemeu.

— Meu Deus do céu. Talvez eu devesse entrar no programa de proteção à testemunha. Meio, tipo, foda-se, identidade nova.

O estômago de Lilah se revirou. Seu primeiro instinto foi ficar na defensiva. *Elas que se fodam.* Se quisessem se ressentir dela por uma coisa que estava fora do seu controle — fazer a balança da série pender de volta para o lado dela e de Shane —, problema delas. Mas talvez não fosse justo. Não custava nada ser mais madura nessa situação, especialmente porque as duas estavam chateadas com a *ideia* de ela voltar à série, não com algo que Lilah tivesse de fato feito.

Será que ela devia sair e confrontá-las, quebrar o gelo, colocar tudo às claras? Ou só fingir que não tinha ouvido e tentar ganhar sua simpatia quando as conhecesse? Ela ficou sentada, totalmente paralisada pela indecisão, enquanto as duas riam e conversavam até saírem de novo do banheiro.

Depois de contar até dez bem devagar, Lilah saiu também.

Shane sempre gostara de ruivas.

Não que fosse um esquisitão nem nada assim. Ele não tinha muito um tipo físico, e sua mente vagava sempre que a conversa na rodinha masculina inevitavelmente passava a debater peitos versus bunda. Parecia uma abordagem meio Frankenstein à atração, o que nunca fizera sentido para ele. Ele tinha namorado e transado com mulheres de vários formatos, tamanhos e históricos (e cores de cabelo, só para deixar claro) e percebia que em geral curtia o pacote completo, em vez de um pedaço individual.

Mas, tirando tudo isso, só uma característica garantia que ele viraria a cabeça para uma segunda olhada. Real ou artificial, não importava. Ele não tinha certeza se sempre tinha sido desse jeito ou se era uma questão de ter assistido vezes demais a *Uma cilada para Roger Rabbit* numa idade influenciável. O que quer que fosse, tinha começado cedo, estava bem enraizado e era completamente fora do seu controle.

E foi por isso que, quando conheceu Lilah, pareceu algum tipo de plano cósmico — o que mais tarde se tornaria uma pegadinha cósmica. Como se a equipe criativa de *Intangível* tivesse mergulhado no fundo do inconsciente dele e tirado aquela mulher diretamente de suas fantasias de adolescente tarado.

A pior parte era que o cabelo dela era só a cereja do bolo, por assim dizer. Lilah não tinha ângulo ruim — algo que, naquele ramo de trabalho, era bem importante, ele bem sabia. Shane tinha passado horas mais que suficientes analisando-a com rancor, tentando pra cacete achar um mísero ponto fraco ou caído ou assimétrico.

Mas, infelizmente, independentemente da perspectiva, a mulher era só maxilar anguloso, maçãs do rosto bem definidas, olhos e lábios uns trinta por cento maiores do que tinham direito de ser. Um sonho erótico de Botticelli, enviado diretamente do inferno para enlouquecê-lo.

E, como era ruiva natural, sua pele era coberta dos pés à cabeça por uma constelação de sardinhas castanho-douradas visíveis só de perto. Mais de uma vez, ele havia tentado contar todas enquanto ela ria e se contorcia embaixo dele, mas sempre se distraía quando a contagem chegava nos dois dígitos e não conseguia mais terminar. Algo tão distante no tempo que podia muito bem ter acontecido em outra vida.

Era esse o problema das fantasias. Eram rasas, passivas, unilaterais. Fáceis de controlar. Sempre se desfaziam com a revelação de que o objeto de desejo não é, na verdade, um objeto, mas um ser humano falho, tridimensional, com vontade própria. Fantasia nenhuma é capaz de suportar o que os dois tinham passado: os anos de ressentimentos e batalhas de ego e traições, amplificados por uma carga horária exaustiva que os fazia passar cada minuto acordados juntos.

Lilah não era a materialização dos sonhos dele. Era só uma pessoa. Uma pessoa que, na maior parte do tempo, ele não suportava — e não era segredo que o sentimento era recíproco. Os dois tinham basicamente se tornado especialistas em ignorar um ao outro quando não estavam sendo filmados. Era o único jeito de sobreviver em contato tão próximo com uma ex hostil.

Mesmo assim, ele nunca tinha conseguido se livrar da consciência constante e involuntária da presença dela, como se houvesse algum radar de Lilah enterrado bem no fundo da pele que apitava sempre que ela estava por perto. Pior, parecia que o tempo separados só tinha fortalecido aquilo: sem sequer levantar os olhos, ele soube de imediato quando ela voltou à sala. Mas talvez tivesse captado a forma como os papos ao seu redor de repente diminuíram de volume, como as conversas a plena voz viraram murmúrios momentos antes de ela deslizar de volta para a cadeira ao lado dele.

Walt se levantou da cadeira do outro lado de Shane e pigarreou, levando os últimos desgarrados a encontrar seus lugares.

— Bom dia, pessoal. Que alegria ver a cara de tanta gente linda reunida aqui para começarmos nossa nona temporada. Nosso *grand finale*.

— O sulco em sua testa e a boca apertada o faziam parecer qualquer coisa, menos animado. — Antes de mais nada, quero dar as boas-vindas a Lilah Hunter. Para quem ainda não conhece a Lilah, ela é incrivelmente talentosa, esforçada e profissional, e nós temos muita sorte de tê-la de volta na família *Intangível.*

Shane baixou os olhos para o roteiro enquanto uma salva modesta de aplausos percorria a sala. Não aplaudiu junto.

Walt pediu que cada um da mesa se apresentasse brevemente antes de começar a leitura sem muitas delongas. Shane teve dificuldade de manter o foco, sentindo-se incomumente inibido.

Ele já tinha, claro, participado de dezenas de leituras de mesa, mas esta parecia diferente. Antes, mesmo que não se dessem bem, aquele lugar ainda pertencia a Lilah. Agora, ela parecia uma intrusa, sentada lá num silêncio duro e julgador. Ele praticamente podia senti-la julgando cada frase que lia, vendo se ele tinha piorado nos últimos três anos desde que ela se fora.

Mas, quando chegaram à única frase dela — a frase final do episódio —, ficou óbvio que Lilah não tinha prestado tanta atenção quanto ele havia suposto. Ela ainda parecia estar analisando o roteiro, mas, à medida que o silêncio se estendeu, todos os olhos da sala virados em sua direção, ficou claro que ela estava divagando, perdida em seu próprio mundo. Quando voltou a levantar os olhos, foi para encontrar os dele com uma careta — embora só tenha levado um segundo para perceber seu erro.

— Ah! Hum, desculpa. — Ela se atrapalhou com o roteiro antes de voltar a olhar para Shane, com os olhos arregalados e límpidos. — O-
-onde eu estou? Quem é você?

A transformação dela foi tão completa que Shane quase acreditaria na plenitude dela se suas bochechas e seu pescoço não estivessem vermelho-
-escuros. Ela sempre foi do tipo que fica corada com facilidade — era a única coisa que a entregava. Antigamente, Shane amava sua própria capacidade de disparar aquilo: uma prova física inegável de que ela não era tão inabalável quanto parecia.

Quando Walt retomou a leitura para finalizar, Shane lançou um olhar furtivo para Lilah bem a tempo de ver um flash de infelicidade em sua expressão antes de ela se recompor, já com o rosto pálido. Ele sentiu uma pontada de algo indefinido na boca do estômago ao ver aquilo. Queria culpar o fato de ter engolido aquele donut rápido demais, mas sabia que não era isso.

Pela primeira vez em anos, ele se viu questionando por que sentia a necessidade de hostilizá-la. O que queria com isso, o que ganhava. Lilah tinha lhe dado razões mais do que suficientes para não gostar dela, mas até a mais recente — o golpe de despedida antes de ir embora, possivelmente o pior de todos — já tinha ficado para trás fazia anos. Além do mais, não havia dúvidas de que ele estava em vantagem na situação. Talvez não fosse a pior ideia do mundo tentar fazer as pazes, deixar o passado no passado e seguir em frente como deveriam ter feito havia muito tempo.

A sala se dissolveu em murmúrios e conversinhas enquanto todo mundo se levantava, se espreguiçava e pegava suas coisas. Ele olhou para Lilah, que tinha enfiado o roteiro na bolsa e se levantado num movimento abrupto. Ele também se apressou a ficar de pé.

Fala alguma coisa legal. Alguma coisa camarada.

— Você foi bem hoje — soltou ele, incapaz de pensar em outra coisa.

E percebeu imediatamente que era a pior coisa que poderia ter dito naquelas circunstâncias. Lilah lhe deu um olhar que seria capaz de arrancar a pintura de um carro.

— Aham, você também — falou ela. — É um conforto, né, sempre poder prever como você vai falar uma frase. Com certeza metade da audiência ia morrer de choque se você mudasse um pouco e fizesse algo diferente para variar. Versatilidade é uma qualidade tão superestimada num ator, você não acha?

Ela saiu da sala antes que ele conseguisse responder.

Bom, ele tinha tentado. Sinal verde para continuar odiando aquela mulher com a consciência limpa.

De volta em casa, Shane encontrou Dean na sala, vendo TV. O irmão mais novo era seu *stand-in* em *Intangível* desde a segunda temporada, mas, por algum motivo, continuava "hospedado" no "quarto de hóspedes" de Shane como se tivesse se mudado para Los Angeles na semana anterior.

— Como foi? — perguntou Dean, sem tirar os olhos da TV.

Como *stand-in* de Shane, Dean não precisava estar na leitura de mesa — ele era conhecido por nunca ler os roteiros. E tudo bem, porque, no fim das contas, o trabalho dele era ser mais ou menos do mesmo tamanho, ter mais ou menos a mesma cor de pele de Shane e ficar nas marcações do irmão enquanto ajustavam a luz e as câmeras. Não exigia contexto. Às vezes, ele fazia até o papel de nuca de Shane quando ele e Lilah estavam tendo um dia particularmente ruim. Não era sempre, mas tinha rolado mais vezes do que Shane tinha orgulho de admitir.

— Bem — respondeu Shane, curto e grosso, sentando-se no sofá e pondo a sacola de comida mexicana na mesa de centro. — Você chegou agora?

— Aham, faz uma hora mais ou menos. Estava no Colin.

Colin era o dublê de Shane — mais uma pessoa cujo trabalho era ser vagamente parecido com ele. Nos dias em que os três estavam no set, era meio perturbador. Na época em que descobriu que Colin e Dean tinham combinado uma amizade colorida, Shane ficou levemente nervoso, sem saber se isso ultrapassava o limite e era um pseudoincesto ou só um narcisismo normal.

Shane desembrulhou o primeiro taco.

— Ah, é? Está rolando de novo?

Dean deu de ombros, se debruçando para pegar uns chips de *tortilla* do saco.

— Ele estava saindo com uma pessoa, mas pelo jeito terminou.

O celular de Shane vibrou no bolso traseiro. Ele ficou de lado para puxar.

— Tudo bem se eu atender? É a Renata.

Dean sacudiu a cabeça e pôs a televisão no mudo. Shane atendeu a ligação e colocou no viva-voz, apoiando o aparelho na mesa enquanto limpava as mãos num guardanapo.

— Oi, Renata.

— Oi, meu anjo. Onde você está? Pode falar?

— Posso, sim. Estou em casa com o Dean.

— Oi, Renata — falou Dean com uma voz meio cantada. — Minha oferta continua de pé, aliás.

— Qual, a de eu me casar com você e te tirar dessa situação? Perdão por não agarrar essa grande chance — respondeu Renata, seca.

— Quem sai perdendo é você. Eu seria um ótimo marido dono de casa. É só falar.

Renata deu uma risadinha. Shane tinha perguntado anos atrás se ela queria que ele mandasse Dean parar com isso, mas ela não tinha nem dado importância. Renata não usava aliança de casamento, mas, fora isso, sua vida pessoal era meio que um mistério para ele, bem como a idade — ela podia ter de 40 a 70 anos. Mas, se não era problema para ela, não era problema para Shane, e o flerte sempre se mantinha brincalhão o suficiente para ela e Dean parecerem estar se divertindo.

Shane tentou retomar o rumo da conversa.

— E aí, o que você manda?

— Eles querem colocar você e Lilah na capa de uma edição importante da *Reel* sobre as pré-estreias de outono. As fotos seriam daqui a duas semanas.

— Que ótimo — disse Shane, sem convicção.

Dean soltou uma risadinha pelo nariz.

— Provavelmente não dá pra usar Photoshop nessa aí, né?

— Bom, essa é a outra questão. Minha impressão é que eles querem que o ensaio seja um pouco… ousado. O que você acha de mostrar um pouco de pele?

A ansiedade fermentou na boca do estômago dele.

— Quanta pele?

— O quanto eles conseguirem sem precisar vender com uma tarja preta, pelo que parece. Tudo bem por você? Precisa que eu dê um escândalo? Porque eu posso dar um escândalo.

Shane ficou olhando seu taco, sentindo os olhos de Dean em si.

— Não. Não tem problema.

Dean gemeu, arrancando o saco de chips de *tortilla* do alcance de Shane.

— Ele sempre fica muito mal-humorado quando está de dieta.

— De repente você pode ir junto, Dean, e eles sobrepõem o seu tanquinho no corpo do Shane.

— Não vai me falar que você anda pensando de novo no meu tanquinho — respondeu Dean, sorrindo.

Shane também sorriu, mesmo sem querer.

— Não acho que vai precisar chegar a tanto. Hoje em dia, fazem milagres com maquiagem. Eles podem só pintar um tanquinho.

Renata riu outra vez.

— Ótimo plano. Vou avisar que você topou.

Quando Shane desligou, Dean aumentou de novo o volume da TV, e os dois ficaram sentados num silêncio que beirava o desconfortável. Lilah era um assunto delicado desde a festa de encerramento da quinta temporada — a última vez que Shane a vira até o anúncio da última temporada. A noite que tinha mostrado a ele de uma vez por todas que tipo de pessoa ela era.

Era óbvio que os dois estavam pensando nisso. Shane considerou falar alguma coisa, mas a ideia de discutir tudo de novo tanto tempo depois parecia ao mesmo tempo exaustiva e desnecessária. De todo modo, ele não era o tipo que entrava em conflitos, especialmente com Dean. Embora estivesse com quase 30 anos, Dean ainda era o bebê da família e, por mais que Shane se irritasse com ele, seu instinto protetor sempre vencia.

Quase sempre.

4

SEMPRE QUE ALGUÉM PERGUNTAVA POR que Lilah tinha virado atriz, ela respondia com algumas respostas-padrão.

Porque sua asma na infância a impediu de fazer esportes.

Porque, quando tinha 7 anos, viu uma montagem de *Annie* feita pela companhia de teatro comunitário que a marcou para sempre.

Porque a avó dela também tinha sido atriz — só de papéis pequenos, aposentada aos 25, mas uma das últimas a assinar com a Paramount antes da dissolução do sistema de estúdios.

Nada disso era exatamente mentira, mas a real resposta era ao mesmo tempo mais simples e bem mais complicada: por causa da ansiedade.

Ela não se lembrava de uma época anterior a isso. Tinha nascido no caos, produto da união de um pai e uma mãe incompatíveis que se divorciaram quando ela tinha 11 anos — doze anos atrasados, ela tinha pensado mesmo na época. Lilah nunca conseguira entender o que tinham visto um no outro para começo de conversa, exceto o fato de que ambos eram judeus e estavam prontos para se casar (ou, na real, para se acomodar).

A mãe dela era extrovertida e impulsiva, uma supernova de carisma capaz de se safar de qualquer coisa na lábia, com um lado cruel bem pronunciado e uma lista sempre em expansão de ressentimentos sem data de validade. O oposto completo do pai de Lilah, cuja fachada estoica e desapegada escondia uma montanha de neuroses à mercê da qual todos eles viviam. Foi só mais velha que Lilah entendeu como nascer homem e convencionalmente bonito numa época diferente tinha permitido que ele evitasse buscar a ajuda de que precisava, que seus rituais de checar cada tomada, tranca de porta e interruptor antes de saírem de casa e contornar o quarteirão três vezes com o carro antes de chegar não podiam ter sido minimizados como excentricidades, apenas.

Embora Lilah os amasse loucamente, às vezes sentia ter herdado o pior de cada um. Tanto a natureza quanto a criação tinham conspirado contra ela: ela não sabia se devia culpar seu próprio temperamento pelas duas metades descombinadas em guerra dentro de si ou se só tinha absorvido a disfunção familiar feito uma esponja. A irmã mais nova tinha suas próprias questões, mas, sendo a mais velha — a primeira panqueca meio crua e malformada da frigideira —, Lilah suportara a maior parte do peso.

Lilah também sofrera bastante bullying na escola, mas obviamente não falava muito sobre isso em entrevistas. Sabia que todo mundo revirava os olhos para atrizes hoje maravilhosas e glamorosas que reclamavam por terem sido excluídas na infância por serem magras demais e terem peitos desproporcionais ou coisa do tipo.

E, embora essa nunca tivesse sido a cruz particular dela, os traços físicos dos quais se ressentira por impedir que, na época, passasse despercebida (crescer até sua altura adulta de mais de um e oitenta ainda no fim do sexto ano, além de seu cabelo vermelho vivíssimo) eram coisas das quais ela havia passado a gostar quando ficou mais velha. Ainda assim, rastros daquela menina infeliz, desengonçada e esquisita ainda espreitavam sua autopercepção, como um Fantasma da Ópera de aparelho nos dentes.

As coisas tinham chegado a um ponto crítico quando os pais anunciaram o divórcio, fazendo com que o tumulto em casa atingisse o ápice ao mesmo tempo que o bullying, enquanto o grupo de amigos que ela tinha desde o jardim da infância a abandonava sem explicação praticamente da noite para o dia. Ela não queria se levantar para ir à escola de manhã e não queria voltar para casa de tarde.

Depois de Lilah chorar até vomitar na noite anterior a uma apresentação em uma das aulas, a mãe, por sugestão da conselheira da escola, a obrigara a fazer aulas de teatro. Lilah, com a mente acelerada e o estômago embrulhado no carro a caminho de lá, esperava que fosse ser um pesadelo. Em vez disso, o palco tinha mudado o rumo da sua vida.

Era meio irônico como entrar na pele de outra pessoa lhe permitira descobrir a si mesma. Com o mapa de um roteiro à sua frente, sentindo-se segura por saber exatamente o que devia fazer e como tudo aconteceria, ela teve liberdade de se soltar, de existir apenas naquele momento. O teatro a tirava de casa, a afastava do drama familiar dos bastidores, e ela enfim tinha algum controle sobre quando e como as pessoas a olhavam.

À medida que fazia novos amigos nas aulas de teatro e conseguia o papel de protagonista em uma peça atrás da outra, sua confiança também crescia fora do palco. Quando se formou no ensino médio, Lilah basicamente estava pouco se fodendo para o que os outros achavam dela.

Sua terapeuta da época a apresentou a um conceito chamado "efeito holofote": a ideia de que você acha que as pessoas estão prestando muito mais atenção em você do que estão de fato. Coisas tipo supor que um amigo não respondeu uma mensagem porque te odeia, que um grupo que caiu na gargalhada quando você passou estava te zoando. Mas a verdade era que a maioria das pessoas estava focada em si mesma, se perguntando o que todos os outros achavam *dela*. Entrar em contato com essa ideia tinha sido libertador.

Até Lilah ir lá e foder tudo virando uma pessoa famosa.

Quando *Intangível* decolou, havia uma boa chance de os cochichos *serem* sobre ela. De não estar imaginando os olhares furtivos. De completos estranhos estarem inventando teorias da conspiração a respeito de sua vida pessoal, tirando fotos escondidas enquanto ela andava pela rua, espalhando boatos sobre como ela era uma vaca metida sempre que não estava a fim de bater papo. Mas, depois de uns anos — e bem mais terapia —, Lilah tinha aprendido a se adaptar a ponto de tudo isso quase parecer normal. Ficar fora das redes sociais ajudava; a equipe dela cuidava das contas oficiais. Ela nem tinha as senhas.

Ainda havia alguns gatilhos — aparições em programas de entrevistas sempre vinham acompanhadas de mãos suadas, coração acelerado e zero lembrança de qualquer coisa que tinha dito. E, de vez em quando, alguém a pegava desprevenida ao pedir uma foto ou autógrafo e sua habilidade de jogar conversa fora a abandonava por completo, transformando-a numa coisinha desconfortável e gaguejante.

Mas poderia ser pior. Embora *Intangível* tivesse estado por toda parte nas primeiras temporadas, no fim das contas, ela só era uma famosa de TV. Ou seja, na maior parte das vezes, quando um estranho se aproximava, a chamava de Kate. Ela se agarrava à fina camada de proteção que isso oferecia. Eles queriam um pedaço da "Kate", e "Lilah" ainda tinha permissão para, basicamente, ser ela mesma.

A única coisa que sustentou Lilah naquelas primeiras semanas torturantes de volta ao set foi a promessa de seus planos para o dia de folga: fazer uma caminhada até Calabasas para tomar um brunch na casa de sua amiga Pilar.

Antes de *Intangível*, o único grande papel de Lilah tinha sido *M.A.S.: Meu acampamento sensacional*, uma comédia dramática que ela havia gravado entre o primeiro e o segundo anos da Juilliard, sobre quatro melhores amigas de infância afastadas — agora em panelinhas diferentes do ensino médio — que retomavam os laços ao trabalhar como monitoras no acampamento no verão que antecedia o último ano da escola. Lilah tinha feito papel da Alternativa, incluindo piercing de pressão no nariz e mechas roxas presas no cabelo.

O filme tinha sido feito com um orçamento apertado, mas virado um sucesso discreto, ganhando impulso suficiente como favorito de festas do pijama para garantir duas continuações (os excessivamente pontuados *M.A.S. 2 — P.S.: Nós somos irmãs!* e *M.A.S. 3: B.F.F.L.*). Mas, mais importante, o diretor de elenco tinha feito mágica ao selecionar as quatro: elas haviam começado a gravação de um mês durante o verão como estranhas e saído como amigas para a vida.

Mais de dez anos depois, o grupo de mensagens (obviamente chamado "As Más") estava mais ativo do que nunca; mas, embora ainda se vissem com regularidade em conjuntos de duas ou às vezes três, conseguir alinhar as agendas das quatro era uma raridade.

A vida delas tinha, inevitavelmente, ido em direções diferentes ao longo da última década. Yvonne (A Inteligente), era uma graduada multifacetada da máquina de fazer estrelas da Disney. Ela havia mudado o foco para a carreira musical e feito um sucesso absurdo, e seu casamento com um superastro do hip-hop cimentara seu status de celebridade de primeiro escalão como uma das metades do Maior Casal da Música. Pilar (A Gostosa) ainda aceitava uns trabalhos ocasionais de atriz ou modelo, mas tinha virado influencer de maternidade em tempo integral, inundando seus milhões de seguidores com conteúdo de estilo de vida aspiracional sobre ela, sua esposa lindíssima e as duas filhas igualmente lindíssimas. E Annie (A Atlética) tinha saído de vez do setor pouco depois de gravarem o terceiro filme e atualmente se preparava para entrar no último ano de direito, a caminho de virar defensora pública.

Quando Lilah entrou com sua própria chave na cozinha de Pilar — arejada e minimalista, em estilo campestre —, Yvonne já estava lá, com as costas apoiadas na ilha de mármore, vendo Pilar terminar de montar uma bandeja de frutas exorbitante e com vários andares. As gêmeas de 6 anos de Pilar, Luz e Paz, não estavam em canto algum, o que significava que deviam estar com a babá. As amigas ficaram radiantes assim que notaram Lilah, que soltou a bolsa e imediatamente agarrou Yvonne.

Toda vez que se reunia com as amigas, Lilah ficava impressionada com a sensação contraditória de que elas estavam iguais a sempre e ao mesmo tempo completamente diferentes. Automaticamente, sua mente preenchia as lacunas entre as adolescentes descontroladas que tinham sido e as mulheres equilibradas de 30 e poucos que haviam se tornado.

Yvonne estava com um vestido fluido de uma cor que não ficaria bem em mais ninguém, um amarelo-mostarda vivo que fazia sua pele reluzir. Seu cabelo estava enrolado num lenço colorido de seda e, ao se afastar, Lilah parou para admirar as novas tatuagens delicadas que se enroscavam em meio aos anéis dourados finos nos dedos da amiga.

Ela contornou a ilha para abraçar Pilar, coberta em nuvens de linho branco esvoaçante, as raízes escuras do cabelo desvanecendo imaculadamente em um coque solto loiro-caramelo.

— Quer beber alguma coisa? Água com gás? Mimosa? Kombucha? — perguntou Pilar, indo até a geladeira.

Lilah fez que não.

— Tenho ensaio amanhã, melhor não tomar nada com gás. Imagina que tragédia se eu inchar — disse ela, revirando os olhos de um jeito autodepreciativo na última parte.

— Ah, é. Putz. Quer um suco verde, então?

— Querer, não quero. Mas aceito mesmo assim.

Pilar riu e enfiou a cabeça na geladeira.

Annie chegou bem nessa hora, parecendo mil vezes mais calma e descansada do que da última vez que Lilah a vira. As olheiras tinham desaparecido e a pele não estava mais com aquela palidez de quem estava presa na biblioteca. Ela estava até, surpreendentemente, usando uma roupa colorida — um vestidinho azul-claro — e com o cabelo castanho-claro, em geral preso, caindo solto e encaracolado pelas costas.

Annie recusou a oferta de Pilar de fazer um café para ela e, em vez disso, ficou rodando pela cozinha para fazer o café ela mesma, reclamando bem-humorada que Pilar havia mudado tudo de lugar desde a última vez que todas tinham ido lá.

Yvonne estendeu a mão por cima da bancada para pegar um cubo de manga da bandeja de frutas antes de se virar para Lilah.

— Você vai fazer um ensaio nu amanhã? Por quê? Por causa da série?

— Aham, para a *Reel*. É a capa sobre as pré-estreias de outono.

— Só você? — perguntou Annie.

Lilah suspirou.

— Eu e o Shane.

Yvonne enrugou o nariz.

— Você tentou se livrar dessa?

Lilah fez que não com a cabeça.

— Todo mundo já acha que eu sou difícil. E a exposição vai ser boa.

— Quanta exposição? — Pilar deu risada.

— Com base na amostra que eles mandaram, acho que vai ser uma daquelas coisas em que a gente começa de roupa e acaba pelado.

Lilah não tinha muitas reservas com nudez. Seu corpo era sua ferramenta e ela não era tímida para tirar a roupa no trabalho quando necessário. Não era a parte de ficar nua que a incomodava — era a parte de ficar nua com Shane.

Annie assoprou seu café.

— Parece pornô. Certeza que não é um filme pornô? — perguntou ela, em tom sério.

— É o Dario Rossi quem vai fotografar, então, só se ele estiver mudando de ramo...

Yvonne arregalou os olhos.

— Ah, eu *amo* o Dario. Ele vai fotografar a capa do meu próximo álbum. Ele vai cuidar superbem de você. Aposto que as fotos vão ficar *foda*.

Lilah sentiu uma onda de ansiedade tremulando e rapidamente a repeliu.

— É, pode ser. Mas, espera, que álbum novo?

Yvonne a atualizou enquanto Pilar dava os toques finais na bandeja de frutas, subindo numa banqueta para fazer a foto perfeita de cima. Lilah sentiu a bateria social sendo recarregada à medida que a conversa engatava, as quatro entrando e saindo de várias conversas paralelas sem nem piscar.

Às vezes, era surpreendente para Lilah o fato de elas ainda terem contato, quanto mais serem assim tão próximas. A maioria de suas outras amizades no ramo parecia superficial e transitória, gente com quem trocava dois beijinhos nas festas mas que nunca via à luz do dia, cuja atenção parecia um investimento calculado nela que, um dia, tentaria sacar na forma de um favor.

Mas as quatro foram reunidas no momento exato, na situação exata. Tinham passado Caladryl nas picadas de mosquito uma da outra, segurado o cabelo da amiga que tinha bebido cerveja barata demais e desmaiado uma no ombro da outra depois de dias longos e ensolarados de gravação. Toda vez que se reencontravam, Lilah ficava ansiosa, imaginando que finalmente teriam se afastado demais para ter assunto, mas, em minutos, estava morrendo de rir de alguma piada interna esquecida até aquele exato segundo. Elas falavam a língua secreta das velhas amigas, aquele amor e aceitação incondicionais que só podiam vir de anos de histórias compartilhadas.

Isso a deixava ainda mais amarga em relação à situação com Shane. O fato de Lilah precisar se esforçar tanto para encontrar tempo para quem amava enquanto alguém que ela odiava monopolizava uma porção tão grande da sua vida. Mesmo depois de ter feito tudo o que podia para que seus caminhos divergissem, o destino — e os caprichos dos executivos da UBS e dos telespectadores — tinha juntado os dois outra vez.

— E aí, como está sendo? Voltar para a série? — perguntou Pilar depois que se sentaram à mesa de jantar dela, com as portas francesas abertas para deixar entrar a brisa vinda da piscina.

A amiga tinha se superado naquela refeição, dispondo na mesa flores frescas, doces caseiros e uma quiche maravilhosa. Todas tinham enchido o prato, exceto Lilah, com seu suco verde, que precisava admitir a contragosto que estava bem bom.

Lilah deu um gemido e pousou a cabeça dramaticamente na mesa. As outras riram.

— É só Shane sendo Shane? Ou é tudo? — quis saber Yvonne.

Lilah levantou a cabeça e se recostou na cadeira.

— É tudo. Todas as pessoas novas do elenco me odeiam também. — Ela se virou para Yvonne: — Como você consegue trabalhar com o Adam o tempo todo? As coisas não ficam estranhas?

O ex-namorado de Yvonne ainda produzia os discos dela.

Yvonne deu de ombros.

— Na verdade, não. Bom, não mais. Mas a gente não teve o mesmo drama de vocês dois.

— Você tentou falar com ele? Com o Shane, digo. Esclarecer tudo? Parece meio contraproducente deixar essas besteiras antigas continuarem te incomodando — falou Annie.

Lilah sentiu uma pontada de culpa ao balançar a cabeça.

— A gente anda basicamente se ignorando desde que as gravações começaram. E, quando a gente se fala... não é bom.

Pilar levantou as sobrancelhas.

— Será... que é tipo tensão sexual ou...?

— Não — respondeu Lilah vigorosamente antes de Pilar conseguir terminar. — Com certeza não.

— Tá, calma, não é como se estivesse fora do espectro de possibilidades. — Yvonne sorriu. — Você de repente deixou de achar ele gato?

— Claro que não, ele ainda é gato. É que sinto tanta repulsa da personalidade dele que isso neutraliza a aparência.

Annie pegou o celular e começou a rolar para achar alguma coisa.

— Então, você quer dizer que não escreveu essa lista do *BuzzFeed*, "Dezoito Vezes que o Sorriso de Shane McCarthy Literalmente Te Deu um Ataque Cardíaco e Te Causou uma Morte Precoce"?

Brincando, Lilah estendeu a mão para roubar o celular de Annie.

— Cala a boca, vai. Esse *não é* o nome da matéria.

Annie deu uma risadinha e segurou o aparelho longe do alcance dela.

— É sim. Está na home e tudo.

— De repente vocês dois só precisam transar para acabar com isso. Sexo com ódio sempre é uma boa opção, já experimentou? — perguntou Pilar.

Lilah bebeu um gole de suco, com o rosto quente e internamente grata por Yvonne interromper antes de ela poder responder.

— Sabe, nunca entendi por que as pessoas são tão obcecadas por isso. Parece bem tóxico. As melhores transas da minha vida sempre foram com pessoas por quem eu estava apaixonada e com quem eu me sentia superconectada. Não com quem eu odiava.

— Que bom, né, que os fios de "tesão" e "errado" não estão fundidos na sua cabeça. Quem dera todas nós tivéssemos essa sorte — provocou Pilar, levantando a mimosa feita com laranja-moro espremida à mão num brinde irônico. Ela voltou sua atenção para Lilah. — Eu só acho que, se você precisa conviver com toda essa tensão, pelo menos devia estar trepando para compensar. De repente acalmava um pouco vocês dois.

Lilah suspirou.

— Ou só pioraria tudo. — Ela descansou os cotovelos na mesa e se inclinou à frente, segurando a cabeça. — Eu sei que a gente devia tentar superar. Não sei por que parece tão difícil. É só que... toda vez que olho para ele, eu me sinto de novo aquela idiota de 22 anos de quando a gente se conheceu. Tudo que rolou... tudo que eu fiz. É humilhante. E a pior parte é que *sei* que ele também está pensando nisso. Não consigo largar mão.

Yvonne estendeu o braço e fez carinho nas costas dela.

— Não é humilhante. Ou, na verdade, tudo bem se for. Acho que você devia tentar ter um pouco de compaixão pela Lilah de 22 anos. Você está num grupo de pessoas que ama essa Lilah, aliás. Não dá para ficar falando merda da garota.

Lilah sorriu e seus olhos ficaram úmidos.

— Obrigada. Desculpa eu estar tão deprimente hoje. Devia saber que era melhor não vir num brunch quando não posso comer nada.

As outras riram.

— Melhor uma Lilah resmungona, dramática e hipoglicêmica do que Lilah nenhuma — falou Annie.

Yvonne e Pilar levantaram as taças para mostrar que concordavam. Lilah enterrou o rosto nas mãos.

— Para, assim vocês vão me fazer chorar — disse ela, engasgando com as palavras.

Em geral, Lilah não era tão chorona assim, embora, claro, tivesse feito isso um monte de vezes na frente das amigas ao longo dos anos. Ela estivera em negação sobre o quanto o clima tenso no set já a estava afetando. O quanto precisava passar um tempo com pessoas que gostavam dela de verdade.

As outras três levantaram de uma vez das cadeiras, vindo de todos os lados para envolvê-la ainda sentada num abraço grupal todo esquisito — mas mesmo assim ainda agradável. Se Lilah estivesse um pouco menos em frangalhos, teria feito piada da semelhança com uma das cenas mais melosas de *M.A.S.* Em vez disso, ficou quieta e se permitiu curtir.

Ela respirou fundo longamente, como se o afeto que a cercava naquele momento pudesse ser armazenado e distribuído em doses regulares para fortalecê-la durante os dias longos, solitários e hostis que a esperavam.

Yvonne a soltou e estendeu o braço pela mesa para pegar o celular.

— Vamos tirar uma foto antes que a gente esqueça. Aposto que isso vai arrancar a cara babaca do Shane da home do *BuzzFeed*.

5

O ENSAIO DA *REEL* ERA em Beverly Hills, num hotel histórico que era ao mesmo tempo atração turística e lugar da moda entre o pessoal da indústria do entretenimento. Shane tinha comido no restaurante algumas vezes, mas essa era sua primeira vez lá em cima. Tinham reservado três quartos no andar superior: uma suíte de luxo enorme para o ensaio em si e dois quartos menores para Lilah e Shane se arrumarem.

No início da semana, Shane tinha recebido uma ligação de uma mulher chamada Mercedes, que se identificara como coordenadora de intimidade do ensaio. Ele ficara meio surpreso; estava familiarizado com o conceito, mas nunca havia trabalhado com um desses profissionais antes e tinha a impressão de que serviam principalmente para coreografar cenas de sexo, não fotografias.

Mercedes tinha explicado que Dario, o fotógrafo, havia recentemente começado a levá-la a todos os ensaios que incluíam nudez ou contato físico íntimo. Ela perguntara se ele tinha algum limite rígido em relação a essas duas coisas.

— Você já falou com ela? Com o que *ela* disse que ficava desconfortável?

Ele não ia ser o primeiro a piscar nesse jogo.

— Não precisa se preocupar com isso. Estamos falando só dos seus limites.

— Eu topo qualquer coisa que ela topar — respondera ele de imediato.

Mas a ficha do que o aguardava ainda não tinha caído quando ele chegara no hotel e a figurinista mostrara os três looks dele — um terno de marca, uma cueca boxer preta e um protetor genital bege (um cruzamento entre uma coquilha, uma sunga e uma calcinha fio dental). Melhor que uma meia para o pau, pensou ele, pesaroso, mas não muito.

Mercedes passou para visitá-lo depois de ele vestir o terno (com sua própria cueca, especificaram). Ela parecia ter 50 e poucos anos, com um rosto largo e simpático, cabelo escuro encaracolado cheio de fios grisalhos e a aura mais tranquila que Shane já encontrara.

— Normalmente, eu juntaria vocês dois para fazer alguns aquecimentos e criar conexão antes das fotos e repassar as regras gerais, mas Lilah aparentemente não achou necessário, já que vocês trabalham juntos há tantos anos. Por mim, não tem problema, se você concordar. O que você acha?

— Ótimo — disse ele, com entusiasmo ligeiramente excessivo.

— Perfeito. Como é um ensaio fotográfico, a gente não precisa coreografar tudo de antemão. Podemos parar e fazer quantas pausas forem necessárias, ir entendendo enquanto rola, mas não hesite em me avisar se eu puder fazer qualquer coisa para deixar a experiência mais confortável.

Ele resistiu a perguntar: *Você poderia me encontrar uma parceira diferente, então?*

Depois disso, Dario passou para se apresentar; era alto e careca, com uma voz grave e profunda, além de uma barba preta impressionante. Ele reiterou que queria que os dois se sentissem confortáveis, relaxados e, mais importante, que se divertissem. Shane tinha bastante certeza de que se divertiria mais depilando o corpo inteiro — o que, felizmente, não haviam pedido —, mas sorriu, assentiu e disse tudo o que devia dizer.

Quando já estava de saída Dario se voltou para Shane.

— Aliás, sou muito fã da série. Você sabe se finalmente vão colocar vocês dois juntos?

Shane deu um sorriso fraco.

— Bem, esse é o motivo todo do dia de hoje, né?

Dario sorriu.

— Exato. Te vejo lá.

Quando Shane atravessou o corredor até o set, Lilah já estava lá, recebendo os retoques finais na maquiagem. Alguém devia ter abaixado a temperatura do ar-condicionado na tentativa de compensar o calor das luzes, porque, puta merda, estava congelando.

Os dois tinham sido produzidos numa estética ambiguamente retrô: o cabelo dele penteado para trás com gel, barba recém-aparada, ela com apliques compridos penteados para cima, olhos esfumados com uma maquiagem dramática puxada nos cantos, no estilo gatinho.

Ela usava um vestido tipo camisola de seda e, quando ele a olhou de cima a baixo, viu que também estava com frio. Shane se recusou a deixar que seus olhos ficassem nela, que o olhava diretamente; ele não lhe daria a satisfação de ser pego dando aquela conferida.

Mas Lilah estava bonita, sim. Mais que bonita. Ele pensou em atravessar os poucos passos até ela e falar isso, em tentar quebrar o gelo entre os dois, que não era culpa da temperatura, mas era como se aqueles passos fossem quilômetros. As palavras ficaram presas na garganta, e ele virou as costas quando um dos maquiadores se aproximou para retocá-lo também. Alguém tinha colocado uma música sexy, um *trip-hop* pulsando grave e continuamente pelo cômodo.

Eles tinham começado na sala externa da suíte, num sofá azul--claro de veludo amassado na frente da lareira. Lilah se sentou no meio do sofá e Shane ficou parado atrás, as mãos apoiadas no encosto. Seguindo o direcionamento de Dario, ela estendeu a mão e segurou a gravata de Shane, puxando-o mais para perto. Quando ele a olhou nos olhos, ela estava com uma expressão reservada e desconfiada, a tensão vibrando no pescoço e no maxilar.

Essas fotos provavelmente não ficaram muito boas, mas, enfim, não seriam usadas. Era só para aquecer antes de pedirem para começarem a tirar camadas e se agarrarem.

Click-click-click.

— Ótimo, ótimo. Vocês dois estão maravilhosos. Tentem relaxar um pouco. Inspirem fundo e expirem. Eu sei que ainda estamos nos encontrando aqui. Temos bastante tempo.

Depois, Shane se sentou no sofá, no canto, as pernas bem abertas e um braço preguiçosamente descansando no encosto. Dario abaixou a câmera e gritou instruções, gesticulando com a mão livre.

— Agora, Lilah, pode chegar mais perto? Isso, embaixo do braço dele, cabeça no peito, isso mesmo. Põe um joelho um pouco mais na frente do outro, aponta aquele pé de baixo... perfeito. Shane, agora abaixa o braço e olha para ela.

Ela estava deitada quase completamente de lado, acomodada bem contra o corpo dele, as pernas esticadas para a outra ponta do sofá. Lilah colocou uma das mãos no peito dele e, contra sua vontade, Shane sentiu o coração acelerar. *Caralho.* Se ela já o estava afetando enquanto estavam vestidos, aquele seria um dia longo pra cacete.

Ele olhou para o topo da cabeça dela, mantendo a respiração lenta e controlada, tentando estreitar o foco para cada fio no couro cabeludo dela. Nada sexy nisso. Mas, ainda assim, Shane ficou com a boca seca ao sentir o cheiro familiar do xampu de lavanda dela.

— Shane, seu rosto está com muita tensão. Do tipo ruim. Tente soltar um pouco o maxilar.

Dario os fez mudar de novo de posição. Lilah se acomodou de costas, apoiada na lateral do sofá, com um braço em cima da cabeça. As pernas estavam abertas, a saia subia pelas coxas, e ele colocou um joelho no meio das pernas dela — sem tocá-la, mas, mesmo assim, ela se mexeu, parecendo desconfortável, e ele colocou ainda mais espaço ali.

Com Mercedes sempre de olhos atentos, Shane pairou em cima dela, a outra perna plantada no chão, a mão livre de Lilah segurou o colarinho dele. Quando ele moveu a mão para cobrir o outro punho dela, que estava jogado no braço do sofá, ela arregalou brevemente os olhos, de um jeito quase imperceptível, enquanto os dedos dele se fechavam.

— Lilah, tudo bem ele colocar a outra mão na sua coxa? — perguntou Mercedes.

Suas pálpebras se agitaram de leve, mas ela fez que sim com a cabeça. Shane hesitou por um momento antes de abrir os dedos na pele fria e macia da parte de dentro da coxa dela, a ponta dos dedos roçando a barra do vestido. Ele olhou de novo o rosto de Lilah, viu a cor subindo às bochechas e, só com isso, ficou meio de pau duro. *Puta merda.* Por que ela sempre tinha que demonstrar tanto suas reações?

Quando os olhares enfim se encontraram, Lilah viu algo que a fez desviar imediatamente e ficar ainda mais corada.

Dario tirou mais algumas fotos, depois olhou o mostrador.

— Está tudo bem, Lilah? Pela sua cara, parece que ele está prestes a te assassinar.

Ela riu, mas saiu mais como um arquejo engasgado.

— Não, não. Tudo bem por aqui.

— Só para saber. Acho que talvez seja a mão no paletó. Por que você não coloca no rosto dele?

Lilah soltou o colarinho e levou a mão para a curva do maxilar de Shane. Embora ele estivesse esperando, o contato quase o fez dar um pulo para longe — e não só porque a mão dela estava gelada. Era absolutamente constrangedor o quão à flor da pele ele estava.

O único consolo era ver que Lilah também não estava tirando aquilo de letra. Ela acompanhou os movimentos da própria mão ao mover o polegar de leve contra os pelos da barba dele, a testa franzida, como se tentasse resolver uma equação complexa de cabeça.

Dario se movia ao redor dos dois, fazendo pequenos ajustes nas poses enquanto fotografava-os de vários ângulos, antes de se debruçar para conversar com o assistente. Os dois ficaram falando pelo que pareceu uma eternidade, deixando Lilah e Shane congelados desconfortavelmente no sofá, evitando o olhar um do outro.

— Vamos arrumar o cenário do banheiro enquanto vocês colocam o segundo look — disse ele, enfim.

Shane deu um pulo para longe de Lilah como se fosse feito de molas, sentindo as bochechas queimarem no local em que ela as tinha tocado.

Ele foi correndo para o camarim e tirou o paletó assim que entrou. Para seu alívio, a figurinista lhe entregou tanto a cueca boxer quanto o protetor genital. Quando ele os vestiu, pareceu que o estofamento e a compressão do protetor funcionariam para garantir que o pau dele ficasse o mais discreto possível, mesmo que acabasse ficando duro de novo. Em negação, ele se agarrou àquele "mesmo" como se não fosse um "quando".

Enquanto Shane colocava o roupão, houve uma batida na porta. Dario entrou, seguido por Mercedes. Os dois sorriram com afeto para ele.

— Como você está se sentindo até aqui? — perguntou Dario, empoleirando-se no braço da poltrona no canto.

— Tudo ok. Tudo bem. Por quê? Algum problema?

— Na verdade, estávamos vindo perguntar a mesma coisa — disse Mercedes. — Tem alguma coisa rolando entre você e Lilah?

— Como assim? — devolveu Shane, dando seu melhor para parecer despreocupado.

— Vocês não trocaram uma palavra o dia todo.

Não foi só hoje, ele queria responder.

— Ah. Bom, hum. É que a gente gosta de ficar focado enquanto trabalha. Sem se distrair com papinho.

Mercedes e Dario trocaram olhares.

— Entendi — falou Dario. — O problema é que... a gente não está sentindo a química. Sabemos que vocês dois têm química, óbvio. Mas, no momento, essa conexão está desaparecida. Só que a matéria toda é sobre isso. Sem isso, o resultado é só vulgar.

Shane passou a mão pelo rosto.

— Merda. Desculpa. — Ele fez um gesto para o corpo de roupão. — Acho que só estou meio nervoso.

A expressão de Dario ficou mais tranquila.

— Claro. Totalmente compreensível. A gente vai esvaziar o set pelo resto do dia, se é que ajuda. — Ele voltou a se levantar. — Além disso... sem pressão nenhuma, e não estou sugerindo que você fique doidão nem nada, mas, se quiser, de repente pode ser uma boa tomar uma dose de alguma coisa, para ajudar a se soltar um pouco.

— Tipo o quê? Morfina?

Dario riu.

— Eu estava pensando em tequila, mas posso dar uma olhada no kit de primeiros socorros para ver se temos algo mais forte.

Mercedes pigarreou.

— A gente também pode colocar vocês dois juntos e tirar uns minutos para fazer aqueles exercícios de conexão que eu mencio...

— Nah, eu aceito a tequila — interrompeu Shane.

A dose o aqueceu de dentro para fora e a tensão em seu corpo se dissipou na mesma hora. Não totalmente, óbvio. Para isso, teria que beber a garrafa toda. Ele virou mais uma, só para garantir.

Shane voltou ao set um pouco mais solto. Lilah apareceu uns minutos depois, também parecendo levemente mais relaxada. Foram levados para o banheiro, quase tão grande quanto o quarto, com um lustre opulento pendurado em cima de uma banheira vitoriana no meio. Dario tinha cumprido a promessa e esvaziado o set, tirando todo mundo exceto eles três e Mercedes.

Ali estava quente, pelo menos.

— Quando estiverem prontos, podem tirar os roupões — instruiu Mercedes.

Shane se virou de costas para Lilah para tirar o dele, não que fizesse diferença.

Para começar, Dario fotografou Lilah no espelho fingindo se maquiar, seu reflexo encontrando Shane jogado na banheira (vazia) a observando.

O tema vintage do ensaio se estendia à lingerie que ela definitivamente não estava usando antes por baixo do vestido — um sutiã cheio de faixas que iam até as costelas, calcinha de cintura alta, meia-calça indo até a coxa, cinta e salto alto, tudo preto. Shane nunca entendera de verdade o apelo das lingeries chiques — sempre parecia mais um obstáculo do que qualquer outra coisa —, mas ali estava Lilah, argumentando bem a favor.

Embora o sutiã desse um nível de decote quase caricato, os olhos dele não paravam de ir para a nesga de coxa revelada no topo das meias. Era menos pele do que ela mostraria de biquíni, mas algo no espaço negativo da coisa toda fazia parecer obsceno.

Ele ficou apenas observando enquanto ela arqueava as costas e se debruçava no balcão, reaplicando o batom. E, nesse momento, seu cérebro foi sequestrado por fantasias de batom borrado, dedos percorrendo aqueles flashes provocantes de pele, a expressão serena dela no espelho ficando vidrada e desfeita.

O primeiro instinto dele foi suprimir tudo isso, mas não adiantava tentar esconder, segurar. Por mais perturbador que fosse, Lilah ainda conseguia afetá-lo de tal maneira, e isso era, no final das contas, o que queriam dele naquele momento. Enxergar o quanto ele a desejava. Foda-se, então. Ele podia dar isso a eles sem precisar atuar.

— Incrível, Shane. Continua olhando para ela exatamente assim. Lilah, joga o cabelo por cima do ombro e olha para ele.

Lilah obedeceu e, quando seus olhos encontraram os dele, ele foi atingido por uma descarga. Shane conhecia aquele olhar. Ela também não estava mais nervosa.

— Maravilhoso. Vocês dois estão me matando. Lilah, senta na beirada da banheira, por favor, mas sem pressa.

Ela colocou a tampa do batom e se virou, pausando um segundo para se apoiar na bancada. Dario os circulou enquanto ela desfilava até Shane, os saltos batendo um ritmo vagaroso nos azulejos. Ele se permitiu engoli-la com os olhos, levando o polegar à boca e roçando de leve no lábio inferior enquanto a observava. O olhar dela acompanhou o movimento e seu peito subiu e desceu com uma expiração pesada.

Por instrução de Mercedes, ela se empoleirou na lateral da banheira, cruzando os tornozelos de forma recatada, como se sua bunda não estivesse a centímetros do ombro dele. Lilah colocou a mão na nuca de Shane e arrepios agradáveis percorreram a pele dele enquanto ela abria os dedos lentamente em seu couro cabeludo. Quando agarrou bem o cabelo, usou-o para puxar a cabeça dele para trás e lançar um olhar faminto.

Shane achou que estava de pau duro antes, mas não era nada comparado com agora. Estava latejando e pesado sob as camadas de contenção. Sentiu os músculos das costas se contraírem contra a banheira enquanto se segurava para não encostar nela, não enfiar os dentes na carne do quadril que a borda dura da banheira pressionava na direção dele.

— Perfeito. Está perfeito. — Dario abriu um sorriso e abaixou a câmera. — Acho que estamos prontos para ir para o quarto, que tal?

Lilah soltou o cabelo dele tão rápido que ele precisou se endireitar para não bater a cabeça na cerâmica. Ela tinha colocado o roupão antes mesmo de ele sair da banheira.

Shane sabia o que significava aquilo: o estágio final dos figurinos. Fizeram mais uma pausa para a equipe desmontar as luzes e montá-las de novo no quarto. Quando o pessoal de cabelo e maquiagem saiu do quarto dele, Shane considerou ir ao banheiro e se masturbar para aliviar um pouco o sofrimento, mas isso seria meio que admitir a derrota. Admitir que ela ainda tinha esse tipo de poder sobre ele. Só que não dava exatamente para ignorar a evidência.

Mercedes passou para visitá-lo de novo.

— Só para confirmar mais uma vez, antes de voltarmos para lá. Tem algum lugar em que você não quer que Lilah te toque?

Foi fácil demais responder com sinceridade:

— Não.

No meio do quarto, havia uma cama de dossel enorme, coberta com lençóis brancos impecáveis e um edredom ondulante. Eles ficaram em pontas opostas do cômodo e tiraram o roupão em silêncio, como boxeadores esperando o sino do primeiro round tocar.

Enquanto vinham cada um de um lado da cama para baixo das cobertas, ocorreu a Shane que não ficavam pelados juntos desde que estavam, bem, juntos. A última transa tinha sido apressada e feroz, tirando apenas o que era absolutamente necessário. Shane precisou impedir que seus olhos vagassem, catalogando os pontos em que o corpo dela tinha mudado com o tempo — onde havia encorpado, ficado mais macio e mais exuberante. Nada extremo o bastante para ele notar quando ela estava de roupa, mas o suficiente para ter que agarrar os lençóis com força para não ficar tentado a mapear as diferenças com as mãos.

Só que ela não estava totalmente pelada. Estava usando adesivos de mamilo e um fio dental de lycra de um tom tão próximo ao da pele dela que, por um minuto, o pau dele ficou confuso com o aspecto surreal de Barbie. Mas, bom, com a virilha em estilo Ken dele, eram um par e tanto.

Eles começaram com Dario subindo no topo de uma escada posicionada ao lado da cama para fotografá-los de cima. Shane se deitou bem espalhado de costas, com Lilah em seu peito, o braço dele enrolado firme nela, puxando-a contra ele. Não deveria ser surpresa o quanto o gesto parecia natural, afinal, já tinham se visto nessa posição inúmeras vezes — mas já fazia anos e nunca na frente de uma câmera.

Era meio engraçado de um jeito macabro: os dois forçados a reanimar o cadáver de sua antiga intimidade sem sequer ter a barreira dos personagens para se esconder. Para o corpo dele, era como se nada tivesse mudado. Mas não era nada mais profundo que memória muscular e feromônios, a memória sensorial disparada pelo cheiro do hidratante de baunilha dela.

Ele descansou a mão atrás da cabeça e olhou para a câmera enquanto ela apertava a bochecha no peito dele, supostamente fazendo a mesma coisa.

— Lindo. Agora, se olhem, vai. Vamos ver essa conexão.

Lilah foi mais para cima no corpo dele, e o braço de Shane automaticamente deslizou pela cintura dela. Quando se olharam nos olhos, a expressão dela estava terna e aberta. Estavam com o rosto a centímetros um do outro, a outra mão dele subindo para colocar uma mecha de cabelo dela atrás da orelha. E foi assim que ele soube que tinha verdadeiramente enlouquecido: com praticamente cada milímetro do corpo nu dela encostado nele, o que ele mais queria fazer era beijá-la.

Depois disso, as coisas ficaram meio enevoadas.

As costas dele estavam apoiadas na cabeceira, as pernas levemente abertas, Lilah sentada de lado no meio delas, segurando o lençol junto ao peito, passando as duas pernas por cima da dele. Ela se inclinou à frente para aninhar o rosto no pescoço dele, e a mão de Shane voou para acariciar as costas dela quase que por vontade própria.

— Shane, está tudo bem por você? — ele ouviu Mercedes perguntar, de longe.

— Mmmf — respondeu ele num resmungo, de uma forma que esperava ser afirmativa sem que Lilah ficasse se achando demais.

Ele sentiu a língua dela se arrastando quente pelo pescoço dele enquanto ela dava um beijo de boca aberta e mal conseguiu engolir o gemido.

Assim que Lilah fez isso, ele percebeu qual era o jogo: ela sabia exatamente quão excitado ele estava, então o provocava. A irritação que o tomou não era nada comparada ao calor que pulsava em suas veias havia horas, mas foi o suficiente para desanuviar um pouco a cabeça dele.

— Tá, Lilah, vamos diminuir um pouco a intensidade — pediu Dario. — Obrigada pelo comprometimento, mas não queremos que fique imoral.

Lilah o olhou e abaixou os cílios cheia de modéstia.

— Desculpa.

— Não precisa se desculpar. Fico feliz que vocês estejam envolvidos. Melhor ir longe demais e segurar do que eu ter que tentar arrancar alguma coisa de vocês.

Shane conseguia pensar em pelo menos uma boa razão para ela *não* ir longe demais, mas ficou quieto.

Finalmente, Dario e Mercedes os recolocaram na posição que ele temia: Shane sentado reto enquanto Lilah o cavalgava.

Ela ficou apoiada nos joelhos, pairando acima dele enquanto Mercedes arrumava os lençóis. Quando ela estava apropriadamente coberta, ele supôs que Lilah fosse deixar um espaço entre os dois ao se abaixar. Em vez disso, ela deslizou os joelhos para a frente e se sentou bem no colo dele.

Shane não conseguiu evitar um sibilo como se tivesse sido queimado. Ela mudou de posição e deu um sorrisinho, olhando para baixo e depois para cima de novo.

— Não fica se achando — murmurou ele no ouvido dela, bem baixinho para Dario e Mercedes não conseguirem escutar.

Ela passou os braços pelo pescoço dele e abaixou a cabeça até roçar a bochecha na dele.

— Não fica se achando *você* imaginado que eu acharia alguma coisa a não ser que isso é totalmente antiprofissional.

A voz dela estava grave e rouca.

— Pode continuar falando que já está começando a ficar mole — mentiu ele com os dentes cerrados.

Dario os guiou em algumas variações: ela olhando tímida por cima do ombro. Os dois com a testa encostada. Dario agachado ao lado deles, com o rosto dos dois virado para a câmera. De vez em quando, ela balançava de leve o quadril — não o suficiente para outra pessoa notar, mas sim para a visão dele ficar desfocada nos cantos.

— Quem é que não está sendo profissional agora? — resmungou Shane, apertando mais forte o quadril dela na tentativa de a manter imóvel.

— Pelo que estou sentindo, ainda é você.

Ela ajustou a coxa, deslocando o lençol, e seu sorriso de quem estava se gabando desapareceu.

Shane seguiu o olhar dela, mas já sabia o que ela estava vendo, despontando por baixo da cinta do protetor genital: a pequena tatuagem preta de linhas finas de um fantasma de desenho animado, do tamanho de uma moeda, levemente borrada pelo tempo.

Quando ela o olhou de novo, sua expressão vaidosa tinha sido substituída por um choque genuíno.

— Você não a tirou.

Era uma pergunta, mas ao mesmo tempo não era.

Ele afastou o resto do lençol para ver o lado oposto do quadril dela. Ela tinha, sim, uma tatuagem ali, mas, quando ele olhou mais de perto, não reconheceu o símbolo.

Ela tinha coberto a dela.

Claro que tinha.

— Isso não precisa ser nada além do que é.

Foi o que ela disse a ele da primeira vez que transaram — a primeira vez que fizeram qualquer coisa além de flertar e se comer com os olhos, na real — no quarto de hotel dela depois da apresentação para a mídia. Ele fez que sim, concordando, mas, como ela falou cavalgando enquanto as mãos dele abriam diligentemente o sutiã dela, Shane provavelmente teria concordado se ela tivesse dito "sanduíche de salada de frango".

Depois, quando o sangue voltou ao cérebro dele para processar com atraso a informação, ele ficou aliviado. Não que fosse contra compromisso. Mas àquela altura morava em Los Angeles fazia menos de um ano e sua vida já virara de ponta-cabeça com a entrada inesperada na série. Acrescentar um relacionamento teria sido um desastre. Além do mais, ele mal a conhecia e eles eram colegas de trabalho, pelo amor de Deus. Manter as coisas casuais era a única opção que fazia sentido.

Em retrospecto, a opção que *realmente* teria feito sentido seria não transar com ela para começo de conversa, mas, por algum motivo, isso não tinha nem passado pela cabeça dele.

Shane ficou grato por Lilah ter sido tão direta sobre suas expectativas, poupando-o do trabalho de ter que decodificar o que ela queria dele. Fiel ao combinado, ele não tinha dormido lá depois, e eles nem se falaram entre a apresentação para a mídia e o início da produção da primeira temporada. Ele estava pronto para descartar como uma transa de uma noite só. Mas aí, na primeira semana no set, Shane foi ao trailer dela ensaiar e, em vez disso, acabou chupando ela.

A única tentativa de definir o relacionamento tinha sido um mês depois disso, quando já estavam passando duas ou três noites por semana juntos — mas só depois do trabalho, nunca nos fins de semana. Ele estava quase pegando no sono, ninado pelo som baixinho da TV no quarto escuro dela.

— Você está saindo com mais alguém? — perguntara Lilah casualmente, seu hálito quente soprando contra o peito dele.

Ele não estava.

— Você fez exames recentemente?

Ele tinha feito.

— Quer parar de usar camisinha, então? Eu uso DIU. Só me avisa se... se alguma coisa mudar.

Não foi muito romântico, mas, bom, esse era o acordo. E, para ser justo, Shane nunca a levou num encontro de verdade durante todo o tempo em que estavam juntos. Os dois saindo em público seria toda uma Coisa, que traria uma nova série de pressões e não valia o trabalho. O arranjo deles tinha a ver com atração superficial, conveniência e alívio de estresse. Romance nunca fora um elemento.

Então, não tinha explicação para, alguns meses depois, quando ele a olhava — quando estavam sentados lado a lado, quase dormindo, no trailer de maquiagem; quando ela se fechava dentro de si mesma com um foco assustador ao estudar o roteiro ou esperar gritarem "Ação"; quando ela se deitava na cama ao seu lado no fim da noite, vestindo uma camiseta dele —, seu coração falhar em uma métrica que quase parecia soletrar *para sempre*.

Não *toda* vez. Não o suficiente para fazer alguma coisa. Mas o suficiente para mexer com a cabeça dele.

Para piorar a confusão, seus amigos na época o puxavam na direção oposta. Não só desaprovavam Lilah em particular como sentiam que ele estava perdendo tempo se amarrando a *qualquer mulher*. Ele devia manter as opções abertas, aproveitar o novo status de astro da maior série de TV do país. Com Lilah, argumentavam, ele tinha o pior dos dois mundos: todo o peso da monogamia sem nenhum dos benefícios.

As tatuagens tinham sido o alerta final dele. Aquele *para sempre* meio suprimido agora gravado na pele.

Só que Shane não tinha a mais puta ideia de por que não havia removido. Ia fazer isso, mas precisava esperar de seis a oito semanas para cicatrizar completamente antes de poder marcar uma sessão de remoção a laser e, depois disso, ficou adiando e adiando até passar a mal notar a tatuagem. Naquele momento, porém, o estômago dele se revirou ao vê-la. Embora tivessem terminado — a chance de eternidade dos dois destruída para sempre antes mesmo de tentarem de verdade —, ela continuava marcada nele.

Shane agarrou forte o lençol com o punho fechado.

— Não significa nada — grunhiu.

Ele ficou surpreso com a intensidade da própria reação, mas tinha passado o dia inteiro por um triz, cortesia de uma das pessoas de quem menos gostava no planeta e que no momento ainda estava agarrada a ele como uma craca. Ele começou a suar perto da linha do cabelo. Talvez aquilo fosse a gota d'água para ele.

Lilah não falou nada, só passou mais uma vez os dedos pela tatuagem, os cílios abaixados, a expressão enigmática.

De repente, ele não conseguia aguentar nem mais um segundo. De nada daquilo. Levantou-se abruptamente, jogando Lilah de seu colo para a cama.

— Já conseguimos o que precisávamos aqui, né? — perguntou ele, ríspido, vestindo de novo o roupão e saindo do quarto num rompante antes de alguém ter chance de responder.

6

Sete anos antes

LILAH ACORDOU NA MANHÃ SEGUINTE à festa de encerramento da primeira temporada com uma sensação ardente no quadril e a pior ressaca da vida. Ela piscou algumas vezes, piscadas pesadas e dolorosas, o corpo todo doendo, os dentes ásperos e o gosto rançoso na boca fazendo o estômago revirar. O calor e o peso de Shane em torno dela, que em geral eram um conforto, pareciam sufocantes. Enquanto se soltava de debaixo dele e rolava até se endireitar, ouviu um barulho de plástico.

Ela se levantou, vacilando um pouco, com o latejar da cabeça aumentando, e olhou para a cama em busca do culpado. Julgando pelo quanto se sentia horrível, não a surpreenderia se eles tivessem ficado doidões a ponto de comer fast food e dormir em cima das embalagens.

A produção tinha mandado motoristas para levar e buscar os dois na festa, e ela sabia que a Lilah Bêbada não se oporia a pedir para pararem num posto de gasolina ou irem até um drive-thru. Mas na cama só tinha um Shane de barriga para cima e ainda inconsciente.

Lilah puxou a barra da camiseta largona que estava vestindo e inspecionou brevemente o corpo, antecipando uma embalagem de Oreo presa na bunda ou algo do tipo.

O que ela encontrou era bem, bem pior.

— Puta que pariu — resmungou, soltando a camiseta e cambaleando até o banheiro para vomitar.

No meio das ondas de ânsia, ouviu Shane se mexer.

— Tudobemaí? — A voz dele estava grossa de sono.

Ela respondeu chutando cegamente para fechar a porta. Quando se sentiu de novo capaz de ficar em pé, lavou a boca com água antes de escovar os dentes e bochechar bem.

Seu reflexo era preocupante: cabelo embaraçado e oleoso, pele manchada, olhos de guaxinim com maquiagem borrada. Ela chegou mais perto. Aquilo era um *chupão*? Não só um, ela percebeu, puxando o cabelo mais para trás para ver direito. Uma constelação inteira. Graças ao tom de sua pele, era fácil demais marcá-la com um mínimo esforço, mas, àquela altura, Shane sabia que não devia deixá-los em lugares visíveis. Lilah nem conseguiu reunir forças para ficar brava com ele. Pelo menos não tinha que se preocupar em ir trabalhar naquele dia, enfrentar os sorrisinhos sabichões da equipe de cabelo e maquiagem. E, ao contrário do lembrete latejante no quadril, aquilo era temporário.

Ela voltou aos tropeços para o quarto. Shane parecia praticamente morto também, espalhado na cama diagonalmente, de cara para baixo, agarrando o travesseiro dela junto ao peito da forma como a estava agarrando momentos antes.

Ele virou o pescoço para olhá-la, com um sorriso preguiçoso se abrindo ao ver o estado do pescoço dela.

— Caramba, eu exagerei. Foi mal.

O tom vaidoso dele deixou claro que ele na verdade não estava nem um pouco arrependido. Normalmente, Lilah teria achado meio fofo. No estado atual, ficou furiosa.

— Olha isso.

Ela se sentou ao lado da cabeça dele, que automaticamente estendeu a mão para apertar a bunda dela. Ela o afastou com um tapinha, levantando a barra da camiseta para revelar o quadradinho de plástico-filme preto grudado no quadril.

— O que é isso?

— Acho que é a porra de uma *tatuagem* — respondeu ela, puxando o plástico-filme devagar e fazendo careta quando ele grudava na pele.

Shane se empurrou para sentar, alerta de repente. Como ele estava pelado, não levou muito para perceberem o local correspondente no quadril dele, também coberto com plástico-filme. Em contraste com a abordagem dela de ir aos pouquinhos, ele arrancou de uma vez, então, os dois revelaram as tatuagens misteriosas ao mesmo tempo: fantasminhas minúsculos de desenho animado, tão enjoativamente fofinhos que Lilah achou que teria que sair correndo até a privada de novo.

Eles se olharam por um momento longo e carregado. Era difícil ler a expressão de Shane, como se ele estivesse esperando que ela dissesse como ele deveria se sentir com aquilo.

Com dificuldade, Lilah remontou os acontecimentos da véspera, que pingavam pela névoa da ressaca mais lentamente do que gostaria.

O lugar era especializado em raspadinhas alcoólicas "elegantes", e os garçons circulavam com bandejas de doses fluorescentes nas cores do arco-íris. Lilah tinha experimentado três sabores seguidos com Max, chefe da equipe de cabelo e maquiagem, assim que chegara: gelados, grudentos e perigosamente doces.

Em geral, Lilah não bebia muito, especialmente durante as filmagens — não era profissional (e nem agradável, aliás) trabalhar de ressaca e, além do mais, o álcool a deixava inchada e cansada na câmera. Mas com o hiato de verão chegando e sua tolerância ao álcool no chão, não era de surpreender que tivesse sido demais.

Lilah fervilhou de ansiedade. Até ali, ela e Shane tinham dado um jeito de manter em segredo o que quer que fosse aquilo entre eles, mas havia uma chance não irrelevante de os dois terem ficado meio amigáveis demais na frente dos colegas na noite anterior. Ambos tendiam a ter mão boba quando bebiam. Meses saindo às escondidas, pegando carros separados, evitando serem vistos juntos em público, educadamente desviando das fofocas — tudo arruinado por alguns shots a mais de frozen margarita.

Ela pôs as mãos no rosto e gemeu.

— *Caralho*. Você lembra de alguma coisa de ontem à noite? A gente não... quando é que a gente *fez* isso?

Ele franziu a testa.

— Não sei — respondeu.

Lilah gemeu de novo, desta vez de forma ainda mais dramática.

— Isto é um puta *pesadelo*. — Ela sabia, ainda enquanto dizia, que estava exagerando, mas estava com tanta ressaca que provavelmente choraria se desse uma topada com o dedo. Ela se levantou, a fadiga de repente substituída por uma energia nervosa, e começou a andar de um lado para o outro. — Você acha que só nós fizemos? Será que dá para perguntar para alguém? Ou vai só parecer suspeito?

— Não sei — repetiu Shane, fechando os olhos.

— Você só sabe falar isso?

— O que você quer que eu diga?

— Eu não *sei* — falou ela, e o canto da boca dele tremeu.

— Com o que você está preocupada, exatamente?

Ele parecia exausto.

Lilah parou de andar abruptamente.

— Com as pessoas saberem. Da gente.

Ele passou as mãos pelo rosto.

— Com certeza elas já sabem. Pelo menos as que trabalham com a gente.

— Quê? Sério? Você acha? — A voz dela ficava mais e mais aguda com cada pergunta.

— Provavelmente. A gente vive um no trailer do outro. Não acho que seja tão difícil de sacar. Além do mais, você não para de me comer com os olhos.

Ela o olhou séria. Shane estava com aquele sorriso travesso para ela, obviamente tentando apaziguar a situação. Cacete, como ele podia estar tão calmo? Lilah sempre tivera dificuldade de entender pessoas assim, eternamente serenas, que lhe inspiravam inveja e frustração em igual medida.

Para ser justa, pessoas assim também não pareciam saber como lidar com ela, a não ser informando que estava sendo neurótica ou exagerando ou pensando demais — como se ela já não soubesse disso. Mesmo as ressacas pareciam atingir Shane de outro jeito, deixando-o tranquilo e amoroso, enquanto Lilah, naquele momento, sentia como se sua pele tivesse sido arrancada e o volume e a definição da imagem do mundo aumentados ao máximo.

Ela se jogou de volta na cama ao lado dele, sem conseguir saber se estava irritada ou grata por ele não se mover para tocá-la de novo. Fechou os olhos e os apertou com a base das mãos, tentando afastar as visões rodopiantes dos dois, altamente bêbados e com um pico de glicemia, rindo que nem idiotas no bar, Shane chupando o pescoço dela no banheiro, o zumbido sinistro de uma máquina de tatuagem.

Outro pensamento calamitoso. A possibilidade de eles não terem sido descuidados só na frente dos colegas — de terem sido descuidados em público. Só uma foto bastaria. Se isso tivesse acontecido, o constante e insistente rumor de atenção com o qual ela mal aprendera a conviver viraria um rugido que a engoliria.

Lilah se apoiou no cotovelo e se inclinou para inspecionar outra vez o quadril de Shane.

— Depois de quanto tempo você acha que dá para a gente remover? Provavelmente só depois de cicatrizar, né? Você sabe quanto tempo leva?

O ar divertido dele desapareceu.

— Você quer remover?

— Você *não*? — perguntou ela, arregalando os olhos.

Ele olhou para o outro lado.

— Não falei isso.

— Por que a gente não removeria?

Ela sabia que sua voz estava ficando histérica de novo, daquele jeito que o pior ex-namorado de escola dela tinha dito que fazia o pau dele parecer que estava murchando e voltando para dentro do corpo.

Shane deu de ombros, ainda sem conseguir olhá-la nos olhos, focando em vez disso seu próprio quadril exposto.

— Sei lá. Assim… uma tatuagem de casal não é exatamente o fim do mundo, né?

Ele estendeu o braço para acariciar a coxa dela, e Lilah se afastou com um movimento brusco.

— Nós não somos um casal — falou, irritada, e foi como se ele tivesse virado pedra diante dos olhos dela.

Era para ser só uma vez.

Mas uma vez tinha virado uma dúzia que tinha virado cem e, sem discernimento, Lilah tinha deixado as coisas passarem da data de validade. É que era tão fácil. *Shane* era tão fácil.

Não no sentido de que era fácil tirar a roupa dele, o que, sim, também era. Mas eles tinham a mesma agenda imprevisível, ele era tranquilo e querido, e, mais importante, confiável. Shane era a única pessoa em sua vida que entendia pelo que ela estava passando, porque estava passando também: a experiência surreal, empolgante, assustadora, raríssima de ir de zé-ninguém a Alguém com A maiúsculo praticamente do dia para a noite.

Depois do ano que ambos tinham tido, ela só conseguia lidar com o que fosse fácil. E havia razões mais do que suficientes pelas quais ter um relacionamento de verdade com ele seria difícil pra caralho.

Talvez tivessem borrado os limites passando a noite juntos com tanta frequência, mas era uma questão de logística: eles saíam tarde do trabalho, entravam cedo e não moravam particularmente perto. Só que nunca tinham *dormido* juntos sem transar, um limite que Lilah tinha tomado cuidado de manter intacto.

Até a noite anterior.

Olhando a expressão magoada dele, ela foi tomada por uma onda de algo pior do que náusea. Algo mais próximo de nojo com uma crista de desespero. Ela doía inteira, por dentro e por fora, sentia-se exausta, fraca e bem envergonhada por seus impulsos mais autodestrutivos terem se libertado e rastejado até a superfície. Ela queria machucá-lo também. Puni-lo pelos crimes imperdoáveis de gostar dela, de querer mais dela, de pressupor que a conhecia.

— O que você acha que isso significa, exatamente?

A voz, cáustica e dura, já não parecia sua, um alerta para si mesma de que estava a cinco segundos de falar algo de que se arrependeria amargamente.

— Eu não… — Ele se segurou bem a tempo, mas ela insistiu, não conseguia evitar.

— Eu por acaso já falei alguma coisa que fizesse você acreditar que eu gostaria de uma merda de *tatuagem de casal* com você?

— Não, mas…

— Mas o quê? — Lilah nem tinha certeza de quando havia se levantado, mas estava de pé de novo, braços cruzados na defensiva, mudando o peso de um pé para o outro como se estivesse a segundos de sair voando pela porta da porcaria do próprio quarto. — Você quer ser meu *namorado* agora, é? É isso?

Ele a olhou nos olhos e falou com a voz frustrantemente calma:

— Com você agindo desse jeito, não quero, não.

Ela levantou o queixo.

— E como eu estou agindo?

Ele não respondeu, só continuou olhando-a com aqueles olhos magoados de golden retriever.

Lilah às vezes sentia que estava andando por aí com uma cobra enrolada na barriga só esperando que ela abrisse a boca, pronta para atacar com a menor provocação. Sabia que estava descontrolada — pele corada, coração batendo loucamente, o arrependimento já fermentando na parte distante da mente que guardava o bom senso.

Ela estava praticamente provocando Shane a morder a isca. A dar o pé na bunda dela, chamá-la de vagabunda, devolver o que ela merecia e mais. Vários homens fariam isso — e tinham feito — por menos.

Mas ele não. Ele só balançou a cabeça, olhando para o chão. Quando falou, sua voz estava cansada.

— Acho melhor eu só ir embora. Provavelmente nós dois precisamos esfriar um pouco a cabeça.

— Ou você pode só ir embora e a gente bota um ponto-final nisso. — Foi essa a frase que saiu da boca dela antes que Lilah se desse conta do que estava dizendo. Ainda não sentia que estava inteiramente dentro do próprio corpo ao continuar: — Acho que isso... o que quer que seja... já deu o que tinha que dar.

Shane levantou os olhos de novo para ela. Suas sobrancelhas estavam franzidas, uma junto da outra, os lábios apertados, o rosto duro e fechado. Nunca a tinha olhado assim antes. Aquela expressão parecia errada no rosto dele.

— Então acho que é isso.

— É isso.

Ela abaixou os olhos para os pés enquanto falava. Não houve movimento em sua visão periférica por vários longos segundos.

— Tá — disse ele por fim.

A cama rangeu quando Shane se levantou e começou a recolher as roupas.

Ela não sabia por que esperava que ele brigasse mais. Que tentasse lutar por ela, por eles. Não era o estilo de Shane. Afinal, ele era um cara fácil.

Mesmo assim, a aceitação silenciosa foi um soco na barriga.

Lilah se sentou na beirada da cama e o observou colocar a calça jeans, com um autodesprezo se acumulando na boca do estômago.

Depois de afivelar o cinto, ele voltou até ela. Ela ficou olhando de cabeça levantada.

— Você está com a minha camiseta — disse ele.

Lilah abaixou os olhos para o logo desbotado e desconhecido em seu peito.

— Ah. É.

Ela se levantou, puxou a camiseta por cima da cabeça e entregou para ele. Por baixo, estava só de fio dental e cruzou os braços com vergonha na frente do peito quando ele pegou a roupa e a deixou exposta. Ela notou Shane olhando de relance para baixo e abrindo de leve as narinas. Por um breve momento de desespero, considerou tentar seduzi-lo para transarem pela última vez, mas nunca tinha se sentido menos sexy na vida e, além do mais, se ele a rejeitasse, ela provavelmente morreria de humilhação bem ali.

Ela colocou uma camiseta e uma legging enquanto Shane terminava de pegar suas coisas; os dois desviaram o olhar, dando amplo espaço para o outro enquanto se moviam pelo quarto. Quando ele chegou à porta, hesitou e se virou para ela.

Lilah o olhou nos olhos e sua pele ficou arrepiada de inquietação. A agressividade tinha se esvaído quase tão rápido quanto chegara. Agora, só queria voltar para baixo das cobertas e ficar ali, tentando em vão se esconder do remorso que já ameaçava dominá-la.

E então ela se escutou dizer baixinho:

— Eu não quero te perder como amigo.

Ele soltou uma expiração curta pelo nariz, o espectro de uma risada, aí balançou a cabeça, resignado, antes de voltar a olhá-la nos olhos.

— A gente nunca foi amigo, Lilah.

Ela estivera errada antes. *Esse* era o soco na barriga.

Aí, ele se foi.

Depois que Shane saiu, ela se esforçou para se distrair puxando o laptop e pesquisando freneticamente o nome dos dois sem parar, vasculhando cada rede social e site de fofoca em que conseguia pensar, com o coração na boca. Felizmente, para seu choque e alívio, parecia que tinham conseguido passar despercebidos no que dizia respeito ao público geral. *In*felizmente, pelo que ela conseguia perceber das mensagens trocadas com Polly — sua roteirista favorita da série — e Max, parecia que ninguém mais tinha ido com eles na pequena aventura no estúdio de tatuagem. Eles tinham mesmo feito uma tatuagem de casal. Ela fechou o laptop e se embolou embaixo de um cobertor no sofá, se permitindo cair em uma soneca mal-humorada.

Mais tarde, depois de estar descansada, banhada, cafeinada e reidratada o suficiente para pensar direito, Lilah se permitiu repassar os acontecimentos daquela manhã, marinando em culpa e vergonha. Mas tinha algo ali que a perturbava mais do que tudo: a ferroada dolorida da perda.

Ela havia tentado ignorar as pequenas intimidades que se empilhavam ao longo do tempo. As piadas internas. A escova de dentes dele no armário do banheiro dela. A forma como ele deixava o café dela pronto de manhã. O infeliz fato de que ela dormia melhor do que nunca de conchinha com Shane, com os lábios dele pressionados em sua nuca.

Shane só tinha dito que a amava uma vez, havia quatro ou cinco meses. De forma quase inaudível, grudado no ombro dela, no meio da noite, depois de os dois acordarem inexplicavelmente ao mesmo tempo e se procurarem, durante uma transa meio onírica e incomumente carinhosa. Lilah tinha ficado tão assoberbada que fingiu não ter escutado. Se ele tivesse dito de novo olhando diretamente para ela como se fosse sério, seria uma coisa. Mas não tinha feito isso.

Em grande parte, porém, ela havia ignorado porque não acreditava nele. Não por achar que ele estivesse mentindo nem nada disso. Eles passavam muito tempo juntos, obviamente, mas em geral estavam trabalhando ou transando, e os assuntos raramente eram mais profundos do que gracejos ou conversa fiada. Ela acreditava que Shane amava a ideia dela, que amava transar com ela, que amava o fato de ela se encaixar na vida dele de uma forma simples e sem exigências. Mas não era *ela* que ele amava. Não tinha como. Ela não havia mostrado o bastante de si mesma para isso ser possível.

Às vezes, Lilah o pegava olhando para ela de uma forma que fazia seu peito se apertar, porque sabia que ele não estava enxergando quem ela era de verdade, mas a mulher de fantasia impecável e impossível que ele inventara havia muito tempo e na qual grudara o rosto dela. Shane merecia ficar com a mulher que achava que Lilah era — alguém delicada, como ele, que ele pudesse segurar com a força que quisesse sem se ver rasgado em pedacinhos ao se afastar.

Havia um alívio doentio nisso também. Agora, pelo menos, ele enfim sabia com quem estava lidando. Ela não precisaria passar os próximos meses fingindo não notar que ele estava pouco a pouco se desencantando à medida que Lilah se abria.

Independentemente de qualquer coisa, porém, precisariam achar um jeito de esquecer tudo isso, pelo bem da série. A pior coisa que podiam fazer era permitir que o término afetasse a relação profissional.

Amanhã. Lilah ligar ia para ele amanhã, pedir desculpas, e eles iam se resolver.

Na manhã seguinte, ela acordou com uma notificação no grupo das Más.

ANNIE: Aconteceu alguma coisa com você e o Shane?

Lilah sentiu um frio na barriga.

LILAH: Por quê?
PILAR: Só tentando entender se precisamos matar o cara ou não

A mensagem seguinte de Pilar era um link para um site de fofoca. Quando Lilah clicou, foi recebida por uma série de fotos de Shane num bar com os amigos: um grupo de outros atores emergentes de 20 e poucos anos com quem ele tinha começado a andar depois do estouro de

Intangível e que a imprensa tinha apelidado de forma semidepreciativa de "Esquadrão da Pegação".

Quando os conhecera, numa festa de Ano-Novo a que tinha ido com Shane como "amigos", um deles a olhara de cima a baixo e se debruçara para perguntar a Shane, sem se dar ao trabalho de abaixar a voz, se ela era *inteiramente* ruiva. A única reação de Lilah tinha sido dar meia-volta e ir embora. Já tinha escutado aquilo tantas vezes que a falta de originalidade a emputecia mais que a vulgaridade.

Shane tinha saído correndo atrás dela e a convencido a ficar, exigindo um pedido de desculpas do amigo quando voltaram, e isso havia sido suficiente para aplacá-la. Quando ele a puxou para um quarto vazio logo antes da meia-noite, Lilah já tinha quase esquecido. Quase.

Mas, agora, era só nisso que ela conseguia pensar ao rolar as fotos de Shane abraçando tão forte uma Angel da Victoria's Secret que parecia que tinham sido soldados juntos com um maçarico. Ele claramente estava doidão, dando um beijo molhado na mulher que enfiava as mãos dentro da camisa dele, enquanto o resto dos caras ria, zoava e levantava o copo, abraçando suas próprias modeletes.

Lilah sentiu a visão escurecer. Devia ter confiado em seus instintos. Odiar os amigos da pessoa nunca é bom sinal para a longevidade de um relacionamento — farinha do mesmo saco e tudo o mais. E não era segredo que os caras também a detestavam pra cacete.

Provavelmente estavam enchendo o saco de Shane para ele terminar havia meses. Dado o que tinham se sentido confortáveis de falar na cara dela, Lilah não queria nem pensar em como falavam pelas costas.

Mas, é claro, havia o fato de que Shane era adulto. Ninguém o estava forçando a enfiar a língua na garganta daquela mulher. Ele estava fazendo porque queria.

Estava fazendo porque agora podia.

Ela ficou olhando a foto pelo que pareceram horas.

Finalmente, forçou os dedos a agir, tentando escrever uma mensagem bem mais de boa do que ela verdadeiramente estava.

LILAH: haha

Bom começo. Ela se forçou a continuar.

LILAH: Não precisa matar, não

LILAH: Não estamos mais juntos

LILAH: Só pode ser que eu morra de vergonha por estar associada a alguém que faz uma coisa tão baixa

PILAR: mds, pera, como assim?

ANNIE: Desde quando???

YVONNE: Você tá bem?

LILAH: Ontem

LILAH: Fui eu que terminei

LILAH: e não, não estou muito bem

LILAH: Mas vou ficar

Ela garantiu às amigas que não precisavam ir até lá, garantiu a si mesma que não tinha motivo para se sentir tão arrasada e que aquilo era só seu orgulho ferido, só isso. Na semana seguinte, já teria esquecido.

Só que ele não parou.

Pelos próximos vários dias, Shane foi fotografado com uma mulher diferente a cada noite — algumas famosas, outras não. Embora as demonstrações públicas tenham ficado um pouco mais elegantes depois daquela primeira noite, era óbvio que ele estava aparecendo de propósito em lugares onde sabia que haveria paparazzi ou fãs famintos. Não havia outra forma de interpretar: era para magoá-la.

Lilah visualizou seu coração se solidificando como uma rocha e tentou ignorar como aquilo estava dando certo.

A pior parte era que ela nem podia fazer a mesma coisa com ele. Se saísse cada noite com um cara diferente babando em cima dela, seria vista como vulgar, como puta, sua imagem e potencialmente sua carreira irrevogavelmente manchadas. E, embora alguns veículos de fofoca de viés feminista tivessem chamado o comportamento de Shane do que de fato era (patético, feio, para chamar a atenção), as maiores fontes o consideravam um garanhão, um ícone, um Esquadrão da Pegação de um homem só.

No quinto dia, sozinha no meio da noite, ela finalmente se permitiu chorar.

7

Agora

QUANDO WALT CHAMOU LILAH E Shane em sua sala durante o horário de almoço na semana seguinte ao ensaio, ela teve certeza do motivo. Eles tinham gravado a primeira grande cena juntos havia poucos dias e levado o dia inteiro para fazer três páginas — um desastre num cronograma apertado de TV que os atrasou a semana inteira.

Ela estava morta de vergonha, sabendo muito bem que estava arruinando o dia de inúmeras pessoas ao estragar um take atrás do outro. A diversão malcontida de Shane com as dificuldades dela só piorava tudo. A vergonha de Lilah tinha se agravado sozinha, tornando impossível ela se recuperar, deixando-a tão encanada que acabava errando falas que havia executado perfeitamente antes.

Depois de um tempo, o diretor tinha ido perguntar gentilmente se ela precisava de alguns minutos para se recompor, trazendo a *stand-in* enquanto gravavam a perspectiva dos outros atores. As bochechas dela ardiam quando saiu do set.

Mas, ao se sentarem na sala de Walt, os dois com a expressão culpada de aluno chamado na sala do diretor, Walt abriu uma revista de fofoca na mesa sem falar nada. Lilah deu um olhar de soslaio para Shane, que pareceu igualmente confuso.

— Sinto muito pelo... drama da Peyton com o bebê? — disse ele, hesitante, levantando os olhos da capa.

Walt pegou a revista e folheou até uma página com orelhinha no canto, dobrando a capa para trás e deslizando de novo para os dois.

DESUNIÃO PERFEITA:

O Time dos Sonhos de *Intangível* Está de Volta — e é um pesadelo nos bastidores!

O estômago de Lilah deu uma cambalhota quando ela viu as fotos. Uma de cada um, tiradas em horários e locais completamente diferentes, mas sobrepostas de um modo que deixava implícito que suas expressões descontentes eram dirigidas de um ao outro. Considerando que Lilah estava com seu Ressacão (o macacão da Carhartt que ela usava sempre que tinha uma ressaca especialmente ruim, apelido dado por Pilar), a foto dela era de três meses antes, quando o pneu tinha furado no caminho de comprar tacos para o café da manhã. Claro que ela parecia irritada.

Olhando a foto de Shane distraidamente, ela se perguntou o que o deixara tão atormentado. Provavelmente estava tomado de culpa por ter tido que falar para um garçom que o pedido dele estava errado ou algo do tipo.

Os dois se debruçaram um pouco à frente para ler a reportagem sem ter que pegar a revista da mesa. Era quase tudo encheção de linguiça — fatos básicos sobre a volta dela à série —, terminando numa alegação esbaforida de uma fonte anônima de que o ensaio deles tinha *supostamente* terminado mais cedo depois de os dois terem uma briga aos gritos no set.

— Não é verdade — falou Lilah sem convicção. — A gente não gritou um com o outro.

Embora Dario e Mercedes fossem as únicas pessoas com eles no quarto, houve pelo menos uma dúzia de testemunhas da saída apressada de Shane pela área principal da suíte. A reportagem podia ter sido inventada por qualquer uma delas.

Walt suspirou.

— Não importa se é verdade ou não. O pessoal da emissora está puto. Precisamos cortar o mal pela raiz.

— Você não quer que a gente finja que está namorando, né? — resmungou Shane.

— Claro que não — respondeu Walt. — Ninguém quer se meter na vida pessoal de vocês. Só marcaram uma boa e velha turnê de imprensa para vocês dois, mas vai ser um bom e velho desperdício de tempo de todo mundo se está óbvio que vocês se odeiam.

— A gente não se odeia — responderam os dois, roboticamente, em uníssono.

Walt suspirou outra vez.

— Tá. Bom, andei falando com executivos da emissora e eles acham que pode ser uma boa ideia vocês fazerem algumas sessões de terapia de casal para resolver isso... isso que está rolando aqui.

— A gente não é um casal — disseram, de novo em uníssono.

— Muito fofo. Vocês deviam fazer isso na turnê — comentou Walt, com uma risada mal-humorada. — Sim. Eu sei que vocês não são um casal. São só duas pessoas que me dão muito trabalho, isso sim. — Ele tirou os óculos e esfregou os olhos. — Não é só a reportagem, gente. Tem também o desempenho de vocês no set. Nesse ritmo, vamos gravar esta temporada durante os próximos três anos. Eu sei que tiveram problemas pessoais no passado e não é da minha conta. Mas, se isso afeta o trabalho, *aí* fica sendo da minha conta e vira problema meu.

Lilah ficou olhando as mãos, envergonhada. Nunca tinha sido repreendida assim antes. Era algo que sempre a orgulhara: não importavam as circunstâncias de sua vida pessoal, ela aparecia e arrasava no trabalho. Ela ardia de ressentimento por Shane ter fodido com isso também — embora, é claro, também precisasse aceitar sua cota de responsabilidade naquilo. Um fósforo só se acendia se tivesse algo em que riscar.

— Tá bom — disse ela abruptamente. — A gente faz a terapia.

Ela olhou de soslaio para Shane, já virado para ela.

— É — disse ele, com a voz séria. — Certo. Desculpa, Walt. A gente topa qualquer coisa.

Shane parecia mesmo arrependido. E era para estar — o chilique dele, exagerado ou não, era o que tinha colocado os dois nos tabloides.

Alguns minutos depois, Lilah saiu da sala de Walt atrás de Shane e fechou a porta. Os dois ficaram ali parados, Shane analisando o rosto dela com uma expressão indecifrável. Ela achou que ele fosse dizer alguma coisa, mas, em vez disso, ele se virou e saiu andando pelo corredor. Ela correu para alcançá-lo.

— E aí?

Ele nem virou a cabeça.

— E aí o quê?

— Você não vai dizer nada em sua defesa?

— Foi você quem precisou de um monte de takes no outro dia.

A displicência dele a enfureceu.

— Aham, porque *você* não parava de me atormentar. Mas isso não estaria acontecendo sem o seu surto por causa do lance da tatuagem.

Sinceramente, era um assunto delicado para ela também.

Algumas semanas depois do término, ela tinha viajado para gravar o segundo filme *M.A.S.* durante o hiato antes da segunda temporada. Em vez de um verão solitário se arrastando amuada por Los Angeles, ela fugira para o norte de Nova York por seis semanas com as melhores amigas e pouco ou nenhum sinal de celular, e era exatamente disso que precisava. Estava grata por ter o trabalho para se distrair; férias de verdade lhe dariam tempo demais sozinha com seus pensamentos.

Depois do fim da gravação, as quatro haviam se enfiado no Jeep alugado de Yvonne e dirigido quarenta minutos até o estúdio de tatuagem mais próximo, onde fizeram tatuagens iguais do logo do acampamento onde suas personagens trabalhavam. Se Lilah olhasse bem de perto a dela, ainda conseguia ver o esboço fraco de um fantasma por baixo — mas raramente olhava de perto hoje em dia.

Ao voltar à produção de *Intangível*, ela estava em paz com a situação toda — tanto quanto era capaz. Se Shane queria viver sua fantasiazinha babaca de *Entourage* e trepar com Los Angeles inteira, Lilah não tinha nada a ver com isso.

Mas, assim que voltou ao mundo real, foi pega de surpresa pela cobertura emocionada e ininterrupta do novo casal mais popular do mundo das celebridades: Shane e Serena Montague, recém-divorciada do marido também famoso — e dezessete anos mais velha do que Shane. Serena tinha sido uma das atrizes mais bem pagas de Hollywood quando Lilah e Shane eram crianças, mas, agora que estava com mais de 40, sua carreira havia chegado a um inevitável platô.

A mídia estava obcecada por eles, pintando Serena como uma papa-anjo desesperada e Shane como seu namoradinho louco por fama. Por mais que o orgulho ferido de Lilah quisesse acreditar que o namoro era baseado numa necessidade mútua de atenção, eles tinham ficado vários anos juntos — e, nas poucas vezes em que interagira com Serena, a outra fora sempre gentil e graciosa.

Quanto a Shane, ele ao menos se deu ao trabalho de parecer devidamente culpado por suas façanhas depois de terem voltado ao set, pisando em ovos perto dela com um olhar de cachorrinho que caiu do caminhão da mudança que a deixava com ódio. Ela podia ter curtido sua superioridade moral como a parte ferida e talvez as coisas tivessem esfriado entre eles.

Mas ela não era assim. Claro que Lilah tinha que retaliar.

Shane tinha ajudado Devon Dillon, o responsável infame por perguntar se ela era toda ruiva, a conseguir um arco de dez episódios como convidado na série, com potencial para mais se o personagem fosse bem recebido. Ela já estava temendo a ideia de trabalhar com Shane pelos próximos quatro anos do contrato deles; pensar em acrescentar Devon à mistura era insuportável.

De algum jeito, depois de algumas sugestões casuais mas contundentes durante uma saída com Polly e alguns outros roteiristas, ela conseguiu tirar Devon permanentemente da série depois de só três episódios. Era quase tão bom quanto fazer o próprio Shane ser demitido. Da primeira vez que viu Shane depois de ele descobrir, o olhar de cachorrinho tinha sumido, substituído por desprezo. Nenhuma das duas coisas era ideal, mas ela preferia ser de longe odiada a ser alvo de pena.

Depois disso, não tinha como voltar atrás. Quando as lentes cor-de-rosa de seu relacionamento foram quebradas, ela viu com perfeita clareza que o charme descontraído que inicialmente a atraíra era, na verdade, uma máscara para esconder a fraqueza, a insegurança, a necessidade patológica de Shane de que gostassem dele. E, pelos olhos de Shane, ela virou sua versão mais feia: a megera vingativa, sem senso de humor, incapaz de relaxar.

O terapeuta que acabassem consultando ia ter um belo trabalho.

Shane parou de repente e se virou.

— Não foi por causa da tatuagem.

Ela chegou mais perto dele até ficarem nariz a nariz.

— Então o quê?

Ele apertou o maxilar.

— Você sabe o que estava fazendo.

— O quê? O que eu estava fazendo?

Ela deixou os olhos inocentes e largos.

— Você estava tentando... — Ele desviou o olhar antes de recomeçar. — Tudo para você é uma competição. Sempre precisa ganhar.

— Seu pau não é o prêmio que você acha que é, Shane — falou ela, irritada.

Ele deu um sorrisinho e abaixou a voz.

— Não é o que você costumava dizer.

— Bom, eu também comia salgado *fit* com Red Bull no café da manhã, mas, por sorte, meus padrões para o que permito que entre no meu corpo aumentaram um pouco desde aquela época.

Lilah o tirou da frente e saiu andando, tentando não corar.

Tá, sim, ela tinha provocado um pouco no ensaio, mas só para desviar de seu próprio desconforto com o quanto também estava ficando excitada e afetada. Era o único jeito de sentir que tinha algum controle da situação, mas pagara o preço depois. Só quando acordou no meio da noite à beira de um orgasmo depois de horas de sonhos eróticos ansiosos ela se permitiu colocar a mão no meio das pernas e terminar o trabalho que eles tinham começado.

Seu único consolo enquanto se masturbava era que, a julgar pelas reações sofridas de Shane, não tinha como ele ter aguentado tanto quanto ela. Ela disse a si mesma que o único motivo pelo qual estava vendo estrelas enquanto gozava era que aquilo tinha se acumulado o dia todo, e não porque as amigas tinham razão e era mais excitante porque ela o odiava.

Saíram do prédio praticamente lado a lado. Lilah pelo menos teve a maturidade de não brigar quando ele segurou a porta para ela e murmurar um “obrigada” a contragosto e baixinho. A perspectiva de caminhar com ele até os trailers a fez estremecer, então, em vez de virar à direita na direção do set, ela virou à esquerda para o estacionamento, para dar uma volta no prédio e se dar a chance de esfriar a cabeça.

— Aonde você vai?

Ela se virou.

— O que te importa?

Ele piscou, com uma expressão genuinamente confusa passando pelo rosto.

— Não importa. Tem razão. Desculpa.

Shane deu meia-volta e foi embora sem dizer mais nada, deixando Lilah ali perplexa.

8

— ENTÃO, HÁ QUANTO TEMPO vocês estão juntos?

Shane e Lilah trocaram olhares desconfortáveis.

Os dois estavam sentados um de cada lado de um sofá nem de perto tão grande quanto Shane gostaria. Empoleirada numa poltrona macia à frente deles estava a terapeuta de casais designada pela emissora, dra. Deena, uma mulher esguia de 60 e poucos anos do sul da Ásia com cabelo branco curto e óculos exageradamente grandes de armação roxa. Os óculos pareciam uma anomalia, já que todo o resto da sala, dos móveis à decoração e à roupa dela, era agressivamente neutro, passando por todo o leque de tons de creme a bege.

— Nós, hum… nós não estamos juntos — explicou Lilah. — Quer dizer, não somos um casal.

Ela falou com alguma hesitação, como se não tivesse certeza de se era uma pergunta capciosa.

A dra. Deena piscou algumas vezes, depois olhou seu bloco de anotações.

— Ah. Desculpa. Deve ter havido algum erro de comunicação com meu coordenador de admissões. Então, qual *é* o relacionamento de vocês, exatamente?

— Colegas de trabalho — respondeu Shane, lacônico.

A dra. Deena pareceu ainda mais confusa.

— Nós somos atores. Numa série de TV — informou Lilah. — A emissora quis que a gente viesse aqui. Andamos tendo alguns... problemas.

Os cantinhos dos olhos da dra. Deena se enrugaram afetuosamente.

— Entendo. Eu não vejo muita TV, então me perdoem por não reconhecer vocês. — Ela suspirou e se recostou na poltrona. — Tá. Entendi. Então, me atualizem: qual o estado civil de vocês, sem ser um com o outro? Algum de vocês é casado?

Os dois fizeram que não. A dra. Deena fez uma anotação em seu bloco.

— Namorando?

Os dois se olharam brevemente antes de se voltarem para a frente.

Shane não tinha um relacionamento de mais de três meses desde o término com Serena, mas não por falta de esforço. Apesar de suas tentativas esporádicas de curtir a vida ao longo dos anos, ele sempre tinha sido de namorar. Mas era difícil manter um relacionamento sério com a agenda dele, especialmente se estivesse namorando alguém tão ocupado quanto ele.

Sua última tentativa, com uma mulher que trabalhava no departamento de arte de outra série da UBS, tinha enfraquecido em algum momento do fim da última temporada. Os dois haviam aproveitado o máximo possível durante a produção, contando os dias até o hiato de verão e a promessa de muito tempo ininterrupto para curtirem juntos — mas, quando finalmente esse tempo chegou, tinham percebido que nenhum dos dois queria muito.

— Não — respondeu ele por fim, olhando de novo para Lilah que, para sua surpresa, o estava analisando com atenção. Ele não queria admitir o quanto estava curioso para ouvir a resposta dela.

Depois que pararam de se ver, Shane sabia que ela tinha voltado com o ex-namorado de Nova York, um dramaturgo que passava meses em Los Angeles regularmente, na equipe de roteiristas de alguma série prestigiosa de curta duração. Até onde Shane conseguia entender via fofoca passiva de terceira mão, o relacionamento deles era meio caótico, com os dois terminando toda vez que ele ia embora, aí tentando de novo sempre que ele voltava.

Mas, ele percebeu com uma pontada, exceto pelas revistas de fofoca ligando-a brevemente a seu colega de elenco em *Sem rede de segurança*, numa tentativa óbvia de criar um *buzz* positivo para o filme (um tiro que saiu pela culatra, já que ele fazia papel de filho adulto dela e todo mundo só achou nojento), Shane não tinha ideia de como era a vida pessoal de Lilah desde que ela saíra da série.

Lilah olhou de novo para a frente.

— Não. Não estou saindo com ninguém.

— E algum dos dois já fez terapia antes? De casal ou de qualquer outro tipo?

Lilah respondeu primeiro, sem hesitar:

— Eu. Sozinha. Com idas e vindas, desde que eu tinha uns... 11 anos, acho. Eu tenho TAG.

Shane manteve o olhar resoluto em frente, tentando camuflar sua surpresa. Ele não tinha certeza do que significava, mas sabia que o "A" do meio provavelmente era de "ansiedade". Ela havia mencionado de passagem — e ele, claro, tinha sentido o peso em primeira mão —, mas Shane não sabia que era ruim a ponto de Lilah precisar fazer terapia desde criança. Ele sentiu uma pontada de compaixão por ela, que rapidamente suprimiu.

A dra. Deena assentiu.

— E hoje em dia você consegue lidar bem com isso? Com certeza não é fácil com seu tipo de trabalho.

Shane pensou tê-la visto olhando para ele antes de responder.

— Aham. Tudo certo — disse Lilah, seca.

A dra. Deena se virou para ele.

— E você, Shane?

Ele fez que não.

— Não. Nunca.

Lilah fez um barulhinho de desdém bem baixo. Ou a dra. Deena não notou, ou escolheu ignorar.

— Então, há quanto tempo vocês dois trabalham juntos?

— A série começou há oito anos, eu saí depois de cinco temporadas e acabei de voltar faz algumas semanas — informou Lilah.

— E foi aí que o conflito começou? Quando você voltou?

— Hum… — Lilah estalou a língua. — Não, foi… antes disso.

A dra. Deena mudou de posição na poltrona, batendo a caneta no queixo.

— Qual você diria que é o maior problema de vocês? Se pudesse escolher um.

— A gente passa tempo demais junto — respondeu Shane, sem emoção na voz.

Ele provavelmente tinha passado mais horas ao lado de Lilah do que de qualquer outra pessoa, incluindo qualquer uma de suas namoradas.

— Mas vocês conseguem apontar quando as coisas começaram a declinar? Não pode ter sido assim desde o primeiro dia — insistiu a dra. Deena.

Eles se olharam, o rosto de Lilah refletindo o desconforto que ele estava sentindo.

— Foi depois… a gente… a gente esteve envolvido. Por um tempinho. E… acabou mal — admitiu Lilah enfim, como se a informação estivesse sendo arrancado dela em interrogatório.

A dra. Deena assentiu devagar.

— Entendo. Vamos voltar ao começo, então. Me falem do relacionamento de vocês. Quando começou?

Eles ficaram em um longo silêncio, sem se olhar. Shane sentia que Lilah estava quase tão disposta quanto ele a relembrar tudo aquilo. Mas era por isso que estavam ali, pelo jeito. Ele suspirou.

— Começou no início. Quer dizer, começou basicamente quando a gente se conheceu. Depois de a série ser contratada.

— E quanto tempo durou? — perguntou a dra. Deena.

— Hum… uns oito meses? Algo assim?

Ele se permitiu um olhar de relance para Lilah em busca de confirmação, e ela fez que sim bruscamente.

— E o que aconteceu?

Shane apoiou os cotovelos no joelho e se inclinou à frente, passando as duas mãos pelo rosto e pelo cabelo.

— Bom. Como eu falei, a gente estava passando muito tempo juntos. E desde o começo tinha… hum. Uma faísca, acho. Então, começamos a sair.

— Mas era só físico — interrompeu Lilah. — Nada sério.

Shane sentiu algo se acender dentro do peito. Claro que ela diria isso. Ele é que tinha sido idiota a ponto de falar que a amava, com o coração afundando no estômago quando ela o ignorou. Mas ele tinha se declarado com facilidade demais, meio fora de si por causa das substâncias químicas cerebrais do sexo ou coisa assim. Sentado ao lado dela naquele momento, era difícil acreditar que tinha sentido qualquer coisa forte por ela que não ódio.

— Quer continuar? — perguntou ele, com a voz afiada.

Ela levantou as mãos, num sinal de redenção.

— Não, imagina, continua. Eu quero ouvir essa parte.

Shane mudou de posição, tentando retomar o raciocínio.

— Então, as coisas estavam bem. Boas. Eu achava, pelo menos. Mas aí, depois de terminarmos a primeira temporada... — Ele pausou, sentindo o olhar de Lilah. Parecia idiota pra caralho falar em voz alta. — A gente, hum... bebeu um pouco demais na festa e acordou com... tatuagens iguais.

— Vocês têm tatuagens iguais? — perguntou a dra. Deena, de sobrancelhas levantadas.

— Não mais. Ela cobriu a dela. — Ele olhou Lilah de soslaio. — O que você fez, aliás? Uma coisa das Más?

Ele tentou em vão manter a voz amigável, fervilhando de irritação com a situação toda mais uma vez.

Lilah contraiu os lábios.

— Acho que essa não é a questão.

— Certo. A questão. A questão é que Lilah deixou claro pra cacete que o que quer que estivesse rolando não funcionava mais para ela.

Lilah suspirou pesado.

— Ok, beleza. Eu exagerei, sim, mas doze horas depois você estava enfiando a mão em todo tomara que caia de Los Angeles, então, obviamente, não ficou assim *tão* arrasado.

Shane sentiu uma vergonha quente e densa. Engoliu o sentimento, tentando acessar de novo a raiva arrogante que fervilhava no fundo sempre que estava na presença de Lilah.

— *Você* terminou *comigo*, Lilah — disse ele, se virando de frente para ela, tentando, sem sucesso, impedir que sua frustração transbordasse. — Para de tentar fazer parecer que eu é que fui o babaca.

Algo parecido com dor passou pelo rosto dela, só por um segundo, virando raiva tão rapidamente que ele ficou sem saber se tinha imaginado.

— Tem razão, você só fez tudo o que podia para me magoar e me humilhar o máximo possível logo depois. Um verdadeiro príncipe entre os homens. — Ela balançou a cabeça, cansada, antes de desviar o olhar, suas próximas palavras escapando baixinho: — Não *tem* ninguém bonzinho aqui. Você ainda não entendeu isso?

Shane sentiu a culpa na boca do estômago. Obrigou-se a ficar calado antes de deixar escapar: que, na época, não tinha certeza de que *conseguiria* magoá-la. Mas Lilah tinha razão de dizer que ele havia feito todo o possível para tal.

Envolver-se com ela tinha sido o maior erro da vida dele — junto a todos os outros erros subsequentes relacionados a ela. Shane sabia que estava longe de ser a única pessoa a tomar decisões ruins e impulsivas quando era jovem e idiota, mas nunca tivera a permissão de fazer uma ruptura total e seguir em frente. Ele precisava encará-la todos os dias, tinha que ficar arrancando a casca da ferida sem parar antes de ter a chance de cicatrizar. Até a saída de Lilah da série acabou se mostrando uma solução temporária, já que estavam lá de novo, piores do que nunca.

Não dava para pensar nela como a garota que ele deixara escapar se ele nunca conseguira se afastar.

— Tá. Bom. Vejo que claramente ainda tem muita emoção aqui, dos dois lados — comentou a dra. Deena, assustando Shane. Ele quase tinha se esquecido da presença dela. — As coisas estão assim entre vocês faz sete anos? Fico surpresa de terem conseguido gravar um único episódio.

Shane balançou a cabeça, de repente envergonhado por terem se deixado levar na frente dela.

— Não, a gente conseguiu deixar para lá o suficiente a ponto de trabalhar junto. Quer dizer, basicamente nos evitamos o máximo possível. — Ele olhou de lado para Lilah. — Mas, aí, logo antes de ela sair da série...

Lilah agora estava olhando pela janela, visivelmente tensa.

— As coisas meio que... se agravaram de novo. Ficaram piores do que antes.

A dra. Deena se inclinou para a frente, analisando os dois com atenção antes de obviamente decidir não insistir.

— Entendo. Falaremos disso mais para a frente. Os dois estão carregando muito ressentimento por coisas que aconteceram no passado, mas nenhum de vocês sabe como tomar a iniciativa para superar. Nosso objetivo com as sessões vai ser tentar quebrar o padrão em que estão. Vamos redirecionar a energia de vocês nesse sentido. Vocês se conhecem há muito tempo e claramente se davam bem antes. Não vejo por que não podemos voltar a esse ponto.

Os dois ficaram sentados num silêncio cético. A dra. Deena se virou para Shane.

— Agora, Shane. Quero que você diga a Lilah uma coisa de que gosta nela.

Shane se permitiu analisar Lilah. Ela o observou impassível, de olhos semicerrados, antes de se virar para o outro lado e olhar pela janela.

Melhor ser algo superficial, óbvio.

Ele se voltou à dra. Deena.

— Ela é muito bonita.

— Vamos tentar atributos não físicos, se conseguirmos — respondeu a doutora, gentilmente. — E diga para ela, não para mim.

— Ah. Desculpa. — Ele olhou de relance para Lilah. — Esquece o que eu disse.

Os lábios dela estavam apertados, numa diversão malcontida.

— Esquecido.

Shane considerou fazer um comentário passivo-agressivo sobre o perfeccionismo dela, a frieza, a teimosia, mas sabia que a dra. Deena só o faria mencionar outra coisa. Para seguir em frente com a sessão, teria que fazer um elogio sincero.

— Ela é... quer dizer, você é... — corrigiu ele, virando a cabeça de novo para Lilah. — Você é uma boa atriz. Muito boa.

— Porque consegui fingir estar apaixonada por você por tanto tempo? — perguntou ela, seca.

Lilah também estava esperando uma cutucada ambígua dele.

Ele fez que não.

— Não. Não é isso. É que você... quando a gente começou... Eu me sentia muito intimidado por você, porque você era tão... você sabia o que estava fazendo, e eu não. Trabalhar com você me fez melhorar muito. Eu aprendi muito. Só de estar perto de você.

Lilah ficou olhando com os lábios entreabertos.

— Obrigada, Shane, pela sinceridade — falou a dra. Deena.

— É. Obrigada — murmurou Lilah.

— Lilah, eu gostaria que você fizesse a mesma coisa com o Shane. Que dissesse uma coisa de que você gosta nele.

Ela mudou de posição no sofá e o olhou por muito tempo, de pernas cruzadas e dedos entrelaçados no joelho de cima.

Pareceu que se passaram horas.

Finalmente, a dra. Deena interveio.

— Não precisa ser nada grande. Só a primeira coisa que vier à mente.

Lilah a olhou rapidamente.

— Desculpa. — Quando Lilah voltou a falar, ele percebeu que ela estava se esforçando muito para estabilizar a voz. — É que... você é *muito* amável, Shane. Você é amigo de praticamente todo mundo. Sabe ser muito gentil, e engraçado, e charmoso, e generoso. Tem várias qualidades incríveis. — A expressão dela se fechou. — Mas é que faz anos que eu, pessoalmente, não testemunho nada disso.

Não devia ter sido uma revelação para ele. Claro que ele sabia como andava tratando-a — e, na maior parte do tempo, ela devolvia. Mas escutar aquilo por algum motivo o deixou sem palavras, com a culpa revirando no estômago. Ou talvez fosse a expressão dela a responsável: dura e impassível à primeira vista, mas traída pelas bochechas rosadas e os olhos brilhantes.

Podia ser fingimento, uma tentativa de colocar a dra. Deena do lado dela. Mas não era do feitio de Lilah. Por melhor atriz que fosse, não era de gastar energia fingindo emoções fora da câmera se não precisasse. Ao menos não assim, não para tentar manipular a opinião de alguém sobre ela.

Era isso que sempre deixara Shane morrendo de medo em relação a Lilah: o fato de ela ser completa, aterrorizante, imutavelmente ela mesma, os outros gostando ou não. Os outros gostando *dela* ou não. Ela era destemida de um jeito que ele, que precisava sempre agradar, nunca conseguiria ser, o que, desde o começo, o intimidara dez vezes mais do que o talento gigantesco dela.

Então, de verdade, a reação dela só podia significar uma coisa: se nunca tivesse gostado dele — se ainda não gostasse —, não estaria tão chateada assim.

Ele não tinha ideia do que fazer com essa informação.

Quando a sessão acabou, os dois atravessaram em silêncio a sala de espera, um atrás do outro. Assim que Shane apertou o botão do elevador, Lilah foi direto para a escada de incêndio. Sem pensar, ele foi atrás. Quando ela se virou e lhe lançou um olhar de acusação, ele deu de ombros.

— Um pouco de exercício nunca faz mal.

Ela não respondeu nada, só segurou a porta aberta atrás de si para ele poder passar se apertando. Não falaram uma palavra um ao outro durante os quatro andares da descida, os passos ecoando nas paredes de cimento.

Quando chegaram à garagem, ele colocou a mão no braço dela — de uma forma não agressiva, segundo achou, mas mesmo assim ela deu um pulo. Shane soltou imediatamente.

— O que você vai fazer agora?

Ela o olhou desconfiada.

— Eu ia mais cedo para o set, trabalhar na cena. Temos que gravar um zilhão de páginas. Não quero passar a noite toda lá.

Ele olhou os próprios sapatos, se sentindo ridículo por perguntar.

— Quer parar em algum lugar primeiro? Almoçar? Tomar um café?

Um monte de emoções passou pelo rosto dela: espanto, irritação, depois uma faísca da mesma mágoa que ele vira antes. Ela olhou para baixo e, ao levantar de novo o rosto, era pura desconfiança.

— Você quer *almoçar*? Como assim, eu te faço um elogio e de repente você voltou a gostar de mim?

Ele mudou o peso de uma perna para a outra.

— Não. Quer dizer… sei lá. É para isso que serve este negócio, não? Achei que de repente a gente podia… continuar conversando.

Ela o olhou por muito tempo antes de balançar a cabeça devagar.

— Acho que já falei demais por um dia — respondeu ela finalmente, com uma voz mais tranquila e mais cansada do que Shane esperava. — Eu acho que... acho melhor não sem a dra. Deena. Por enquanto. É que... ainda tem coisa demais.

Shane fez que sim, quieto. Lilah tinha razão. Eles mal haviam arranhado a superfície dos problemas.

Ela se virou e foi para o carro. O dele estava a algumas vagas de distância, mas ele só ficou lá parado a olhando.

— E para de ficar me olhando, seu esquisitão do caralho — gritou ela ao se sentar no banco do motorista, mas ele ouviu o rastro de risada na voz dela, viu o flash de um sorriso pesaroso antes de ela fechar a porta.

9

QUANDO COMEÇARAM A PRODUÇÃO DO quarto episódio, as tentativas de Lilah de cair nas graças do restante do elenco tinham, até ali, sido recebidas com resultados variados.

Não era que ela *precisasse* ser amiga de todo mundo com quem trabalhava. Obviamente, tinha ficado mal-acostumada com a experiência em *M.A.S.*, mas sabia que não devia esperar isso toda vez. E as pessoas não eram abertamente hostis — pelo menos, não na cara dela. Só vagamente desconfiadas, moderadamente antipáticas.

Ela entendia: nada unia um grupo mais que um inimigo comum. Como sua volta tinha atrapalhado a dinâmica do elenco equilibrado — somado ao que Shane andava falando dela —, fazia sentido que ela fosse o alvo.

Se não estivesse na exata posição em que estava, teria ficado quietinha e de cabeça baixa. Mas sabia que precisava ser superior — ou, pelo menos, tentar. Era uma linha tênue: tentar se abrir com sinceridade para pessoas que, à primeira vista, pareciam não querer nada com ela, ao mesmo tempo evitando a simpatia falsa e pegajosa que era padrão naquele mercado e lhe causava arrepios.

Se, depois de a conhecerem melhor, ainda não gostassem dela, sem problemas. Lilah tinha aceitado havia muito tempo que seu jeito de ser não era para qualquer um. Mas, se era para não gostarem dela, que ao menos fosse por seus próprios méritos.

Fora ela e Shane, havia mais quatro atores completando o elenco principal: Margaux Lang, Natalie Barton, Brian Kim e Rafael Espinosa. Quando Lilah tinha voltado à sua cadeira naquela primeira leitura de mesa, ficara óbvio que as vozes ouvidas falando dela no banheiro pertenciam a Margaux e Natalie.

Mas, chocantemente, Margaux — que fazia Rosie, filha perdida de Harrison — tinha sido a primeira a ceder. Num almoço na segunda semana de gravações, Margaux havia entrado na fila do bufê ao lado de Lilah.

— É verdade que você ainda é amiga de todas as garotas de *M.A.S.*? — perguntara, timidamente.

Aos 22, Margaux tinha a idade exata para ter crescido assistindo religiosamente à trilogia, e aquela nostalgia enraizada era suficiente para superar qualquer desconfiança que ela tivesse em relação a Lilah roubar seu tempo de tela. Tinham acabado se sentando juntas e tagarelado o almoço inteiro.

Ainda na leitura de mesa, Lilah tinha ficado maravilhada com a inteligência da produção ao escalar Margaux. Era uma garota lindíssima, com um rosto em formato de coração e os lábios cheios de Bree (que fazia a esposa falecida de Harrison nos flashbacks) combinados com os olhos marotos de Shane, a pele marrom-clara no meio do caminho entre o tom de pele dos dois. E ela era boa, especialmente para a idade; era como se ficasse iluminada de dentro para fora sempre que estava na câmera.

Assim que tiveram a chance de conversarem só as duas, Lilah imediatamente ficou encantada com ela — com como ela era franca, engraçada e diabolicamente observadora. Levava Lilah a rir até doer a barriga com a imitação de Walt, reproduzindo a cadência abatida dele com uma precisão bizarra.

Brian Kim também não parecia ter um problema pessoal sério com Lilah, provavelmente porque era o acréscimo mais recente ao elenco — recém-promovido a personagem regular depois de aparecer como ator convidado perto do fim da oitava temporada. Ele fazia Ryder, um vampiro taciturno e misterioso que estava obviamente sendo preparado para uma subtrama de romance com Margaux (o que, provavelmente, era o outro motivo para ela ter se aberto para Lilah tão rápido).

Embora fosse jovem demais para entrar no radar dela, Lilah sentira um frio involuntário na barriga da primeira vez que o vira: longilíneo, com uma boca carnuda, maçãs do rosto lindas de morrer e uma cabeleira brilhante perfeitamente despenteada. Brian parecia ter esse efeito em todo mundo no set, fazendo tanto assistentes de produção quanto produtores suspirarem quando passava. Se ela não estivesse tentando se comportar direitinho perto de Shane, teria o provocado dizendo que ele perdera o papel de Colírio Gostosão Jovem — se bem que isso já tinha acontecido com ela própria.

Intangível era o primeiro grande papel de Brian depois que se formou, então Lilah logo percebeu que o que de início tinha considerado frieza era, na verdade, só nervosismo e timidez. Depois de uma longa conversa sincera entre os takes, falando das dores de ir da bolha da faculdade de teatro para o trabalho num set, Brian tinha se soltado consideravelmente perto dela, mostrando seu lado doce e pateta.

Ela conhecia Rafael Espinosa um pouco melhor. Era o mais velho de todos, com 40 e poucos anos mais ou menos, um ator veterano de personagens excêntricos com um rosto interessante cheio de marcas e uma barba grisalha. Ele tinha começado a aparecer recorrentemente na série na quarta temporada como Will, agente governamental que os perseguia havia anos — agora transformado em agente duplo e ajudante da equipe.

Mas era óbvio que ele e Shane, nesse meio-tempo, tinham se aproximado. Ele mal havia segurado o sorriso irônico naquele dia deprimente em que Lilah quase não conseguira dizer suas falas. Com sua lealdade a Shane, Espinosa provavelmente era causa perdida.

Natalie Barton, sem surpresa, tinha se mostrado imprevisível. A personagem dela, Carla, hacker cheia de peculiaridades e a impassível do grupo, tinha sido pensada inicialmente como novo interesse romântico de Harrison, o que significava que, sendo a pretensa substituta de Lilah, Natalie estava sobrando. Ela corria o risco de, na melhor das hipóteses, ser chutada para escanteio e, na pior, ser tirada prematuramente da série. Dentre todos, era quem tinha as razões mais legítimas para se ressentir da presença de Lilah.

E foi por isso que Lilah gemeu sozinha ao receber o roteiro do quarto episódio: os roteiristas estavam finalmente mergulhando de cabeça na criação do triângulo amoroso entre Kate, Harrison e Carla. O episódio era dominado pelos três — Lilah e as duas pessoas com quem ela mais temia contracenar.

Na manhã em que gravariam a primeira cena juntas, só ela e Natalie, Lilah passou pela maquiagem com um tremor nervoso no estômago. Natalie, a uma cadeira de distância dela, a ignorava. A outra tinha mais ou menos a idade de Lilah, era mais baixa e curvilínea, com cabelo platinado e pele quase igualmente clara, olhos azuis marcantes completando a estética de rainha do gelo.

Naquele dia, fariam uma externa no hotel que servia como base de operações do grupo havia algumas temporadas. Quando chegaram, passaram rapidamente a cena com Paul, o diretor.

— Estão prontas ou precisam de mais ensaio? — perguntou ele.

Lilah e Natalie se olharam. Na maior parte do tempo, ensaiar era um luxo — em especial em externas, onde tinha a questão da luz natural —, mas muitas vezes acabava economizando tempo no fim, já que conseguiam pegar problemas logo, sem desperdiçar takes. Mas aquela cena era curta e descomplicada o bastante para provavelmente não ser necessário.

— Eu... — começou Lilah, assentindo devagar e ainda olhando para Natalie. — Só se você... Você precisa?

— Não, estou bem. Vamos nessa — disse Natalie, curta e grossa.

Elas receberam os retoques finais na maquiagem e foram para as marcas dentro do quarto.

— Som... câmera... marcação — anunciou o assistente de direção do outro lado da porta, batendo a claquete.

— Ação! — gritou Paul.

Natalie explodiu porta afora mais rápido do que Lilah estava esperando, o que a forçou a andar rápido para alcançá-la e poder fazer sua primeira fala. Elas mal conseguiram finalizar uma página e meia de diálogo antes de Paul gritar "corta". As duas giraram a cabeça rápido para ele.

— Nat, você está colocando muita agressividade — explicou ele. — Acho que está desconfiada dela, mas não precisa dar um gelo tão pesado. Tenta encontrar um pouco mais de calor, uma certa curiosidade.

Natalie aceitou a observação sem reagir, mas Lilah sentia a tensão irradiando dela.

— Tá. Beleza. Desculpa, Paul.

— Eu sei que você vai acertar. Vamos recomeçar do um. Lilah, você está ótima, não precisa mudar nada.

Lilah segurou uma careta ao ver Natalie se endurecer ainda mais com o elogio de Paul. De fato, o take seguinte não melhorou e, a cada take subsequente, ela via que Natalie estava ficando cada vez mais intimidada.

— Ei, a gente tem tempo para um intervalo de cinco? — enfim Lilah perguntou, depois de mais uma tentativa insatisfatória.

Natalie lançou um olhar entre envergonhado e grato quando Paul concordou e a equipe dispersou. Lilah se virou para ela.

— Será que a gente pode conversar?

Elas caminharam pela lateral do hotel até chegarem à parede mais longe do set. Lilah parou, apoiando o ombro no reboco. Quando Natalie pousou nela seu olhar cauteloso, Lilah sentiu uma trepidação de nervoso, mas a engoliu. Era agora ou nunca.

— Acho que precisamos esclarecer as coisas — falou Lilah. — Talvez eu esteja imaginando, mas estou sentindo uma tensão estranha entre a gente desde a primeira leitura de mesa.

— Não — respondeu Natalie, sem tirar os olhos dos pés. — Você não está imaginando.

Lilah esperou, mas a outra não explicou mais.

— Tá. Olha, não tem problema você não gostar de mim ou não gostar de eu ter voltado à série, que seja. Mas, se quiser me falar alguma coisa ou se eu puder fazer algo para consertar... vamos conversar. Ao menos o quanto a gente conseguir pelos próximos... — Lilah olhou o celular — três minutos e meio.

Natalie ficou em silêncio por um momento. Aí, levou a mão aos olhos e gemeu de frustração.

— Aff. Desculpa. Não é você. — Ela soltou a mão e cruzou os braços. — Você sabe que seus fãs dão um puta medo, né?

Lilah piscou, surpresa.

— Meus fãs?

— É. Seus e do Shane. Não consigo mais abrir meu celular sem alguém me atacar por me meter entre vocês dois. Falando as coisas mais escrotas que você pode imaginar. Mandando eu me matar, falando que sabem onde eu moro. E esta temporada ainda *nem entrou no ar*.

O estômago de Lilah deu uma cambalhota.

— É sério? Eles sabem que não é real, certo?

— Bem, eles deveriam saber, né.

— Caralho. — Lilah exalou pesado. — Desculpa mesmo, Natalie. Eu não tinha ideia de que era tão ruim. Não cuido de nenhuma das minhas redes sociais, não olho essas coisas faz anos. Posso fazer alguma coisa para eles se acalmarem? Tipo postar uma foto de nós duas juntas, de repente? Dizer para eles relaxarem e pararem com essa merda?

Natalie deu um sorriso irônico.

— Talvez eu deva só vazar um vídeo de bastidores seu e do Shane. Aí, eles veriam que não sou *eu* que estou separando vocês. — Ela assumiu uma expressão sincera. — Desculpa por estar descontando em você. É difícil não pensar nisso quando a gente está perto, mas sei que não é culpa sua. Se bem que acho que não ajuda o fato de que parece que a coisa está meio definida, que a série não tem espaço para todo mundo.

Não tinha arrogância na fala de Natalie, só uma aura de derrota. O peito de Lilah se apertou com empatia.

— Não é verdade — disse Lilah, balançando a cabeça enfaticamente. — Eles têm muita sorte de ter você. *A gente* tem sorte, na real.

Natalie parecia prestes a protestar, mas olhou nos olhos de Lilah e algo em todo o seu semblante se suavizou. Como se visse que Lilah estava sendo sincera.

— Hoje, você não está tendo, não — falou Natalie séria, voltando os olhos para o set.

Lilah acenou a mão, num gesto de desdém.

— Todas nós temos dias assim. Você me viu lutando para sobreviver semana passada. — O alarme do celular dela apitou, avisando que o intervalo tinha acabado. Ela deslizou para silenciar. — Vamos voltar?

Quando retornaram ao set, fizeram a cena em um take.

10

O ANIVERSÁRIO DE SHANE CAÍA no começo de agosto, o que, durante a maior parte de sua infância, significava uma oportunidade de fazer novos amigos, já que era o início do ano letivo. Não é que as festas dele fossem algo especial — isso quando chegavam a acontecer. Mas, ano após ano, quando ele inevitavelmente se via recomeçando em uma nova escola onde não conhecia ninguém, ajudava a quebrar o gelo.

Já adulto, ele em geral não comemorava muito. A grande exceção tinham sido os 30 anos, quando Serena deu um baile de máscaras extravagante para ele na casa dela. Mas flutuar por um cômodo atrás de outro cheios de fumaça, luzes coloridas e mais gente famosa do que ele já tinha visto junta (exceto talvez no Globo de Ouro), segurando com firmeza um drinque servido a ele por uma dançarina usando apenas tinta corporal, lhe dera uma sensação estranha, uma tonteira, como se a festa não tivesse nada a ver com ele.

Naquele ano, faria 35, então, se sentia obrigado fazer *alguma* coisa. Tinha alugado o salão dos fundos, de tamanho generoso, e pagado por um open bar no Gold Rush — a coisa mais próxima que ele tinha de "o bar de sempre", considerando o quão pouco andava saindo. Era aconchegante e despretensioso, mas ainda alguns degraus acima de um boteco.

Embora já morasse em Los Angeles àquela altura havia quase dez anos, a maioria de sua vida social ainda girava em torno de *Intangível*, o que se refletia na lista de convidados. Ele tinha cortado os amigos de balada depois de começar a sair com Serena, que, como Lilah, os detestava — mas, ao contrário de Lilah, ela nem tentava esconder e, como era de fato namorada dele, sua opinião tinha mais peso.

Mas a verdade é que Shane tinha começado a se afastar deles ainda antes disso — desde a semana de libertinagem após o término com Lilah. Ele não tinha levado a maioria daquelas mulheres para casa, mas, mesmo assim, acordava a cada manhã seguinte se sentindo mais e mais sujo, mais ressacado, mais drogado, mais envergonhado, até enfim se cansar. De todo jeito, tinha sido uma distração, não uma cura. O papel de Lilah na demissão de Devon da série só acelerara o inevitável. Em um ano, Shane não falava mais com nenhum deles.

Enquanto tomava sua cerveja e observava o salão, ficou comovido pelo comparecimento tanto do elenco quanto da equipe. Ao mesmo tempo, não conseguia ignorar a pontada agridoce ao pensar que cada um seguiria um rumo diferente depois daquele ano.

Ele tinha convidado Lilah, claro, mas só porque teria dado na cara demais não convidar. Era para estarem se dando bem, afinal. Mas era um gesto vão. Ele sabia que ela não viria.

E foi por isso que, quando a viu entrar no bar bem quando ele estava alinhando uma tacada na mesa de sinuca, levou um susto tão grande que fez a bola branca voar direto para a caçapa do canto. Shane olhou para Dean, que estava do outro lado da mesa e direcionou a Shane um olhar avaliativo antes de pegar a bola.

— O que foi? — perguntou Shane.

Dean balançou a cabeça.

— Fiquei surpreso de você ter convidado a Lilah.

— Eu convidei todo mundo.

— Imagino que as coisas estejam melhores, então, já que ela veio.

— Ou ela está aqui para criar confusão — resmungou Shane.

Mas, mesmo enquanto falava, ele sabia que não era verdade. Não era do feitio dela. Ela podia ser cruel, sim, mas em geral não atacava sem ser provocada. Os dois estavam em uma trégua desconfortável. Por enquanto.

E, de fato, ela o evitou a noite toda. Suas motivações para aparecer ficaram, porém, cada vez mais aparentes enquanto ele a observava conversar com todo mundo como uma verdadeira profissional: fofocando num canto com Margaux, sendo juíza de uma queda de braço entre Brian e o maquinista-chefe, se reunindo com Natalie no jukebox antes de colocar Bee Gees para tocar bem alto no bar todo. Por mais que ele tentasse engolir a irritação com a cena toda, ela voltava com força igual, como uma bola inflável segurada embaixo da água.

Mais para o fim da noite, Shane entregou ao barman algumas centenas de dólares em dinheiro e disse para ele fazer um intervalo. Então, foi ele mesmo para trás do bar.

Embora estivesse trabalhando de garçom quando foi escalado para *Intangível*, quase toda a sua experiência no ramo de serviços tinha sido como barman. Ainda era seu trabalho favorito da vida. O tempo passado sentado que a profissão de ator permitia era um luxo, mas também era um puta tédio. E agora, ao pegar de novo o ritmo, com a memória muscular assumindo as rédeas, ele se sentia útil de uma forma como não se sentia havia anos.

Não que considerasse ajudar as pessoas a ficar bêbadas como uma espécie de ajuda humanitária nem nada do tipo. E ele não deixava de valorizar a diversão e os momentos de escape que *Intangível* oferecia aos espectadores. Mas tinha um nível de conexão humana com os clientes que ele nunca poderia replicar com alguma plateia distante e sem rosto. E, em noites sem muito movimento, quando ele era atraído para uma conversa longa com um estranho ou um cliente fiel, com seu relativo anonimato permitindo que lhe confidenciassem coisas que não diziam a mais ninguém, Shane se sentia mais útil do que nunca.

Naquele dia, porém, cuidar do bar foi o cenário perfeito para Shane socializar, pulando de uma conversa para outra. Enquanto batia papo com vários dos roteiristas, abrindo a cerveja deles numa série de movimentos fluidos e treinados, ele se sentiu mais confortável do que durante todo o resto da noite.

Mas também tinha alguma coisa estranha. Fazia dez anos que não ficava atrás de um bar para valer, e provavelmente isso nunca mais aconteceria — a não ser que fizesse papel de barman. Uma fotocópia de uma pessoa real, que deixava de existir quando ninguém estava olhando ou lhe dizendo o que fazer.

Sentiu-se ansioso de repente quando se deu conta de que talvez os outros vissem aquilo como uma espécie de piada arrogante. *Olha como fico deslocado aqui atrás, haha. Que ridículo eu servir em vez de ser servido.* Como se ele estivesse se gabando de uma vida para a qual nunca teria de voltar, em vez de desesperadamente tentando agarrar aquela da qual tinha tanta saudade.

Como se vindo das profundezas de seu subconsciente, ele escutou as notas de abertura de "Common People", pessoas comuns, cortando o salão. Levantando a cabeça de repente, viu Lilah de novo ao lado do jukebox, com as sobrancelhas levantadas na direção dele, tirando sarro, antes de se virar.

Lógico que ela sabia exatamente o que ele estava sentindo. Ela sempre tivera uma habilidade sobrenatural de mirar nas inseguranças dele — quase antes de ele próprio conseguir nomeá-las. E é claro que ela acharia engraçado mostrar que sabia alfinetá-lo com uma música sobre gente rica se fingindo de pobre.

Olha quem estava falando, também. Ele sabia que ela tinha sido criada num bairro rico dos arredores da cidade e estudado em uma escola de ensino médio particular especializada em artes antes de ir para Juilliard. As festas de aniversário da infância *dela* provavelmente tinham orçamentos de quatro dígitos.

Ele observou Lilah voltar ao seu jogo de dardos com Dean e Rafael, se forçando a suprimir o sentimento de traição que surgiu ao ver os três tão amiguinhos. Ele sabia que Raf não curtia muito ela, mas, com alguns drinques, ele era capaz de se aninhar com uma cascavel. E quanto a Dean… bom.

Parecia um jogo apertado, mas Rafael triunfou no fim, e Lilah jogou as mãos para o alto, bem-humorada, enquanto ele dava um tapinha nas costas dela. Ela reuniu os copos vazios dos três — obviamente a penalidade por perder — e foi na direção de Shane.

— Bulleit puro, água e a IPA que o Dean está bebendo. *Por favor* — disse ela, colocando os copos no balcão com um tilintar. Ela ficou olhando o jarro no bar ao seu lado, transbordando de gorjetas. — Isso não vai ficar para você, né?

Ele pegou os copos e inclinou um copo de chope limpo embaixo da torneira.

— É óbvio que não.

— Só para saber.

Ela tirou uma nota de vinte do bolso e jogou lá dentro.

Enquanto ele colocava o uísque, ela se virou até ficar de lado, ignorando-o de propósito, e colocou todo o cabelo para cima, segurando com uma mão. Nas últimas poucas horas, a temperatura do bar tinha subido para algum ponto entre "abafado" e "sufocante", deixando todo mundo com a cara meio gordurosa. Ele tentou ignorar as bochechas coradas dela; a mecha solta de cabelo, molhada de suor, presa no pescoço; a forma como a posição dos braços fazia os seios dela subirem fartos acima do decote da regata.

— Por que você está aí se fingindo de Miss Simpatia? — questionou Shane casualmente, colocando o uísque de Rafael ao lado da cerveja de Dean.

Ela levantou a sobrancelha, soltou o cabelo e se virou de novo para ele.

— Sendo simpática com os meus colegas, você quis dizer? Quem falou que é fingimento?

Shane encheu um copo de gelo e apontou o dispensador de refrigerante para dentro.

— Sei lá. Parece pouco característico você se esforçar tanto para as pessoas gostarem de você.

Ele esperou que Lilah fosse ficar eriçada, mas, em vez disso, um sorriso lento se abriu, fazendo uma onda inesperada (e indesejada) de calor percorrer as veias dele.

— Entendi. Se eu não fizer, vou ser a vaca que se acha melhor que todo mundo. Mas, se eu *fizer*, estou sendo falsa. O que exatamente você quer de mim?

Ela não estava bêbada; Shane não a tinha visto tomar nada alcoólico a noite toda. Não tinha nada para explicar o desafio bem-humorado na atitude dela — fora a possibilidade de ela *estar* mesmo se divertindo e se recusando a deixar que ele estragasse tudo.

— Estou só esperando minha vez ao sol.

Ele estava prestes a colocar a água dela em cima do balcão, mas Lilah estendeu a mão, então, ele passou direto para ela. Quando os dedos deles se roçaram, ele achou ter visto algo reluzir nos olhos de Lilah. Ela desviou o olhar antes de ele conseguir processar o que era.

— Você já teve a sua vez.

Ela jogou a cabeça para trás e deu um gole grande antes de recolocar o copo meio vazio no bar. Ele o encheu obedientemente.

— Mas fica mais fácil, sim. Se todo mundo se der bem — disse ele. — É por isso que você está fazendo isso, né?

Ela o olhou de soslaio e exalou devagar, exasperada.

— Talvez eu genuinamente goste dessas pessoas. Talvez elas gostem de *mim*, por mais que seja difícil para você acreditar. — Ela pegou as bebidas graciosamente, olhando-o de novo nos olhos, os dela frios como o gelo no recipiente à frente dele. — E talvez você não me conheça tão bem quanto acha.

Com isso, Lilah voltou tranquilamente ao alvo de dardos. Shane, é claro, ficou observando-a se afastar, mas só percebeu o próprio olhar fixo quando uma voz inesperada ao seu lado o fez dar um pulo.

— E aí, quem deu o pé em quem?

Ele se virou e viu Natalie terminando seu uísque *sour*.

Na época da entrada dela no elenco, ele tinha mantido uma distância educada por reflexo, sem desejar cometer o mesmo erro duas vezes; mas, uma vez estabelecido que não se sentiam atraídos um pelo outro, os dois haviam se tornado bons amigos. Fora Shane quem apresentara Natalie ao atual marido, um chef particular que ele conhecera por meio de Serena.

Mas nunca tinham falado dos detalhes da história dele com Lilah.

Ele pigarreou e deu um gole em sua própria cerveja atrás do balcão.

— Oi?

— Ah, vai. — Ela se sentou na banqueta à frente dele. — Da última vez que eu estive num set tenso assim, o diretor estava no meio de um divórcio com a protagonista. Ele tentou demitir ela, os produtores impediram, foi toda uma situação. Eles nem se dirigiam a palavra diretamente, só mandavam os assistentes levarem mensagens de lá para cá.

Shane fez uma careta.

— A gente é ruim assim?

Natalie fez uma expressão triunfal.

— Então *é* verdade?

Ele pausou. Nunca tinha contado a ninguém da série sobre ele e Lilah — fora Dean, é claro. Isso não queria dizer que as pessoas não tivessem sacado sozinhas, mas mesmo assim provavelmente era melhor se fazer de maluco.

— O que é verdade?

— Vocês dois. Vocês tiveram um caso lá atrás e é por isso que se odeiam agora.

Shane baixou a cabeça para o bar. De repente, foi tomado por uma necessidade de confessar, de confidenciar. Quem ele estava protegendo? Lilah? Ele mesmo? O que quer que tinham tido antes estava morto e enterrado havia muito tempo, ainda que o fantasma se recusasse a deixá-los em paz. Àquela altura, não parecia que faria muita diferença finalmente confirmar o que todo mundo já achava.

— É. É verdade, sim. Mas não foi nada... — Ele não completou, e, aí, recomeçou. — Na segunda temporada já tinha terminado.

Ele estendeu a mão para pegar o copo de Natalie, que o passou para ele. Ela apoiou o queixo na mão.

— Uau. Então foi, o quê, há sete anos? E vocês dois ainda ficam esquisitos assim perto um do outro? Não que essa releitura de *Cenas de um casamento* não seja divertida para todos nós, mas meio que parece que é hora de superar.

Shane foi atrás do uísque, pensando: *Não devo dizer mais nada. Não mesmo.*

— Não é só isso.

— É por que, então?

Ele fez o drinque de Natalie com atenção, ganhando um pouco de tempo. Não queria parecer que estava tentando fazer a amiga se voltar contra Lilah. Mas era verdade, não era? Não era culpa dele se ela ficava mal na história.

— Ela transou com o Dean.

Shane colocou o drinque na frente de Natalie, mas ela ignorou, com os olhos arregalados, em choque.

— Quê? Quando?

— Na última festa de encerramento dela.

Ela ficou boquiaberta.

— *Na* festa?

— Depois, desculpa. Depois. Eles foram embora juntos. Foi a última vez que a gente se viu. Até a apresentação para a mídia.

Ele ainda via, às vezes. Os dois indo para a porta, o braço de Dean pendurado nos ombros dela. Mas Shane devia ter tomado várias naquela festa, porque se lembrava de dois jeitos diferentes. Em uma versão, ela se virava e o olhava, garantindo que ele estivesse olhando. Na outra, ela não estava nem aí.

Três anos e meio depois, ele ainda não tinha certeza de qual versão era pior.

Dean tinha voltado para casa cambaleando na manhã seguinte, com a camiseta do avesso, morto de vergonha, dizendo que nada havia acontecido e sem conseguir olhar Shane nos olhos. Mas aquele era o problema de Dean: ele não superava seu impulso infantil de mentir para se safar.

Shane o perdoara, óbvio. Em algum momento. Mas não acreditara nem por um segundo.

— Caceta.

Natalie esticou o pescoço para olhar do outro lado do bar, e Shane seguiu o movimento. Naquele exato momento, Lilah e Dean estavam dançando um *glam metal* dos anos 1980 — de um jeito definitivamente brincalhão, não sensual. Eles nem sequer estavam se tocando. Mesmo assim, Shane sentiu uma coisa quente se acender atrás das costelas e rapidamente desviou o olhar.

— Não dá para culpar a garota por ter um tipo, acho — considerou Natalie.

Shane balançou a cabeça com um pouco de ênfase demais.

— Foi só aquela vez. Ela só fez para se vingar de mim. Os dois fizeram por isso.

— Se vingar do quê?

Ele apertou a boca.

— Nada importante.

As sobrancelhas de Natalie subiram até o couro cabeludo enquanto ela tomava o drinque.

— O que eles fizeram é importante, mas o que você fez não?

Bem nesse momento, Margaux veio ao seu socorro, aparecendo do nada com uma bandeja cheia de cupcakes, com velas "três" e "cinco" enfiadas de qualquer jeito nos dois do meio. Shane se agachou para sair do bar enquanto o restante do grupo se reunia ao seu redor, cantando "Parabéns pra você" bem alto em vários tons e ritmos diferentes.

— Faz um pedido! — gritou alguém.

Ele não botava muita fé em desejos de aniversário. Mesmo assim, se debruçou em cima das velas e quebrou a cabeça, mas não encontrou nada. No último segundo, olhou para cima e viu os olhos de Lilah no fundo do grupo bem antes de soprar.

11

NOS BASTIDORES DE *Hora Extra com Joey Masters*, Lilah estava fazendo todo o possível para ficar calma — ou pelo menos parecer que estava. Se ainda estivesse em seu próprio camarim, provavelmente estaria andando pra lá e pra cá, tentando aliviar um pouco a tensão. Mas, depois de retocar o cabelo e a maquiagem, tinha sido levada a uma sala com Shane para esperarem juntos a entrevista.

A emissora tinha colocado os dois num voo noturno para Nova York menos de uma semana antes da estreia da nova temporada de *Intangível*, e a aparição no *Hora Extra* seria a cereja do bolo de uma turnê de imprensa que parecera infinita. Por sorte, eles estavam fazendo a ronda tanto separadamente quanto juntos. Mas, de tudo o que tinham feito até ali — as matérias de revista, os perfis em jornais, as entrevistas profundas em podcasts, comer asinhas de frango no YouTube —, aquela aparição era a que ela mais temia.

O *Hora Extra* era um dinossauro da indústria do entretenimento, um programa de entrevistas de fim de noite lendário que estava no ar desde os anos 1950. O apresentador atual, o comediante Joey Masters, tinha ficado famoso por seu *stand-up* sujo e misógino, o vício ferrenho em cocaína e os casos extraconjugais com fãs que mal eram maiores de idade. Mas, depois de fazer o mínimo para limpar sua barra, Masters acabou se dando bem, numa clássica jogada de homem branco puxa--saco, com um programa que lhe colocava dentro de quinze milhões de lares todas as noites.

Programas de entrevista sempre a deixavam nervosa, embora ela não soubesse bem por quê. Não era por estar na frente de uma plateia — Lilah tinha anos de teatro nas costas. O programa era gravado. Todos os assuntos tinham sido aprovados com antecedência. Ela era atriz profissional fazia mais de uma década; não tinha motivo para suas mãos estarem tão suadas, o coração acelerado como se ela estivesse subindo correndo as escadas do Empire State Building.

Talvez fosse por estar fazendo o papel de que menos gostava: ela mesma, mas não ela mesma. Mais branda, mais lustrosa, mais sorridente, todas as pontas afiadas bem lixadas, pálpebras pesadas de cílios falsos e pele grossa de base, canalizando um nível de falsidade espevitada que deixava um retrogosto amargo. Ou talvez fosse o lembrete persistente de que o emprego de uma porrada de gente — incluindo o dela — dependia de uma massa crítica de estranhos querendo ser amiga dela ou trepar com ela.

Era o tipo de coisa que a fazia se sentir sob um microscópio, ainda mais do que ser secretamente fotografada na rua sem maquiagem e de cabelo sujo. Era o paradoxo máximo: ela estava lá para mostrar à audiência como podiam se identificar com ela, que era igualzinha a todo mundo. Mas o fato de estar lá, para começo de conversa, significava que não era nem um pouco parecida com ninguém.

Quando ela chegou na sala de espera, Shane já estava lá, com as mãos nos bolsos, olhando distraído as fotos de convidados anteriores do último meio século penduradas na parede. Quando olhou para ela de canto de olho, Lilah ficou levemente acelerada, certa de que era só nervosismo e de que não tinha nada a ver com como ele ficava de terno: azul-escuro, sem gravata, camisa branca bem passada, com botões abertos o suficiente para deixar à mostra uma insinuação de pelos do peito. Em troca, ele passou os olhos por ela de cima a baixo, aí se plantou no meio do sofá e puxou o celular, deixando-a surtar relativamente em paz.

Joey tinha passado lá logo depois para cumprimentá-los e trocar um pouco de conversa fiada, repassando brevemente os assuntos da entrevista:

o ensaio, a estreia da temporada, como era maravilhoso estarem juntos outra vez. Lilah assentiu e sorriu e não falou muito, distraída com o suave zumbido em sua cabeça, grata por Joey quase a ignorar e preferir o papo de macho com Shane. O lorazepam de emergência a chamava de dentro da bolsa, mas ela sabia que seria um erro. Precisava ficar com a mente clara.

Depois de Joey sair, Lilah se apoiou no longo balcão em frente à parede oposta ao sofá, batucando os dedos nele ritmicamente.

— Cara, eu tinha esquecido o quanto você detesta estas coisas.

Quando ergueu a cabeça, viu Shane olhando para ela.

— Eu estou ótima.

Lilah fez uma careta ao perceber o tremor na voz, audível até em três sílabas concisas. Ele deslizou o celular para dentro do bolso do paletó e se recostou no sofá, abrindo bem os braços no encosto.

— Acho que não duraria cinco minutos aí dentro.

— Onde?

— No seu cérebro.

Para surpresa dela, o tom dele não tinha nada de zombeteiro — só uma discreta perplexidade.

Ela fechou os olhos e respirou fundo, forçando seus pulmões a fazer o trabalho deles apesar de parecer ter cem quilos de areia em cima.

A música-tema abafada do programa atravessou as paredes, alertando-a de que a gravação tinha começado. Quando voltou a abrir os olhos, Lilah direcionou o olhar ao monitor ao lado da cabeça de Shane, assistindo sem prestar atenção a Joey fazendo caras e bocas no monólogo de abertura.

— Você ainda vive tendo pesadelos de estresse?

Ela lhe deu um olhar afiado. Tinha esquecido que havia contado isso a ele.

Lilah era assolada por eles desde criança, pesadelos vívidos e desorientadores, que a faziam acordar com o coração acelerado ou o travesseiro molhado de lágrimas. No primeiro de que ela conseguia se lembrar, estava sentada no banco de trás de um carro de madrugada, voando por uma estrada estreita numa floresta a uma velocidade vertiginosa, rastejando para o banco da frente em pânico e vendo que não havia ninguém ao volante. Já adulta, frequentemente se via fugindo, com uma variedade de perseguidores implacáveis na sua cola, e as consequências de ser pega, embora incertas, eram sempre as piores possíveis.

O fato de ele lembrar, quanto mais mencionar, a deixou em alerta máximo.

— Está querendo me dizer que pareço cansada?

— Só curiosidade.

Ela considerou ignorá-lo — mas a alternativa era voltar ao silêncio interminável, afogar-se em seus próprios pensamentos.

— Nem sempre são pesadelos. Mas sonhos de ansiedade, sim. Quase toda noite.

— E não existe uma maneira de lidar com isso? Depois de tanto tempo?

— Existe, sim. Mais ou menos.

A reserva de sua resposta não o segurou. Aliás, pelo contrário. Ele endireitou a postura.

— O quê? O que é?

Ela balançou a cabeça.

— Ah, vai — disse ele, abrindo o sorriso mais charmoso.

O estômago de Lilah deu uma cambalhota e ela suspirou.

— Às vezes é, tipo, um sonho lúcido. E eu consigo controlar. Especialmente se for um muito recorrente. Então, quando é o caso, eu só... faço o que posso para transformar num sonho erótico.

Shane caiu na gargalhada. Lilah sentiu algo flutuar no peito, algo diferente do nervosismo. Algo quase agradável.

— E como isso funciona, exatamente?

Ela deu de ombros, se esforçando para ficar séria.

— Eu tento transar com quem está atrás de mim. Ou, tipo, com um passante aleatório, se não estiver sendo perseguida por nada. Meio que depende da situação.

Ele se inclinou à frente, descansando os cotovelos nos joelhos, o olhar direto.

— Alguém que eu conheça?

— Olha, sabe que noite dessas o cara embaixo da maquiagem de palhaço parecia um pouco você?

Ele riu de novo, uma espécie de latido rápido e surpreso.

— Você trepou com o Pennywise?

— Eu tentei, mas ele não estava muito a fim.

— Você foi *rejeitada* pelo Pennywise? Nossa, isso sim é um pesadelo. — Shane se recostou de novo no sofá, cruzando um tornozelo em cima do joelho e a avaliando. — Se te consola, você é areia demais para o caminhão dele.

— Valeu. Vou falar isso da próxima vez que ele aparecer. — Ela mudou o peso de uma perna para a outra e cruzou os braços. — Às vezes me chamavam de Pennywise, quando eu era criança. Sabe. O cabelo.

Shane franziu a testa e bateu o dedo nos lábios.

— Humm. E agora ele assombra seus pesadelos e rejeita suas aproximações sexuais. O que será que isso significa?

Ela segurou um sorriso.

— Para de tentar me analisar.

— Jamais me arriscaria. Vou deixar isso para a dra. Deena.

Shane se debruçou na direção do monitor e aumentou o volume. A voz de Joey gradualmente ficou audível.

— Depois do intervalo, temos dois convidados muito especiais. Vocês vão adorar. — Ele sorriu, mostrando mais dentes do que fazia sentido caber numa boca humana. — Teremos hoje com a gente as estrelas de *Intangível*, Lilah Hunter e Shane McCarthy. — Os aplausos que se seguiram foram tão estrondosos que pareceram sacudir a sala. — Pois é, pois é, todo mundo está muito animado. A gente volta já!

Foi só quando o coração dela começou a bater duas vezes mais rápido de novo que ela percebeu o quanto a conversa ajudara a acalmá-la, mesmo que só temporariamente.

Um assistente de produção conduziu os dois até o lugar deles na coxia, atrás da banda, escondidos por uma cortina para esperar o intervalo curto enquanto montavam o palco para a entrevista.

Lilah ouvia a comoção ao seu redor — a plateia conversando, a equipe murmurando em *headsets*, a banda tocando um riff —, mas o bolsão deles na coxia estava relativamente tranquilo. Eram só os dois, além de um assistente de produção desgarrado estacionado alguns metros à frente, olhando para o palco, com a cabeça em outro lugar.

A expectativa era sempre a pior parte. Quando ela entrasse, ficaria bem. Pelo menos, foi o que disse a si mesma enquanto seus batimentos cardíacos aceleravam até ela mesma ser uma corrente pulsando, a cabeça tão leve que talvez saísse flutuando dos ombros.

— Você está bem?

A voz de Shane cortou seu devaneio. Ela o olhou de lado e algo que ele viu no rosto dela o fez franzir a testa numa preocupação pouco familiar.

Ela fez que sim, levantando a mão para tirar o cabelo do rosto, o que foi um erro. Primeiro, porque já tinha sido perfeitamente penteado pelo cabeleireiro e não estava nem perto do rosto dela. E, segundo, porque chamou a atenção dos dois para o quanto as mãos dela estavam tremendo.

Ele chegou mais perto e ela instintivamente se afastou, os ombros roçando a cortina.

— Ei — disse ele baixinho, numa tentativa óbvia de acalmá-la. Mas isso só a fez surtar mais, porque a última vez que ele tinha usado aquele tom com ela havia sido... na verdade, ela achava que ele nunca tinha falado assim. — Vem cá.

Ele estendeu o braço para tocar o ombro exposto dela, um gesto suave e incerto, e, se ela estivesse mesmo que um milímetro a menos em frangalhos, teria tirado a mão dele na hora. Em vez disso, Lilah deu um passo à frente e se permitiu envolver pelos braços dele, seu corpo anulando os protestos do cérebro numa busca desesperada por conforto antes de ela se desligar por completo.

Lilah deslizou os braços pela lombar dele para dentro do paletó desabotoado, deixando escapar um suspiro ao ser tomada pelo cheiro e o calor dele. Os braços de Shane se flexionaram em resposta, puxando-a mais para perto. Ela meio que esperou que fosse ficar tensa, mas, em vez disso, a dolorosa familiaridade daquilo a fez derreter no abraço como uma colherada de manteiga na frigideira quente. Ela aconchegou a testa no pescoço dele, com cuidado para não sujar o colarinho de maquiagem. Suas respirações curtas começaram a entrar no ritmo das dele, fundas e estáveis, gradualmente se sincronizando.

E, nesse momento, qual não foi a surpresa ao senti-lo virar o rosto de leve até pressionar a boca em seu cabelo. Deve ter sido uma alucinação induzida pela ansiedade, é claro, porque não tinha como a porra do Shane McCarthy estar beijando a porra da cabeça dela.

Então, algo mudou entre os dois, algo em que ela não queria pensar. Algo que fazia um abraço com os dois vestidos dos pés à cabeça de repente parecer mais íntimo do que estar pelada em cima dele na sessão de fotos alguns meses antes. A respiração de Shane ficou mais pesada, quase irregular, e o coração dela voltou a bater forte.

Vagamente, Lilah escutou a banda começar a música-tema, sinalizando a volta do intervalo. O assistente ao lado deles pigarreou.

Ela e Shane se soltaram, devagar a ponto de poder ser considerado um movimento relutante. Quando ela olhou o rosto dele, havia uma ruga ainda mais profunda do que antes na testa, o que a deixou um pouco melhor. Menos sozinha em sua confusão.

Ao se afastarem, as pontas dos dedos dele roçaram o braço nu dela, causando arrepios. No último segundo, Lilah segurou a mão dele.

Shane baixou os olhos e depois voltou a encará-la com uma expressão difícil de entender. Deu um aperto breve em sua mão, sem soltá-la, e Lilah se sentiu grata, porque parecia a única coisa que a impedia de desmaiar.

A cortina na frente deles se abriu, e a plateia uivava de animação enquanto eles entravam no palco com um cover instrumental de "Superstition". Ela percebeu tarde demais que ainda estavam de mãos dadas, não mais ocultos pela cortina. Shane pareceu se dar conta ao mesmo tempo, e os dois se separaram a meio caminho do sofá, se acomodando nas almofadas — perto, mas não demais — enquanto a banda tocava as últimas notas do tema.

Depois das amabilidades iniciais, Joey se recostou na poltrona.

— Vamos lá, vamos falar logo do elefante na sala. Rolaram uns boatos de que vocês dois não se dão bem, mas, sinceramente, estou achando difícil de acreditar... Eu estava alucinando ou vocês entraram agora há pouco de mão dada? Ronald, você viu isso? — disse ele, jogando a última pergunta para o maestro.

— Eu vi, sim — confirmou Ronald.

Lilah e Shane trocaram um olhar cúmplice, embora, por dentro, ela continuasse mais perplexa do que nunca.

— Achei que Lilah talvez estivesse com frio — respondeu Shane, inocente.

— Entendi. Então, você estava esquentando ela, uma mão de cada vez?

A plateia soltou risinhos.

— Cada pedacinho ajuda.

— Ele é muito atencioso — falou Lilah.

— Você está com frio, Lilah? — perguntou Joey, voltando a atenção para ela. — Desculpa, provavelmente é culpa minha. Eu vivo pedindo para diminuir a temperatura do ar. O terno, as luzes, fica tudo meio úmido em áreas sensíveis.

— Bom, não é todo mundo que tem a sorte de usar terno — respondeu Lilah, sentindo seu sorriso ficar enjoativo de tão doce.

— Verdade, verdade. Shane, que tal você dar seu paletó para ela?

A plateia aplaudiu e deu gritinhos. Lilah recusou, modesta, mas isso não impediu que Shane imediatamente tirasse o paletó e se inclinasse para pendurar nos ombros dela. Os dedos dela roçaram os dele quando Lilah levantou a mão para fechar mais o paletó, o cetim quente do forro como um abraço na pele gelada, um lembrete tangível daquele momento compartilhado nos bastidos um minuto antes. Ela estremeceu.

— Obrigada — murmurou ela, olhando-o pelos cílios enormes e se sentindo obrigada a dar uma exagerada para a câmera que pairava em sua visão periférica.

— Como estamos agora? — quis saber Joey. — Confortável?

— Bem melhor.

— Ótimo, ótimo. Viu? É disso que estou falando. Somos todos amigos aqui, né? Outra coisa que todo mundo anda falando é sobre aquelas fotos. — Joey se virou para a plateia. — Vocês viram? Dá para colocar na tela?

A plateia fez *ohs* e *ahs*, escandalizada, quando as fotos do ensaio da *Reel* subiram nos telões.

Lilah tinha recebido as provas da agente havia algumas semanas, mas a perspectiva de olhá-las era tão desagradável que ela aprovara sem abrir o e-mail. Vê-las agora, porém, a deixou sem fôlego. Dario tinha feito um trabalho incrível: como havia prometido, eram sexy sem ser vulgar. O olhar dela foi imediatamente atraído ao rosto dos dois, tomados de desejo, os corpos nus quase desimportantes.

— Então, me falem a verdade — continuou Joey. — Como é fotografar esse tipo de coisa? Deve ser *meio* esquisito, não?

Lilah e Shane abriram a boca para responder, aí se olharam e hesitaram, intencionalmente esticando os olhares de cumplicidade um pouco demais e fazendo a plateia rir.

— Faz parte do trabalho — respondeu Lilah enfim, com um sorriso tímido.

— Sinceramente, foi até meio tedioso — completou Shane. — Eu quase dormi umas vezes. Quer dizer, a gente já estava na cama, né?

— Claro, claro. Só mais um dia no escritório — comentou Joey. — Ronald e eu fazemos um ensaio assim toda manhã antes de pegar o café, né, Ronald?

Depois disso, Lilah passou a se ver em terceira pessoa enquanto ela, Joey e Shane debatiam seu retorno à série e o que os fãs podiam esperar da temporada final. Ela se viu falando efusivamente do quanto fora bem recebida por todos, da saudade que sentira de interpretar Kate. O telão exibiu um clipe da estreia, a cena da ressurreição dela.

— Essa foi apenas uma amostra da nona temporada de *Intangível*, que estreia na próxima quinta, 23 de setembro — anunciou Joey enquanto a plateia aplaudia. — Fiquem comigo, já voltamos com Lilah Hunter e Shane McCarthy, e vamos jogar um joguinho. Não saiam daí!

Alguns dias antes da gravação, Lilah tinha recebido um breve questionário para preencher sobre Shane, e ele supostamente tinha que responder às mesmas perguntas sobre ela. Durante o intervalo, um produtor entregou a cada um uma pequena pilha de cartões contendo as respostas, para tentarem combinar, à moda do *Newlywed Game*, aquele programa antigo com recém-casados.

— Bom, vocês dois se conhecem há muito tempo — disse Joey após o intervalo. — Hoje, vamos testar se vocês se conhecem *de verdade*.

Eles começaram de um jeito simples, só os fatos — quantos irmãos Shane tinha (dois) e onde Lilah tinha sido criada (Filadélfia) —, que os dois responderam corretamente.

Joey consultou seus cartões.

— Lilah, esta é para você. Qual é o seu lanche favorito quando está no set?

Lilah piscou. Não tinha lhe ocorrido que o conjunto de perguntas que eles receberam seria ligeiramente diferente, que suas próprias respostas teriam que ser de bate-pronto. Ela foi com a primeira coisa que passou pela cabeça.

— Hum... amêndoas?

Ela se arrependeu no segundo em que disse. Era verdade, sim, mas sua resposta parecia tirada de uma matéria sobre dietas malucas numa revista feminina, como se fosse só mais uma atriz neurótica obcecada com o peso. O que talvez ela fosse, mas só até onde precisava ser. De todo modo, não era uma resposta que cativaria ninguém, o que supostamente era o objetivo.

— Muito bem, boa escolha — disse Joey. — Meio sem graça, mas boa. Shane, vamos ver sua resposta. O que a Lilah come no set?

Shane virou um de seus cartões exageradamente grandes de frente para Lilah e as câmeras. Quando ela viu o que estava escrito, ficou chocada, jogando a cabeça para trás e rindo — sua primeira reação genuína da noite.

O cartão dizia SALGADO *FIT* E RED BULL.

Joey também riu, como uma foca amestrada.

— Você foi descoberta, Lilah. Eu sabia que essa história de "amêndoas" era meio suspeita.

Lilah trocou olhares com Shane.

— Sem comentários.

— Muito bem, muito bem, estou entendendo tudo. Vamos em frente, então. Shane, quem foi seu primeiro crush entre as famosas? Agora estamos entrando nas perguntas realmente sérias — completou Joey sussurrando, dando um olhar exagerado de quem sabe tudo para a câmera.

— Meu primeiro crush entre as famosas? — Ele parou para pensar um momento. — Acho que... a Ginger Spice.

Joey fez que sim, enfaticamente.

— Bela escolha, cara, bela escolha. Concordo plenamente. Lilah, você acertou?

Lilah sentiu uma vaidade no âmago ao revelar seu cartão: GINGER SPICE.

— Bom trabalho! — falou Joey. — Sabe, Lilah, você tem um quê meio Ginger Spice. — A pergunta seguinte foi para Shane: — Ela já usou aquele vestidinho com a bandeira da Inglaterra para você?

Lilah riu, mas, em todos os sentidos exceto fisicamente, já se via no banho escaldante que teria que tomar mais tarde para tirar a entrevista da pele.

Shane fez uma cara séria.

— Na verdade, em geral quem usa o vestidinho sou eu.

A plateia uivou e assoviou enquanto Joey fazia uma careta.

— Olha, eu não precisava *dessa* imagem, viu.

Lilah revirou os olhos.

— Dá pra a gente continuar?

Era para soar como brincadeira, mas, assim que saiu, ela sentiu a pontinha mordaz.

Joey endireitou seus cartões.

— Tá. Estou sentindo que o jogo está durando mais do que devia, mas, por sorte, essa é a última rodada e é para você, Lilah. — Ele assumiu uma expressão séria, pronunciando cada palavra com uma seriedade melodramática: — Momento. Mais. Constrangedor.

Paralisada, Lilah olhou para Shane, tentando descobrir o que ele podia ter dito. A resposta era óbvia: o filme dela. A agente dela tinha dito aos produtores de Joey que era proibido fazer piadinha com esse assunto na entrevista, porém Shane podia facilmente se revoltar. Mas ele não escreveria isso, escreveria? Se fizesse isso, pegaria mal para *ele*.

— Hum... — Ela enrolou um momento, rezando para lhe ocorrer alguma outra coisa. De repente, aconteceu. — Ah! Uma vez, quando estávamos gravando, eu estava usando uma calça superapertada feita de um tecido meio fino acetinado, e a gente estava fazendo uma cena em que eu tinha que ficar agachando sem parar, e aí... — Ela não terminou, só franziu o rosto.

— Rasgou? — completou Joey.

— Rasgou — confirmou ela com uma risada autodepreciativa, seguida pela plateia.

Os dois olharam para Shane. Parecia que ele estava virando o cartão em câmera lenta, o coração dela batendo nos ouvidos, o cérebro com dificuldade de desembaralhar as letras escritas ali:

RASGOU A CALÇA NO SET.

Lilah sentiu uma onda de alívio tão intensa que, por um momento, ficou tonta. Não humilhá-la em rede nacional não era um padrão lá muito alto para Shane, mas, mesmo assim, ela agradeceu.

As pessoas aplaudiram o sucesso dos dois e Joey pausou um minuto para esperar o som diminuir.

— Eu queria ver *essas* cenas cortadas, se é que vocês me entendem — disse ele, subindo e descendo as sobrancelhas para a câmera.

Lilah sorriu, congelada. Sabia que a piada de ser um tarado fazia parte do repertório dele, mas também pareceu que todos os pelos do corpo dela estavam arrepiados em alerta. Em qualquer outra circunstância, não teria problema algum em dar um sermão nele ou se retirar da situação, mas, no momento, tinha duas opções e nenhuma era boa: apontar aquilo e parecer uma vaca sem senso de humor ou não falar nada e ficar parecendo um capacho.

Mas, para seu espanto, Shane chegou com uma terceira opção que Lilah não tinha considerado.

— Não entendo, não — respondeu ele, sem nenhum traço de humor na voz.

O sorriso de Joey vacilou.

— Calma, calma. Foi só uma piada.

— Não entendi — disse Shane, tranquilamente, com um olhar inabalável para Joey. — Me explica.

A plateia deu risinhos desconfortáveis.

Enfim, Joey puxou exageradamente o colarinho.

— Caramba, que público difícil.

O apresentador então voltou a se dirigir à câmera, fazendo uma transição suave para o fim do segmento, agradecendo a presença dos dois e levando o programa de volta ao comercial. Lilah não tinha dúvidas de que aquele último diálogo seria cortado da edição final.

A música aumentou e as câmeras se afastaram, com Joey se debruçando para jogar conversa fora de mentira com eles até o momento em que o produtor dele gritou "Corta". Com isso, os dois foram tirados do sofá sem muita fanfarra.

A caminho dos bastidores, Lilah olhou para Shane.

— Obrigada — murmurou ela.

Shane olhou para ela de volta, mas não falou nada. Não precisava. Para sua surpresa, ela sentiu a pressão da mão dele entre suas escápulas, só por um segundo, por cima do paletó, que ela continuava usando. Algo no gesto lembrava o início do relacionamento deles, quando ainda parecia que eram os dois contra o mundo.

Ela não sabia o que achar de nada daquilo. Só sabia que estava grata.

Na manhã seguinte, Walt mandou aos dois um e-mail com um link de uma reportagem da *Vulture*, acompanhado de duas palavras: *Muito bem.* Ela nem precisava clicar no link para saber o que era, com base no fato de que a URL terminava com *shippando-demais-karrison.html.* Mas clicou mesmo assim.

Quando a página carregou, Lilah foi recebida por um cabeçalho com uma foto dela e de Shane no sofá, ele congelado no ato de colocar o paletó nos ombros dela enquanto ela o olhava com uma expressão que, se não soubesse das coisas, Lilah diria ser muito parecida com adoração.

12

SHANE PRETENDIA LEVAR ALGUÉM DE verdade na festa da estreia da nona temporada, mas, mal tendo tempo de respirar com o turbilhão de eventos promocionais enfiados nas lacunas da agenda de gravação, a data chegou antes de ele perceber. Dessa vez, para variar, Dean não tinha acompanhante, então dividiu um carro com o irmão até o primeiro espaço da noite — uma sala de cinema alugada pela emissora para transmitir o episódio —, que seria seguido por uma festa em uma boate histórica lá perto.

No caminho, Dean estava incomumente quieto, olhando pela janela.

— Tudo bem aí? — perguntou Shane.

Dean se virou para ele e sacudiu a cabeça de leve.

— Só pensando que é a última.

— É — concordou Shane. — Mas você sabe que eu vou te levar comigo, né? Para o que for rolar depois. Se eu tenho emprego, você tem emprego.

Dean fechou o rosto, inesperadamente.

— Certo — disse, olhando de novo pela janela.

Shane franziu a testa, mas não forçou.

Sendo sincero, tinha ficado meio surpreso de Dean durar tanto tempo como seu *stand-in* para começo de conversa. Não era uma tarefa difícil, mas, mesmo assim, envolvia acordar bem cedo e trabalhar muitas horas.

Ele meio que esperava que Dean largasse mão depois da primeira semana para ir ao Burning Man sem nem dar satisfação e tal. Mas o instinto de proteger o irmão, de cuidar dele, tinha se sobreposto ao medo (bastante razoável) de Dean ferrar tudo — e Shane tinha o maior orgulho de isso não ter acontecido.

Shane tinha uma diferença de dois anos para a irmã mais velha, Cassie, e de cinco para Dean — nenhum deles tinha sido exatamente planejado, muito menos Dean. Como mais velha, Cassie fora forçada a assumir a responsabilidade quando os pais não puderam durante os primeiros anos da vida de Shane. Por isso, sempre parecera mais mãe do que irmã. Mesmo depois de as coisas na família se estabilizarem, Shane ainda tinha a impressão de que ela via os dois como um peso, redirecionando a dor e o ressentimento que ela sentia pelos pais para ele e Dean. A relação com ela havia melhorado na vida adulta, mas seguiam sem ser muito próximos.

Mas, embora os amigos de Shane reclamassem dos irmãos mais novos irritantes, ele nunca tinha ligado de deixar Dean ir junto nos lugares. Ele é quem tinha ensinado o irmão a andar de bicicleta — empurrando-o morro abaixo e gritando "pedala", mas enfim. E, quando Dean estava no ensino fundamental, Shane tinha sido a primeira pessoa em quem ele confiara para contar que não achava ser cem por cento hétero.

Depois de Shane conseguir o emprego em *Intangível* e de parecer que as coisas iam de fato dar em algo, tinha sido uma decisão óbvia trazer Dean para dividir o sucesso.

Mas ele não sabia bem o que Dean realmente queria da vida; ainda menos do que sabia do rumo da própria. Dean nunca demonstrara muita paixão ou aptidão por nada em especial — nada que tivesse feito por mais de uma semana, pelo menos. Sempre fora espontâneo, gostava de se arriscar, colhendo os benefícios de ter dois irmãos mais velhos que cuidavam dele e pouca lembrança do período antes de os pais tomarem juízo.

Quando o carro deixou os dois na frente do cinema, Shane tentou tirar essas preocupações da cabeça.

Concentrar-se no episódio, porém, não era uma grande fuga. Ele não amava se assistir na tela — tinha assistido à primeira temporada só pelo fator novidade, mas logo percebeu que isso o deixava com vergonha demais no set.

Era uma experiência estranha assistir com uma plateia, especialmente tão receptiva, cheia de atores, equipe e seus familiares. Quando Lilah apareceu na tela bem no fim, o auditório inteiro irrompeu em gritos e aplausos. Shane resistiu à vontade de dar uma olhadinha nela, sentada a algumas cadeiras de distância dele, para ver sua reação.

Pelo jeito, as sessões de terapia dos dois estavam funcionando mesmo. Ao ver a cara dela no bastidor do *Hora Extra*, Shane não sentira nenhum tipo de satisfação exultante com o quanto Lilah estava claramente sofrendo. Só tinha desejado consertar aquilo, e rápido. E não por estar preocupado com a possibilidade de ela o envergonhar ou com ter que levar a entrevista nas costas, nada do tipo. Mas porque eram uma equipe.

Era um sentimento assustador. Tanto sua existência como sua intensidade — como se nunca tivesse ido embora.

Como se o lugar de seu coração onde ela se encaixava tivesse sido fechado só com uma placa de gesso em vez de tijolos.

E tinha ainda o jeito como ele se sentira com ela enroscada dentro de seu paletó, o corpo bem grudado no dele, suas mãos na pele exposta dela, o coração dela batendo tão forte no peito de Shane que parecia estar bombeando o sangue dele também.

Shane ainda sentia atração por ela, era só isso. Era irritante pra caralho, mas nada novo. Ele tinha sentido isso desde a primeira vez que a vira. Não conseguia evitar. Mas fazer alguma coisa só trouxera problemas para os dois, comprovadamente. A única coisa que restava era continuar evitando-a o máximo possível.

Só que "o máximo possível" era relativo, já que, assim que ele chegou à festa, o assessor de imprensa da série o mandou ir atrás de Lilah para tirarem fotos de elenco.

Uma vez lá dentro, não demorou para vê-la. Ela tinha levado uma amiga como acompanhante, uma das atrizes daqueles filmes de acampamento de verão — Annie, talvez? Ele nunca tinha ouvido falar da franquia antes de conhecer Lilah, mas dera de cara com o primeiro num streaming alguns anos antes e acidentalmente acabara assistindo à coisa toda. Não era ótimo, mas era óbvio que as quatro tinham se divertido muito gravando, a câmera registrara aquele tipo de química impossível de fingir. Ele sabia bem.

As duas estavam de costas quando ele se aproximou, entretidas numa conversa animada. Ele sentiu uma pontada ao ver como Lilah estava relaxada, a linguagem corporal despreocupada e tranquila. Ele já tinha tido permissão de presenciar um pouco disso, de como ela era quando estava confortável de verdade com alguém. Sabia que era algo que ela não entregava de bandeja.

Quando chegou mais perto, conseguiu ouvir a conversa delas.

— Então, quem aqui eu devia pegar? — perguntou Annie, olhando o salão.

Lilah riu.

— Do que você está a fim? Alguém de cima ou de baixo?

— Aff, de baixo. Nunca mais quero trepar com um ator. Vá buscar seu melhor garoto! — proclamou Annie, fazendo um sotaque britânico falso.

— Um brinde a isso.

Lilah bateu a taça na de Annie. Shane ficou contente por nenhuma das duas conseguirem vê-lo fazendo careta.

Quando parou ao lado delas, se assustou ao ver nos olhos de Lilah um flash que quase parecia culpa antes de ela se recompor, levantando a guarda até o céu em um instante. Em vez disso, ele se dirigiu a Annie.

— Annie. Bom te ver. Quanto tempo.

Annie assentiu, de uma forma grossa do tipo não-gosto-de-você-por-tabela.

— Aham. — Ela olhou os dois, um do lado do outro. — Vocês combinaram?

Ambos estavam de smoking preto clássico, com uma grande diferença: Lilah não estava usando nada embaixo do paletó — exceto, possivelmente, fita dupla-face.

Ele deu de ombros.

— Acho que estamos em sintonia. — Ele se virou para Lilah. — Ei, me empresta seu paletó? Está meio friozinho aqui.

— Rá. — Ela revirou os olhos, mas ele viu que estava suprimindo um sorriso. — Não precisa de tudo isso, é só a Annie.

Ele apontou a porta com a cabeça.

— Estão chamando a gente pra fazer umas fotos.

Lilah terminou a taça e a apoiou numa mesa, pedindo licença enquanto Annie acenava para os dois. Naquela noite ela estava bebendo: vinho branco, para não manchar os dentes. Shane ofereceu automaticamente o cotovelo. Por sorte, ela pegou sem comentar nada — mas não sem hesitar.

— Legal que as Más ainda estão firmes e fortes — disse ele enquanto iam até o *backdrop* de fotos.

— Humm. É, né? Que pena que seu grupo de apoio de masculinidade tóxica acabou.

— Eu não acho uma pena, não. — Pelo canto do olho, ele a viu olhando para ele, então, mudou de assunto. — E aí, como você decide qual delas vai trazer para um evento assim? Tem uma rodinha que você gira?

— Bom, antes de mais nada, estudantes de direito amam festas. Mas Pilar está em Bali e Yvonne está ensaiando para a turnê, ou seja, sem permissão para se divertir por três meses.

— Yvonne também provavelmente é famosa demais para ser só acompanhante, né? Não dá para ser ofuscada na sua própria festa.

— Não sei, não — disse Lilah. — Talvez fosse uma boa. Estou meio de saco cheio de ser o centro das atenções ultimamente, você não?

— Faz parte — falou Shane, mas meio sem convicção.

— É — concordou ela baixinho, e ele soube que Lilah estava pensando o mesmo que ele: não tinha como eles saberem lá atrás no que estavam se metendo.

Chegaram ao *backdrop*, onde a maioria do elenco já estava reunida. Começaram com fotos de grupo, com Shane e Lilah no centro, e o restante foi aos poucos saindo até estarem só os dois, ele a abraçando pela cintura.

— Quem vestiu melhor? — gritou um dos fotógrafos.

— Eu — respondeu Lilah, ao mesmo tempo que Shane disse:

— Ela.

Eles se viraram um para o outro e riram, perfeitamente sincronizados. Lilah provavelmente supôs que ele estava fazendo cena para as câmeras, e por Shane tudo bem, só que era verdade: ela estava linda pra cacete. O rosto dela estava ensolarado e aberto, os olhos brilhando, nem sombra de tensão no sorriso. O que não devia ser uma surpresa; ela era atriz, claro que era boa nisso. Talvez o que realmente surpreendesse Shane fosse o fato de seu próprio sorriso não parecer nada forçado.

Algumas horas depois, Lilah saiu de fininho para tomar um ar no pátio fechado. Devia, no entanto, ter imaginado que era tolice a esperança de ficar sozinha — já havia uma rodinha reunida ali, passando um baseado, pelo cheiro.

Um dos integrantes levantou a cabeça, saindo das sombras. Dean.

— Oi, Lilah — falou ele, tragando. — Quer um pega?

Ela abriu a boca para negar, aí pausou.

— Eu topo uma peruana, sim.

— Ah, é? — perguntou Dean, abrindo a roda para deixar um espaço vazio ao seu lado.

Lilah entrou, de repente com vergonha de ter pedido para receber a fumaça direto da boca de alguém, algo tão íntimo — e para quem. Percebeu tarde que tinha bebido um pouco demais, suas inibições estavam diminuídas e a língua, mais solta do que ela gostaria.

— Desculpa, é esquisito? Faz tempo que não fumo.

Dean deu de ombros.

— Não. Nada esquisito.

Mas, em vez de dar mais um dois, ele esticou o braço na frente dela, passando o baseado para a mão do outro lado, já estendida.

Ela soube que era Shane antes de levantar os olhos.

A primeira vez que tinha ficado chapada não foi com ele — foi aos 15 anos, na festa de elenco de *O milagreiro*, e depois Lilah passara o resto da noite na lavanderia da anfitriã, tentando evitar um ataque de pânico lendo o rótulo do amaciante sem parar —, mas a primeira vez que tinha curtido a sensação, sim, foi com ele.

Uma noite bem lá atrás, quando tinham chegado em casa absurdamente tarde, com o primeiro horário do dia seguinte empurrado para a tarde, acomodando a pausa obrigatória de doze horas. Eles estavam relaxando no chão da sala de Shane quando ele resolveu apertar um. Lilah, já zureta de exaustão, não conseguia tirar os olhos das mãos dele, ágeis e seguras, lidando com a seda com toda delicadeza, como se fosse uma asa de borboleta.

Ao terminar, ele tinha mudado de posição para ficarem um de frente para o outro, dobrando as pernas por cima das delas enquanto acendia. Shane tinha tragado fundo, depois se debruçado à frente e segurado gentilmente o queixo dela com a outra mão. Ela abrira a boca por um momento infinito e insondável, os dois suspensos na fração de segundo antes de um beijo, inspirando enquanto ele soprava, levando a fumaça para o fundo do pulmão dela e segurando. Foi como se tivessem se transformado em um único organismo, quatro pernas compridas e um par de pulmões: *inala. Exala.*

A onda que veio foi suave e segura, envolvendo-a como um abraço, aquietando em vez de sobrecarregando a mente. Quando tinham fumado o suficiente, Shane apagara o baseado e chegara mais perto dela, beijando-a devagar e profundamente, o gosto de fumaça pairando na língua. Transaram do mesmo jeito, bem ali no chão, todas as sensações tão intensificadas que era quase insuportável.

Tá, ela tinha pensado deitada ao lado dele depois, com uma queimadura de tapete nas costas e o suor esfriando na pele, *entendi por que as pessoas gostam disso*.

Lilah voltou ao presente, observando a ponta queimar e vendo brasas idênticas ardendo nos olhos de Shane. E aquele olhar, aquele que ela conhecia bem, como se ele tentasse queimá-la também. Será que Shane achava que ela estava tentando provocá-lo pedindo aquilo a Dean? Com ele, não teria significado nada.

Shane apertou o baseado entre os dedos, a mão caindo junto à lateral do corpo. Ela não tinha certeza de quem havia se posicionado, mas, de repente, seus lábios estavam a centímetros de distância, o rosto dele de novo oculto pela sombra. Lilah respirou curto e se preparou.

O que não esperava era que a mão dele fosse ao maxilar dela, inclinando-o de leve para ele. O gesto era tão confortável, tão familiar, tão íntimo que Lilah deu um solavanco involuntário para trás e cambaleou um pouco. Shane franziu a testa ao também recuar, soltando a mão e enfiando no bolso, como se não confiasse nela.

— Desculpa — falou ele, a palavra escapando numa nuvem de fumaça.

— Desculpa — repetiu Lilah automaticamente. — É que... eu faço. Eu consigo.

Shane passou o baseado, mas Lilah tragou forte e fundo demais, já tossindo antes mesmo de terminar.

— Valeu — disse ela por fim, quase engasgando e devolvendo o baseado a Dean antes de dar meia-volta e fugir da rodinha.

Ela sabia que era falta de educação dar um dois e sair correndo, mas suas bochechas ardiam e o rosto provavelmente estava vermelho como o cabelo.

Ela se apoiou no corrimão da borda externa do pátio, tentando se recompor, já mais zonza do que gostaria. Fixou o olhar no cordão de luminárias retrô balançando suavemente ao vento, as luzes ficando borradas e tremeluzentes à medida que seu olhar perdia e recuperava o foco.

De canto de olho, viu o grupo se separar e voltar para a festa. Uma figura solitária recuou, indo na direção dela.

— Oi.

A voz de Shane estava grossa e levemente rouca de fumaça. Ele estendeu o braço como se estivesse prestes a tocá-la nas costas, mas desistiu, sem jeito. Ela sentiu o toque fantasma mesmo assim.

— Oi — respondeu ela, com um toque de cansaço tingindo seu tom.

Shane parou ao seu lado e apoiou o drinque no corrimão sem olhar para ela.

— Noite esquisita, né?

— Pois é — disse ela bem baixinho.

— Você tem pensado nisso? — questionou ele.

Ela lhe deu um olhar afiado, como se ele conseguisse, de algum jeito, sentir que ela estava pensando na festa de estreia da primeira temporada, quando tinham se safado por pouco de serem pegos dando uns pegas na chapelaria.

— Nisso o quê?

Ele sacudiu a cabeça.

— Ah, desculpa. Eu estava falando... do que vai acontecer depois. O que a gente vai fazer depois. Separadamente.

— Ah. É. Bom, lógico. — Ela se virou de costas para o corrimão e apoiou os cotovelos ali. — Acho que depende de como for isso tudo. Se der certo. Se eu conseguir mais uma chance.

— De fazer o quê?

— Qualquer outra coisa. Qualquer coisa interessante, digo. Experimentar algo diferente. Não só uma sobra, interpretar a esposa ou mãe de alguém pelo resto da vida.

— O que você gostaria de fazer? Se pudesse escolher.

Ela olhou para o lado, desconcertada pela sinceridade da pergunta. Ainda mais desconcertante era o fato de que ela queria responder de verdade.

— Não sei. Se você me perguntasse há alguns anos, eu diria... — Ela não completou, relutante em desenterrar seus alarmes falsos e fracassos. — Alguma coisa diferente da Kate. Alguém desagradável, por exemplo.

— Achei ter ouvido você dizer que queria experimentar algo diferente...

Nem o insulto era tão mordaz quanto normalmente, havia um sorriso audível na voz dele.

Ela riu, um pequeno murmúrio no fundo da garganta.

— É, acho que eu pedi essa. E você?

Ela ficou surpresa de ver que a expressão dele não estava mais divertida.

— Não sei se ainda tem muito para experimentar. — Ele olhou para o nada, por um momento perdido em pensamentos. — Mas vou dar um jeito. Meio que tenho que dar. Não posso voltar para o The Vine, né?

— Não se subestime — disse ela, antes de conseguir pensar muito. Ele virou a cabeça devagar e a olhou nos olhos, o rosto ainda quase todo na sombra. Sentindo que o momento estava à beira de ficar intenso demais, ela completou: — Com certeza você ainda consegue dar conta do turno do almoço.

Ele abriu um sorriso.

— Durante as primeiras temporadas eu vivia tendo sonhos em que voltava a trabalhar lá. Como se tivessem percebido que cometeram um puta erro me contratando e me jogado de volta no meu lugar. Ou às vezes era como se eu nunca nem tivesse me mudado para cá e estivesse lá em

Oklahoma, ajudando meu pai a cuidar da funilaria. Mesmo depois de todos esses anos... sei lá. — Ele balançou a cabeça e, por alguns segundos, olhou por cima do corrimão. — Você acha que merece?

— O quê? — perguntou ela, meio assustada.

Shane meio que se virou e gesticulou na direção da festa. Pelo modo como a voz dele falhou e sua expressão ficou perturbada, Lilah soube o que ele estava perguntando de verdade: se *ele* merecia.

Lilah quase desviou da pergunta com um comentário engraçadinho, mas algo — talvez aquela terceira taça de vinho batendo com tudo num estômago vazio e a tragada monstra acidental no baseado — a compeliu a responder com seriedade.

— Não. Sim. Bom... acho que mereço tanto quanto qualquer um nessa indústria merece, né? Tem tanta coisa que a gente não controla. Eu conheço tanta gente da escola, ou que fez curso comigo, testes, que era, quer dizer, *é*, talentosa pra caralho, mas nunca teve uma chance. Não acho que estou aqui e eles não porque mereço mais. Mas, já que *estou*, só me resta dar o meu melhor, entende? Chegar no horário, decorar minhas falas, levar a sério, tentar não ser uma escrota com as pessoas do trabalho... — Shane ergueu as sobrancelhas. — Bom, com a maioria delas e... — corrigiu ela, acanhada. — Desculpa. Acho que perdi o fio da meada.

— Não, não, foi uma boa resposta. Mas era seu sonho, né? O que você sempre quis.

Ela se virou completamente para ele. A expressão de Shane era séria, penetrante.

O histórico dele de "nasce uma estrela" tinha sido parte importante da estratégia promocional da primeira temporada: chegar a Los Angeles por acaso como *roadie* com a banda de um amigo, dormir de graça em sofás e servir mesas sem maiores ambições além da festa da noite seguinte, e então ser escolhido para estrelar a série mais assistida do país sem nem ter feito antes uma árvore na peça da escola.

Na época, Shane não tinha dado importância, daquele jeito tímido de menino do interior, e, com o passar dos anos, Lilah havia imaginado que ele tinha passado a acreditar no próprio *hype* — a achar que era *mesmo* especial pra caralho. Mas, olhando para ele naquele momento, Lilah percebeu que estava errada. Ele nunca tinha deixado de se sentir como uma fraude sem direção, só tinha aprendido a esconder melhor.

Do nada, ela foi tomada pela sensação atordoante do tempo se dobrando em si mesmo, oferecendo de repente a habilidade de enxergá-lo — enxergá-lo *de verdade* — como ele era agora, livre dos vestígios do jovem que ela conhecera havia uma década. Seu olhar passou por todo o rosto de Shane, absorvendo tudo de novo: as rugas leves na testa e ao lado dos olhos, o sulco na testa, a forma como ele se portava com uma seriedade da qual ela não sabia que ele era capaz.

Lilah afastou o aperto no peito, tentando se concentrar de novo na pergunta.

— Era — falou, arrastando a palavra, incerta. — É, era meu sonho. Mas nunca achei que minha carreira fosse ser assim.

— Assim como?

— Fazendo a mesma personagem a vida toda. Sendo conhecida só por essa única coisa. Sendo parte de algo tão enorme. Quer dizer, eu sou grata, mas teria ficado satisfeita só de ter trabalho como atriz. Não precisava ter virado celebridade. Nem de segundo escalão — completou ela, autodepreciativa. — Às vezes me pergunto se teria sido mais feliz voando baixo, mesmo ganhando menos dinheiro.

Ela viu a expressão dele ficar quase imperceptivelmente tensa na luz fraca.

— Que foi? — perguntou ela.

— Nada. — Ele balançou a cabeça. — Que bom que não é importante para você. O dinheiro.

Era impossível ignorar o amargor que transpareceu no tom dele. Lilah mordeu o interior da bochecha, lutando contra a vontade de se defender. Se estivesse uns dez por cento mais sóbria, teria terminado a conversa ali mesmo e entrado de volta.

— No ensino médio — disse ela, com a voz calma e comedida —, descobri que minha mãe tinha uma dívida enorme. Tipo de centenas de milhares de dólares. Eu não fazia ideia até começar minhas candidaturas para a faculdade.

Mesmo mais de uma década depois, muito tempo após ter trabalhado aquilo com uma série de terapeutas, as mesmas emoções acaloradas pulsavam dentro dela. A traição. O medo. Dezenas de lembranças felizes retroativamente transformadas em algo sombrio com esse novo contexto, todas as pistas que ela havia ignorado se encaixando de um jeito horrível. A percepção aterradora de que a pessoa em quem ela confiava para guiá-la pelo mundo, na verdade, não estava muito melhor do que ela própria — possivelmente até pior. Lilah se considerava sortuda por ter conseguido manter a ilusão por tanto tempo.

Ela olhou para Shane, que tinha ficado boquiaberto.

— Como assim? Por quê? Quer dizer, como?

Ela balançou a cabeça.

— Ela foi dona de casa a vida toda. Voltou a trabalhar meio período depois de se divorciar do meu pai, mas... acho que era muito importante para ela poder dar para a gente tudo que o meu pai dava. Mesmo que a gente não pedisse. Mesmo que a gente não *precisasse* de nada daquilo. Mas ela ligava muito para o que as pessoas pensavam dela e os dois viviam nessa competição, tentando ser um melhor do que o outro. Então, sim, a gente teve mais do que o que queria na infância e adolescência, mas nada daquilo era real. Nem sequer tinha a ver com a gente.

Shane a olhava fixamente, a bebida esquecida na mão nada mais que gelo derretido.

— E aí, o que aconteceu?

Lilah torceu a boca.

— O que você acha? Paguei a dívida toda depois de entrar para a série. De vez em quando ainda tenho que tirar ela do sufoco, mas menos, uns dez ou vinte mil. — Ela deu de ombros, meio impotente. — O que mais posso fazer?

Shane não falou mais nada, só continuou olhando para ela do mesmo jeito intenso. De repente, Lilah se sentiu constrangida, sem saber por que tinha contado aquilo, querendo voltar atrás.

— Eu não fazia ideia — comentou ele, por fim.

— E por que faria? — perguntou ela, com um tom leve. — Ela não está devendo nada para você, está?

Shane deu um sorrisinho involuntário e se empurrou para longe do corrimão. Lilah fez o mesmo, acertando o passo com ele enquanto os dois caminhavam devagar pelo perímetro do pátio.

— Não é como se *você* precisasse se preocupar com dinheiro hoje em dia — disse ela. — Você nem precisa voltar a atuar se não quiser. É só conseguir uma publi de um desses carros para quem tem crise da meia--idade ou uma marca de bebida alcoólica pra macho. Você tem nove temporadas de pagamentos residuais para receber, além do circuito de convenções. Está com a vida feita.

Os dois recebiam convites para painéis e encontros com fãs em várias convenções várias vezes por ano. Shane aceitava bastante — provavelmente por causa do pagamento gordo que vinha junto —, mas Lilah só tinha ido uma vez, durante a primeira temporada, na maior de todas, que acontecia toda primavera em San Francisco. A coisa toda tinha sido tão avassaladora que passara o fim de semana todo viajando numa névoa de alprazolam, da qual se arrependeu depois de sair visivelmente chapada em todas as fotos.

Shane soltou uma risadinha pelo nariz.

— Não sei se já estou pronto para pendurar as chuteiras.

— Bom, com certeza o *Dançando com as Estrelas* ia adorar você lá.

— Se você quer ver meus passos de dança é só pedir.

— Eu já vi.

— Pode ser que eu tenha aprendido uns novos.

Ela olhou para o lado e encontrou o olhar dele, os dois caindo num silêncio levemente desconfortável.

— Por que você veio sozinha hoje? — perguntou ele, de novo desviando o olhar.

— Eu não vim sozinha, vim com a Annie.

Naquele momento, passaram por uma das janelas que iam do chão ao teto nos fundos do lugar e foram brindados com uma visão perfeita de Annie se pegando forte num canto com Kenny, o operador de câmera com quem ela estava conversando quando Lilah saíra.

— Não está mais — respondeu Shane.

— É. Mas que bom para ela. — Ela olhou-o de canto de olho. — Por que *você* veio sozinho?

Ele deu de ombros.

— Não consegui achar alguém que quisesse ficar na zona dos respingos.

— Aquilo foi um acidente — protestou Lilah, com o rosto esquentando com a lembrança, embora estivesse rindo.

Ao conhecer Serena, na festa da estreia da segunda temporada, Lilah tinha se virado rápido demais, dado de cara com ela e derramado a bebida bem na frente do vestido de Serena. Humilhada, ela se oferecera para pagar a conta da lavanderia — o que, claro, era um gesto insignificante, já que Serena era mais rica que Lilah e Shane juntos.

— Sei — disse ele, com um sorriso.

Eles passaram por uma das portas e ela esperou que ele se afastasse e entrasse de volta, mas, em vez disso, continuaram andando em silêncio, indo até a outra ponta do pátio. Embora não estivesse frio, Lilah se abraçou num gesto protetor. Sua cabeça estava agradavelmente entorpecida, as preocupações intrusivas de sempre embotadas, um zumbido baixinho.

Ela seguiu o olhar de Shane pela janela, onde Margaux e Dean estavam absortos numa conversa animada, Dean com a mão na lombar de Margaux.

— Eu sei que ela não é minha filha de verdade, mas, por algum motivo, uma parte de mim quer ir lá fazer os dois pararem com isso.

Havia na voz dele, baixa e rouca, uma pontinha de humor conspiratório, e Lilah se sentiu toda quente. Forçou-se a focar a parte daquilo que a irritava.

— Meu Deus. Você vai ser um desses pais que fica todo esquisitão e controlador quando a filha começa a namorar?

— Se ela estiver namorando meu irmão, sim.

— Bom, que bom que ela não é sua filha de verdade.

Eles viram Dean puxar Margaux mais para perto, cochichando algo no ouvido dela, e os dois foram para a saída.

— Caramba. Só eu que acho que todo mundo está com tesão demais hoje? — Lilah sentiu os olhos de Shane em si e suas bochechas ficarem rosadas. — É que parece que nenhum deles ouviu falar que não é bom transar com colegas de trabalho.

— É a última temporada, acho que é agora ou nunca. — Ele a olhou mais um segundo, aí desviou o olhar. — Quer ir lá correndo avisar pra ela?

— Eu não. É um erro que ela tem que cometer sozinha.

Uma faísca de tensão crepitou entre eles.

Shane afastou o paletó para o lado e colocou a mão no bolso.

— Bom, agora vocês duas podem trocar impressões.

Lilah levou um susto tão grande que se virou para olhá-lo de frente.

— Como assim? Você está falando do *Dean*? Não aconteceu nada entre mim e ele.

Fora alguns minutos de beijos desajeitados que não tinham dado em nada e durante os quais ela não sentira nada.

Não, nada não. Nada teria sido preferível à dor que ela havia sentido em algum lugar do fundo do peito — a percepção de que, embora Dean fosse bizarramente parecido com Shane, tivesse uma voz e um comportamento similares, ele não era Shane.

Aquele lampejo de compreensão sobre o que ela estava realmente procurando tinha sido tão perturbador que Lilah acabara com tudo antes mesmo de a mão de Dean conseguir subir por baixo da blusa dela. Ele aparentemente não havia ligado muito, mas estava bêbado o suficiente para aceitar a oferta de dormir na casa dela, tirando a roupa e desmaiando de cara no sofá antes de ela terminar de escovar os dentes. Na manhã seguinte, ele já tinha ido embora quando ela acordou.

Lilah não culpava Shane por ficar puto com a atenção que eles chamaram naquela noite indo embora juntos, mas imaginava que Dean tivesse contado ao irmão que não tinha passado disso.

Shane franziu a testa.

— Vocês foram juntos pra sua casa. Ele dormiu lá.

— Sim, no meu *sofá*. Ele não te falou?

Ele pareceu ainda mais abalado.

— Ele, hum. Falou, sim. É que… eu não acreditei.

As palavras pairaram no ar por vários longos segundos enquanto Lilah se esforçava para processá-las. Seus pensamentos densos como mel já não eram um conforto.

— Então, espera aí. Esse tempo todo você estava bravo comigo por uma coisa que eu nem *fiz*? Que Dean *te falou* que eu não fiz?

Shane apoiou a bebida numa mesa próxima e passou os dedos pelo cabelo, agitado.

— Não fez, mas *ia* fazer.

— E você é o quê, a polícia do pensamento? Beleza, ok, eu *ia* fazer, mas *não fiz*. Não consegui. — Ela viu algo mudar na expressão dele e se apressou a continuar: — A questão é que *você* é tão obcecado por me odiar que não acreditou nem no seu próprio *irmão*. E, por sinal, imagino que você não tenha ficado ressentido *dele* o tempo todo.

— Não, mas...

— E por quê? Algum código de honra dos *brothers*? Duplamente, porque ele é literalmente seu irmão?

Mesmo enquanto falava, Lilah sabia que devia deixar pra lá, que tinha dito o que queria, que seu tom cortante era desnecessário. Mas estava bêbada, estava puta e, cacete, nunca conseguia parar a tempo de sair por cima.

— Porque ele não *sabia*! — gritou Shane, tão exaltado quanto ela.

De repente, ela notou como os olhos dele estavam vermelhos, a expressão turva e desfocada. Nenhum dos dois estava em condições de ter essa conversa, mas Lilah já não conseguia evitar.

— Não sabia o quê? Que nós estávamos — perguntou ela em um tom mais baixo bem a tempo, consciente de ainda estarem em público — *juntos*? Você não se deu ao trabalho de contar pra ele?

Shane expirou, frustrado.

— Não, ele não sabia que eu... que a gente... — Ele gesticulou entre os dois. — Só... tudo. Com a gente. Ele não entendia. Ainda não entende.

Lilah o olhou perplexa.

— Tá, bom, eu e ele temos isso em comum, porque eu não sei de que caralho você está falando.

Por um momento pareceu que Shane ia falar alguma outra coisa — o rosto corado, a postura tensa —, mas, em vez disso, ele só sacudiu a cabeça, resignado, antes de se virar e voltar para a festa se esquivando.

— Você tem que aprender a *falar* as coisas, Shane! — gritou ela para as costas dele antes de conseguir parar.

Lilah fez uma careta quando algumas pessoas lá dentro viraram a cabeça, sua explosão claramente audível pelo vidro. *Merda*. Esperava que aquilo não fosse parar numa maldita revista de fofoca.

Depois, Lilah respirou fundo algumas vezes e voltou lá para dentro também, indo direto para o bar depois de se assegurar de que ele não estava nem perto dali.

— Pelo jeito, a terapia está indo superbem — disse Natalie ironicamente atrás dela.

Lilah segurou uma risada.

— Que bom que não sou eu que estou pagando.

O barman entregou a água tônica enquanto ela vasculhava a bolsa atrás de umas notas para deixar de gorjeta.

Natalie se apoiou no balcão do bar ao lado dela.

— É muito doido isso. Eu trabalho com Shane já há dois anos e meio, e ele é uma das pessoas mais de boa que eu já conheci. Menos com você.

— Pra você ver que sorte a minha. Eu devo ser a favorita dele, então — rosnou Lilah, a frustração voltando.

Natalie riu e levantou as mãos na defensiva.

— Ei, espera aí. Não é comigo que você está brava, lembra?

Lilah soltou um suspiro de corpo inteiro, e o bar às suas costas era a única coisa que a impedia de desmoronar por completo.

— Merda. Desculpa. — Ela deu um longo gole na tônica. — Acho que talvez seja minha deixa pra ir embora.

Natalie franziu a testa, compreensiva. Como se tivesse sido convocada, Annie apareceu atrás de Lilah, com os saltos pendurados em uma mão.

— Pronta para ir?

Lilah se virou para olhá-la.

— Ainda por aqui? O que aconteceu com Kenny?

Annie fez uma careta.

— Ele ficou tentando enfiar os dedos no meu sovaco.

— *Quê?!* — exclamaram Lilah e Natalie em uníssono.

— Eu sei. Não quero falar sobre isso. Será que o motorista passaria com a gente no Del Taco?

— Não custa perguntar. — Lilah se virou para Natalie. — Quer vir com a gente?

Natalie abriu um sorrisão.

— Quero.

De cabeça erguida, Lilah saiu da festa ladeada por Natalie e Annie, fingindo não notar Shane a olhando com raiva do canto onde estava sozinho.

13

Três anos e meio antes

O ANÚNCIO DO *DEADLINE* TINHA sido feito bem cedinho e era o único assunto no set. Shane não devia ter ficado surpreso por Lilah não ter lhe contado. Eles não se falavam nada que não estivesse no roteiro fazia meses.

Mesmo assim, ao ver a reportagem, pareceu que algo em seu cérebro tinha fritado, apagando sua capacidade de processar palavras escritas. Independentemente de quantas vezes ele olhasse, porém, a matéria continuava dizendo a mesma coisa.

Ele tinha se esforçado ao máximo para tirar aquilo da cabeça enquanto fazia cabelo e maquiagem, mas a notícia o consumia como uma agulha arranhando o disco, incapaz de passar pela seção e numa repetição interminável.

Sentado em seu trailer, sem conseguir absorver as páginas do roteiro revisado à sua frente por meia hora, ele soube que precisava conversar com Lilah. Era o único jeito de desanuviar, tirar aquilo da frente. Shane não tinha bem certeza do que queria dizer, mas descobriria no trajeto de quinze segundos do seu trailer até o dela.

Ele foi até a porta e abriu com força — e aí encontrou Lilah já parada do outro lado, com os pés um de cada lado da escada, como se estivesse se convencendo a bater (ou a não bater).

Eles ficaram paralisados se olhando.

O que você está fazendo aqui? era o que ele queria dizer. O que acabou saindo foi:

— Você vai embora?

De início, ela não falou nada. Nem precisava. As bochechas de Lilah ficaram cor-de-rosa e seus olhos miraram o chão, e Shane sentiu que seu peito estava prestes a explodir.

— Posso entrar?

Ele deu um passo para o lado sem dizer palavra. Ela fechou a porta atrás de si, aí ficou parada na frente, de braços cruzados.

— Consegui outro trabalho — disse ela, com a boca tensa.

— E não me falou?

— Devo ter esquecido durante nossa última noite de pijama.

— Isso se chama cortesia profissional.

Ela inclinou a cabeça e franziu a testa com uma expressão de confusão fingida.

— Cortesia profissional? Que nem quando você mandou Dean interpretar a sua nuca semana passada?

Shane sentiu o calor subindo pelo pescoço, mas não respondeu. Nenhum dos dois se mexeu por muito tempo.

— Imagino que você não estivesse indo me dar parabéns — comentou ela.

— Então, você vai mesmo embora.

— Vou.

— E eu vou só... ficar aqui. Ainda. Sem você.

Ela o encarou com uma expressão plácida e impenetrável.

— Isso não é mais da minha conta.

O estoicismo dela só o deixou mais agitado. Shane sacudiu a cabeça e passou a mão no cabelo.

— Isso é bem escroto, Lilah. Até pra você.

— Achei que você fosse ficar feliz — devolveu ela, o que o pegou de surpresa.

Por que *não* estava feliz? Por que seu primeiro instinto tinha sido invadir o trailer dela como se ela lhe devesse uma explicação?

— Eu *estou* feliz. É que é difícil montar um desfile de comemoração tão de última hora. Ainda estou tentando resolver o alvará, talvez precise pedir um ou outro favor.

O canto da boca de Lilah subiu e algo se enrolou apertado dentro dele, pronto para explodir.

— Parece excessivo — disse ela. — Com certeza pichar "tchau, vaca" na porta do meu trailer teria o mesmo efeito por uma fração do trabalho.

— Você merece uma despedida melhor do que isso.

— É, tipo o quê?

A expressão dela era um desafio e um convite ao mesmo tempo.

Era perigoso pra caralho, isso sim.

Ele deu um passo mais para perto, depois outro.

— Não sei. Uma mensagem no céu, talvez.

Lilah não se afastou nem se opôs. Só descruzou os braços, com o olhar indo para os lábios dele — só por meio segundo, mas tempo o suficiente para o coração dele começar a pulsar no ouvido.

— Ou fogos de artifício — murmurou ele.

Quando ela levantou o queixo, os olhos se encontraram e a provocação que havia nos dela era brilhante e ardente.

Shane teria que tomar a iniciativa, claro. Ela nunca faria isso. Veria como sinal de fraqueza, como uma admissão de derrota antes mesmo de começarem. Mesmo naquela primeira noite, no canto daquele bar escuro de hotel em Nova York — quando as coisas entre os dois eram o mais próximo de simples que jamais seriam —, Lilah teria se roçado no corpo dele inteiro e subido sozinha para o quarto se ele não tivesse começado. Ele era inocente o bastante para acreditar na época que puxá-la para o colo tinha sido ideia dele. Mas, na verdade, a escolha sempre tinha sido entrar no jogo dela ou não jogar.

Shane estendeu o braço, de início sem saber aonde ia, quase surpreso quando sua mão parou no maxilar dela — era a primeira vez que ele a tocava em quase quatro anos. Ele manteve o toque por um momento, os dois se olhando fixamente. Não era tarde demais para desistir. Não tinha acontecido nada ainda, não de verdade.

Mas, aí, ela fechou os olhos e virou o rosto na direção do toque dele com uma expiração suave, e foi isso. O sangue dele virou lava enquanto seus dedos se abriam e mudavam de lugar, se emaranhando na nuca de Lilah, o outro braço envolvendo-a pela cintura e puxando-a bem para perto. Ele já estava duro antes mesmo de beijá-la.

Considerando o quanto a espera tinha sido longa, o primeiro beijo foi feroz, os dois mergulhando tão rápido que Shane ficou chocado por ninguém se machucar. Mas, não, eles sempre tinham sido bons nisso, o rosto de um se encaixando no do outro como se tivessem sido feitos desse jeito, o gosto da boca dela familiar demais quando ele enfiou a língua lá dentro.

Ele deslizou a mão possessivamente para a base do pescoço dela e caminhou com ela até a porta, os beijos ficando mais desesperados, ele sugando a língua dela, ela mordendo o lábio inferior dele e suspirando em sua boca enquanto agarrava a parte de trás da camiseta.

Shane se afastou, os dois respirando pesado.

— Você... quer fazer isso?

Cinco minutos antes, ele nem sequer fazia ideia de que era uma possibilidade. Agora, sentia que morreria se ela falasse que não.

Ela apertou os olhos.

— *Você* quer?

Só Lilah mesmo para transformar consentimento em queda de braço. Mas, em vez de irritá-lo, isso só aumentou o desejo e ele segurou o maxilar dela para mergulhar em outro beijo faminto e devastador, abrindo as pernas dela com um empurrãozinho da coxa e se balançando contra o corpo de Lilah, fazendo-a ofegar.

Não era assim que ele queria que acontecesse, Shane percebeu com uma pontada. Se tivesse escolha — se soubesse que teria mais uma chance de uma última vez com ela —, teria feito diferente. Numa cama, para começar. Sem nenhuma pressa. Ele mostraria que não era mais um jovenzinho de 20 e poucos anos entusiasmado demais. Mas, se fazer desse jeito febril e atrapalhado era sua única opção, ele aceitava num piscar de olhos.

Shane abaixou a cabeça para sugar o ponto sensível logo atrás da mandíbula dela — forte demais, provavelmente, mas não tinha tempo para se importar com isso depois de ver como a respiração dela ficou irregular, a cabeça pendendo desamparada.

— Cuidado — ela ofegou.

Ele mal a ouviu, distraído demais com a sensação das mãos dela tateando seu cinto.

Ele desceu as mãos também, passando pela curva da cintura de Lilah, do quadril, e então a beijou de novo, gemendo ao agarrar a bunda dela com duas mãos cheias por cima do tecido fino e elástico da saia.

Caralho. Ele precisava estar dentro dela imediatamente, porra.

De tão desorientado, Shane não percebeu que tinha dito aquilo em voz alta até ela rir encostada na boca dele.

— Uau. Tantos anos e você ainda acha que as preliminares são opcionais. Achei que a Serena tivesse te treinado melhor.

Ele sabia que ela estava só falando merda, tentando provocá-lo com golpes baixos sobre suas proezas sexuais e seu término recente, tudo ao mesmo tempo — e estava funcionando.

Shane a soltou, ficou de joelhos e subiu a saia dela pelas coxas. Ela apoiou os ombros na parede e olhou para ele, as pupilas superdilatadas e a expressão enevoada enquanto Shane passava o indicador pela costura elástica da calcinha antes de enfiá-lo por baixo e ver que ela estava muito molhada.

— Preliminar, é?

Mesmo enquanto a provocava, ele sabia que a rouquidão de sua voz demonstrava como estava afetado, como seu pau estava duro que nem ferro, roçando desconfortavelmente na calça.

Ela deu uma bufada de exasperação que quase pareceu convincente.

— É o *princípio* da coisa.

Mas ele não estava ouvindo. Shane enfiou a cara no meio das pernas dela e deu uma lambida lenta e longa por cima do tecido. Lilah segurou um gemido, mas suas pernas já estavam tremendo antes de ele afastar a calcinha para o lado.

Era satisfatório ele mal precisar pensar, deixar seus instintos assumirem. Ele ainda sabia exatamente como ela gostava, mesmo depois de tanto tempo, todas as formas de fazê-la perder o ar, estremecer e gritar. Lilah passou uma das pernas por cima do ombro de Shane e agarrou o cabelo dele com as duas mãos para se segurar.

Quando sentiu o orgasmo dela quase chegando em sua língua, aqueles gemidinhos e tremores que o deixavam prestes a gozar também, Shane parou, ignorando os protestos dela. Levantou-se e a beijou de novo, abraçando-a com força e a guiando para longe da porta.

Quando as panturrilhas dela bateram no sofá, ela se afastou.

— Espera — disse Lilah, sem fôlego. — Meu cabelo. O Max me mata.

— Quê?

— Preciso ficar por cima.

— Tá. Beleza. Tá.

Ele se sentou e colocou a mão no pau por cima da calça jeans, gemendo alto ao vê-la se debruçar para tirar a calcinha com um único movimento fluido antes de subir no colo dele com uma perna de cada lado.

— Acho bom você não fazer barulho, senão enfio isso aqui na sua boca — falou ela, balançando o tecido rendado em um dedo.

— Promete?

Ela jogou a cabeça para trás e gargalhou, e algo nesse som causou nele uma pontada estranha. Puta merda, como Shane tinha saudade dela. Saudade de fazê-la rir tanto quanto de todo o resto.

Lilah abaixou o braço para acariciá-lo por cima da calça, e ele sentiu que nunca tinha ficado tão duro na vida, como se estivesse prestes a enlouquecer de tanto que a desejava. Ficou zonzo ao vê-la abrir seu zíper e enfiar os dedos por baixo do cós da cueca boxer, o pau dele pulando para fora com tanta animação que era quase constrangedor.

Quando ela estendeu a mão e fechou em torno dele, o polegar roçando de leve a ponta, os quadris de Shane cederam involuntariamente e ele tremeu.

— *Caralho*, Lilah... — gemeu ele, o vocabulário reduzido só a essas duas palavras.

Ela colocou a língua para fora para umedecer os lábios, inchados e cor-de-rosa de tanto ele sugar e morder, e Shane engoliu um gemido como se quase senti-los o envolvendo, o chupando, embora eles não tivessem tempo, embora já estivessem ficando sem tempo.

— Camisinha? — perguntou ela com a voz ofegante, e ele gesticulou distraidamente para uma mesinha lateral.

Ela olhou de canto para ele como se estivesse prestes a dizer algo, provavelmente pegar no pé dele por ter camisinhas tão acessíveis. Mas Lilah só se inclinou para remexer na gaveta, depois colocou uma nele e se posicionou em cima de seu colo sem hesitar.

Ele levantou a saia dela até o quadril para ter uma visão desobstruída enquanto ela apoiava uma mão no ombro dele e usava a outra para posicioná-lo em sua entrada. Lilah desceu com uma lentidão angustiante; pareceu levar séculos só para a ponta se encaixar dentro dela. E, quando isso enfim aconteceu, ela parou. Ele tentou estocar, desesperadamente, mas ela só levantou o quadril junto com ele, evitando que ele fosse mais fundo.

Quando ele desmoronou de volta, resmungando de frustração, ela finalmente começou a se mexer, roçando nele superficialmente, devagar, provocando. Um centímetro para cima, um centímetro para baixo, mas só. Shane achou que estava enlouquecendo.

— Puta que *pariu*, Lilah — falou, com a voz sufocada, enfiando os dedos no quadril dela, olhando-a nos olhos.

Ela era simplesmente maravilhosa, pairando acima dele, o rosto corado, olhos brilhantes, dentes enfiados naquele lábio inferior carnudo, como se devesse estar numa porra de museu ou coisa do tipo. Se mostrando para ele com uma expressão que só podia significar *eu faço o que quiser com você*.

Ele não podia negar.

— Peça direito.

A severidade da voz dela fez o pau dele latejar.

— *Por favor* — gemeu ele, mas não esperou a resposta dela antes de apertar mais o quadril e a puxar com tudo para ele, obrigando-a a recebê-lo inteiro.

O gemido que explodiu dela foi forte o suficiente para fazê-la cair para a frente contra o peito dele, mas, quando ela rebolou para cima de novo, estava com um sorrisinho. Como se ele tivesse feito exatamente o que ela queria, como se o provocar até ele perder o controle fosse o plano dela desde o começo.

Ele passou a mão no cabelo dela, agarrando mais forte e fazendo-a estremecer.

— Fica *quieta* — rosnou ele.

Em resposta, a respiração dela falhou e ela se abaixou para morder tão forte o lábio inferior dele que Shane achou que fosse sair sangue.

Então, Lilah começou a cavalgar, de início lentamente, depois encontrando o ritmo. A Shane, restou segui-la e sentir a eletricidade crepitando pelas costas, o maxilar ficando frouxo. Ela estava no comando, tinha estado no comando desde o momento em que eles se conheceram, e ele amava pra caralho isso. Ele amava *ela*.

Não. Puta merda. Quê? O pensamento foi suficiente para fazê-lo perder o ritmo por um segundo. Ele não a amava. Ele a odiava, mas também estava transando com ela e era tão absurdamente bom que ele mal conseguia se lembrar do próprio nome. Claro que tudo estava confuso. Não significava nada.

Mas por que mesmo ele a odiava? Porque ela havia feito o amigo dele ser demitido, um cara com quem ele nem falava mais? Porque ele tinha sido apaixonado por ela tantos anos antes e ela não sentia o mesmo?

Ele se forçou a abandonar essa linha de raciocínio antes que o tirasse completamente do prumo, se entregando, em vez disso, aos instintos animais, o coração batendo tão forte que ele jurava que dava para ouvir pelas costelas, apagando tudo que não fosse a sensação dela apertada em torno do pau dele, escorregadia e quente, pegando o que queria dele. Shane manteve as mãos firmes no quadril dela, sem confiar em si mesmo para tocá-la em qualquer outro lugar, ao mesmo tempo grato e decepcionado por ainda estarem com toda a roupa.

— Para de me olhar assim.

A voz dela estava trêmula e seus olhos se fecharam, depois abriram de novo.

— Assim como?

— Você está todo... intenso.

— Desculpa.

— Não, não é para parar *tudo* — disse ela, e exalou, frustrada.

Shane percebeu que, sem pensar, tinha desacelerado o movimento do quadril, então retomou o ritmo.

Ela se inclinou por cima dele, o cabelo roçando no ombro de Shane, a mão em seu pescoço enquanto roçava nele num ângulo que fez os dois gemerem. Ele não tinha certeza de quem encontrou quem, mas, de repente, a outra mão dela estava encostando na dele, os dedos se entrelaçando, as palmas pressionadas. Ele baixou os olhos para as mãos dos dois e depois olhou o rosto dela e viu que ela o observava, seus olhos pesados e vidrados, depois olhou de novo as mãos. Por algum motivo, parecia o lugar mais íntimo, de longe, em que estavam encostados. Ele também tirou isso da cabeça.

Shane escutou o ritmo da respiração dela mudar, sentiu-a segurar mais forte sua nuca e se obrigou a aguentar o suficiente para ela gozar, mesmo com aquela pressão formigante familiar aumentando na base da coluna.

Ele não devia nem ligar se ela teria um orgasmo ou não, percebeu, vagamente. Podia ser egoísta se quisesse. Talvez ela merecesse mesmo ficar toda animada e acabar insatisfeita. Mas o que ele queria ainda mais que seu próprio alívio era senti-la tombando pelo abismo, forçá-la a abrir mão de um pouco daquele controle todo por um momento que fosse. Tentar se agarrar a alguma prova tangível de que ele era capaz de deixá-la quase tão louca quanto ela o deixava.

Shane a sentiu estremecer e o apertar forte, ofegando e gemendo ao gozar. Ele lhe deu um segundo para se desfazer contra ele, enfiando a mão por baixo da blusa para acariciar as costas dela. Quando ela voltou a abrir os olhos, porém, o calor continuava lá, e foi o suficiente para meter mais fundo, rápido e forte, arrancando mais gritos dela, que soltou a mão dele e levou a seu ombro.

Não demorou muito para ele gozar mais forte do que em anos, possivelmente mais forte do que nunca, o suficiente para sua visão ficar preta por um segundo e ele sentir que tinha sido espremido até o fim. Shane desmoronou contra o encosto do sofá, ainda a segurando bem junto a si, a cabeça dela enterrada em seu pescoço, a respiração dos dois aos poucos voltando ao normal.

Quando a névoa se dissipou, porém, ele não conseguiu mais afastar a verdade.

Lilah ia embora.

Lilah ia embora, porra.

E nem sequer tinha contado para ele. Não estava nem aí para ele. E ia embora. Até *isso* devia ser alguma demonstração esquisita de poder, tentar provar algo a si mesma ou a ele.

Shane deve ter ficado tenso, porque, ainda debruçada no peito dele, Lilah mudou de posição, apertando a palma úmida da mão na camiseta dele enquanto ele movia os dois para uma posição mais ereta. A expressão dela continuava relaxada e tranquila. Ela se debruçou para beijá-lo.

Instintivamente, ele jogou a cabeça para trás num movimento brusco, sentindo seu próprio olhar endurecer.

Ela pareceu confusa só por meio segundo antes de seu rosto imediatamente se fechar magoado e logo depois envergonhado. Ela cerrou a mão na camiseta dele.

Shane se levantou tão de repente que praticamente a empurrou do colo, se atrapalhando com a camisinha e o zíper antes de se voltar para olhá-la, irritada e desmazelada no sofá.

— Por que você veio aqui, Lilah? Que porra foi essa? Uma última chance de foder com a minha cabeça? É isso?

Ela estava respirando pesado de novo, olhando para ele por entre os cílios.

— Não.

Ele esperou para ver se ela falava mais, mas ela não falou, só continuou olhando com aquela expressão assombrada.

— O quê, então? O que você quer de mim?

— Não sei — respondeu ela baixinho, derrotada.

— Bom, então descobre, porra — irritou-se ele, levantando a voz. Shane nunca gritava, não lembrava a última vez que tinha perdido a paciência, mas era como se um estranho tivesse se apoderado de seu corpo e o prendido lá dentro sem poder fazer nada exceto assistir. — Quer saber? Eu *estou* feliz por você ir embora. Você é a pior coisa que já me aconteceu. E, se eu nunca mais te vir de novo, ainda vai ser cedo pra caralho.

Lilah se levantou devagar, sem o olhar, abaixando-se para pegar a calcinha amarrotada. Caminhou para ele até ficarem frente a frente, cara a cara.

— Vai se foder, Shane — cuspiu ela com uma voz rouca.

Qualquer sinal de diversão, de brincadeira, tinha desaparecido. Shane tinha acabado com o jogo deles, mas não conseguia se importar.

Ele engoliu a resposta óbvia.

— Parabéns — murmurou, em vez disso.

Ela lhe deu um último olhar inflamado — lábios inchados, bochechas vermelhas, rímel borrado embaixo dos olhos e o cabelo bagunçado apesar dos esforços dos dois — antes de sair pisando duro e batendo a porta.

Assim que Lilah se foi, ele entrou direto no banho, tomando o cuidado para não molhar o cabelo e o rosto. Por mais que aumentasse a temperatura, por mais que esfregasse, Shane ainda sentia o cheiro de Lilah nele. E, em vez de isso acalmá-lo, aquela sensação agitada e inquieta só piorou, com a pressão aumentando em seu peito como uma lata de refrigerante sacudida.

Quando ele se vestiu e voltou à área principal, Dean estava jogado em seu sofá, sem um dos sapatos, com um saco de salgadinho no peito, jogando *Call of Duty*. Não era uma visão incomum, mas, no estado de agitação de Shane, foi a gota d'água.

— Sai daqui.

O amargor em sua própria voz o assustou.

Dean esticou o pescoço para olhá-lo.

— Nossa, que bicho te mordeu?

— Nenhum. Nenhum — respondeu Shane, passando a mão na nuca enquanto andava de um lado para o outro. — Talvez eu só esteja de saco cheio de dar de cara com você toda vez que me viro.

Dean piscou, atordoado, o controle esquecido na mão.

— Quê?

Shane sentiu o estômago revirar com a expressão de Dean, que talvez nunca tivesse visto antes, quanto mais causado. Num canto mal iluminado de sua mente, ele já estava morrendo de vergonha, mal conseguia se reconhecer. Mas, ao abrir a boca, em vez de um pedido de desculpa, o que saiu foi:

— Você precisa arrumar um lugar pra morar. Já passou da hora, é ridículo isso. Arruma uma porra de uma vida pra você, para de ficar em cima da minha.

Dean jogou o controle de lado e saiu puto na direção de Shane; por uma fração de segundo, Shane achou que talvez o irmão fosse bater nele. Uma parte perversa dele torceu para isso acontecer: assim, ele teria uma dor real, física em que focar, algo afiado e imediato para distraí-lo da mixórdia confusa de sentimentos que estava acomodada na boca de seu estômago desde aquela manhã e que só tinha piorado desde que ele abrira a porta e vira Lilah ali parada.

Só que Dean nem sequer lhe deu a satisfação de ficar irado. Era como se soubesse exatamente o que Shane estava tentando fazer: aliviar sua própria infelicidade espalhando-a por aí. Dean sempre fora cabeça fria demais para morder uma isca dessas.

— Tá — foi só o que ele disse, baixinho, dando um olhar gelado a Shane antes de enfiar o pé dentro do outro sapato e sair porta afora.

Três semanas depois, vendo os dois saírem daquela festa de encerramento juntos, Shane não teve dúvidas de que estava recebendo exatamente o que merecia.

14

Agora

— ENTÃO, SHANE — DISSE a dra. Deena, se inclinando para a frente na poltrona. — É possível que sua recusa em acreditar no seu irmão tenha vindo de uma tentativa inconsciente de aliviar sua culpa pela forma como agiu com os dois depois de sua última relação sexual com Lilah?

Pelo canto do olho, Lilah viu Shane se mexer no assento. *Que bom.*

— Claro — respondeu ele, evasivo. — Quer dizer, tudo é possível.

Lilah engoliu um gemido de frustração. Depois do showzinho na festa de estreia, eles tinham sido mandados para uma sessão de terapia de emergência, mas a tentativa de desvendar o que tinha causado a explosão, para começo de conversa, estava indo tão bem quanto era de se esperar.

A dra. Deena suspirou.

— Tá, vamos tentar outra abordagem. *Por que* você acha que reagiu daquele jeito?

Shane cruzou um tornozelo na frente do joelho oposto, balançando inquieto.

— Acho que pensei que ela estava usando o sexo, tipo, como... uma jogada de poder. Como se ela só estivesse fazendo aquilo porque queria provar alguma coisa.

— Então você sentiu que, para ela, o sexo estava separado de qualquer emoção.

— Isso.

— Mas para você não.

— Isso. Quer dizer, não. Quer dizer... não sei. Eu só me senti meio... usado.

Lilah revirou os olhos.

— Ah, dá uma porra de um *tempo*.

A dra. Deena se virou para Lilah com um olhar afiado.

— Vamos escutar o seu lado então, Lilah. O que *você* estava sentindo naquele dia?

Era a vez de Lilah ser evasiva.

— Difícil dizer — respondeu ela, lacônica, cruzando os braços. — Foi há muito tempo.

— Bem, você pode tirar um momento para tentar lembrar.

Lilah tentou ignorar os olhares tanto de Shane quando da dra. Deena, olhando para o teto e considerando a pergunta.

— Acho que só me deixei levar — disse, depois de uma longa pausa. — Eu não tinha nenhuma segunda intenção.

E ainda tinha sido, até ali, a melhor transa da vida dela — embora ela tivesse irrompido num pranto irado e impotente assim que bateu a porta do trailer ao sair.

— E você diria que havia emoções da sua parte?

Lilah franziu os lábios.

— Achei que estávamos aqui para consertar nossa relação profissional, não a romântica.

— Bom, parece que elas estão mais interligadas do que gostaríamos, né? — disse a dra. Deena, fria, olhando suas anotações. — E quando vocês ficaram juntos lá no começo? Os dois falaram que era uma relação casual, mas preciso dizer que é difícil imaginar que vocês ainda teriam este nível de hostilidade depois de tantos anos se não houvesse nenhuma conexão emocional mais profunda.

Lilah e Shane trocaram olhares desconfortáveis. Nenhum dos dois falou nada por muito tempo.

— É — respondeu Shane de má vontade, num tom que ela nunca tinha ouvido antes, como se estivesse sendo arrancado dele. — É, eu estava apaixonado por ela.

Não era surpresa, não de verdade. Ainda assim, ouvi-lo falar abertamente daquele jeito fez Lilah sentir que seus pulmões tinham sido selados a vácuo. Ela olhou para a frente, mantendo o rosto o mais neutro possível.

— E vocês falaram sobre isso? — provocou a dra. Deena gentilmente.

Pelo canto do olho, ela viu Shane fazendo que sim.

— Eu falei para ela. — Ele engoliu em seco. — E ela ignorou.

Lilah inspirou fundo e se segurou para não revirar os olhos de novo. Ele estava obviamente exagerando o melodrama, tentando fazer a dra. Deena ficar de novo do lado dele.

— Ele falou que amava a minha *escápula*. Durante o sexo. Isso não conta.

— Por que não? — questionou a dra. Deena.

— Porque só... só não conta — terminou Lilah sem convicção, antes de mudar de direção. — Ele não me amava, ele mal me conhecia.

— Não fode — falou Shane. — Eu passava mais tempo com você do que com qualquer outra pessoa.

— E daí? Não é assim que funciona. Você não vira automaticamente especialista em mim depois de praticar dez mil horas de voo ou coisa do tipo.

— Você acha que facilitava, Lilah? — soltou ele, se virando para olhá-la pela primeira vez durante toda aquela sessão. Ela só o olhou de volta, chocada com a intensidade por trás das palavras. — Você não acha que eu *queria* te conhecer? Talvez eu tenha me cansado de esperar a ponte baixar, me cansado de finalmente ter permissão de cruzar o fosso até a ilha de Lilah.

— Por que uma ilha precisaria de um fosso? — murmurou ela bem baixinho, incapaz de se segurar.

Shane expirou alto, beirando um gemido, esfregando o olho, frustrado.

— Viu? É exatamente disso que estou falando.

A dra. Deena levantou a mão para silenciá-los.

— Fico curiosa para saber por que você quer tanto invalidar os sentimentos de Shane por você, Lilah.

— Não duvido que ele tivesse sentimentos por mim, mas não era amor.

— Por que não?

Lilah cruzou as pernas, ajustando-se para ficar mais reta no sofá. Quando falou, fez isso devagar, selecionando as palavras com cuidado.

— Para mim... o amor exige certo grau de reciprocidade. De abertura mútua. Envolve escolher deixar o outro entrar, deixar a pessoa ver você por completo.

A dra. Deena fez que sim e anotou algo no bloco.

— Então, você não acredita que o amor não correspondido seja possível?

Lilah fez que não.

— Um crush, talvez. Paixonite, tesão, tanto faz. Mas nada disso é amor. São sentimentos que nem sequer têm a ver com a outra pessoa; é só você projetando alguma fantasia bizarra de quem *acha* que ela é.

Shane fez um barulho de chacota, e as duas viraram a cabeça para ele.

— Você não pode controlar o sentimento dos outros, Lilah — disse ele. — Se eu disser que me apaixonei por você, sei lá, no nosso primeiro teste, você não pode me dizer que não é verdade.

— No nosso *teste?!* — exclamou ela, mais alto do que queria, sem conseguir esconder a irritação por ele obviamente estar de zoação enquanto ela tentava levar as coisas a sério.

E, de fato, os olhos dele estavam brilhando travessos, mesmo que o resto de sua expressão permanecesse inocente.

— Foi só um exemplo.

— Vocês dois têm direito à própria perspectiva — disse a dra. Deena, antes de se voltar a Lilah. — Mas você ia dizendo, Lilah, que você e Shane não estavam apaixonados, segundo a sua definição, porque não estava aberta a isso.

Não era uma pergunta.

Lilah se sentiu corar.

— Acho que isso é simplista demais.

— Mas você chegou a ter algum sentimento romântico por ele? Considerou algo a mais?

— Lógico. Quer dizer, sim, claro. — Ela deu de ombros, tentando manter a voz casual, como se não fosse a primeira vez que admitia alguma coisa do tipo na presença dele. — Eu não sou um *robô* nem nada. A gente transou por meses. Claro que eu... — Ela não completou, baixando os olhos para o colo.

Ao seu lado, o olhar de Shane estava fixo à frente, e a postura, tensa.

Ela percebeu, então, o que Shane quis dizer com aquela explosão na festa: "Porque ele não sabia". Não tinha sido um crime imperdoável Dean voltar com ela para casa porque, até onde Dean sabia, as coisas entre ela e Shane não eram sérias. Mas, por mais que tentassem negar — na época, no presente e em todos os momentos no meio —, ambos entendiam, lá no fundo, que era mais complicado que isso. Era *por isso* que a traição dela era pior.

— É só que... a gente é muito diferente — disse ela, depois de uma longa pausa. — A única coisa que tínhamos em comum era a série. Sempre rola isso, de as pessoas se conectarem numa situação de muita pressão que nem essa. Não quer dizer que seja real. Não se sustenta em longo prazo.

— E era só isso que te impedia de deixar as coisas evoluírem? — instigou a terapeuta, gentilmente.

Lilah olhou de relance para Shane, que já a olhava de forma impenetrável.

— Isso e... o fato de que evoluir significaria levar a coisa a público. Em algum momento. Não seria mais nosso. Seria de todo mundo. E, aí, se não desse certo... — Ela balançou a cabeça. — As coisas foram muito esmagadoras naquele primeiro ano. Parecia ainda mais pressão para colocar em cima daquilo, em cima da gente. Teria sido pesado demais.

— Mas isso faz parte do jogo quando se é ator, não? — perguntou a dra. Deena. — O fato de que, se você tiver sucesso e virar uma figura pública, vai abrir mão de um pouco de privacidade na sua vida pessoal. Não deve ser motivo para se fechar ao amor e aos relacionamentos por completo.

— Não, eu sei. Eu só sentia isso em relação a *nós*, eu e Shane especificamente. Acho que era só, tipo... se estivéssemos *juntos* juntos, teria sido como se nossos sentimentos fossem... um produto ou algo assim. Algo para venderem junto da série. Não era o tipo de relacionamento que eu queria.

A dra. Deena assentiu.

— Você também se sentia assim, Shane? Estava preocupado com o escrutínio público impactando o relacionamento de vocês?

Lilah soltou um risinho pelo nariz.

— Ah, pelo amor. Ele pulou de mim direto para o relacionamento mais público que conseguiu encontrar.

— Ah, é? — perguntou a dra. Deena, com leve curiosidade.

— Hum... — Shane olhou irritado para Lilah. — Eu namorei a Serena Montague, sim. Por três anos.

A dra. Deena o olhou atentamente por um momento, com a testa franzida, antes de uma expressão de compreensão lhe surgir e ela estalar os dedos.

— Sabe, eu não te reconheci de barba. Você ficava mais novo sem.

— Eu *era* mais novo — murmurou Shane.

— Achei que você não visse TV — comentou Lilah, com uma pontada de petulância na voz.

— Bom, eu já fui ao mercado e ao consultório médico e já cortei o cabelo algumas vezes — respondeu a dra. Deena com um sorriso.

Lilah se recostou no sofá, os ombros curvados.

— Bom, acho que isso prova o que eu disse.

— Acho que sim. — A dra. Deena mudou de posição na poltrona e colocou as pernas embaixo do corpo. — Você já se apaixonou, Lilah? Se não pelo Shane, por alguém?

A boca de Lilah ficou seca; ela estava intimamente consciente de Shane ao seu lado.

— Parece que estamos saindo do assunto.

— Só me responda, por favor.

Lilah olhou para o relógio atrás da cabeça da dra. Deena, contemplando se devia tentar enrolar até acabar o tempo. Mas ainda tinham uns bons vinte minutos, então não tinha o que fazer.

— Não — respondeu baixinho. — Nunca me apaixonei.

— E você se considera uma pessoa amável?

Lilah se encolheu como se tivesse levado um tapa.

— Como assim?

— Você se considera digna de amor? — repetiu a dra. Deena.

Lilah abriu e fechou a boca algumas vezes, muda de perplexidade.

Quando Lilah tinha 16 anos, seu primeiro namorado sério terminara com ela depois de ela ter um ataque de pânico na frente dele pela primeira vez. Pelo menos, ele teve a decência de esperar até o dia seguinte, puxando-a de lado entre uma aula e outra e informando que ela era "drama demais".

Naturalmente, ela havia dado o troco cobrindo o carro dele de maionese: foi de fininho à casa dele com um pote enorme comprado em um atacado enquanto ele e a família estavam viajando, para o ácido corroer a tinta enquanto assava sob o sol quente, o fedor entrando pelas frestas e impregnando o estofado. Se ela já tinha o rótulo, raciocinou, era melhor fazer jus.

Nos anos subsequentes, também não tinha tido muita sorte. Era um ímã de homens que a perseguiam incansavelmente só para perceber, depois que a conseguiam, que desejavam que ela fosse outra pessoa. Homens que a desejavam por sua aparência, mas que se ressentiam de tudo o que era preciso fazer para mantê-la. Homens que se atraíam por seu status e sucesso, mas depois reclamavam que ela vivia ocupada, morriam de ciúme de seus pares românticos e resmungavam da atenção que ela recebia quando em público.

Mas, mesmo antes de tudo isso, ela sempre — como a *bubbe* dela, meio com carinho, meio depreciativamente, tinha declarado muitas vezes quando ela era criança — dera trabalho. Geniosa, prepotente, teimosa, com um cérebro decidido a revirar cada coisinha boa na vida dela até achar o ângulo que a deixava infeliz.

Quando conhecera Richard na Juilliard, se apresentando numa leitura de uma das peças dele, ela havia reconhecido um igual — alguém ainda mais melindroso e mais difícil do que ela (embora, claro, como escritor e homem, isso fosse visto como prova de seu brilhantismo e não como um desvio de caráter inato). Lilah tinha ficado lisonjeada de se qualificar como uma das poucas coisas que ele não detestava, viciada na emoção de perseguir a aprovação condicional e imprevisível dele. Tinha sido suficiente para sustentar o relacionamento por anos, terminando e voltando e terminando de novo, o interesse dele revitalizado sempre que ela acabava tudo.

Mas ela nunca se sentira verdadeiramente *segura* com Richard. Seu senso de segurança vinha de saber que ele estava sempre levemente fora de alcance, que nunca a veria como nada mais que uma coadjuvante. Que ela nunca teria o poder de partir o coração dele, nem ele o dela. Não era amor, mas era o mais próximo que ela achava que conseguiria chegar de ter isso.

Depois de Richard, Shane foi uma mudança tão radical que sua guarda estivera levantada praticamente desde o primeiro dia. Agora, parecia estranho lembrar como ela se preocupava de o magoar sem querer, quando havia passado os vários anos seguintes se esforçando ao máximo para fazer isso de propósito.

Mas, por outro lado, Lilah também o julgara mal. Ele tinha mais arestas do que ela havia imaginado. Não só conseguia receber os golpes, mas também atacava de volta. Ou talvez ela só tivesse sido a primeira pessoa a despertar esse lado dele — talvez o impulso de crueldade fosse sexualmente transmissível.

Não era a primeira vez que ela se comportava mal num relacionamento — esse troféu já havia sido entregue a ela no episódio da maionese — e não seria a última. Lilah não podia mudar nada disso agora. Ao longo dos anos, havia trabalhado para se amar e se aceitar como era, com defeitos e tudo. Só que isso não queria dizer que *outra* pessoa conseguiria o mesmo.

— Desculpa — disse ela por fim, rindo de nervosa. — É que... eu sinto que fiquei bem debaixo do holofote hoje. Não acho que estou confortável com... — Ela olhou de lado para Shane — esta situação. Com ir mais longe com esse assunto.

A dra. Deena assentiu.

— Eu entendo. Podemos seguir em frente.

Quando a sessão acabou, eles saíram do consultório da dra. Deena num silêncio pesado, e Shane segurou a porta da escada de incêndio para ela. Quando chegou ao fim do primeiro lance, Lilah ainda estava tão abalada que não conseguiu segurar.

— Você forçou bastante a barra hoje — comentou ela.

Ao seu lado, Shane manteve os olhos em frente.

— Como assim?

Ela fez um beicinho dramático e assumiu uma cadência de Ió, o personagem do Ursinho Pooh:

— "Eu me senti tão *usado*."

Ele baixou os olhos como se suprimindo um sorriso.

— Ah, é? E você? — Ele se virou para ela, com a voz ficando ofegante e aguda, quase a ponto de zombar dela abertamente. — "Eu não queria que *vendessem* a gente." — Quando chegaram ao patamar do terceiro andar, ele parou. — Que mentira foi aquela? De você sentir alguma coisa por mim na época? Porque é a primeira vez que ouço falar disso.

Lilah parou também, alguns degraus abaixo dele, então levantou a cabeça para Shane e o olhou pelo que pareceu muito tempo.

— Não — respondeu suavemente. — Não foi uma mentira.

— Puxa. Olha só.

Shane pareceu meio contente demais consigo mesmo.

Ela apoiou o braço no corrimão, olhando-o com ceticismo.

— Ah, qual é, Shane. Você está realmente me dizendo que, se eu quisesse... se a gente tivesse decidido... você teria simplesmente... — Ela estalou os dedos. — E aqueles seus amiguinhos?

— Sei lá. Aqueles caras que se fodam, eu não falo com nenhum deles há anos. Eu teria escolhido você.

— Por quê?

A pergunta saiu sem querer numa exalação vulnerável. Lilah se forçou a parar ali, deixando o resto só implícito: *Por que você me amava?*

Uma linha dura se formou entre as sobrancelhas dele. Shane olhou para o chão e depois de novo para ela.

— Como eu poderia não te escolher? — perguntou baixinho.

A expressão dele fez o ar que sobrava nos pulmões dela escapar num *vush* involuntário.

De repente, Lilah entendeu, com uma onda nauseante de arrependimento, como era precioso aquilo com que tinha sido tão descuidada tantos anos antes. Lilah entendeu como estivera cega pela desconfiança e pelo autodesprezo, a ponto de não enxergar aquilo que estava bem na sua cara, como bastaria ter estendido a mão e pegado se assim quisesse.

— Mas isso foi antes — disse ela, com a garganta apertada, mais uma vez sem conseguir terminar o raciocínio.

Antes de ela passar anos sistematicamente desmantelando o pedestal em que ele a colocara, obcecada em mostrar o mau gosto dele ao se apaixonar por ela.

Shane assentiu devagar, então desceu decidido, diminuindo o espaço entre os dois um degrau de cada vez. Lilah, em contrapartida, pressionou as costas na parede para criar a maior distância possível. Quando ele chegou ao degrau em que ela estava, se apoiou no corrimão do outro lado.

Ela ouvia o coração batendo nos ouvidos na expectativa do que ele faria. Mas ele só a olhou fixamente por um longo momento, com a testa enrugada.

— A gente realmente fez uma confusão, né?

Ela levantou um ombro.

— A gente era jovem. Era uma situação estranha. Acontece. Só precisamos superar.

— Precisamos?

— Sim. Precisamos. É por isso que estamos aqui.

Ele sacudiu a cabeça de leve.

— Não foi isso que eu quis dizer.

Pareceu que as escadas tinham sumido sob os pés dela. Ela apoiou seu peso todo na parede, descansando a cabeça no cimento áspero.

— O que foi, então?

— É que... — Ele se empurrou para longe do corrimão e se aproximou devagar. — Você não estava sendo cem por cento sincera lá.

— Não?

— A série não é a única coisa que a gente tem em comum.

Ele a mirou de cima a baixo, e o calor repentino daquele olhar a deixou tonta.

Shane estava zoando com a cara dela de novo. Só podia estar. Ou talvez estivesse tão iludido pela combinação perigosa de vulnerabilidade pós-terapia e nostalgia que achava que não faria mal transarem mais algumas vezes.

Era obviamente uma ideia horrível. Lilah não devia nem considerar. Definitivamente não devia pensar nas mãos dele, em como ela praticamente conseguia sentir como estariam quentes através do algodão fino da blusa dela — ou, melhor ainda, por baixo. Ela estremeceu e rezou para ele não notar.

Já era ruim o suficiente ela estar pensando nisso, para começo de conversa, e ficava ainda pior com o fato de saber exatamente como tudo aconteceria — como seria bom — se ela quisesse.

Não, não se ela quisesse. Se ela se permitisse.

Lilah percebeu, num solavanco, que ainda estava olhando as mãos dele, então, forçou o olhar para cima, parando na boca dele por um segundo a mais.

A boca que havia beijado centenas de vezes. Que tinha murmurado segredos obscenos em seu ouvido. Traçado cada centímetro do seu corpo.

A mesma boca que soltara insultos, provocações, acusações. Que se retorcera em escárnio. Que rira da desgraça dela.

Lilah sufocou uma risada incrédula, torcendo para a luz fraca camuflar suas bochechas queimando.

— Você não pode estar falando sério.

— Por que não? Já tentei praticamente todas as outras opções para tirar você da cabeça — falou ele, brincalhão, mas havia, sim, uma ponta de frustração genuína que fez o coração dela dar uma cambalhota no peito.

Lilah se esforçou para manter um tom neutro, sem saber se devia entrar no jogo.

— A gente também já tentou isso, lembra?

O olhar dele não saiu do dela, e sua voz estava grave e rouca.

— Como se fosse possível esquecer.

Lilah engoliu em seco, sentindo a boca seca de repente. Com dificuldade, quebrou o feitiço do contato visual, olhando para os sapatos antes que sua força de vontade acabasse completamente. Ela respirou fundo, uma respiração irregular, aí sacudiu a cabeça e o olhou de novo nos olhos.

— A gente não pode desfazer os últimos oito anos. É tarde demais, o dano está feito. Hostilizar um ao outro, pular o tempo todo no pescoço um do outro… é tóxico. Disfuncional.

Com a menção de pescoços, Shane olhou para o dela e deu mais um passo à frente. Lilah sentiu o pulso acelerar quando ele colocou a mão ali, os dedos macios deslizando pela nuca, o polegar descansando na parte de baixo do maxilar. A sensação era a de ter esquecido como respirar.

Devagar, Shane se inclinou até encostar a boca do outro lado do rosto dela, com a barba raspando na bochecha e a voz grave.

— Acho que você gosta quando eu pulo no seu pescoço. Às vezes.

Lilah ficou grata por estar apoiada na parede; caso contrário, não tinha plena certeza de que conseguiria se manter de pé. Um segundo depois, quando sentiu os lábios dele roçarem o ponto pulsante atrás da orelha, ela soube que com certeza não conseguiria. Lilah respirou fundo e Shane apertou um pouco mais a nuca dela, só por um segundo.

Porém, cedo demais, ele se afastou de novo. Lilah esperava que ele parecesse arrogante por arrancar dela uma reação tão fácil e óbvia, mas Shane também parecia desorientado, como se estivesse lutando para se controlar. Ele tirou a mão do cabelo dela e soltou ao lado do corpo, e ela seguiu esse movimento com os olhos sem pensar.

Se não tivesse feito isso, não teria percebido o tremor breve e involuntário dos dedos dele antes de ele se virar e descer o restante dos lances de escada sem falar mais nada.

15

UMA VEZ QUE A TEMPORADA entrou no ar e a chuva de aparições na imprensa diminuiu, Shane rapidamente voltou à rotina de sempre e as semanas seguintes se passaram num borrão.

Ainda preocupado que seu encontro com Lilah na escada tivesse deixado as coisas ainda mais estranhas entre os dois, ao se sentar na cadeira ao lado da dela no trailer de maquiagem algumas horas depois, Shane esperava que ela o cumprimentasse como sempre — ou seja, sem falar nada. Em vez disso, Lilah tinha olhado para ele, levantado as sobrancelhas por uma fração de segundo e se virado de volta para o espelho com uma leve sugestão de sorriso.

Era como se alguém tivesse aberto uma válvula de pressão, evitando a explosão inevitável bem a tempo. As sessões de terapia ajudavam, mas não era só isso. Talvez tivesse sido o fato de ele finalmente ter nomeado aquilo, reconhecido em voz alta a conexão que faiscava entre eles como um fio desencapado. Os dois só pareciam conseguir se relacionar em extremos: ou em cima um do outro, ou fingindo que o outro não existia. Fazia sentido que, no momento em que enfim começavam a resolver suas questões, eles inevitavelmente pendessem para a outra ponta.

Shane não estava falando sério. Como todos os jogos dos dois, o objetivo era tentar fazê-la piscar primeiro, admitir algo que preferia esconder.

Ele disse a si mesmo que, mesmo que não tivesse se retirado à força da situação, não teria ido mais longe — embora ela estivesse olhando para ele como se quisesse engoli-lo inteiro.

Mas Lilah tinha razão. Não havia como desfazer os anos de maledicência, críticas e vinganças mesquinhas que eles tinham se infligido.

Provavelmente.

No fim de outubro, começaram a se preparar para gravar os maiores episódios da temporada, um momento que estava sendo esperado havia nove anos: o clímax de duas partes em que Kate enfim recupera sua forma corpórea, culminando num beijo apaixonado entre ela e Harrison. Eles viajaram para Vancouver por três semanas para gravar e, numa espécie de golpe de sorte, os episódios seriam dirigidos por um diretor convidado: Jonah Dempsey, o prodígio de 24 anos cuja série em um canal premium de TV por assinatura, *Caso perdido*, tinha varrido os Emmys no ano anterior.

Shane não tinha certeza de que aquilo era necessário. *Intangível* nunca fora conhecida por seu estilo de direção. Como a maioria das séries de rede aberta, era capitaneada por um pequeno grupo rotativo de diretores regulares valorizados mais por sua habilidade de se manter no cronograma do que por sua desenvoltura visual. Mas, assim como a mudança de locação, um diretor convidado tinha como objetivo mandar uma mensagem: aqueles episódios eram Importantes pra Caralho.

Com a gravação em Vancouver se aproximando, a perspectiva do beijo pairava e jogava uma sombra em todo o resto. Tirando o histórico pessoal dos dois, beijar alguém na tela quase sempre era uma experiência desagradável. Era difícil se entregar com metade da cabeça focada em como o beijo seria visto de fora e a outra metade tentando ignorar as dezenas de pessoas ao redor.

Shane queria acreditar que também seria assim com Lilah. Mas, se fosse sincero consigo mesmo, não podia dizer que jamais a beijara sem sentir nada.

Na noite de véspera do voo, Shane ficou andando pelo quarto, jogando camisetas e calças jeans na mala aberta.

— Posso usar a BMW hoje?

Ele levantou a cabeça e viu Dean parado na porta.

Serena tinha dado a Shane o conversível prateado — o tipo de presente extravagante e ostensivo que ela adorava. Ele sempre se sentia um babaca dirigindo aquilo, uma sensação confirmada desde a primeira vez que a estacionara no set. Lilah havia passado enquanto ela saía, o olhado de cima a baixo e sorrido ironicamente sem falar nada. Depois disso, o carro ficava quase sempre na garagem.

— Lógico. Você sabe que nem precisa pedir. — Shane fuçou o cesto de roupa suja atrás da calça jeans favorita. — O que você vai fazer?

Dean deu de ombros.

— Vou só dar uma saída.

A atitude ardilosa e falsamente casual dele fez Shane prestar atenção.

— Ah, é? Para onde?

— Jantar. No Carlo's.

— Com quem?

Dean deu de ombros outra vez.

— Então tá bom. — Shane voltou sua atenção para a mala, puxando tudo o que havia jogado de qualquer jeito, separando e fazendo rolinhos. — Só vê se não destrói a casa enquanto eu estiver fora, ok?

Só os seis atores principais e equipe de produção essencial viajariam para Vancouver. A maior parte da equipe — incluindo *stand-ins* — seria contratada lá.

Dean abriu um sorriso.

— Você não vai nem saber que eu estava aqui.

— Do que você está falando? Você sempre está aqui.

Era para ser uma piada, mas, quando Shane levantou os olhos da mala, a expressão de Dean não era mais de diversão.

— Não falei de um jeito ruim — corrigiu Shane rapidamente. — Eu gosto de você aqui. Óbvio.

— Lógico que gosta — disse Dean, suavizando a expressão, para alívio de Shane. — Alguém tem que te fazer companhia, já que hoje em dia você vive tão triste e sozinho.

— Eu não estou triste — protestou Shane.

Ele foi até o banheiro da suíte para pegar os produtos de higiene, e Dean entrou no quarto e se sentou na cama ao lado da mala de Shane.

— Mas está sozinho.

— E daí?

— E daí que nunca te vi solteiro por tanto tempo. Acho que deve ser um recorde.

Shane abriu a boca para protestar, mas percebeu que Dean tinha razão. Seu último relacionamento tinha acabado em maio — havia quase seis meses, o que de fato tornava esse período o mais longo, desde o ensino médio, que ele ficava não apenas solteiro, mas celibatário.

— E qual é o problema disso?

— Só estou tentando cuidar de você, cara. Você não é mais nenhum jovenzinho, e eu não vou estar aqui para sempre.

— Como assim? Por quê? Você está bem? — perguntou Shane, colocando a cabeça para fora do banheiro, alarmado.

Dean riu.

— Morando aqui, eu quis dizer. Desculpa. Não sei por que falei assim.

Shane também riu e voltou para o banheiro.

— Eu andei ocupado — disse Shane, fechando o zíper do nécessaire e voltando ao quarto para jogá-la na mala. — Não sei se quero tentar sair com alguém de novo até a série acabar. Está meio que exigindo todo o meu foco agora.

— Saquei — falou Dean. — A série é o que está exigindo todo o seu foco.

Shane olhou para Dean, que segurou o olhar, como se o desafiasse a perguntar do que ele estava falando — a tentar negar, forçar Dean a falar primeiro o nome dela.

Shane soltou o ar e balançou a cabeça.

— Olha — disse ele, fechando a mala. — Desculpa por não ter acreditado em você, quando falou na época que não tinha rolado nada. Foi muito escroto da minha parte.

A expressão de Dean ficou séria.

— Não, *eu* que tenho que pedir desculpa. Eu é quem nunca devia ter ido para a casa dela, pra começo de conversa.

— Não, eu entendo. Fui um babaca. Mereci. De vocês dois.

— É, mas… acho que eu não entendia de verdade, só entendi depois. A forma como as coisas eram entre vocês. Mesmo agora.

— Como assim, agora? — perguntou Shane, a mente imediatamente indo para a festa de estreia: Lilah pedindo uma peruana, a forma como ele estendera a mão pedindo o baseado sem nem pensar, Dean passando o baseado para ele sem falar nada.

— Fala sério — disse Dean. — E a primeira leitura de mesa? Você não se desviou, tipo, quarenta minutos do seu caminho só pra comprar os donuts que ela curte?

Shane piscou.

— Bom, sim. Mas não foi porque ela gosta, foi para sacanear ela.

Dean franziu a testa numa expressão falsamente pensativa.

— Fico pensando em como seria alguém ser tão obcecado por mim a ponto de planejar todo o cronograma do dia em busca de maneiras muito específicas de me irritar.

Shane fechou a cara.

— Eu não sou obcecado por ela.

— Se você diz — falou Dean com um sorriso maligno, se levantando e espreguiçando. — Você tem é sorte de Lilah não pedir uma medida cautelar contra você. Mas meio que parece que ela curte, então de repente vocês são uns esquisitões feitos um para o outro.

Shane balançou a cabeça.

— Acho que esse barco já partiu. E afundou. Na real, esse barco está no fundo do mar, cheio de algas e esqueletos com chapéu de pirata.

— Bem, sendo assim, acho que é hora de superar. — Dean estava saindo do quarto, mas parou na porta. — Quando você voltar, vamos te inscrever num daqueles sites de namoro em que você tem que responder, tipo, cem perguntas diferentes sobre seu formato favorito de macarrão e o que quer que façam com seu corpo depois de morrer.

— Eu não vou fazer isso.

— Por que não? Medo de o site mostrar uma foto da Lilah no fim?

Dean já estava no meio do corredor antes de Shane ter chance de responder.

16

QUANDO LILAH LIGOU O CELULAR depois do pouso em Vancouver, encontrou uma ligação perdida de Jasmine, sua agente. Ela se escondeu num cantinho do terminal depois do desembarque, gesticulando para Shane e os outros irem para a esteira de bagagem sem ela.

Jasmine atendeu, como sempre, no primeiro toque. Tinha começado como assistente do agente anterior de Lilah, sendo rapidamente promovida. Quando Lilah foi dispensada sem cerimônia depois do fracasso de *Sem rede de segurança*, Jasmine, já com sua própria agência, agarrou sua conta tão rápido que Lilah mal teve tempo de ficar com o ego ferido.

— Ótima notícia. Recebi uma atualização do projeto *perfeito* para você pós-série.

Lilah ajustou a alça da bolsa.

— Sério?

— Já ouviu falar em *Chamada noturna*?

— Já, sim. Já li.

Chamada noturna tinha sido uma sensação de *true crime* havia mais ou menos uma década, um best-seller de não ficção sobre o caso de um serial killer que havia aterrorizado Seattle no início dos anos 1990. Os direitos de adaptação do livro tinham sido comprados antes mesmo da publicação, mas a obra estava no limbo do desenvolvimento desde então, com uma atriz renomada atrás da outra sendo ligada ao suculento papel da protagonista, uma intrépida jornalista local (e irmã de uma das vítimas) que finalmente tinha encontrado o cara.

O estômago de Lilah deu um pulo quando ela percebeu o que Jasmine estava dizendo.

— Espera. Vai acontecer finalmente?

— Eles estão tentando manter segredo, mas vai acontecer. E Marcus Townsend vai fazer a adaptação.

Lilah ficou boquiaberta.

Quando adolescente, sonhava em trabalhar com o diretor de *Sem rede de segurança*, mas, em retrospecto, conseguia admitir que o pico criativo dele tinha sido algumas décadas antes. Marcus Townsend, por outro lado, sem dúvidas ainda estava no auge de suas proezas. Ele tinha feito cinco filmes nos últimos doze anos, cada um mais aclamado pela crítica que o outro — o primeiro diretor negro a ser indicado três vezes ao Oscar na categoria. A primeira tentativa de fazer algo supostamente de prestígio havia queimado um pouco Lilah, mas estrelar um filme de Marcus Townsend era o mais perto que chegaria de algo certeiro.

— Você acha que consegue um teste para mim? — perguntou Lilah, quando conseguiu falar de novo.

— As páginas já estão te esperando no hotel.

Lilah se apoiou na parede.

— Puta merda. Tá. Quanto tempo tenho para me preparar?

— Eles queriam que você fosse lá na semana que vem, mas falei que está viajando. Acha que consegue fazer um vídeo enquanto está aí?

— Lógico, consigo sim. O que eles quiserem.

Depois de desligar com Jasmine, com os nervos à flor da pele, Lilah saiu andando rápido do aeroporto com as pernas trêmulas, mas deu meia-volta ao passar por uma livraria e comprou um exemplar de *Chamada noturna*.

O hotel em que se hospedariam por toda a gravação claramente tinha sido escolhido por preço, não conforto: carpete áspero, arte abstrata confusa, edredom fino pelo qual ela definitivamente não arriscaria passar uma luz ultravioleta. Quando deixou as malas e tirou a roupa para tomar um banho rápido, Lilah se perguntou, como uma menina mimada, se as acomodações tinham algo a ver com o custo sem dúvida absurdo de contratar Jonah Dempsey para dirigir aqueles episódios.

O cronograma colocava todo mundo em marcha para ontem — a primeira leitura de mesa estava marcada para menos de uma hora depois de chegarem ao hotel, numa das salas de reuniões do térreo. Lilah colocou uma legging e um moletom antes de secar o cabelo de qualquer jeito. O celular, ao seu lado na pia do banheiro, vibrou com uma mensagem. Quando ela se inclinou para ver quem era, sentiu uma descarga inesperada de adrenalina.

CUZÃO: Em que quarto você tá?

Lilah pensou em ignorar, mas a curiosidade venceu e ela fez uma concessão, respondendo com o mínimo esforço.

LILAH: Pq

CUZÃO: Tenho uma coisa para te entregar

LILAH: Se for o que estou achando, não tenho interesse

CUZÃO: Fica tranquila, isso foi confiscado na alfândega

LILAH: ?
LILAH: Confiscaram seu pau na alfândega?

CUZÃO: Não sei onde eu ia com esse negócio

LILAH: Foi o que você disse logo antes de pegarem?

CUZÃO: Não que eu não esteja curtindo pacas essa conversa, mas você vai me falar o número do seu quarto ou não

Lilah tirou um longo momento antes de responder, desligando o secador e jogando a cabeça para baixo para fazer um coque solto no cabelo.

LILAH: 816

Alguns minutos depois, uma batida na porta. Ao abri-la, lá estava Shane carregando uma caixa de papelão que Lilah reconheceria em qualquer lugar: rosa brilhante com flores verdes na borda.

— O que é isso? — perguntou, embora já soubesse.

Ele olhou para a caixa como se para confirmar.

— Donuts — confirmou ele, levantando de novo os olhos para ela.

— Por quê? — foi só o que ela conseguiu dizer.

Ele devia ter comprado antes da viagem, ela percebeu, zonza, e escondido dela, embora tivessem se sentado um ao lado do outro no avião.

Shane pareceu meio envergonhado.

— Para, hum. Para o seu aniversário. É na terça, né? Pensei em esperar para te dar no dia, mas provavelmente ficariam duros que nem pedra. Só que amassaram um pouquinho na minha mala.

Lilah ficou olhando-o de boca aberta.

— Ah. Nossa. Obrigada.

Ela pegou a caixa e um momento de desconforto se passou entre os dois. No silêncio, a barriga de Shane roncou audivelmente, e ela tentou não gargalhar da careta que ele fez.

— Desculpa, é que não como desde antes de entrarmos no avião.

— Quer um?

Com a menção de Shane, ela notou que também estava morrendo de fome.

Ele olhou por cima do ombro dela.

— Para comer aqui ou para levar?

— A gente tem uns minutos, certo?

Lilah se afastou para o lado e Shane passou por ela, seu olhar demorado dizendo-lhe que havia percebido o gesto. Lilah fechou a porta e colocou a caixa de donuts na bancada ao lado da TV. Partiu no meio um de nozes com xarope de bordo e mordiscou, apoiada na cômoda, agitada de um jeito que não dava para creditar só à hipoglicemia. Shane foi de novo atraído pelo de baunilha com lavanda antes de se acomodar na poltrona ao lado da janela.

Comeram em silêncio por alguns instantes.

— Obrigada por isto — disse ela. — Já falei isso?

— Falou, sim. — Shane colocou o último pedaço de donut na boca. — Sei lá. Achei que provavelmente você não comemoraria muito estando presa aqui trabalhando. E eu não tinha certeza de que mais alguém sabia.

Era como se ele estivesse tentando responder à pergunta que ainda pairava no ar: por que tinha se dado ao trabalho de comprar aquilo. Era o tipo de gesto que ela sabia que ele faria por qualquer um. Mas, ao lembrar o que tinha significado da última vez que ele aparecera com donuts, o coração dela se apertou.

Era mais do que um presente de aniversário adiantado: era uma bandeira branca.

— Acho que não. Mas não sei se faria muita coisa mesmo que estivesse em casa. Fora mudar minha data de nascimento na Wikipédia. Trinta e dois parece um aniversário meio blé.

Shane abriu um sorriso.

— Aham. Saquei. — Ele espanou as migalhas das mãos. — Você vai voltar para casa no Dia de Ação de Graças?

Ela fez que não.

— Não faz muito sentido. E você?

Ele também fez que não.

— Será que a gente faz alguma coisa? — Ele pareceu tão sobressaltado que Lilah completou às pressas: — Todo mundo, quero dizer. Foda-se o Dia de Ação de Graças, óbvio, mas a gente tem o feriado prolongado e com certeza mais pessoas vão ficar aqui.

— O que a gente faria? Pediria delivery e comeria em um dos quartos? Acho que ficaria meio apertado.

— É, e deprimente. — Ela deu mais uma mordida e mastigou, pensativa. — De repente a gente aluga um Airbnb ou algo do tipo. Todo mundo pode cozinhar junto.

Ele levantou uma sobrancelha.

— Você cozinha?

— Não precisa parecer tão chocado.

— É que… eu nunca vi.

Ela queria protestar, mas era verdade. Lilah nunca tinha nem tostado um pãozinho na presença dele. Aliás, provavelmente dava para contar em duas mãos o número de vezes que ela havia preparado uma refeição de verdade para si mesma nos últimos nove anos.

Eles ficaram em silêncio de novo, a cota de conversa furada tensa aparentemente esgotada. Lilah também terminou o donut, maravilhada com o fato de, depois de tanto tempo, os dois ainda terem capacidade de ficarem tão desconfortáveis um com o outro. Mas, até aí, cada nova ruga que o relacionamento ganhava também era capaz de surpreendê-la.

Lilah se via forçada a aceitar que não tinha como categorizar o que eram um para o outro: mais do que colegas de trabalho, não mais inimigos, mas também não exatamente amigos. Algumas semanas antes, eles teriam preenchido aquele tempinho brigando; agora, uma tensão diferente faiscava entre os dois, mais complexa e desconcertante do que animosidade mútua.

Talvez ele também estivesse dolorosamente ciente de estarem sozinhos num quarto de hotel — a primeira vez sozinhos desde a escada. Ela abaixou a cabeça para o carpete horroroso e engoliu, sentindo a garganta de repente seca, as últimas migalhas do donut grudadas de um jeito desconfortável. Lilah se agachou e pegou uma garrafa de água no frigobar.

Shane mudou de posição.

— Então, você ouviu falar alguma coisa desse tal de Jonah?

— Sinceramente? — disse ela, endireitando-se e desrosqueando a tampa. — Nada de bom. Assim, ele consegue resultados, e por isso que continua sendo contratado, mas ouvi falar que é meio babaca. E que não tem medo de fazer um milhão e meio de takes se não estiver contente.

Shane franziu a testa.

— Que foi? Eu sou uma pessoa horrível por dar ouvidos a fofoca e julgar o cara antes de conhecer? — perguntou ela, revirando os olhos.

Ele fez que não.

— Não é isso. É que... tomara que ele fique contente com o beijo nas primeiras cem mil.

Shane levantou o canto da boca num meio-sorriso irônico.

Lilah sentiu um peso no estômago. Ela sabia que teria que beijá-lo várias e várias vezes na frente da equipe toda, mas não tinha lhe ocorrido que talvez precisasse fazer isso dezenas, quem sabe centenas de vezes, por puro capricho de um diretor hostil.

Ela levantou as sobrancelhas, recusando-se a demonstrar como aquilo a perturbava.

— Está preocupado de ter esquecido como se faz?

— Não andei tendo reclamações recentemente.

Shane olhou-a nos olhos, e a temperatura do quarto subiu dez graus.

Ela não queria pensar em nada disso. Na última vez que o beijara. Quem ele tinha beijado ou deixado de beijar desde então. Se alguém já a tinha beijado melhor.

Ele parecia prestes a falar alguma coisa, mas, em vez disso, se levantou e espreguiçou, tirando migalhas inexistentes da camisa. Contra sua vontade, Lilah sentiu os olhos se arregalarem quando ele se aproximou — aí passou por ela e parou na frente da caixa de donuts. Shane parou e olhou para ela, como se para pedir permissão, aí olhou de novo.

— Você está de maquiagem?

Lilah piscou.

— Quê? Não. Por quê?

— O que aconteceu com as suas sardas?

Ela levou a mão rápido à bochecha, depois soltou ao lado do corpo.

— Ah. Saíram com o laser.

— Você tirou?

Ele juntou as sobrancelhas.

— Não de propósito. É um efeito colateral de tentar tirar uns anos não só da minha página da Wikipédia.

Ele voltou a atenção à caixa de donuts, abrindo a tampa e analisando o conteúdo.

— Que pena.

— Mas ainda tenho várias outras — disse ela, por reflexo, mas se arrependeu quando Shane olhou para ela de cima a baixo.

— Eu sei — falou dele, num tom pragmático e nem um pouco pervertido, mas isso não a impediu de sentir que seu corpo inteiro estava corando.

E então, sem esperar que ela respondesse, ele pegou outro donut.

— A gente se vê lá embaixo — anunciou Shane sorrindo, enfiando a rosquinha no meio dos dentes e indo para a porta.

17

BASTARAM QUINZE MINUTOS NA PRESENÇA de Jonah Dempsey para Shane concluir que os relatos de segunda mão de Lilah sobre o cara não eram exagero. Aliás, eram até bem gentis.

De início, o diretor pareceu despretensioso — magro e vigoroso, com uma pele rosada e o cabelo afastado do rosto com gel. Mas, quando Shane apertou a mão dele e o agradeceu por estar lá para ajudá-los, Jonah só jogou a cabeça para trás e deu um sorrisinho afetado. Ele era alguns centímetros mais baixo do que Shane, mas mesmo assim conseguiu olhá-lo de cima.

— Imagina! *Intangível* é a série favorita da minha mãe. É fofa.

Ele mal tirou os olhos do celular durante a leitura de mesa, chegando ao ponto de sair da sala para atender uma ligação.

Mas a desatenção cessou quando começaram a gravar. O cronograma de ordens do dia rapidamente se mostrou apenas uma sugestão, já que as montagens de câmera ambiciosas demais e a direção rigorosa faziam todas as cenas estourarem o tempo, às vezes em horas.

Depois do terceiro dia, quando Jonah fez um assistente de produção, um figurante e o responsável pelo catering chorarem em sequência, Shane puxou Walt de lado.

— Isso é ridículo. Ele está deixando todo mundo infeliz. Não tem como ele ter talento suficiente para isso valer a pena. Que tipo de set você quer aqui, Walt?

Walt deu de ombros, impotente.

— Eu não tive qualquer poder de decisão. A emissora contratou o cara e não está arredando pé. Você sabe quem é o pai dele, né?

Shane não sabia, mas o fato de que a pergunta estava sendo feita, para começo de conversa, já era suficiente.

— Tem muita gente babaca neste meio — continuou Walt. — E a gente teve sorte pra caramba de não trabalhar com nenhuma delas regularmente. São só três semanas. A gente vai ter que aguentar.

A van que os levava toda noite de volta ao hotel era um silêncio sepulcral, com metade dos passageiros dormindo e a outra olhando para o nada mal-humorada. Shane perdia a consciência no segundo em que caía na cama, acordando com o alarme num solavanco, com a sensação de ter dormido apenas alguns minutos.

A segunda semana de gravação começou com uma cena que estava se mostrando ainda mais pé no saco do que o beijo final em Lilah: a restauração do corpo físico de Kate, seguida imediatamente pelo sequestro dela. Era uma cena longa e técnica, cuja segunda metade se passaria na chuva — algo pelo qual ninguém esperava ansiosamente no frio de novembro no Canadá.

Para piorar tudo, Jonah tinha anunciado que estava planejando gravar tudo depois de a chuva começar — cinco páginas complicadas — em uma tomada contínua. O temor que recaiu sobre eles, tanto equipe quanto elenco, era palpável.

Na manhã da gravação, ainda estava escuro quando entraram na van. A locação do dia era a exuberante floresta do estuário de Clayoquot, a quatro horas de distância. A equipe de locações já tinha ido preparar tudo na véspera, então uma minialdeia de tendas e trailers os esperava na chegada, energizada por um exército de geradores, com fios saindo da parte de trás e se enrolando em um emaranhado laranja-néon.

Depois de sair do trailer de maquiagem, Shane pegou um copo de café e tirou um momento para absorver a cena: o sol filtrado pela vegetação ondulante, o azul do céu. Ele fechou os olhos, inalando o cheiro fresco e revigorante de cedro. Talvez o dia não fosse ser assim tão ruim.

E então sentiu uma mão se fechando em seu ombro.

— Não sabia que a gente te pagava para ficar aí parado.

O sorriso excessivamente grande de Jonah não combinava com a dureza de seus olhos.

— Na verdade, normalmente me pagam pra ficar sentado — respondeu Shane sem vacilar, tomando um gole de café.

Lilah sabia que era otimista achar que eles resolveriam tudo com menos de dez takes, mas, mesmo assim, se permitiu essa esperança.

Na primeira, o câmera errou a transição da Steadicam para a filmadora de mão.

Na segunda, as máquinas de chuva não funcionaram, deixando uma pausa longa e esquisita depois do trovão e do raio.

Na terceira, Lilah foi atingida por um golpe pesado de chuva na cara bem quando estava prestes a dizer sua fala, o que a fez engasgar e cuspir água loucamente.

Na quarta, Brian tropeçou no trilho da câmera enquanto andava de ré.

As tomadas de cinco a dez focaram na ação pesada no fim da cena, em que hordas de capangas sem rosto apareciam do meio das árvores para atacar os membros da equipe um a um, antes de capturar Lilah e levá-la embora. Depois de várias rodadas de tentativa e erro, ficou decidido que era impossível trocar todos por dublês sem dar na cara.

A notícia causou uma onda de descontentamento nos seis atores. Lilah abriu a boca para se opor, mas viu o olhar de Shane. *Não vale a pena*, ele parecia dizer. Ela fechou a boca, respirou fundo e não reclamou de passar a cena toda de novo, sem dublês.

Mas estava claro que quem mais sofreria com a mudança seria Shane. Embora todos os capangas já fossem interpretados por dublês — especialistas em fazer esse tipo de coisa com segurança e de modo indolor —, era impossível fingir o jeito como eles tinham que arrastá-lo pelo terreno rochoso enquanto ele lutava para se libertar. Pelo rosto contorcido de Shane mesmo depois de eles terminarem, era evidente que o desconforto era real. Lilah se forçou a evitar o olhar dele para não perder o foco, o nó na boca do estômago crescendo quanto mais ela o observava.

Ela perdeu a conta do número de takes que fizeram depois disso. Lilah nunca tinha gravado uma cena com tantos elementos variáveis com potencial de dar errado e, toda vez, um dos elementos fazia exatamente isso. Por mais que tentasse ficar presente como Kate, acabou entorpecida, com o cérebro entrando em puro modo de sobrevivência enquanto o corpo se encharcava de uma chuva falsa gelada e era manipulado com grosseria por dublês sem parar.

Ao seu redor, ela via Margaux batendo os dentes, Rafael mancando de leve, Brian de ombros curvados de exaustão, marcas roxas de dedo no braço de Natalie, precisando ser cobertas pela maquiagem toda vez que cortavam a cena. Embora assistentes de produção corressem para embrulhá-los em casacos entre as cenas, isso não ajudava muito a minimizar o fato de que estavam todos trêmulos com a mesma roupa encharcada havia horas. Lilah nunca tinha sentido um frio daqueles: pegajoso, úmido e infinito, infiltrando-se no fundo dos ossos como se ela nunca mais fosse ficar quente.

Quanto a Shane, era óbvio que cada take era exponencialmente mais doloroso que o último. Ele aguentava firme quando estava sendo filmado, mas ela via o sofrimento: as caretas sutis quando ele se mexia, o esforço que parecia existir por trás de cada respiração difícil. Durante uma tomada, a bota de um dos dublês escorregou na lama e ele chutou com força as costelas de Shane, fazendo-o dar um grito. Os lábios de Lilah se abriram e sua respiração escapou apressada, quase como se ela mesma tivesse sentido o impacto.

Foi consumida pela raiva impotente da coisa toda: da arrogância de Jonah, da futilidade de fazê-los passar por aquilo, do fato de Shane ser tão preocupado com agradar aos outros e se sacrificar que nunca reclamaria.

— Ação! — gritou Jonah de novo, e Lilah respirou fundo.

Lilah sentiu na hora: tinha algo diferente naquela tomada. Tudo o que estava turvo e desleixado entrou num foco perfeito, cristalino. As falas dela vieram sem esforço, ela acertou as marcações sem nem tentar, cada emoção vindo como se fosse a primeira vez. Nem a chuva parecia tão fria. Ela percebeu que os outros também sentiram, entrando numa espécie de estado de fluxo, os seis quase fisicamente ligados.

Finalmente, finalmente, finalmente eles tinham chegado até o final da cena. O set inteiro pareceu prender a respiração até o segundo que Jonah gritou:

— Corta!

As máquinas de chuva foram desligadas e a equipe comemorou. Rafael soltou um gritinho, pegando Natalie no colo e girando enquanto Margaux desmoronava apoiada em Brian, caindo num choro de alívio. Shane e Lilah trocaram olhares afetuosos e exaustos. Toda a adrenalina se esvaiu imediatamente, deixando-a cansada demais para qualquer coisa que não ficar lá parada sorrindo que nem uma idiota para ele.

O clima de comemoração acabou na mesma hora quando a voz de Jonah cortou o falatório:

— Vamos reposicionar para fazer de novo.

Lilah se virou para ele antes de conseguir se impedir:

— *Quê?*

Jonah a olhou também, sem expressão no rosto.

— Falei que vamos fazer de novo.

— Por quê? — cuspiu Lilah, pisando duro na direção dele. — Já conseguimos.

Ele ficou de pé quando Lilah se aproximou da cadeira dele, mas isso não a intimidou muito, já que ela continuava sendo mais alta.

— Porque não ficou bom, é por isso — disse ele. — Só porque vocês todos *finalmente* conseguiram chegar até o fim não quer dizer que a gente terminou.

Lilah tirou uma mecha de cabelo ensopada do rosto.

— Claramente isto não está dando certo. Você não consegue encontrar um jeito de enfiar um corte discreto? Mudar *alguma coisa* no que estamos fazendo para correr um pouco melhor?

— Acho que você está esquecendo seu papel neste set — falou Jonah, estreitando os olhos e abaixando a voz, numa imitação de ameaça. — Eu sou o diretor. Vocês são os atores. Vocês fazem o que eu mando e fazem até eu dizer que acertaram.

As bochechas de Lilah ficaram quentes. Ela se esforçou para não levantar a voz.

— A gente está fazendo *exatamente* o que você mandou. Faz parte do *seu* trabalho fazer ajustes para que a gente consiga terminar e ir embora daqui logo.

— Lógico. Eu devia saber — disse Jonah, revirando os olhos. — Este tipo de série é só, tipo, uma máquina de dinheiro sem alma, né? Vocês não estão nem aí para o trabalho, só querem saber de chegar em casa a tempo do jantar. Podiam muito bem ser computação gráfica ou, sei lá, uns *robôs* de merda ou coisa do tipo. Quem sabe assim de repente iam conseguir acertar mais do que a porra de uma vez.

O set todo tinha ficado imóvel ao redor deles. Houve um farfalhar de passos atrás dela e Shane foi aparecendo aos poucos em sua visão periférica. Lilah achou que talvez ele fosse dizer para ela se acalmar, que ela não devia piorar mais as coisas. Mas, em vez disso, ele simplesmente parou ao lado dela.

Não para lhe dar um sermão, mas para apoiá-la.

E aquele apoio silencioso foi como uma carga rápida de bateria: a raiva de Lilah voltou com força renovada.

— Bom, infelizmente para você, nós não somos robôs. Nenhum de nós. — Ela gesticulou para a equipe que estava lá, todos em péssimas condições. — Não dá pra gente simplesmente aceitar abusos ilimitados e continuar. Mas não se esqueça de que todos nós aqui *somos* profissionais. Se estamos fazendo isso a porra do dia todo e acabamos de conseguir completar a cena pela primeira vez, talvez o problema não seja a gente. Talvez o problema seja o *seu* conceito.

As narinas de Jonah se dilataram. Ele enfrentou o olhar de Lilah por um longo momento.

— Vamos tirar cinco minutos — gritou ele, virando a cabeça para se dirigir à equipe. — Aí reposicionar para começar do zero. Igual antes.

Lilah firmou o maxilar e se virou, com o estômago apertado. Sentiu os olhares de Shane nela, mas mirou obstinadamente em frente, com medo de cair em prantos caso olhasse para ele.

— Vaca de merda — escutou Jonah murmurar atrás dela.

Foi quando Shane voou em cima dele.

Lilah girou tão rápido que sua visão ficou borrada. Ela praticamente deu um bote em Shane, empurrando-o e desviando seu punho segundos antes de fazer contato com a cara de Jonah. O impulso desequilibrou os dois e a fez cair esparramada em cima dele na lama. Shane gemeu quando o cotovelo dela bateu no lado do corpo que ele estava tentando proteger — a costela machucada. Lilah, por sua vez, caiu em cima do pulso num ângulo estranho e gritou de dor.

E ficaram os dois lá deitados num silêncio chocado por um momento enquanto Lilah esperava o ar voltar aos pulmões. Shane se moveu primeiro, apoiando-se para sentar com um gemido, Lilah agarrada a ele enquanto ficavam de pé com dificuldade. Jonah os observava com uma expressão divertida que dava tanta vontade de socar que, por um momento fugaz, ela se arrependeu de ter segurado Shane.

— Você não tem a porra do direito de falar com ela assim — disse Shane, ainda respirando pesado. — Você precisa pedir desculpas. Agora.

Jonah olhou os dois de cima a baixo.

— Desculpa — falou ele, sem nem tentar ser sincero. Ele se virou de costas e se dirigiu à equipe: — Vamos encerrar por aqui. Não preciso dessa merda. Terminamos.

Depois de alguns segundos incertos, as engrenagens do set voltaram a funcionar.

Lilah e Shane marcharam pelo caminho que levava aos trailers, e ela desacelerou para acompanhar o ritmo dele sem nem pensar duas vezes.

— Você está bem? — perguntou ela, olhando de soslaio.

— Estou. Vou ficar. — As palavras dele estavam arrastadas de fadiga. — E você?

— Estou.

Eles caminharam mais alguns passos em silêncio. Para surpresa de Lilah, ela começou a rir, risadinhas histéricas e impossíveis de segurar borbulhando do fundo do peito.

— Não acredito que você tentou socar ele. Eu não sabia que você fazia o tipo brigão.

Shane sorriu com pesar.

— Nem eu.

— Fiquei meio surpresa por ter sido isso que te fez explodir. Qual é, ninguém pode me chamar de vaca, só você?

— Eu nunca te chamei de vaca.

Lilah soltou um barulhinho de desdém.

— Ah, não fode.

— É sério — insistiu Shane, e a contundência de seu tom fez Lilah olhá-lo surpresa. — Você que vive se chamando disso, não eu.

Lilah ergueu as sobrancelhas, e algo na expressão dele fez a pele de suas costas se arrepiar — ou talvez fosse a blusa encharcada.

— Você quer que eu acredite que você *nunca* me chamou de vaca? Nenhuma vez, nem pelas minhas costas, em todos estes anos?

Ele ficou parado por um longo momento.

— Tá, não sei se *nunca*. — Ele ficou tão acanhado que Lilah só pôde gargalhar. — Mas não faço isso tem muito tempo — continuou. — E não em nenhum momento que eu consiga me lembrar. Mesmo. E, se chamei, com certeza você não merecia e eu me arrependo. Provavelmente eu estava sendo tão escroto quanto ele.

Caminhando mais alguns passos até o pensamento assentar, ela avistou a ponta do trailer mais próximo aparecendo e começou a sentir remorso.

— Mas *será* que eu não mereci? Agora há pouco? Talvez devesse ter ficado de boca fechada.

Ele balançou a cabeça enfaticamente.

— Não. Não. Você estava... obrigado. Por falar alguma coisa. — Ele olhou para trás, onde Natalie, Rafael, Margaux e Brian vinham a passos lentos pelo mesmo caminho. — Eu sei que eles também agradecem.

Lilah olhou para o chão, desconfortável.

— Tudo bem. Não foi nada.

Ele subiu as escadas do trailer de figurino, então voltou-se para ela.

— Foi alguma coisa, sim — disse apenas, antes de puxar a porta e dar um passo para o lado para que ela entrasse antes. — Por favor.

Horas depois, quando a van se aproximava do hotel, Lilah acordou assustada, envergonhada por ver que tinha pegado no sono no ombro de Shane. Com sua tendência de enjoar, era incomum ela pegar no sono num veículo. O fato de apagar toda vez que se sentava por mais de quinze minutos era prova do quão esgotada estava.

Devia ter imaginado que não seria boa ideia se sentar ao lado dele na volta, mas tinha escolhido aquele banco automaticamente, cansada demais para pensar. Pelo menos Shane também estava apagado, com a respiração lenta e estável.

Mas essa não era a parte mais perturbadora, e sim a percepção de que, em algum ponto durante o trajeto, eles tinham dado as mãos — os dedos dela estavam completamente entrelaçados aos dele, as mãos apoiadas em cima das coxas coladinhas dos dois.

Aos poucos, com o coração acelerado como se estivesse desarmando uma bomba, Lilah esticou um dedo por vez e tirou a mão com cuidado, temendo que ele acordasse. Se isso acontecesse, os dois enfrentariam o peso das evidências cada vez maiores de que estava rolando alguma coisa com que talvez tivessem de fato que lidar. Mas, se só ela soubesse, de repente poderiam ignorar um pouco mais. Enrolar até a série terminar e poderem se livrar de vez um do outro.

Mas Shane não acordou. Só se aninhou e soltou um gemido suave e sonolento que ela reconheceu e que fez seu coração doer.

18

NINGUÉM FICOU SURPRESO — NEM chateado — quando o dia na floresta acabou sendo o último de Jonah. Diziam as más línguas que a emissora tinha oferecido a ele ainda mais dinheiro para não se demitir, mas não adiantou. A história do confronto já começara a se espalhar, obviamente plantada preventivamente pela equipe dele, já que a cobertura pintava Lilah como uma diva preguiçosa e mimada que dava chilique por qualquer coisinha.

Lilah fizera uma ligação emergencial com Jasmine e o assessor de imprensa na manhã do Dia de Ação de Graças. Os dois haviam implorado para, dali em diante, ela se comportar de forma impecável, com o "senão" implícito. Ela não se arrependia de ter batido o pé com Jonah, mas, depois de entender que sua chance em *Chamada noturna* estava em risco, se arrependeu, *sim*, de impedir que Shane desse um soco no cara.

Por sorte, o feriado prolongado — obrigatório pelas regras do sindicato mesmo eles estando no Canadá — chegou bem a tempo. Todo mundo tinha amado a ideia do pseudojantar de Ação de Graças, com o estresse da situação tendo unido todos ainda mais.

Lilah havia cuidado da reserva da casa de um quarto, embora Shane insistisse em dividir o custo de tudo, e os dois negaram as ofertas de todos os outros para ajudar a arcar com as bebidas e as compras. A contagem de convidados acabou em doze, mais ou menos: fora os seis atores, Walt e Polly — os únicos outros que tinham ido de Los Angeles e coescrito os episódios —, além dos respectivos companheiros.

Margaux, Natalie e o marido, Omar, se declararam encarregados do cardápio. Os três assumiram as compras enquanto Lilah fazia check-in no Airbnb.

Por sugestão do médico da equipe, Shane tinha ido fazer um raio X do tórax. Quando soube, Lilah ficou perplexa ao perceber que seu primeiro impulso foi se oferecer para ir junto — o que obviamente não fez. Ela folheou *Chamada noturna* enquanto esperava o pessoal chegar com as compras, ignorando a vontade igualmente irracional de mandar uma mensagem para Shane para saber como estava indo.

Omar, o chef profissional do grupo, começou a delegar tarefas, e todos puseram a mão na massa, lavando, picando e separando tudo, enchendo a cozinha rapidamente de aromas deliciosos. Margaux assumiu o controle da playlist e revirava os olhos sempre que vinha uma música que nenhum deles era jovem ou descolado o bastante para conhecer.

Os outros foram chegando aos poucos ao longo do dia — Brian, Rafael e a esposa, Walt e o marido, e Polly — e imediatamente foram postos para trabalhar.

Shane foi o último a aparecer, com aplausos exagerados mas carinhosos do resto. Ele fez um gesto de "deixa disso", sorrindo timidamente.

— Como vai o paciente? — perguntou Rafael.

— Tudo certo. Só uns hematomas — disse Shane, indo até a cozinha e se apoiando no balcão diante de onde Lilah estava caramelizando cebolas. — Mas essa coisa toda de sistema de saúde público é bem bacana. Vocês já ouviram falar? Em vez de um boleto, eles só me deram um cupom do restaurante Tim Hortons e um beijinho na testa.

Todo mundo riu e Lilah mordeu o lábio para não rir também. Mas, quando levantou a cabeça, viu Shane desviando o olhar dela — como se estivesse checando a reação dela primeiro.

Quando a refeição estava pronta, todos se reuniram à mesa. Como ninguém ligava para Ação de Graças (para não mencionar o fato de que estavam no Canadá), o cardápio não era exatamente tradicional, mas Shane estava com água na boca havia horas e lotou o prato com todas as possibilidades: abóbora-japonesa assada e recheada com avelã picante e cobertura de *burrata*, *shawarma* de cordeiro, *galette* de cebola e cogumelo, salada de cuscuz com tomate-cereja assado e ervas frescas. Embora a toalha de plástico xadrez e os pratos de papel dessem uma aura de improviso, a comida estava excepcional e todos jantaram num silêncio satisfeito por vários minutos.

Depois de se fartarem, Shane pigarreou, fazendo contato visual com Lilah na outra ponta da mesa.

— Será que a gente devia se revezar falando algo pelo qual somos gratos? Acho que é a única coisa boa de toda essa coisa da instituição Ação de Graças.

Todo mundo murmurou, concordando, apoiou os talheres e olhou para ver se alguém queria se voluntariar a ir primeiro.

Brian se recostou na cadeira e levantou um pouco a mão.

— Posso começar, se quiserem. Sou grato por a gente nunca mais ter que gravar aquela porcaria de cena. — Ele deu um olhar preocupado para Walt. — Né?

Walt fez que sim, e o restante da mesa caiu numa gargalhada de alívio, alguns levantando a taça para reforçar.

— Mas, sinceramente, sou grato simplesmente por estar aqui — continuou Brian. — Para um primeiro emprego, acho que isso aqui deve ser meio que o sonho. E sei que meus pais são gratos porque eu vou de fato conseguir pagar meu financiamento estudantil.

Os outros riram de novo, e os agradecimentos seguiram pela mesa: Rafael dividindo sua gratidão porque os pais tinham conseguido se aposentar e se mudar para Los Angeles com ajuda dele; Margaux lacrimejou ao descrever como o gato dela, Tuba, já estava superbem depois de uma cirurgia de emergência no mês anterior.

Quando chegou a vez de Lilah, ela olhou para a taça de vinho e tirou um bom momento antes de falar.

— Eu sei… eu sei que nem sempre foi fácil. E não acho que seja segredo que não era exatamente a minha escolha. — Um sorriso autodepreciativo surgiu no rosto dela. — Mas… sou grata por estar de volta. Mesmo. — Ela olhou para cima, encontrando os olhos de Shane antes de passar pela mesa. — De poder trabalhar com todos vocês… de *conhecer* todos vocês… tem sido muito especial. Fico grata por ter uma segunda chance, acho.

— Eu também sou grato por você ter voltado — disse Shane, surpreendendo a si mesmo. Ainda devia estar zureta de analgésico.

Lilah levantou a sobrancelha, obviamente esperando a piada, mas não havia. Alguns dos outros trocaram olhares, como se não soubessem se ele estava sendo sarcástico, e um silêncio levemente desconfortável se acomodou sobre o grupo.

— Eu só agradeço por vocês dois finalmente estarem se dando bem — falou Walt com um suspiro exausto, desarmando a tensão e fazendo o resto da mesa gargalhar.

Lilah levantou a taça para Shane com um sorriso melancólico, e ele imitou o gesto, esperando que ela desviasse o olhar primeiro para só então dar um gole.

Depois do jantar, eles foram para a sala, fazendo uma pausa para a digestão antes da sobremesa. Natalie achou uma caixa surrada de Tabu no armário embaixo da TV e eles começaram a se dividir em dois times.

— Precisamos separar todos os casais — protestou Margaux, apontando para Shane e Lilah.

— A gente não é um casal — responderam os dois, em uníssono.

— Mas vocês se conhecem há tempo suficiente para ser uma vantagem — falou Margaux.

Eles se olharam e deram de ombros, e Shane foi se sentar no sofá ao lado de Brian.

Depois de algumas rodadas acirradas, Lilah pediu licença e foi para a cozinha preparar a sobremesa. Para sua surpresa, Walt ofereceu ajuda e os dois começaram a cortar e servir a torta de maçã com especiarias que Natalie tinha feito.

— O que você acha deles? — perguntou Walt em voz baixa, apontando a sala de estar com a cabeça.

Lilah seguiu seu olhar por cima da ilha da cozinha e viu Brian, sentado de pernas cruzadas no chão, com as costas apoiadas no sofá, e Margaux descansando um joelho de cada lado dos ombros dele, tentando fazer uma trança no cabelo do garoto, os dois rindo do progresso totalmente sem jeito dela.

— Como assim? — perguntou Lilah, transferindo com cuidado uma fatia de torta para um prato de papel. — Eu... gosto deles?

— Andam falando de um spin-off dos dois. Rosie e Ryder. A trama deles está indo bem nos grupos de teste. Talvez a gente faça um piloto dentro da própria série mais para o fim da temporada para ver se rola. No mínimo, você e o Shane vão ter folga por uma semana.

— Ah. Hum — disse Lilah, olhando de volta para os dois. Era difícil negar que contracenavam bem. — Acho que é uma ótima ideia. Você vai ser o *showrunner*?

Walt fez que não.

— Eu seria o produtor-executivo, mas andamos falando de colocar Polly como *showrunner*. Ela cresceu muito nos últimos anos. Além do mais, escreve muito bem para os dois.

— Uau — comentou Lilah. — Que demais. E aí se alguém da equipe ainda não tiver um trabalho novo...

— Provavelmente viria também, isso. — Walt enfiou um abridor de vinho numa garrafa nova. — Não quero ser indelicado, mas... você por acaso não sabe se tem alguma coisa rolando com eles, né?

Lilah olhou para os jovens atores automaticamente.

— Não? Não que eu tenha ouvido falar, pelo menos. Acho que são só amigos.

— Que bom. Isso é ótimo. Quer dizer, a nossa série não seria o que é sem você e Shane, óbvio, mas *seria* bom não ter uma reprise dos maiores sucessos, se der para evitar. Não quero lidar com um deles tentando quebrar o contrato e acabar com a coisa toda depois da primeira temporada, né?

Lilah olhou para ele e depois olhou de novo de um jeito quase caricato, sem saber se tinha escutado direito.

— Quê? *Eu* não... Shane tentou pedir demissão?

Walt franziu profundamente a testa.

— Você não sabia?

Ela limpou as mãos num pano de prato, pensando se, naquele verão depois de terminarem, aquele que parecera um pesadelo, alguém tinha lhe dito alguma coisa a esse respeito.

— Foi por isso que tivemos aqueles aumentos antes da segunda temporada? Mas por que não deram só para ele, se era ele que queria ir embora? Por que eu também recebi?

Lilah questionara na época, mas nem o antigo agente parecia saber. Como eram desconhecidos, os contratos iniciais tinham sido feitos pelo valor mínimo do sindicato e só seriam renegociados no fim da quinta temporada. O agente dela não tinha dado importância, falando que devia ser reflexo do aumento do orçamento da série depois do sucesso surpreendente. Mesmo então, pareceu suspeito ofereceram mais sem ela ter que brigar por isso, mas Lilah escolheu não forçar a barra, se sentindo ingrata por olhar os dentes de um cavalo dado.

Walt deu de ombros e puxou a rolha fazendo careta.

— Aí eu já não sei. Foi antes de eu chegar. Você teria que perguntar para ele.

Walt voltou à sala para ver quem queria café e Lilah se apoiou na bancada, com a outra mão no quadril, olhando para Shane com o que devia ser uma expressão perturbada. Como se tivesse sentido, ele se virou para ela. Voltando a dar as costas um segundo depois, Shane estava com cara de que os dois tinham rido de uma piada interna.

Quem dera ela soubesse qual era.

19

QUANDO O SOL SE PÔS, Shane acendeu a lareira e se espalhou no sofá na frente dela, pretendendo fechar os olhos por um segundinho, ninado pelos murmúrios de risadas e conversa ao redor.

Quando voltou a abri-los, o fogo continuava crepitando, mas a sala estava silenciosa exceto pelo som de páginas sendo viradas suavemente. Ele esticou o pescoço e viu Lilah aconchegada numa das poltronas, lendo. Ela levantou os olhos ao escutá-lo se mexer, e seus lábios tremeram num meio-sorriso.

— Como foi a soneca, vovô?

— Eu estou cheio de remédios, tá? — resmungou ele, e o latejar nas costelas o alertou para o fato de que era hora de tomar mais. — Todo mundo já foi?

— Aham — disse ela, virando mais uma página sem quebrar o contato visual.

Eles estavam sozinhos, então. De novo.

Estavam forçando a sorte ao fazer isso tantas vezes sem incidentes. Parecia inevitável que as coisas acabassem explodindo, de um jeito ou de outro.

Com muito esforço, ele apoiou os pés no chão.

— Eu dormi durante toda a limpeza?

— Eu *sabia* que era fingimento para não lavar a louça.

Os olhos dela brilhavam de malícia bem-humorada.

— Não, poxa, estou chateado. Eu queria ajudar, já que não cozinhei.

— Para sua sorte, ainda tem coisa na pia.

— Bom, eu não estava *tão* chateado — murmurou ele, e ela riu baixinho.

Suspirando, ele passou a mão pela nuca e se levantou, indo para a cozinha.

— Quer companhia?

Ele se virou e a viu olhando-o por cima do livro, com uma expressão difícil de interpretar.

— Pode ser — disse ele. — Eu gostaria, sim.

Lilah fechou o livro e foi atrás dele, enchendo a taça de vinho antes de se içar para sentar num ponto vazio da bancada.

Nenhum dos dois disse nada por um longo momento enquanto ele colocava um pano de prato na pia ao seu lado e ligava a água, sentindo a temperatura com a mão. Mas, para sua surpresa, não era um silêncio desconfortável. Era fácil. Conhecido. Doméstico.

Não devia parecer tão natural. Brincar de casinha com ela desse jeito, num lugar onde nenhum dos dois morava, sendo que não estavam mais juntos, sendo que nunca tinham feito esse tipo de coisa nem quando *estavam*.

E, apesar disso, parecia a milésima vez, não a primeira: ficar na cozinha tarde da noite depois de todos os convidados terem ido para casa, ele lavando a louça, ela tomando vinho, os dois curtindo o bem-estar da comida e da boa companhia, silenciosamente gratos mesmo assim por estarem de novo a sós.

Ele afastou o pensamento.

— Você precisa de carona para o hotel?

Pelo canto do olho, Shane a viu balançar a cabeça.

— Eu planejei passar a noite aqui.

— Aqui?

Lilah balançou as pernas, distraída, na lateral da bancada.

— É, ué, por que não? Eu paguei.

Ele a olhou de relance.

— Na verdade, *a gente* pagou. Eu tenho tanto direito àquela cama quanto você.

Era basicamente uma provocação, mas Shane se manteve sério. Em troca, ela arqueou uma sobrancelha.

— Eu reembolso a sua metade.

Ele sorriu e virou-se de novo para a pia.

— Não sei, não… no momento passar a noite em algum lugar que não seja aquele hotel está me parecendo bem bom. Acho que minhas costas nunca vão se recuperar daquele colchão.

— Como você sabe que o daqui é melhor?

— Só tem um jeito de descobrir.

Lilah não respondeu, só tomou o vinho. Talvez ele estivesse indo longe demais, forçando a barra demais. Ele a olhou de novo.

— Eu volto se você quiser.

Ela o encarou e falou em tom neutro:

— Eu não falei isso.

Shane sentiu a sombra de um sorrisinho no rosto, mas não falou nada, voltando-se para a pia. Tentou não deixar a mente surtar com as implicações daquilo.

Como se fosse capaz de ouvir os pensamentos dele, Lilah completou:

— Se ficar, você sabe que não vai rolar nada hoje, né?

— Será que não dá azar falar isso? Porque agora a coisa ficou tentadora e proibida.

— Tem razão — falou ela, impassível. — De repente é melhor a gente transar agora para anular a tentação de transar depois.

— Aí, sim.

Ele viu que Lilah estava se esforçando para manter a voz séria, lutando contra a risada que borbulhava.

— Estou falando sério.

— Eu acredito.

— E estou falando de *todas* as definições de sexo. Nada com a mão. Nada com a boca. Nem tenta achar um furo na regra.

— Bom, então, é melhor parar de falar de furo. Você está me deixando todo excitado.

A risada que ela estava suprimindo finalmente escapou, e o som causou nele um calafrio.

— Eu te odeio.

— Não odeia, não.

Shane olhou para ela depois de falar isso, quase sem querer. As bochechas dela estavam cor-de-rosa, embora a causa tivesse igual probabilidade de ser o vinho ou outra coisa. Ela deu mais um gole, mantendo o contato visual.

Ele voltou ao trabalho de lavar a forma que tinha comportado a torta de maçã e esfregou vigorosamente.

— E, afinal, quem disse que *eu* quero transar com *você*? Está se achando muito.

Ela continuou sem falar nada, mas, pelo canto do olho, Shane a viu terminar a taça e deslizar da bancada. Ficou tenso quando ela se aproximou por trás, sentindo o cutucão dos pés dela um de cada lado dos dele, seguido pela pressão suave dos seios nas costas. Para sua consternação, ele se atrapalhou com a louça que estava na mão e a exalação de uma risadinha quente em seu pescoço arrepiou todos os pelos do corpo dele.

Shane foi tomado de ressentimento diante da facilidade dela para arrancar uma reação dele, pagando para ver o blefe — com ou sem piada — sem Lilah precisar fazer quase nada. Mas, principalmente, ele estava apenas grato por estar virado de costas para ela, com a parte inferior do corpo bloqueada pela pia, escondendo a extensão total e humilhante de sua reação inata a ela.

Quando Lilah descansou o queixo de leve no ponto entre o pescoço e o ombro dele, só por um segundo, ocorreu a Shane que talvez aquele limite dela fosse menos um limite e mais um desafio disfarçado.

Ele não faria nada sem permissão, óbvio, mas havia muita margem de manobra nos termos definidos por ela. Mais cedo, ele havia espiado o único quarto da casa e sido dominado de repente pela imagem vívida dos dois enroscados naqueles lençóis, sarrando que nem adolescentes agitados, tirando uma peça de roupa de cada vez na tentativa de se segurarem o máximo possível, um esperando o outro ceder primeiro.

O fato de suas mãos começarem a tremer ao pensar nisso devia ser um sinal de quanto ele estava desesperado depois de meio ano de celibato.

Se Lilah notou, não disse nada. Só esticou o braço lentamente em torno dele e colocou a taça de vinho na pia quase vazia.

— Vou tomar banho — murmurou ela na nuca dele.

Vendo-a desaparecer pelo corredor na direção do banheiro, outra ideia veio à mente de Shane, mais desconfortável: talvez ele estivesse errado. Talvez ela não merecesse o rótulo de sedutora manipuladora que ele tinha dado — nem na época, nem agora. Talvez, como a dra. Deena tinha sugerido, isso fosse apenas outra maneira de se absolver de sua própria responsabilidade naquele vai-não-vai infinito dos dois.

Talvez Lilah estivesse tão confusa quanto ele sobre o que eram um para o outro: incerta do que queria, do que era possível, do que valia a pena esperar que acontecesse.

Talvez os dois tivessem jogado toda essa incerteza no sexo, como uma distração, com medo do que encontrariam caso se dessem ao trabalho de olhar abaixo da superfície da conexão física.

E, quando ele ouviu o chuveiro sendo ligado, se perguntou se talvez não fosse mais sábio voltar ao hotel, no fim das contas.

Lilah se arrumou demoradamente depois do banho. Enquanto colocava a calça de moletom e a regata que tinha levado, tentou entender como sua fuga solo tinha se transformado praticamente num retiro de casal. Shane tinha lhe dado uma abertura para mandá-lo se foder e deixá-la em paz, e provavelmente ainda dava para fazer isso, se ela quisesse. Mas percebeu que, em algum ponto dos últimos meses, de forma perturbadora e sem permissão, ele tinha voltado sorrateiramente à lista bem curta de pessoas cuja companhia ela preferia a ficar sozinha.

Saindo do quarto, Lilah se viu de relance no espelho. A blusa era fina o suficiente para ela considerar vestir de novo o sutiã, mas a ideia de se torturar com aquele arame por mais um segundo era menos atrativa do que a provocação inevitável a Shane. Além do mais, não era como se ele não estivesse familiarizado com o conceito dos mamilos dela. Ele simplesmente teria que lidar com aquilo.

Quando Lilah entrou pisando leve na sala, Shane estava no sofá, zapeando na TV. Ele franziu a testa assim que bateu os olhos nela, e ela se preparou para o que ia vir.

— Essa calça é minha?

Merda. Ela estava torcendo para ele não lembrar.

— Acho que não — mentiu ela.

Ele deu impulso para se levantar do sofá, foi até ela, abaixou a mão e puxou de brincadeira o cordão da cintura.

— É, sim. Está sem o negocinho de metal aqui. Achei que tinha perdido pra sempre.

— Bom... eu tenho que devolver? É minha calça favorita.

Havia na voz dela uma sugestão de choramingo — principalmente pela vergonha de ter sido pega.

— Talvez só por hoje. Eu não tenho nada para dormir.

— Não pode dormir de cueca?

— Se você prefere assim — respondeu ele, com o canto da boca subindo.

Ela revirou os olhos.

— Tá.

Ela sabia que Shane não estava falando para ela devolver naquele exato segundo, mas ficou tão irritada que enfiou os polegares na cintura da calça e abaixou bem ali. Shane pegou a peça, com os olhos fixos nos dela, sem desviá-los para baixo.

Quando ele saiu, ela jogou mais madeira na lareira, puxou um cobertor do encosto do sofá e se embrulhou nele do pescoço para baixo.

Ele voltou logo, vestido só com a calça de moletom. Lilah tentou não fazer uma careta ao ver os pontos manchados de roxo e os curativos no torso. Mas, quando o choque passou, ela ficou de novo impressionada — assim como tinha ficado de longe na apresentação para a mídia e de perto no ensaio — com o quanto o corpo dele mudara no tempo em que se conheciam.

Na primeira temporada, ele tinha dito a ela que jamais havia pisado numa academia, como se fosse algo com o qual ela devesse ficar impressionada. Que o corpo esguio e braços musculosos eram resultado da época em que viajava como *roadie* da banda punk de um amigo — o que o levara para Los Angeles, para começo de conversa —, carregando e descarregando os equipamentos, sobrevivendo de cerveja e petisco de bar gratuitos, contando com o metabolismo juvenil.

Ele não era mais um cara largado de 25 anos e obviamente andava aproveitando o personal trainer e a academia pagos pela emissora. Shane tinha ganhado músculos e volume, não era mais esguio — um corpo que contava a história de trabalho duro, mas também de indulgência. De alguém que não queria — ou não podia — se privar completamente das coisas que lhe davam prazer.

Tarde demais, ela percebeu que seus olhos estavam se demorando e seu rosto, começando a ficar quente.

— Você não vai ficar com a minha blusa, se é isso que quer — disse ela.

— Tirar sua calça é suficiente para mim.

— Tecnicamente, você tirou a *sua* calça.

— Bem que você queria.

— Não sei nem o que isso devia significar.

Ele se acomodou ao lado dela.

— Significa que é para você abrir espaço e parar de pegar todo o cobertor.

Ela se desembrulhou e os dois negociaram suas posições com cuidado, assumindo lugares em cada ponta do sofá, já que o cobertor era grande o suficiente para os dois. Quando Shane estendeu as pernas na direção dela, Lilah colocou as suas embaixo do corpo, para evitar que se tocassem.

Ela pegou o controle e começou a explorar o menu de TV a cabo, parando em um dos canais de filmes, que estava começando a exibir *Dinheiro fácil* — o papel de estreia de Serena Montague, trinta anos antes. Ela levantou as sobrancelhas para Shane. Como esperado, ele fez que não, e ela continuou zapeando os canais.

— O que aconteceu com vocês dois, hein? — perguntou ela casualmente, ainda com os olhos grudados na tela.

De canto de olho, ela o viu dar de ombros.

— Nada interessante.

— Então, ela não te pegou na banheira com a filha e a colega de apartamento dela que tinham ido visitar na semana do saco cheio? —

provocou Lilah, pescando na memória o boato mais absurdo das revistas de fofoca.

Ele fez uma cara de escárnio.

— É isso mesmo que você acha de mim?

— Bom, eu não sei *o que* pensar — disse ela, numa voz falsamente escandalizada.

Ele a observou rolando o menu da TV a cabo por mais alguns segundos. Bem quando Lilah achou que ele ia ignorá-la ou mudar de assunto, Shane falou:

— A gente só queria coisas diferentes.

— Tipo... você queria filhos?

— Não necessariamente. — Ela o olhou disfarçadamente e ficou surpresa de ver a expressão séria que enrugava seu rosto. — Ela estava tão *acomodada*, sabe? Tipo, estabelecida. Na carreira, na vida, em tudo. E no começo isso foi bom, porque tudo na *minha* vida era caótico pra caralho naquele ponto. — Ele a olhou ironicamente. — Bom, acho que não preciso dizer isso para *você*. Mas enfim, estar com ela meio que... me estabilizou. Só que aí, depois de uns anos, perto de quando eu fiz 30, começou a parecer sufocante. Tipo, ela nunca conseguia ceder em nada. Acho que era disso que ela gostava em mim, o quanto eu era flexível. Serena podia simplesmente me moldar no que quisesse. Em algum momento, começou a parecer que... que talvez eu quisesse estar com alguém com quem realmente pudesse construir uma vida, juntos, em vez de com alguém que já tinha a vida toda resolvida antes mesmo de eu chegar e que só me encaixou ali.

Lilah sorriu.

— Você diz isso agora, mas aposto que vai acabar com uma garota de 22 anos, flexível e não moldada, que simplesmente vai se encaixar na *sua* vida. O ciclo continua.

— Eu não tinha 22.

— Não, mas ela vai ter. Pode acreditar.

— É. Talvez. — Ele pareceu levemente irritado ao estender a mão. — Você está fazendo um trabalho péssimo em escolher.

Ela jogou o controle para ele. Shane começou a rolar tão rápido pelos canais que ela ficou zonza.

— E você e Dick?

— O Richard?

Ela o olhou de lado, surpresa por ele conseguir instantaneamente nomear o ex com quem ela vivia voltando e terminando — e que, ao contrário de Serena, não era exatamente um ícone nacional.

Começando a ter cãibras, Lilah estendeu uma perna de cada vez, a pele nua deslizando contra o tecido gasto da calça dele. Shane continuou com os olhos na televisão, mas ela pensou ter visto um tendão do pescoço dele tremer.

— Richard e eu… nós também não éramos bons em ceder. Principalmente em relação a onde queríamos morar. Ele odiava estar em Los Angeles quando o trabalho não o obrigava.

— Você chegou a pensar em voltar para Nova York com ele?

— Às vezes. Quase voltei depois de sair da série.

— Mas não voltou.

— Não.

— Porque não estava apaixonada por ele.

Lilah pausou.

— Não.

Ele a olhou e segurou o contato visual por um momento antes de voltar para a televisão.

— Mas vocês continuaram voltando.

O tom dele era comedido.

— Sim. É que a gente é muito parecido. Parecido demais, provavelmente. Só que a coisa toda era… familiar. E era bom ele não ser famoso, a gente se conhecer desde antes… fazia com que eu me sentisse quase normal.

Ela puxou uma das almofadas decorativas para o colo e a abraçou. Shane não falou nada, só continuou zapeando em silêncio.

— Ele desdenhava muito da série — disse ela baixinho depois de um momento. — Vivia me falando que eu estava desperdiçando meu talento, e eu era iludida a ponto de achar que isso era um elogio. Mas a real é que ele só achava que era melhor do que tudo aquilo. Incluindo eu.

— O que ele achava que você devia estar fazendo?

— Sei lá. Provavelmente ganhando cem dólares por semana numa peça experimental off-off-off Broadway.

— Então, ele era um metido inseguro que não conseguia suportar você ser mais bem-sucedida do que ele — disse Shane, de forma tão direta que ela não conseguiu deixar de sorrir.

— Bom, é um jeito de descrever.

Shane finalmente soltou o controle e escolheu uma reprise de um reality show antigo centrado em um grupo de caras socando as bolas uns dos outros com itens variados. Lilah abriu a boca para reclamar, mas, em vez disso, perguntou:

— Você amava ela? Serena?

Ele continuava olhando a televisão, mas ela percebeu que não estava assistindo de verdade. O peito dele subiu e desceu pesado, devagar.

— Eu amava estar com ela, sim — respondeu ele. — Ela é uma pessoa incrível. Mas era meio que... impenetrável, talvez. Acho que ser famosa por tanto tempo dá uma estragada na cabeça da pessoa. E eu sei que ela se afetava com o que diziam de nós. Dela. Serena não baixava muito a guarda, mesmo quando estávamos sozinhos. Era como se vivesse atuando. — Finalmente, ele se virou para ela, com um olhar que espalhou arrepios pela pele de Lilah. — Talvez você tenha razão. Talvez só dê para amar alguém se a pessoa deixar.

Lilah engoliu em seco, mas manteve o olhar estável.

— Pelo jeito, você tem uma queda por mulheres emocionalmente indisponíveis. Devia conversar com alguém sobre isso.

Ele soltou uma risadinha pelo nariz e balançou a cabeça, cansado.

— Nem me fala.

Shane desviou o olhar. O tom de derrota na voz dele a deixou de coração apertado.

Lilah voltou a ver a televisão, mas sem absorver nada.

— Shane?

— Hum?

Ela hesitou.

— Você tentou pedir demissão. Depois de a gente... depois da primeira temporada?

Ele ficou em silêncio por muito tempo, o rosto de perfil, os olhos na sombra. Enfim, exalou pesadamente e balançou a cabeça, mas ela viu que era um gesto de resignação, não negação.

— Sei lá que porra eu estava pensando. Eu só... estava maluco. Depois de tudo. Pensar em aparecer de novo naquele set todo dia... Foi sorte a série estar grande o suficiente para me oferecerem mais dinheiro em vez de me processarem por quebra de contrato. Colocou muito em perspectiva o quanto eu estava sendo ingrato de tentar jogar tudo fora por causa... — Ele parou e a olhou inquieto, depois voltou para a televisão.

Lilah ficou digerindo aquilo por um momento, sem saber o que dizer.

— Então, por que eles *me* deram um aumento também?

Ele deu de ombros, mas ela viu a tensão no gesto, a displicência fingida.

— Porque não parecia certo eu receber mais, sendo que estamos fazendo o mesmo trabalho.

Embora Lilah meio que estivesse esperando, pareceu que a pressão do ar na sala caiu. Ela piscou e se esforçou para dizer as palavras seguintes:

— Mas você me odiava.

Ele estendeu um dos braços pelo encosto do sofá e finalmente olhou diretamente para ela.

— Não sei o que você quer que eu diga, Lilah — falou, baixinho.

Ela continuou o encarando, o estômago se revirando de incômodo; Havia algo na expressão dele — quase impotente — que só piorava a coisa. Depois de um longo momento, ela voltou a olhar para a TV, e ele também.

Assistiram em silêncio ao resto do episódio. Tremendo de frio, em dado momento ela puxou o cobertor até o pescoço. Shane a olhou de lado antes de puxar de volta para si. Enquanto a briga meio brincalhona continuava, eles deslizaram mais e mais pelo sofá até estarem ambos aconchegados embaixo do cobertor, as pernas emaranhadas como um pretzel. Lilah queria ficar irritada, mas estava confortável demais para ligar.

Quando o episódio seguinte começou, ela reposicionou a perna mais abruptamente do que queria e seu calcanhar bateu forte em algo quente e firme. Shane soltou um sibilo entre dentes e se endireitou com um movimento brusco.

— Puta *merda*, cuidado com o pé — disse, com uma careta, colocando a mão embaixo do cobertor e se ajustando.

Ela segurou uma risada.

— Desculpa. Parecia mais divertido na TV.

— Sendo que eles acabaram de dizer pra gente não tentar fazer em casa — ele resmungou baixinho. — Só vem logo para cá antes de causar algum dano permanente.

Lilah hesitou, sem saber se o ouvira direito. Mas, em vez de retirar o que disse, Shane só ficou olhando com aqueles olhos escuros e insondáveis faiscando com a luz da lareira.

O cobertor caiu dos ombros dela quando Lilah se sentou mais reta, dobrando as pernas embaixo do corpo até estar ajoelhada. Ela engatinhou pelo sofá na direção dele, com a maior consciência do mundo de que tinham apenas um conjunto de roupa completo entre os dois e que a regata dela era quase um detalhe.

Ela supôs que, quando estivesse ao alcance, ele logo colocaria as mãos nela, mas, em vez disso, ele abriu o cobertor e escorregou para criar espaço para ela entre o corpo dele e as costas do sofá. Lilah deslizou para o lado dele, meio aliviada e meio arrependida pela oferta ser apenas aquilo.

Quando estava sentada ao lado dele, ombro nu contra ombro nu, a longa linha da parte inferior do corpo de Shane pressionada contra a dela, Lilah hesitou. Ele a analisava com uma cara séria, quase perturbada, o olhar viajando entre os olhos, os lábios e o peito dela, antes de voltar aos lábios.

Ela se perguntou se ele ia, afinal, tentar beijá-la. Ele obviamente queria, e seria tão fácil, já estavam com o rosto quase grudado. Tinham feito aquilo várias vezes antes, estavam a dias de serem forçados a fazer de novo e, quando a ideia entrou na cabeça dela, foi difícil fazê-la ir embora.

Mas Lilah sabia que, caso se beijassem, independentemente de qualquer coisa que havia dito antes, ela não conseguiria parar só nisso. E seguir esse caminho com Shane de novo só levaria ao mesmo drama, caos e massacre emocional de sempre, o ambiente de trabalho mais uma vez um dano colateral. A paz tímida pela qual tinham lutado tanto nos últimos meses desfeita numa única noite. Eles tinham chegado longe demais para arriscar.

Então, ela deslizou mais para baixo, Shane seguindo o movimento, até os dois ficarem deitados de costas: a bochecha dela no peito nu dele, o braço esticado por cima das costelas, os seios apertados na lateral do corpo. Ele passou o braço em torno dela, encaixando o ombro de Lilah em sua axila, antes de puxar de novo o cobertor em cima deles. Uma vez acomodados, os dois exalaram pesado, e Lilah sentiu o restante da tensão se esvair do corpo, relaxando apoiada nele.

Uma conchinha não faz mal a ninguém, certo? Não precisava significar nada. Considerando como o corpo deles se encaixava bem, seria um desperdício não aproveitar. Lilah não conseguia se lembrar da última vez que se sentira tão confortável, quentinha, envolta e segura, amaciada pelo vinho e praticamente meio bêbada com o cheiro da pele dele. Suas pálpebras começaram a se fechar.

— Assim é melhor.

Embora ela não conseguisse ver o rosto dele, soube pela letargia da voz que os olhos de Shane também estavam fechados. Ele passou a mão distraidamente para cima e para baixo do braço dela, causando um arrepio agradável até os dedos dos pés.

— Agora que você está protegido de mim? — perguntou ela para o peito dele.

— Acho que nunca vou ficar protegido de você — murmurou ele, ou talvez ela tenha alucinado, porque já estava pegando no sono.

Quando se deu por si, a sala estava escura exceto pela televisão bruxuleando — e fria, também, já que a lareira tinha se apagado. Mas, mesmo que o cobertor estivesse fora de metade do corpo, de algum jeito, Lilah estava aquecida. Não demorou para descobrir a fonte do calor: estava deitada de lado, virada para Shane, que a abraçava, prendendo-a com seu peso ao encosto do sofá.

Ela então foi analisando uma parte do corpo de cada vez, com o coração acelerando mais e mais a cada membro: os dois braços em torno do pescoço dele. A perna de baixo ensanduichada entre as coxas pesadas dele, a de cima passada por cima do quadril. Não tinha muito dela que não estivesse pressionado em Shane.

Ele continuava dormindo, com uma ruga profunda na testa, como se preocupado com alguma coisa. Ela resistiu à tentação de estender a mão e alisá-la com o polegar.

Lilah deve ter ficado tensa, porque sentiu Shane se mexer e a segurar mais forte enquanto acordava. Quando ele abriu os olhos, não pareceu surpreso. Não falou nada. Ainda parecia, sinceramente, meio apagado. Mas suas mãos começaram a se mexer.

A mão que não estava presa embaixo do corpo dela desceu pelas costas e parou na faixa de pele abaixo da regata, depois subiu de novo. As pontas dos dedos roçaram por baixo da barra, o mais leve raspão capaz de criar correntes elétricas que atingiram até o âmago dela e fizeram os mamilos se enrijecerem contra o peito dele. Shane manteve o olhar no rosto de Lilah. Ela sabia que ele estava esperando um sinal para parar. Uma das mãos dela se apertou — praticamente num espasmo — e a entregou, as unhas se enfiando nos músculos do ombro dele.

E foi essa a deixa para ele começar a se mover com propósito, libertando as partes do corpo que estavam presas embaixo dela, colocando-a mais de costas e pairando acima. Seus olhos vidrados varreram o corpo de Lilah antes de ele deslizar a mão possessivamente na barriga dela, subindo por cima da blusa até parar de repente logo abaixo dos seios.

Lilah estava com dificuldade de respirar, seus pulmões parecendo operar com metade da capacidade. Em seu estado de quase sonho, com o peso, o calor e o cheiro dele a apertando por todos os lados, inquietos e gulosos, todas as inibições anteriores derreteram. Havia algo nebuloso e irreal na situação toda, como se nada que acontecesse fosse existir fora desse momento.

Deve ter sido isso que a encorajou a colocar a mão por cima da dele e a mover pelo resto do caminho, com a respiração escapando indefesa ao sentir o calor da palma dele se fechando, o polegar roçando o mamilo, o corpo todo dela retesado de urgência.

O olhar de Shane poderia muito bem transformá-la em cinzas bem ali. Ele abaixou a cabeça, e ela sentiu a respiração dele soprando em sua pele.

— *Meu Deus*. Por favor — disse ele, rouco, desesperado. — Eu sei que a gente não pode. É que eu… preciso…

Ele não terminou a frase antes de fechar a boca sobre o outro mamilo dela, chupando por cima do tecido canelado da regada, um toque quente, úmido e eletrizante como se Shane tivesse colocado a boca diretamente no meio das pernas dela. Lilah arqueou as costas e soltou um gemidinho agudo, entrelaçando os dedos no cabelo dele e segurando firme.

Com esse encorajamento, ele agarrou com mais força o seio dela mais ou menos ao mesmo tempo que ela sentiu a pontada afiada dos dentes dele, que a fez gritar mais alto. Lilah envolveu a cintura dele com a perna outra vez e se esfregou nele, a cabeça tão enevoada de desejo que não conseguia pensar em nenhuma desculpa racional para não fazer isso. Como se não houvesse possibilidade de algo tão prazeroso, tão desejado, ser um erro.

Cedo demais, Shane gemeu e a soltou, deslizando a mão para baixo e unindo-a à outra na lombar dela. Ele descansou a bochecha no baixo-ventre dela, exalando pesado, como se parar exigisse dez vezes mais esforço do que agir. Ela estendeu o braço para acariciar o cabelo dele.

E então soube que eles realmente não transariam naquela noite.

Eles não transariam nunca mais, a não ser que fosse para durar.

A ideia não a abalou tanto quanto achou que abalaria. Deve ter chegado de fininho e se aninhado no porão do subconsciente em algum ponto das últimas semanas — ou talvez estivesse lá havia anos, dormente, esperando que Lilah se ligasse e notasse.

Não queria dizer que ia levar a algo. Mas, mesmo assim, estava lá.

Lilah achou que talvez Shane tivesse voltado a pegar no sono, com a respiração fraca, a cabeça se movendo suavemente conforme a barriga dela subia e descia. Mas, então, ele apoiou os cotovelos de cada lado da cintura dela e levantou os olhos, com o cabelo espetado no ponto onde ela tinha mexido.

— Vamos deitar?

Lilah já tinha escovado os dentes, então foi direto para a cama enquanto Shane estava no banheiro. Ela suspirou de prazer ao deslizar para baixo dos lençóis frescos e limpos, sentindo-se começar a pegar de novo no sono assim que colocou a cabeça no travesseiro.

Logo ouviu a porta ranger, seguida pelos passos de Shane. Sentiu o colchão se abaixar quando ele deitou ao lado dela.

De repente, ela estava acordada de novo, alerta, esperando para ver o que ele faria.

Shane chegou mais perto até ela conseguir sentir o calor dele em suas costas.

Seus lábios roçaram na orelha dela.

— Assim está bom?

Ela fez que sim, e ele passou o braço por cima da cintura dela, fechando o espaço entre os dois. Ela colocou a mão em cima da dele, entrelaçando seus dedos de uma forma meio solta, tremendo com a pressão dos lábios dele na nuca.

Ainda estavam na mesma posição quando ela acordou na manhã seguinte.

20

SHANE ACORDOU COM O ALARME do celular de Lilah berrando. Eles não precisavam ir a lugar algum, então provavelmente ela se esquecera de desligar na noite anterior — e, conhecendo Lilah, o alarme provavelmente tinha sido colocado para pelo menos uma hora antes do horário que ela pretendia se levantar, para ela poder ficar apertando o botão soneca sem parar. Quando estavam juntos, ele ficava doido com isso, mas, agora, tinha algo estranhamente reconfortante na familiaridade daquilo.

Lilah resmungou e se debruçou na mesa de cabeceira para silenciar o toque, acomodando-se de volta no corpo dele e se espreguiçando languidamente. Ele quase não se conteve e roçou nela de volta.

— Não é mais a noite passada — murmurou na nuca de Lilah. — As regras ainda estão valendo?

Ela não disse nada, só suspirou e enfiou o rosto no travesseiro, expondo o longo pescoço para ele. Shane não conseguiu resistir a passar os dentes pelo ponto onde o pescoço encontrava o ombro, o que a fez suspirar de novo, dessa vez mais próximo de um gemido. Ele deu um beijo no mesmo local e sentiu a pulsação dela se acelerar sob seus lábios, e seu pau ainda mais duro em resposta. Ainda era instintivo tocá-la assim, sabendo exatamente como Lilah reagiria, mesmo depois de tanto tempo.

Ele deixou a mão descer pelas costelas dela, passando pela curva da cintura, para a pele praticamente nua do quadril, e então parou ali, esperando. Ela expirou trêmula.

— Acho que passamos da fase "sexo sem sentimento" da nossa relação — falou Lilah baixinho, colocando a mão por cima da dele e guiando de volta para a barriga.

— Então, em que fase estamos? Sentimentos sem sexo?

Era para ser meio que uma piada, mas as palavras pairaram agourentas no ar assim que saíram dos lábios.

Lilah ficou quieta. Os dois continuaram deitados, imóveis, por mais alguns segundos, antes de ela rolar para fora da cama e ir pisando leve até o banheiro.

Ele se sentou e se apoiou na cabeceira.

— A gente precisa falar sobre isso? — Shane falou atrás dela.

Alguns momentos depois, a porta do banheiro voltou a se abrir.

— Provavelmente — disse ela com a boca cheia de pasta de dente.

Lilah desapareceu para cuspir, e ele escutou o som da água correndo.

— Mas a gente vai? — perguntou Shane, sem nem se dar ao trabalho de esconder a onda de irritação por ela se fechar tanto, como se a noite anterior, o que quer que tivesse sido, nunca tivesse acontecido.

À luz do dia, ele quase achou que talvez *tivesse* imaginado, de tão improvável que parecia eles terem passado quase as últimas oito horas inteiras agarrados um no outro. Mas Shane não conseguia lembrar da última vez que dormira tão bem e acordara tão descansado, então, no fim das contas, devia ter acontecido, sim.

Ela reapareceu e se apoiou no batente da porta.

— Não sei o que tem para falar. Nós dois concordamos que seria má ideia voltar a transar enquanto ainda estivermos trabalhando juntos, certo?

— Certo.

Ela deu de ombros.

— Então, é isso? Vamos só esquecer? — perguntou ele, sem nem saber a que estava se referindo.

— Acho que, neste momento, precisamos nos concentrar na série. O que quer que seja isso... — Ela acenou com a mão entre eles. — É uma distração. Sempre foi.

Ele sentiu a irritação chegando. Claro que Lilah conseguia compartimentar as coisas com aquela facilidade. Colocar ele e os sentimentos dele numa caixinha, rotular como "distração" e ignorar até ser conveniente para ela.

Foda-se. Se ela conseguia, ele também.

Ela deve ter sentido a mudança na atitude dele, porque se suavizou, curvando os ombros.

— É que... eu já fiz isso antes, sabe? Tentar a mesma coisa várias vezes esperando um resultado diferente.

— Com o Richard, você diz.

— É.

Ele se indignou com a comparação, mas via, pela forma como a postura dela já tinha voltado a ficar rígida, que não valia a pena forçar.

— Certo. Aham. Tem razão. — Shane a viu ir até o nécessaire e fuçar em busca de algo. — A que horas a gente tem que sair?

— Só às onze. Eu vou agora, mas você pode ficar se quiser.

Se ele não soubesse melhor, teria achado que ela estava falando com um caso medíocre qualquer, um desconhecido em quem estava doida para dar o pé.

— Não, tudo bem. Eu vou também.

Shane pousou o olhar no desenho pouco familiar de tinta preta no quadril dela. O símbolo do fracasso da primeira tentativa deles, que ela correra para apagar e esquecer assim que pôde.

Agora que ele sabia por onde olhar, era fácil entender como Lilah nunca se permitira se apaixonar. Nem por ele, nem por qualquer pessoa. Ela ainda tinha a tendência de se fechar feito uma ratoeira ao primeiro sinal de vulnerabilidade, o que o deixava grato por ter escapado com todas as extremidades do corpo intactas.

A postura dela era muito diferente da abordagem dele para relacionamentos, em especial quando era mais novo — sempre oferecendo o coração de forma indiscriminada, sempre otimista de que seria cuidado. Como se ser consumido pelo ato de amar, a validação de ser amado, oferecesse alguma clareza de propósito. Dissesse quem ele era, quem deveria ser.

Mas nenhuma das duas perspectivas parecia ter servido muito bem aos dois, já que haviam acabado no mesmo lugar: ainda solteiros, ainda enrolados com o ex de uma década antes.

Enquanto se vestia em silêncio, dobrando a calça e devolvendo-a a Lilah, tentando ignorar a dor no peito que não tinha nada a ver com as costelas machucadas, Shane afastou a pergunta que surgiu em sua mente — e que parecia ridícula demais para falar em voz alta: *E se estivermos diferentes agora?*

Lilah só voltou a ver Shane quando a produção foi retomada na segunda-feira. Tinha se ocupado pelo restante do fim de semana, indo com Margaux e Brian ver pontos turísticos quando não estava tentando (sem sucesso) suar a inquietação na academia do hotel.

Estava claro que ela já tinha voltado às graças da equipe sem nem tentar. Margaux havia postado algumas fotos da Ação de Graças no Instagram, e a última era uma foto espontânea de Lilah e Shane com a legenda "obg mãe&pai". Lilah não tinha nenhuma lembrança de ter sido tirada, mas devia ter sido durante o jogo de Tabu; eles tinham acabado de algum jeito um ao lado do outro no sofá, perto demais, os joelhos se encostando. Shane estava com o rosto inclinado para ela no meio de uma frase, tentando suprimir um sorriso mas sem conseguir; a cabeça de Lilah estava jogada para trás numa risada sincera e desinibida em reação ao que ele estava falando.

Ver a foto pela primeira vez lhe dera o mesmo choque nauseante da captura de tela do episódio de *Hora Extra* — mas pior. Aquilo claramente tinha sido uma performance: câmeras enfiadas na cara deles, plateia do estúdio os encarando, tudo tão artificial quanto o *backdrop* com paisagem de arranha-céus atrás deles.

Isso era outra coisa. Ela não culpava Margaux por ter tirado nem por ter postado, mas tinha algo constrangedoramente íntimo no momento capturado. Embora fosse irracional, quanto mais olhava para a foto, mais irritada ficava. Shane não tinha bons motivos para olhá-la daquele jeito, como se ela fosse a única pessoa da sala ou até do universo. Aquilo era jogar gasolina no contingente de fãs fanáticos e invasivos obcecados por descobrir o que estava acontecendo fora das telas.

Mas, também, talvez a ajuda deles fosse útil, já que ela mesma nunca estivera tão confusa em relação a isso.

A assessora de imprensa dela informou, num tom de alegria malcontida, que a foto tinha quatro vezes mais engajamento do que qualquer outro post de Margaux, e vários veículos já tinham replicado. Lilah dera seu máximo para parecer animada. Ela *estava* grata pela coisa toda com Jonah ter saído rápido da mídia, mas, acima de tudo, era um lembrete desagradável de que a coisa mais gostável nela era Shane.

Quando voltaram ao trabalho, foram apresentados à nova diretora local contratada pela emissora para substituir Jonah, chamada Fatima Alami — 40 e poucos anos, mignon, com uma trança longa de cabelo encaracolado escuro e um sorriso afetuoso com covinhas. Assim que a conheceu, Lilah sentiu uma onda de alívio por ser Fatima quem trabalharia com eles na cena do beijo, não Jonah.

Quando recomeçaram as gravações, Fatima rapidamente se mostrou uma das melhores diretoras com quem Lilah já havia trabalhado, igualmente apta a lidar com os atores e manter o set funcionando com eficiência. Em poucos dias, eles tinham compensado uma boa porção do tempo que haviam perdido com as papagaiadas de Jonah.

Quando ela expressou empatia pelo fato de Fatima ter sido chamada para arrumar a bagunça de Jonah, a diretora só deu um sorriso travesso.

— Nah, fica tranquila. Meu empresário conseguiu a mesma diária que ele estava ganhando, além de um bônus se eu colocar a gente de volta no cronograma. Estou arrumando as coisas em mais de um sentido. Fora que — ela deu uma piscadela — eu sou fã da série.

Na noite da véspera da gravação do beijo, Fatima chamou Lilah e Shane em uma das salas de reunião do hotel. Shane já estava lá quando Lilah chegou, folheando o roteiro. Ele levantou a cabeça e assentiu, mas não falou nada.

Eles não estavam se evitando diretamente desde aquela noite juntos, mas também não estavam mais se sentando lado a lado na van. De repente, ela sentiu uma onda de arrependimento por não terem se beijado naquela noite, afinal — teria sido uma ideia péssima, mas pelo menos a última vez que eles tinham se beijado não seria aquele dia que treparam no trailer dele.

Por sorte, Fatima chegou antes de ela poder passar tempo demais pesando qual era a pior opção.

— Obrigada por terem vindo. Prometo que não vou demorar demais — disse ela, meio que se sentando em cima de uma das mesas. — Achei que podia ser bom fazermos uma preparação extra para essa cena, já que é um momento tão crucial, e vocês sabem que nunca dá tempo de trabalhar direito no dia em si. Não conseguimos chamar um coordenador de intimidade tão em cima da hora, mas quero frisar que o conforto de vocês é a coisa mais importante aqui, ok? Como estão se sentindo com tudo?

— Bem — respondeu Lilah ao mesmo tempo que Shane falou:

— Ótimo.

Eles trocaram olhares desconfortáveis antes de se voltarem para Fatima.

— Que bom. — Fatima puxou uma cadeira e gesticulou para os dois se sentarem. — Vamos falar um pouco e aí a gente ensaia até o beijo. Agora, Lilah, como você acha que Kate está se sentindo aqui?

Lilah se acomodou numa das cadeiras de rodinha enquanto Shane fazia o mesmo.

— Acho... acho que ela está frustrada por obviamente eles terem esses sentimentos um pelo outro, mas ele não conseguir admitir. Especialmente depois de tudo o que passaram. É difícil para ela entender por que ele está se fechando e a afastando. Acho que isso realmente a magoa.

Ela evitou olhá-lo enquanto falava, mas seu rosto ficou vermelho com o olhar dele, percebendo a ironia da situação.

Fatima assentiu.

— Com certeza, acho que é exatamente isso. E, Shane, por que você acha que Harrison está tão relutante a se envolver com ela?

Lilah se virou para Shane, olhando-o nos olhos. Ele desviou primeiro.

— Ele está com medo. Se abrir para ela é se tornar vulnerável à dor. Acho que ele nunca superou de verdade a morte dela. Ele não quer arriscar gostar dela de novo. É mais fácil só se fechar, mesmo que signifique sacrificar a própria felicidade.

— Bom, a gente não *sabe* se eles seriam felizes — soltou Lilah antes de conseguir evitar. Shane a Fatima a olharam com curiosidade. — É que... eles nunca ficaram juntos de verdade, certo? Não dá pra saber como seria esse relacionamento. E não acho que seja errado ele levar isso em consideração antes de mergulhar de cabeça. Especialmente depois de tanta expectativa. Não tem como ser tão bom quanto as expectativas que eles têm.

Fatima franziu os lábios e olhou o teto, pensando.

— Humm. É um ângulo interessante. Se você quiser trazer essa incerteza, sem dúvida isso intensificaria o drama do momento, mas eu me pergunto se isso é negar aos espectadores a catarse de que precisam.

— Ah, sim. Tem razão. Lógico — disse Lilah, apressada. — Desculpa. Só... estava pensando em voz alta.

— Não precisa se desculpar. Não tem ideia ruim aqui.

— Só para registrar — completou Shane —, não acho que Kate esteja magoada com isso. Com Harrison se fechando, quer dizer. Acho que para ela é mais irritante do que qualquer outra coisa. Tipo, será que esse cara não vai superar?

Ela voltou a cabeça com tudo na direção dele, com vergonha por ele ter percebido o deslize. Shane estava com aquela expressão que fazia toda vez que estava zoando com ela, um verniz de inocência ingênua que só aparecia nesses momentos. Lilah revirou os olhos, mas não conseguiu deixar de ficar um pouco desestabilizada pela conversa toda, sem saber quanto daquilo era real — da parte de qualquer um dos dois. Fatima os observava pensativa, olhando de um para o outro.

— Tá. Bem. Bom saber que vocês têm tanto insight sobre o personagem do outro quanto sobre o de vocês. — Ela se levantou. — Vamos botar a cena de pé?

Eles abriram o meio da sala, rearranjando as cadeiras e mesas para se darem espaço. A cena era a última do episódio de duas partes — Kate confrontando Harrison sobre por que ele tinha sido tão frio com ela depois de resgatá-la dos sequestradores.

Shane se sentou em uma das cadeiras, de costas para ela, usando o roteiro como substituto de um livro que seria usado em cena. Lilah se aproximou da porta não existente, e eles trocaram as primeiras falas de conversa fiada. Ela pausou, reunindo coragem como Kate.

— Eu fiz alguma coisa errada?

O rosto de Shane era uma máscara em branco.

— Como assim?

— Meio que parece que você está me evitando.

— Eu não estou te evitando — disse ele num tom monocórdico. Shane olhou nos olhos dela por muito tempo antes de fechar o roteiro e deixá-lo de lado. — Will falou que a sua memória está voltando.

— Está.

— Então? Do que você se lembra?

A expressão dele era fria, mas ela via uma faísca de emoção passando por baixo da superfície. Ficou surpresa de ele estar trazendo esse nível de intensidade ao que ela supusera que seria basicamente uma passagem rápida da cena, mas sua tendência competitiva veio e a forçou a melhorar o desempenho para se igualar a ele.

Lilah se aproximou devagar, sem quebrar o contato visual.

— Eu lembro do meu nome. Lembro do meu aniversário de 10 anos. Lembro do som da risada da minha mãe. — Ela parou ao chegar à mesa, se apoiando nela e cruzando os braços. — Mas está tudo bem embaralhado. Tipo, parece que aconteceu tudo de uma vez e meu cérebro ainda está arrumando a ordem, tentando dar sentido a tudo.

— Parece confuso.

Era quase como se ele estivesse entediado.

— É. É, sim. — Ela pausou. — Mas sabe qual é a parte mais confusa?

— Qual?

Ele não a estava olhando mais, mas ela esperou para responder quando ele voltou a encontrar os olhos dela.

— Mesmo quando eu não conseguia lembrar de nada disso — falou ela suavemente —, eu sabia que era apaixonada por você.

O roteiro pedia uma pausa longa e carregada antes da próxima fala de Lilah, então, ela deu o espaço necessário.

Shane olhou para o chão. Ela observou o peito dele subir e descer. Parecia haver uma corda esticada entre eles — cada vez mais tensa, mas se recusando a arrebentar. Ele enfim levantou os olhos para ela, com a expressão tão conflitada e tempestuosa que os lábios de Lilah se abriram automaticamente, o coração acelerou, o estômago deu um nó. Essas reações físicas lhe diziam que ela estava conectada com Kate, completamente presente na cena.

— Por favor, fala alguma coisa.

Ela se assustou com o desespero em sua voz, mal acima de um sussurro.

Ele balançou a cabeça e desviou. Quando voltou a falar, sua voz estava baixa e grave e causou um arrepio nela.

— O que você quer que eu diga? Que, quando você se foi, eu me senti uma pessoa pela metade? Como se todas as minhas melhores partes estivessem faltando? Como se eu tivesse morrido tudo de novo?

O pomo de Adão subiu e desceu quando Shane engoliu em seco, o maxilar tenso. Ele se levantou abruptamente, fazendo-a se encolher, mas ela se manteve na posição enquanto ele se aproximava devagar, embora sentisse que suas pernas estavam prestes a ceder.

Lilah descruzou os braços e se apoiou na mesa, sentindo o olhar dele pesando sobre si, uma força mais poderosa que a gravidade. Shane continuou, o fio de autocontrole que ainda tinha cedendo.

— Quer que eu te diga que andei te evitando porque, toda vez que estou perto, só consigo pensar no quanto quero te tocar? Que fiquei quase louco por ter você de volta e mesmo assim eu não poder?

Ele parou de súbito na frente dela, os dois respirando pesado. As mãos de Shane pairaram no ar, antes de caírem ao lado do corpo.

— Agora você pode fazer tudo isso — murmurou ela, com o olhar indo dos lábios aos olhos dele. — Por que se recusa?

A voz de Fatima interrompeu, parecendo vinda de outro planeta.

— Tá, vamos parar aqui.

Lilah piscou algumas vezes, voltando a si num solavanco. Shane exalou pesado ao se afastar, passando as mãos pelo cabelo, sem olhar para ela.

— Muito, muito bom, gente. Gostei de terem se jogado assim, mesmo num ensaio. — Ela folheou o roteiro com atenção. — Agora, eu sei que tem uma descrição de como continua a partir daqui, mas acho que podemos explorar um pouco para descobrir o que parece mais orgânico. Vocês dois conhecem esses personagens melhor que qualquer um. E não é só o beijo. O primeiro contato tem que ser igualmente explosivo.

Guiados por Fatima, eles trabalharam os movimentos seguintes. Shane levou as mãos aos ombros de Lilah, aí escorregou-as pelos braços dela, puxando-a mais perto. Ele segurou a mão dela e a levou à própria bochecha. Lilah a manteve ali por um momento antes de deslizar até a nuca dele e o puxar de leve para a frente até as testas se tocarem. Shane agarrou a cintura dela com as duas mãos, o calor de suas palmas irradiando pelo corpo dela inteiro.

— Tá, maravilha, vamos parar de novo.

Eles se separaram, obedientes, e Lilah abraçou o próprio torso, de repente com frio apesar do moletom.

— Então, vocês têm as últimas falas aqui, e aí... bam. O momento que todo mundo passou os últimos nove anos esperando. É tímido no início ou eles vão com tudo?

— Acho que eles vão com tudo — respondeu Shane de imediato, sem se dar ao trabalho de olhar para Lilah. — Eles estão esperando por isso há séculos. Pensando nisso há séculos. Não acho que vão se segurar depois de decidirem que vai rolar.

Fatima se virou para Lilah, que só assentiu, sem confiar em si mesma para falar. Fatima uniu as palmas das mãos.

— Então, vamos tentar. Começa da sua última fala, Lilah.

Eles se posicionaram de novo. Lilah não tinha certeza se tinha visto mesmo nervosismo na expressão dele ou se estava só projetando. Esforçou-se para se manter focada, as mãos tremendo na mesa.

— Agora você pode fazer tudo isso. Por que se recusa?

Eles passaram com cuidado e fluidez pela coreografia: as mãos dele escorregando pelos braços dela. A palma dela na bochecha dele. As testas se unindo.

A boca de Shane pairou a milímetros da dela, estendendo o momento o máximo possível.

— E se... e se isso estragar tudo? — perguntou ele baixinho.

Depois da dureza que ele havia trazido para o restante da cena, Lilah ficou chocada com a suavidade que surgiu ali: o tremor na voz, a incerteza genuína no olhar.

— E se consertar? — murmurou ela, e a boca dele estava na dela antes mesmo de ela perceber, cada músculo do corpo de Lilah se enrijecendo em resposta, como se, por algum motivo, ela pudesse formar uma casca protetora que evitaria que sentisse qualquer coisa.

A língua dele tocou a junção dos lábios dela, mas Lilah manteve-os firmemente fechados e ele não tentou forçar. Continuaram assim, alternando beijos menores de boca fechada com outros mais longos, as mãos plantadas nas posições como se estivessem grudados com Super Bonder, os corpos resolutamente separados nos outros pontos.

Depois de um momento, eles se separaram e olharam para Fatima cheios de expectativa. A diretora estava com as mãos na cintura, a testa franzida, olhando-os com insatisfação.

— Ok. Foi... foi um começo. — Ela foi lentamente até eles. — Como a gente se sente em ser mais... *passional*? Mas com bom gosto. Não vulgar. E só se vocês estiverem confortáveis. Não sei se uma bitoca de boca fechada realmente está entregando tudo o que o momento pede, sabe?

Tanto Shane quanto Fatima estavam olhando para Lilah, que olhou para o chão, contrariada. Ela pensou no ensaio meses antes, onde também tinham sido repreendidos por se segurar.

Mas aquilo tinha sido diferente. Na época, o desconforto tinha vindo da atração física por ele, mas pelo menos isso estava embrulhado em animosidade. E, embora dessa vez também houvesse atração, não havia nada seguro no carinho sincero que tentava pegar carona nisso.

Ela se forçou a ver de forma objetiva. Àquela altura, havia muito poucos lugares do corpo dela em que a língua dele não tivesse ido — e vice-versa. Não tinha motivo para ser pudica agora, especialmente porque, se fosse com qualquer outro, ela nem hesitaria.

Lilah sacudiu a cabeça, tentando voltar para o jogo.

— Tá. Desculpa. Sim. Tudo bem. Eu só precisava de uma rodada para praticar.

— Ótimo. Sem problema, é por isso que estamos aqui. Vamos de novo do mesmo ponto.

Dessa vez, ela atacou primeiro, mergulhando com uma ferocidade quase animal. Depois de um momento de choque e paralisado, ele seguiu, fechando os dedos com força na cintura dela e enfiando a língua no fundo da boca.

Como da última vez no trailer dele, o beijo pareceu mais uma extensão de uma das brigas do que qualquer outra coisa. Embora fosse caloroso, claramente tinha mais a ver com agressão do que com afeto, como se estivessem esperando Fatima tocar um gongo, levantar o braço de um dos dois acima da cabeça e declarar um vencedor.

Quando pareceu que tinham se agarrado por tempo suficiente, Lilah se afastou, limpando a boca com o braço. Shane parecia levemente mais afetado por aquilo do que ela, desgrenhado e com orelhas e pescoço vermelhos, quase de olho esbugalhado.

Mas, quando Lilah olhou para Fatima, percebeu que eles não a tinham enganado.

— Bom, desta vez eu definitivamente senti paixão — falou ela, sem demonstrar nada. — Mas está parecendo meio... raivoso. Tem que ter um pouco de suavidade para equilibrar. Lembrem, eles estão loucamente apaixonados. Foram ao inferno e voltaram, literalmente. Eles esperaram nove anos *muito* longos por esse momento. Todos nós também precisamos sentir isso.

Outra vez, eles voltaram ao momento logo antes do beijo.

Lilah abriu a boca para sua fala, mas cometeu o erro de olhar para Shane antes. Algo no jeito de olhar dele arrancou de sua cabeça não só as falas, mas o motivo para estar lá para começo de conversa, e fez seu estômago virar geleia.

Aquele filho da puta ainda conseguia fazer isso com ela.

Ela olhou rapidamente para Fatima, enrolando.

— A gente pode fazer essa do início?

Fatima concordou, e Lilah voltou à marcação original, aproveitando os poucos segundos a mais para tentar controlar os batimentos cardíacos. No último segundo, ela tirou o moletom e o jogou em uma das mesas, o calor de repente insuportável.

Passar a cena dessa vez foi bem diferente. Não havia mais o frisson nervoso do desconhecido, substituído por uma inevitabilidade pesada e pulsante.

No momento antes de tocá-la pela primeira vez, ele hesitou, as mãos perto o bastante para ela sentir o calor que irradiava. Quando Shane enfim fechou os dedos em seus ombros expostos, ela exalou involuntariamente, as pálpebras se fechando com a sensação, o ponto de contato quase intenso demais.

Só então Lilah percebeu quanto tempo fazia que não se permitia ficar tão absorta contracenando com ele, usando aquela conexão elétrica que nunca havia sentido com outro parceiro. No início da série, a química dos dois na tela quase a irritava, já que ele era tão cru e inexperiente — como se tivesse furado a fila e dado sorte em algo que a maioria das pessoas (ela inclusa) tinha que se matar para aprender. Agora, porém, Lilah tinha experiência suficiente para saber que não dava para ensinar aquilo.

O ar ficou mais denso conforme eles se moviam por todos os lugares em que tinham sido instruídos a se tocar. Os braços dela. O pescoço dele. A cintura dela. A testa dos dois. Lilah olhou nos olhos dele, se esforçando para manter a respiração estável.

Como Kate faria? Kate era corajosa. Bem mais corajosa do que Lilah. Ela saltaria sem pensar duas vezes.

E então, quando a língua de Shane roçou em seus lábios, ela abriu a boca para ele, recebendo-o com delicadeza, não força. E, como ela temera, sentiu o calor revelador surgindo na barriga e arrepios pela espinha.

Seria diferente quando gravassem, Lilah disse a si mesma, quando o set estivesse cheio de gente assistindo e ela estivesse preocupada com a luz e o ângulo da câmera e se estava parecendo estranha na tela.

Mas, agora, não havia nada disso para distraí-la. O beijo se aprofundou e ela se perdeu no gosto da boca dele, o deslizar quente da língua dele destravando algo dentro dela, evaporando as últimas gotas de inibição.

Ela envolveu todo o pescoço dele com o braço, puxando-o mais para perto, e ao mesmo tempo ele a abraçou bem forte, grudando bem o corpo dos dois. Shane soltou o ar com força e intensidade, e ela inalou, mordiscando o lábio inferior dele, arrancando um gemido do fundo da garganta.

Ela estava tão no clima que beijá-lo pareceu uma porra de uma revelação, como se aquilo fosse completamente novo. Ela nunca poderia beijá-lo assim na pele dela mesma: um beijo doce de possibilidades, não amargo de arrependimento. E também não parecia que Shane era Shane, o que ajudava. Ele a abraçava com tanto cuidado e afeto, como se ela fosse algo precioso, mas não tinha importância: Lilah ainda se sentia por um triz de se estilhaçar.

Lilah se entregou, mergulhando mais fundo do que achava possível, ela e Kate e Shane e Harisson se misturando até o mundo todo se limitar ao peso das mãos dele nela, à pressão dos lábios dele, da língua dele, dos dentes dele, alternadamente macios e firmes e famintos e ternos. O sangue dela correu nos ouvidos, sua pulsação batia quente e insistente no meio das coxas enquanto ela se esforçava para acompanhar, para igualá-lo, para mostrar quanto ela o amava, para mostrar há quanto tempo estava esperando por isso…

Há quanto Kate ama Harrison. Há quanto tempo Kate está esperando por isto.

Enfim, Shane se afastou gentilmente e deu um beijo suave em sua testa, enxugando com o polegar uma lágrima que havia se acumulado no canto do olho dela. Lilah fechou os olhos, perturbada demais para olhá-lo, o rosto tão quente que ela sentiu que a lágrima teria fritado e virado vapor se tivesse escorrido pela bochecha.

Quando se voltaram para Fatima, ela estava com as sobrancelhas na linha do couro cabeludo, um sorriso perplexo aparecendo no rosto.

— Uau. Tá bom, então. Se na câmera chegar perto de ficar bom assim, não precisamos nos preocupar com decepcionar *ninguém*.

21

ELES PAUSARAM PARA AS FESTAS de fim de ano algumas semanas depois de voltarem a Los Angeles, e Shane e Dean pegaram um voo para Oklahoma City na manhã de véspera do Natal. Para Shane, já não era sem tempo.

Depois do ensaio, gravar o beijo tinha sido fácil. A equipe havia explodido em aplausos instantâneos depois do primeiro take. Eles só haviam precisado repetir algumas vezes, para alívio dele — só para ter cobertura, não por causa da atuação. Mas, embora Shane soubesse que tinham ido bem, nenhuma das tomadas foi como o beijo naquela sala de reunião. Aquele em que finalmente tinham acertado. Aquele em que ele continuava pensando semanas depois.

Embora ele dissesse a si mesmo que o beijo era encenado, as emoções por trás roteirizadas, não tinha nada falso na sensação daquele lábio inferior carnudo e vermelho entre seus dentes, a maciez impossível da pele dela sob suas mãos, a reação incontrolável do corpo dele a ela. Ele já sabia de tudo isso, claro, mas a última coisa de que precisava era um lembrete. Agora, Shane tinha que lutar para arrancar os olhos da boca dela toda vez que estavam perto.

Ele sabia que Lilah tinha razão: era melhor não acontecer mais nada entre os dois enquanto ainda trabalhassem juntos. Não podiam arriscar.

E era por isso que ele estava tão aliviado por ter uma desculpa para escapar para outro estado.

O pai os buscou no aeroporto, dirigindo a picape surrada que tinha desde que Shane estava no ensino médio. Ele não deu nenhuma importância às perguntas sobre o que havia acontecido com o carro que Shane tinha comprado para ele.

— Aquela porcaria está na oficina — resmungou o homem. — Esses computadores que os carros novos têm vivem dando pau.

— Já este aqui está a um espirro de quebrar para sempre — disse Dean, rindo.

A comemoração de Natal naquele ano foi pequena, e a irmã deles, Cassie, apareceu com a família para um café da manhã tardio e troca de presentes. Shane havia levado uma mala a mais com presentes, a maioria para as crianças, que deram gritinhos ao desembrulhar o conjunto de *laser tag* para quatro pessoas. Os três imediatamente rasgaram a caixa e foram brincar no quintal, com Dean assumindo a última vaga. A maior reação, porém, veio quando Cassie abriu o cartão de Shane contendo um cheque em branco para equipar todas as salas de aula da escola de ensino fundamental malfinanciada em que trabalhava. Quando ela caiu em prantos, o rosto dele ficou quente de vergonha.

No cair da noite, Shane tomou café e gemada alcoólica e comeu biscoitos de Natal até ficar enjoado. Depois de ajudar a mãe a lavar a louça do jantar, subiu para seu quarto para uma pausa e pegou o celular pela primeira vez no dia.

Shane passou por suas notificações, abrindo um e-mail de Renata que tinha ignorado mais cedo. Demorou um pouco para processar: era sobre um filme que ele havia recusado alguns anos antes, uma comédia indie sombria que se passava nos bastidores de uma série de TV infantil. Ele tinha negado vários projetos ao longo dos anos, a maioria já havia muito esquecida, mas esse era um dos poucos dos quais ainda se arrependia. Ele tinha amado o roteiro e chegado perto de aceitar, mas, no fim, a insegurança vencera. No fim das contas, a produção não precisara dele; o filme tinha virado um sucesso surpreendente e lançado a carreira do ator desconhecido que fora escalado no lugar dele. Agora, o filme estava sendo transformado numa série de TV por assinatura premium e o papel estava disponível outra vez.

O produtor-executivo da série era uma lenda no mundo da comédia, dono de um império ancorado pelo longevo programa de esquetes *Late Night Live*. Era isso que Shane tinha deixado passar da primeira vez, e seu estômago se revirou de nervosismo quando ele releu o e-mail e percebeu que queriam que ele fosse apresentador convidado do *LNL* em janeiro. Se fosse bem, Renata parecia deixar implícito, o papel na outra série era dele.

Shane baixou o celular e olhou para a tela.

Seu primeiro instinto era dizer não, como sempre. Ficar na zona de conforto, com o que já conhecia. Mas ele não tinha mais essa opção. Tentou visualizar-se percorrendo essa nova estrada que se estendia à sua frente. Era a melhor oferta que tinha recebido, de longe, mas não havia animação, só um medo puro e genuíno.

Ele precisava era de uma segunda opinião. De alguém que não fosse Renata ou a família dele. Alguém em quem pudesse confiar que falaria a verdade, que Shane sabia que veria a situação claramente, desanuviada dos sentimentos pessoais por ele, da fé infundada em sua habilidade.

Ele passou por seus contatos e apertou "ligar" antes de perder a coragem.

O telefonou tocou e tocou, o coração dele se apertando a cada segundo. Aquilo era uma idiotice. Devia só desligar. Assim que abaixou o celular, a ligação foi completada.

— Oi, cuzão — disse uma voz com uma risadinha do outro lado.

Parecia Lilah, mas tinha algo estranho. Ele abriu a boca para responder, aí hesitou.

— Rory?

Mais risadinhas, então uma breve troca de palavras ríspidas. Ele escutou a voz de Lilah, abafada, parecendo segurar uma risada.

— Caralho, eu vou te matar. — E então, ao telefone, inconfundivelmente ela dessa vez: — Shane?

— Lilah?

— Você está bêbado?

Era uma provocação, não uma acusação. Quase um flerte, até — ou talvez ele estivesse imaginando coisas.

— Por quê? Só porque eu te liguei?

— Seu sotaque. Você me chamou de *Lá-la*. Sempre fica mais forte quando você bebe.

— Deve ser só por estar em casa. Você tinha que me ouvir falando com os caras da oficina do meu pai.

— Humm, não, obrigada.

Ele riu. Do outro lado da linha, ouviu os sons de uma porta deslizando, aí passos subindo a escada.

— Então, está ligando para me dar feliz Natal? — perguntou ela. — Porque você sabe que eu não comemoro.

— Não exatamente. Eu, hum... queria pedir sua opinião sobre uma coisa. Estou interrompendo?

Ele ouviu o *tum* suave de uma porta se fechando.

— Não, Rory e eu estávamos só na varanda fumando nosso cigarro anual e falando merda. Mas já íamos sair, de todo jeito.

— Falando merda de quem?

— De todo mundo. É para isso que servem as irmãs. — Ela soltou um suspiro, então se sentou. — E aí, o que está rolando?

Ele se perguntou se ela estava na casa da mãe ou do pai. Se estava no quarto da infância. Se eles tinham mantido o cômodo como uma espécie de cápsula do tempo ou limpado cada rastro da adolescente que ela fora.

Shane nunca tinha morado na casa em que estava; comprara para os pais havia alguns anos, depois do aumento da sexta temporada. Todos os móveis no quarto de hóspede em que ele ficava eram novos e desconhecidos. Tirando o robalo premiado que o pai pescara anos antes, empalhado e exposto num lugar de honra na parede, podia ser um quarto de hotel, considerando sua conexão com o cômodo.

Shane se perguntou se Lilah também se sentia desconectada do passado, incerta sobre o futuro, sem saber a sensação de estar em casa.

Mas não era por isso que tinha telefonado.

Depois de ele explicar a coisa toda, ela ficou muito tempo em silêncio.

— Uau — disse Lilah.

Ele se sentou na cama.

— É.

— É uma coisa grande.

— Eu sei.
— Você vai? Apresentar, quer dizer.
Ele exalou.
— Não sei. Você apresentaria?
— De jeito nenhum — respondeu ela, sem hesitar.
Ele riu numa explosão rápida e surpresa.
— Sério?
— Sem condições. Eu não sou engraçada.
— Como assim? Você é engraçada, sim.
— Mas não sou boa em comédia. Especialmente comédia de esquetes. Além do mais, a coisa toda de ser ao vivo, fazer em uma semana, mudar tudo de última hora. Sinceramente, parece meu pesadelo pessoal. Eu não me sairia bem nessas circunstâncias. — Ela fez uma pausa. — Mas aposto que *você* sim.
A respiração dele ficou presa.
— É?
A voz dela estava baixinha, quase sonhadora.
— É. Você tem um talento natural, Shane. É muito irritante, mas é verdade. Quer dizer, você literalmente tinha zero experiência antes de entrar na série e levou tudo nas costas por três temporadas depois que eu saí. Não é qualquer um que conseguiria. Não sei se eu teria conseguido. Acho que você provavelmente consegue fazer qualquer coisa a que se dedicar.
Ele fechou os olhos, mais comovido do que esperava com o elogio dela. Não só com o elogio, mas com a crença legítima que Lilah tinha nele. Ele sabia que ela não era do tipo que jogava elogios vazios para amaciar o ego de alguém — especialmente o dele.
Para surpresa dele, Lilah voltou a falar, ainda com a voz suave:
— Do que você tem medo?
A garganta se apertou a ponto de serem necessárias algumas respirações fundas antes de ele poder responder.
— De fazer papel de idiota, acho. Fechar portas por causa disso. Eu nunca fui muito de me arriscar. Parece uma aposta muito alta para descobrir se funciono ou não para a comédia.
Ele a ouviu dar uma risadinha baixa.

— Eu entendo. Mas sabe o que te faz tão bom?

— O quê?

— Você é muito bom em escutar. Não importa com quem esteja contracenando, você simplesmente... se conecta com a pessoa, sem esforço. Você sabe ir até ela sem nem tentar. De verdade, eu não acho que precise se preocupar. Você é capaz de mais do que pensa.

Ele só pôde rir.

— *Você* está bêbada?

— Por quê? Só porque eu estou sendo tão legal?

— Bom... é.

Ela riu também, um som grave vindo da garganta.

— Não. Não estou bêbada. Então acho que devo estar sendo sincera.

— Então, você acha que eu deveria aceitar?

— Pensei que já tivéssemos resolvido isso. Sim, acho que você deveria aceitar. Pelo jeito, você não escuta tão bem, afinal.

Havia uma leve exasperação na voz dela, a suavidade de um momento antes desaparecida.

Em geral, ele teria ficado irritado por Lilah ter falado naquele tom, mas Shane notou que não havia malícia — só certa inibição por ter lhe mostrado um pouco do seu lado sentimental. Quando agia assim, Lilah lembrava um gato que tinha rolado e exposto a barriga fofa, mas, assim que alguém tentava tocar nele, mostrava as garras afiadas.

O pior era que ele achava fofo. E Shane nem gostava de gatos.

— Beleza, vou aceitar, então.

— Que bom.

Silêncio.

Ele deveria agradecer e desligar. Não tinha por que a conversa continuar, mas, por alguma razão, ele não conseguia ser o primeiro a terminar a ligação.

Então, para sua surpresa, ela voltou a falar.

— O Dean vai com você? Para o que você fizer em seguida? Ou tem os planos dele?

— Não tenho certeza — respondeu ele. — Ele não parece muito interessado em ficar comigo.

Ela ficou quieta por um momento.

— Eu criei um climão entre vocês?

— Mais ou menos, sim — admitiu ele. — Mas não foi só você. Nós três tivemos um papel em deixar as coisas esquisitas. Acho que eu trouxe à superfície umas coisas com que eu e ele nunca lidamos.

— Tipo o quê?

— Sei lá. Só coisa normal de irmão, acho. Era ele quem recebia toda a atenção quando a gente era mais novo: *quarterback*, rei do baile da escola, tudo isso. Com certeza nunca se viu... quer dizer...

Ele hesitou, sem saber como terminar a frase sem parecer um escroto.

— Vivendo na sua sombra? — completou Lilah na hora.

Ele soltou uma risada rouca.

— Acho que sim. Mas acho que é bom ele ter se mantido ocupado todos esses anos, senão provavelmente já estaria acampado no meio do deserto liderando uma seita.

— Eu sempre tive inveja de vocês dois, sinceramente. Serem pagos para ficarem juntos o dia todo. Tentei convencer Rory a ser minha assistente depois de ela se formar, mas ela achou que trabalhar para mim estragaria nossa relação. Além do mais, ela odeia Los Angeles.

— Ela provavelmente tinha razão.

— Ah, ela certamente tinha *cem por cento* de razão. Mas eu ainda morro de saudade dela. — Ele escutou um farfalhar do outro lado da linha, como se Lilah estivesse mudando de posição. — Vocês sempre foram tão próximos, você e Dean? Mesmo quando eram crianças?

— Sempre. Eu era muito protetor com ele. Quando a gente era mais novo...

Ele parou, nervoso de repente. Por que estava prestes a dizer isso? Por que *queria* dizer? Havia algo no distanciamento de estar ao telefone, sem distrações além da voz gutural e familiar de Lilah murmurando em seu ouvido, pregando peças nele, fazendo-o se sentir seguro com ela.

— Quando a gente era mais novo — repetiu ele —, nossos pais tiveram... uns problemas. Com, hum. Com drogas.

Houve uma longa pausa.

— Ah — disse ela, baixinho. — Sinto muito. Eu não tinha ideia.

— Está tudo bem. Faz muito tempo. E não era contínuo. Eles ficaram limpos de vez quando eu fiz 9 anos. Desculpa, eu quis dizer que eles pararam de usar. Não é para dizer "limpo". É preconceituoso. — Shane tentou pigarrear para limpar a rouquidão repentina da garganta. — Não gosto muito de falar sobre isso, é meio estranho. Ou, tipo, quase injusto com eles, sabe? Porque faz tanto tempo, e eles são tão diferentes agora. São pais e avós maravilhosos, e trabalharam duro pra caralho para chegar aqui.

— Não é injusto — opinou Lilah, com a voz mais gentil do que ele jamais ouvira. — Parece ter sido bem difícil.

— É. — Sua própria voz parecia quase distante, as palavras saindo sem ele se dar conta. — A coisa toda parece meio que um sonho. Ou algo que aconteceu com outra pessoa. Eu me lembro principalmente de as coisas parecerem instáveis o tempo todo. A gente se mudava muito. Às vezes, morávamos com meus avós. Sei lá. Minha terapeuta me disse que o trauma pode impactar a memória, mas não me sinto realmente traumatizado por isso. Ela chama de "trauma com 't' minúsculo", que, aparentemente, pode zoar a cabeça tanto quanto as coisas grandes. Mas ela tem me ajudado muito a ver os lugares em que isso ainda aparece de vez em quando.

— Espera, você está fazendo terapia? Sozinho? Desde quando?

— Ah — disse ele. — Eu peguei uns nomes com a dra. Deena há alguns meses. Só achei que... como ela está ajudando tanto a gente... e a terapia ajudou meus pais também. Talvez valha a pena para me ajudar a entender as minhas paradas.

Lilah voltou a ficar em silêncio, então Shane continuou, preenchendo o espaço, tentando não deixar a insegurança dominá-lo.

— Enfim. Acho que é por isso que minha relação com o Dean é desse jeito. Não sei se um dia vou superar a sensação de que eu era o pai.

— Faz muito sentido. Com certeza ele é grato por isso. Era na época e é agora.

— Humm. Talvez nem tanto agora.

Lilah deu uma risadinha gutural.

— Talvez não. — Ela pausou. — Obrigada por me contar.

— Ah, sim. Claro.

Shane pensou que a conversa talvez fosse acabar ali, mas, por algum motivo, ainda não conseguia se convencer a desligar. Viu-se contando a ela como a tradição anual do pai dele, de se vestir de Papai Noel para os filhos de Cassie, tinha se complicado pela decisão dele de cultivar uma barba branca comprida própria no último ano, o que confundiu os pequenos, em vez de encantá-los. Em troca, Lilah compartilhou como ela, Rory, o marido de Rory e a filha recém-nascida deles ficariam para lá e para cá entre a casa da mãe e do pai quase todo dia durante todo o período da visita.

— Divorciados há vinte anos, ainda morando a menos de dez quilômetros um do outro, ainda brigando toda vez que se veem. Disfuncional ou não?

— Na verdade, parece bem familiar — disse ele, e se sentiu recompensado quando ela riu.

No fim, Lilah estava, sim, em seu quarto de infância, que tinha sido transformado no escritório do pai — com exceção de uma única prateleira lotada de todas as faixas, os troféus e certificados que ela ou Rory já tinham ganhado.

— Acho que provavelmente daria para colocar todas as minhas conquistas do ensino médio num porta-copos — comentou Shane, pesaroso. — Cassie veio antes e só tirava nota máxima, então todos os nossos professores ficaram decepcionados quando eu e o Dean chegamos.

— Você não me falou que era punk no ensino médio? Eu inventei isso?

— Eu era, sim. Mais ou menos. Já tinha basicamente superado quando me formei. Eu até que curtia a música, mas na maior parte do tempo só usava muito preto e andava por aí numa moto Triumph velha que meu pai me ajudou a consertar. A pior coisa que já fiz foi um moicano, mas minha mãe não gostou, então eu raspei depois de, tipo, dois dias.

— Mas para a moto ela não ligava?

— Vai entender.

— É fofo pra caralho, na verdade — disse ela. — Mas não muito punk da sua parte. Achei que irritar a mãe fosse o objetivo da coisa.

— Na verdade, o objetivo da coisa era fazer as garotas acharem que eu era descolado, atormentado e misterioso.

— Não vou nem perguntar se deu certo. — Ele a ouviu mudando de posição, o celular emitindo um barulho como se ela tivesse passado de sentada para deitada. — Sabe o que eu sempre quis saber?

— O quê?

Shane também se deitou, olhando o ventilador de teto circulando preguiçoso acima. Talvez fosse por eles já estarem falando do assunto, mas ele se lembrou de estar no ensino médio, quando podia dormir com o celular *flip* ao seu lado no travesseiro porque ele e a namorada nunca conseguiam concordar sobre quem devia desligar primeiro.

— Como você acabou só com uma tatuagem? Acho que você deveria ter pelo menos algumas tatuagens caseiras feitas num porão. Ou uma decisão impensada no aniversário de 18 anos.

Ele pausou, passando o dedo pelo sulco decorativo na borda da cabeceira enquanto pensava.

— Não sei. Assim, até cheguei perto algumas vezes. Mas eu vivia testando coisas diferentes quando era mais novo, personas, tentando descobrir quem eu devia ser. Nunca senti de fato a vontade de me comprometer com algo permanente assim.

Lilah ficou em silêncio, e ele se perguntou se tinha admitido alguma coisa.

Shane mudou de assunto.

— E como *você* era? Rainha dos nerds do teatro? Estrela de todas as peças?

— Basicamente. Eu me levava *muito* a sério.

— Que chocante. Mas você tinha esse direito. É meio impressionante.

— O quê?

— Você saber desde sempre o que queria. Ter feito acontecer. Mas com certeza não é surpreendente para as pessoas que te conheciam na época, aposto que era óbvio. O que você tinha, do que era capaz.

Ele escutou mais farfalhar, como se ela estivesse se mexendo de novo.

— O que você teria achado de mim? Se a gente se conhecesse naquela idade?

Ele pensou.

— Sendo sincero? Provavelmente teria te chamado de nerd para os meus amigos e aí pensado em você em segredo quando estivesse me masturbando.

— Então basicamente que nem agora.

Ele soltou uma risada pelo nariz.

— Justo. — Shane hesitou, pesando se valia a pena forçar a sorte e escorregando a mão até a fivela do cinto. — É agora que eu te pergunto o que você está usando?

— Quer ver com os próprios olhos?

A sedução na voz dela fez o coração dele dar um salto. Antes que pudesse responder, ela já tinha mudado para ligação de vídeo. Quando Shane aceitou e o rosto de Lilah apareceu na tela, ele explodiu numa risada surpresa.

Ela estava deitada na cama, apoiada nos travesseiros, sem maquiagem, com o cabelo num coque bagunçado, usando um moletom com capuz bem largo num tom horroroso de roxo estampado com COLÉGIO FORT WASHINGTON APRESENTA: *GATA EM TETO DE ZINCO QUENTE*.

Você está linda.

Aquilo surgiu na cabeça dele antes de Shane saber o que fazer com a frase. Felizmente, ela falou antes de ele fazer alguma coisa idiota tipo dizer em voz alta.

— Espera, deixa eu te mostrar a melhor parte. — Ela virou a câmera para ele poder ver as pernas dela, cobertas com uma calça de lã largona com estampa de desenhos de menorás e *dreidel*. — Melhor não deixar essas belezinhas chegarem perto de uma menorá de verdade. Ou de qualquer chama aberta, na real. — Ela voltou a câmera ao rosto. — Você já está muito duro?

— Já até gozei — ironizou ele. — Mas achei que não fosse religiosa.

— *Você* não é religioso e mesmo assim comemora o Natal.

— Bom, sim, mas é porque é...

—... onipresente? — completou ela. — Talvez nós, judeus seculares, mereçamos produtos horríveis de festas também. É assim que a gente sabe que o Hanuca realmente virou *mainstream*: dá para comprar o tanto de porcarias de poliéster com menorás que você quiser. — Ela deu um suspiro exagerado. — Enfim. A gente vai transar por telefone ou o quê?

— Vai?

— Sei lá, você perguntou o que eu estava vestindo.

— Bom, nesse caso, pode levantar seu capuz?

— Por quê?

— Esse look meio Shake sexy do McDonald's está me excitando.

Ela deu um risinho de desdém, colocou o capuz e apertou bem os cordões até só haver um círculo minúsculo de pele visível pelo tecido roxo, o nariz saindo pela borda. Quando falou, foi com a voz abafada.

— Você gosta disso, seu pervertido do caralho?

— Ahhh, isso.

Ele soltou um gemido e ela riu mais, soltando os cordões até o resto do rosto ficar à mostra outra vez.

Ele continuava rindo quando desligaram. Ao olhar a tela, Shane levou um susto ao ver que tinham conversado por mais de uma hora.

Ele foi até a cozinha e encheu o copo d'água na pia. Virou-se e praticamente caiu de susto ao ver a mãe sentada em silêncio na poltrona da sala.

— Meu Deus, mãe, eu não te vi.

A mãe não disse nada, só o olhou com culpa.

— O que foi? O que aconteceu?

Enfim, ela exalou, uma nuvem gigante de nicotina com cheiro doce envolvendo o rosto. Shane riu.

— O pai não gosta de você fumando *vape* em casa, não?

— Acho que o que ele realmente quer dizer é que não gosta que eu fume na frente dele.

— Ah, sim, lógico. Amanhã eu confiro com ele.

Shane se estendeu no sofá à frente dela, descansando os pés descalços no braço do móvel.

— Bom, talvez devesse ser segredo nosso — disse ela, com um sorriso sarcástico. — Falando nisso, você vai me contar com quem estava conversando para estar sorrindo desse jeito?

Shane sentiu o sorriso desaparecendo.

— Com ninguém. Nada. Assim como? Quer dizer... — Ele se atrapalhou com as palavras, e a mãe abriu um sorriso ainda maior. — Eu só estava no telefone com a Lilah. Rapidinho. Falando de um negócio de trabalho.

— À meia-noite do Natal? Devia ser bem importante — disse a mãe, os olhos brilhando de diversão. — Eu disse que isso ia acontecer, sabe.

— Isso o quê?

— Vocês dois. Depois de você me levar naquele prêmio. Lembra?

Ele lembrava.

A primeira temporada de *Intangível* tinha sido queridinha do Emmy, conseguindo nove indicações em todas as grandes categorias, inclusive para Shane e Lilah — uma das únicas vezes que foram indicados para o mesmo prêmio no mesmo ano. Shane sabia que todo mundo estava esperando que ele levasse Serena para uma aparição pública no tapete vermelho na cerimônia, mas em vez disso ele levara a mãe, o que felizmente só inspirou uma fração das piadas de mau gosto que ele previra sobre a preferência dele por mulheres mais velhas.

Ele tinha se sentado atrás de Lilah, os dois no corredor, então, foi forçado a olhar para a nuca dela durante todo o evento. O cabelo preso para cima, a linha elegante dos ombros, o vestido sem alças — exceto quando o braço de Richard no encosto da cadeira tapava sua visão. Ocasionalmente, um dos dois se inclinava para cochichar algo no ouvido do outro, segredos que faziam o receptor sorrir, levantar a sobrancelha ou esticar o pescoço para olhar alguma coisa. Shane tinha dado seu máximo para ignorar, mas estava bem na porra da cara dele.

Em certo momento, ela havia esticado o braço para colocar a mão na nuca de Richard, e o cara tinha pulado antes de tirar a mão dela, se sacudindo. Lilah soltara a mão de volta no colo, sentindo-se repreendida. Shane sabia por que: o teatro estava congelante, e as mãos dela tendiam a ser frias até nas melhores das circunstâncias. Observando os dois, ele praticamente sentia os dedos de Lilah causando arrepios gelados no próprio pescoço. Fazia sentido Richard reagir daquele jeito; Shane tinha feito o mesmo várias vezes. Apesar disso, por algum motivo, testemunhar toda a interação o irritara tanto que ele tinha precisado se levantar e dar uma volta no lobby.

Nenhum dos dois tinha levado o prêmio, o que não o surpreendia. Mas, ao anunciarem o vencedor na categoria de Shane, Richard tinha se inclinado e murmurado algo para Lilah que a fez rir mais do que qualquer outra coisa durante a noite. Foi a primeira vez na vida de Shane que ele entendeu como era literalmente ficar roxo de raiva, com o ácido queimando na boca do estômago.

— Achei que você fosse abrir um buraco na nuca dela, de tanto que ficava olhando — continuou a mãe dele, arrastando-o de volta ao presente.

— Bom, na época, a gente não se dava muito bem.

A mãe só sorriu.

— E agora?

— Agora... — Ele exalou e balançou a cabeça. — Agora, sim, acho. Às vezes. Mas é complicado.

— Parecia complicado naquela época também — disse a mãe dele, meio rindo. — Engraçado, né? A vida que construiu pra você mesmo. Não acho que nenhum de nós teria previsto isso. Bom... — Ela gesticulou pela casa. — Nós não estaríamos aqui sem isso, para começar.

— É — respondeu Shane baixinho. — É incrível. Eu tenho muita sorte.

Ela se virou para olhá-lo com uma expressão suave.

— Que sorte, que nada. Você está feliz, meu amor?

Algo no peito dele se contorceu com aquela ternura, e ele fechou os olhos.

— Não sei — disse, enfim. — Eu amo fazer a série. Mesmo. Faria para sempre, se pudesse. Mas o resto...

Shane não terminou. Mesmo com a vantagem de estar vindo de uma série de sucesso, ele facilmente poderia se tornar Aquele Cara Daquele Negócio amanhã. Se quisesse continuar naquele meio, a vida a partir dali seria uma batalha constante pelo próximo trabalho. A puxação de saco, a ralação, as decepções, as humilhações. Ele não fazia ideia de como alguém lidava com tudo isso sem ter burnout e surtar.

— É ingrato da minha parte? Pensar em sair, jogar fora essa oportunidade pela qual tanta gente mataria?

— Você deu nove anos da sua vida para eles, isso não me parece jogar fora. E, se está tão preocupado com os outros, talvez o mais altruísta seja se afastar e deixar ficarem com a sua vaga.

A voz da mãe estava neutra, embora ela estivesse obviamente tirando sarro dele. Ele riu.

— Bem colocado. Mas não tenho a mais puta ideia do que mais eu faria. Não tenho diploma, não tenho outra experiência. Além do mais... — Ele acenou para a casa da maneira como ela tinha feito antes. — Como é que eu vou manter vocês vivendo deste jeito?

— Olha só, escuta bem — falou a mãe, com a voz de repente séria. — Não quero que você leve a gente em consideração nem por um segundo para decidir o que vai fazer, ok? Nós não precisamos de nada disto. Se precisássemos vender esta casa amanhã, venderíamos. Seja como for, ela é grande demais só para nós dois.

— Mas eu *quero*...

— Shane — interrompeu a mãe, então riu baixinho para si mesma. — Você sabe que a gente bem que tentou, mas acho que, no fim das contas, não fodemos tanto com vocês três assim. Fico feliz por ser assim tão bom, querendo cuidar de nós agora.

— Mãe...

— Deixa eu terminar. — Ele virou a cabeça para olhá-la e o rosto dela estava mais sério do que jamais vira. — Como sua mãe, só quero você seguro, e amado, e feliz, e se virando sozinho. Todo o resto é confete. E espero que saiba que tenho muito orgulho de você. Tanto eu quanto seu pai. — Ela deu um sorriso autodepreciativo. — Se é que isso vale alguma coisa, na sua idade. Seus pais estarem orgulhosos de você.

Shane ficou sem palavras. Só conseguia assentir com a cabeça, o peito pesado.

— Obrigado, mãe — disse ele, quando foi capaz. — Vale muito. E... eu também tenho orgulho de vocês.

Ela se inclinou para a frente e acariciou o cabelo dele.

— Se bem — continuou Shane — que eu meio que queria que vocês quisessem uma casa ainda maior, e uma Ferrari, e, tipo, um chapéu feito de diamante ou algo assim. Isso facilitaria tudo. Você estaria olhando para o novo apresentador da edição americana de *Eu não engulo essa*.

A mãe dele jogou a cabeça para trás e deu uma gargalhada cheia e estridente.

Uma risada que tinha jeito de lar, ainda que a casa em que estavam sentados não tivesse.

22

AS FESTAS DE ANO-NOVO DE Yvonne eram uma tradição desde que Lilah a conhecia. Naturalmente, na última década, haviam crescido em escala e extravagância em proporção ao aumento da fama da amiga. Lilah só tinha perdido uma, quando pegou uma gripe tão forte que chegou a alucinar.

Naquele ano, Pilar e a esposa, Wendy, tinham convencido Lilah a concordar com um encontro às cegas com um dos sócios de Wendy, outro investidor de risco.

— Não sei se quero sair com um cara do mercado financeiro — objetara Lilah.

— Ei, olha lá. Minha esposa é um cara do mercado financeiro — respondeu Pilar, rindo. — É só uma noite. E, se ele for um saco, sempre dá para dar um perdido e desaparecer na multidão. Bom, ao menos o tanto que uma ruiva de um e oitenta e dois consegue desaparecer em qualquer multidão.

Lilah havia cedido, mas, enquanto se arrumava, viu-se arrependida. Em sua experiência, nove de dez vezes aquele tipo de homem estava em busca de um troféu, e não só em termos de aparência: eles queriam uma mulher que fosse a mais culta, a mais bem-sucedida, a mais cheia de conquistas, para refletir bem neles quando ela abrisse mão de tudo para criar os filhos e cuidar da casa.

Por outro lado, Lilah tinha que admitir que seu leque de potenciais namorados andava meio limitado. Ele era de um meio totalmente diferente, então, tinha menos risco de se sentir ameaçado pelo sucesso dela ou tentar usá-la por suas conexões; além disso, o cara tinha seu próprio dinheiro, então não se sentiria emasculado pelo dela. Por mais desestimulada que estivesse com a ideia, esse encontro era a melhor opção (e a única) que lhe tinha sido apresentada em meses.

Lilah não queria pensar em Shane, então, não pensou. Definitivamente não estava se perguntando o que ele faria naquela noite, se também tinha um encontro.

Eles não se falavam desde o telefonema no Natal, mas ele havia aparecido nos sonhos dela todas as noites desde então, para seu desgosto. Aparentemente, o cérebro dela não queria aceitar que a piada de fazer sexo por telefone tinha sido, bom, uma piada.

Por sorte, Lilah tinha algo mais importante com que se preocupar enquanto dava os toques finais na maquiagem: provavelmente teria notícias sobre o papel em *Chamada noturna* depois do Ano-Novo e tinha a sensação de que já era dela.

Na semana antes de ir para sua cidade natal, ela tinha feito o *callback* — um dos melhores testes da sua vida. Alguns dias depois, tinha saído para um almoço demorado com Marcus Townsend e a esposa dele, coautora do roteiro. Os três se deram bem na hora, tagarelando sem parar, Lilah compartilhando seus insights sobre a personagem enquanto Marcus e Sareeta contavam seus planos para dar vida ao livro. Lilah tinha saído da reunião lá em cima, mais revigorada do que se sentia havia anos.

Ela tentou canalizar aquele otimismo ao entrar na festa, na sala de estar cavernosa de Yvonne lotada de gente e música pulsando. Não demorou muito para que Pilar, toda vestida de branco e com Wendy nos braços, a encontrasse. Wendy, é claro, estava combinando perfeitamente com a esposa, com um terno todo branco e o cabelo curtinho platinado, sua marca registrada, caindo por cima de um olho.

Elas apresentaram Lilah a Kent, um homem branco de cabelo escuro de 40 e poucos anos, razoavelmente bonito e que parecia perfeitamente legal. Em cinco minutos, Lilah viu que não estava nem um pouquinho a fim dele. Enquanto bebiam champanhe e tentavam bater papo, ela suspeitou que, como costumava acontecer, os dois só tinham sido juntados porque ambos eram altos.

— Então, você vai fazer alguma resolução? — perguntou ela, num tom leve e falso.

Kent franziu a testa.

— Eu não acredito em resoluções de Ano-Novo. Noventa por cento fracassam. Se você quer mudar alguma coisa na sua vida, por que esperar uma data arbitrária para começar? Para mim só mostra que a pessoa não está levando a coisa realmente a sério.

Lilah riu, mas só porque não sabia como responder.

— Certo.

Ela virou o restante do champanhe, aí procurou desesperada por um dos garçons.

Estava tão distraída com a busca que foi pega totalmente de surpresa quando alguém atrás cutucou o ombro dela. Quando se virou e viu que era Shane, felizmente conseguiu suprimir seu primeiro instinto, arquejar como se estivesse numa novela, mas percebeu pelo ar divertido que ele sabia exatamente o quanto ela estava atordoada por vê-lo.

— Desculpa interromper — disse ele, num tom que indicava que não estava nada arrependido.

Ele estava acompanhado por uma jovem loura estonteante — a menina de 22 anos que Lilah profetizara em Vancouver, pelo jeito. Embora tenham trocado apresentações, o nome da mulher podia muito bem ser ruído branco, pelo quanto Lilah conseguiu reter.

— O que está fazendo aqui?

Ela direcionou a pergunta a Shane, mas a acompanhante dele foi quem respondeu.

— Eu trabalho na gravadora.

— Bailey é amiga de Dean. Ele apresentou a gente — explicou Shane.

Bailey. Lilah arquivou a informação.

Shane baixou as sobrancelhas, com uma expressão séria.

— Eu só fiquei sabendo que a festa era da Yvonne no caminho para cá. Juro.

Lilah deu de ombros.

— Tudo bem.

Ela se voltou para Kent, passando o braço pelo dele. Os olhos de Shane acompanharam o movimento e ele abraçou Bailey um segundo depois, mas Lilah percebeu a hesitação, o leve flash de surpresa nos olhos da outra quando ele a puxou mais para perto.

De repente, Lilah foi tomada por uma breve e avassaladora memória sensorial de como era estar no lugar de Bailey. Shane sempre estava muito perfumado, infelizmente, tendo acabado de sair do banho ou exalando feromônios depois de horas no set. Era por isso que ela vivia roubando as roupas dele quando ainda estavam juntos.

Ela piscou algumas vezes para afastar o pensamento, se aconchegando a Kent, que a olhou confuso, já que, até aquele momento, não tinham se tocado.

— Eu só quis vir dar um oi porque Bailey é muito fã da série. Estava louca para te conhecer.

Bailey deu um sorriso culpado.

— Desculpa, eu sei que devia ser mais blasé, mas era *muito* obcecada por *Intangível* no ensino médio. A gente fazia festa para ver e tudo.

Lilah também sorriu e se forçou a relaxar.

— Obrigada. É muito fofo.

— Nós todos estávamos cem por cento convencidos de que vocês estavam transando na vida real. — Bailey colocou a mão na boca e arregalou os olhos. — Ai, *caralho*, desculpa — disse, levantando a taça de champanhe vazia e rindo de nervoso. — Pelo jeito é melhor eu pegar mais leve.

Lilah olhou nos olhos de Shane, consciente demais de que tanto Kent quanto Bailey estavam esperando uma reação dos dois.

— Não tem problema. Só quer dizer que a gente estava fazendo um bom trabalho — respondeu Lilah, abrindo mais o sorriso até achar que estava mostrando cada um dos dentes.

Shane se virou para Kent.

— Então, há quanto tempo vocês estão juntos?

— Na verdade, é nosso primeiro encontro — respondeu Kent, enquanto Lilah olhava para o chão com a tensão vibrando no corpo todo.

— Nosso também — contou Bailey. — Mas não dá para não ter acompanhante no Ano-Novo, né?

— Verdade. Garantir o beijo da meia-noite — disse Shane, inocente, olhando diretamente para Lilah.

Ela sentiu o calor subindo pelo pescoço. Será que era óbvio até para ele que não existia faísca nenhuma entre ela e Kent?

— Verdade — repetiu Lilah, sorrindo luminosa. — Bom, acho que preciso de mais um drinque. Prazer em conhecer, Bailey. Shane...

Ela só fez um gesto de cabeça para ele, sem saber o que dizer, e ele devolveu, com um olhar inesperadamente intenso.

Então, Lilah guiou Kent pelo meio da multidão até chegarem à parede dos fundos, cheia de janelas, trocando as taças vazias por outras novas no caminho. Ficaram ali parados num silêncio desconfortável por muito tempo, olhando a vista. Kent passou a mão pelo cabelo.

— Sem querer me meter, mas... está rolando alguma coisa entre vocês? Porque não quero me enfiar no meio de nada. Pareceu meio... complicado.

Lilah hesitou, com uma negação curta e grossa na ponta da língua. Deu um gole no champanhe primeiro, ganhando tempo, considerando o impulso de ser sincera com ele.

Ou, pelo menos, mais sincera do que seria num primeiro momento.

— É... "complicado" provavelmente é a palavra certa, sim. Trabalhar juntos tão de perto por tantos anos... é uma relação intensa, com certeza. Quase um casamento arranjado, em alguns sentidos. Definitivamente tivemos nossas provações. Mas não, não está rolando nada.

Mesmo enquanto dizia, Lilah lembrou cheia de culpa daquela noite no Airbnb, da ligação no Natal, dos sonhos quentes que andava tendo com ele desde então. Mas, para todos os efeitos, ela estava falando a verdade: não estava rolando nada entre ela e Shane. Senão, não estariam ali com outras pessoas.

Talvez dizer isso a Kent a ajudasse a acreditar.

Kent assentiu lentamente.

— Esse ramo em que você trabalha é estranho. No meu, colocar emoção nas coisas é visto como sinal de fraqueza. Já você precisa manter as suas facilmente acessíveis, todas na superfície. Eu jamais conseguiria. — Ele hesitou. — Aliás, quase desisti de vir quando descobri que você era atriz. Nunca me envolvi com uma antes. Sempre achei que fosse ficar todo ciumento e inseguro vendo a pessoa fingir estar apaixonada por outro.

Lilah inclinou a cabeça, surpresa. Tinha encontrado esse tipo de ciúme antes, mas em geral só quando já era tarde demais e as brigas já estavam acontecendo. Algo na sinceridade dele desde o começo a pegou desprevenida.

— Então, por que mudou de ideia?

Kent abriu um sorriso.

— Wendy falou muito bem de você. Disse que você é uma fodona.

Lilah se segurou para não sorrir, achando-o mais charmoso do que esperava.

— Nem sempre. Às vezes eu sou só fodinha. Mas fico surpresa por isso ter sido um ponto positivo para você.

Ele a olhou nos olhos de um jeito provocador e, pela primeira vez a noite toda, ela sentiu uma onda de atração. Antes tarde do que nunca.

E, bem naquele momento, o celular de Kent vibrou insistentemente no paletó. Ele puxou e fez uma careta.

— Merda. Desculpa fazer isso, mas preciso ir.

Lilah ficou surpresa de sentir uma pontada de decepção.

— Sério? Você não vai ficar pelo menos até a meia-noite?

Ele fez que não.

— Preciso voltar para Nova York para umas reuniões amanhã, meu voo é às cinco. — Ele hesitou. — Eu perguntaria se quer sair de novo, mas não tenho cem por cento de certeza de estar sentindo essa vibe de você.

Lilah levou a mão à testa.

— Aff. Desculpa. Estou bem fora de forma. Dá pra notar que já faz um tempo?

Ele abriu outro sorriso.

— Vamos fazer assim — disse ele. — Eu te dou meu telefone. Se você ficar a fim de me ligar, eu adoraria te levar para jantar um dia. Mas, se não, tranquilo. Como falei, entendo se as coisas estiverem complicadas.

— Tá. Beleza. Eu gostaria disso. Mesmo.

Por que ela estava descartando Kent antes mesmo de conhecê-lo? Shane obviamente estava mantendo as opções dele em aberto.

Ela entregou o celular e ele colocou o número.

Kent se virou para ir, e então hesitou.

— Não quero forçar a barra, mas, se eu ficasse... quais seriam minhas chances de conseguir aquele beijo da meia-noite?

Lilah levou o indicador aos lábios, fingindo pensar no assunto.

— Eu diria que estavam bem favoráveis.

Ele sorriu de novo.

— Caramba. Sabe, é quase pior do que ser rejeitado.

Kent acabou com o espaço entre os dois, colocou a mão na cintura dela, pausou por um segundo respeitoso e se inclinou para um selinho suave nos lábios dela.

Do ponto de vista técnico, não havia problema nenhum com o beijo. Os lábios dele não eram nem muito firmes, nem muito macios, nem muito secos, nem muito molhados. O hálito dele tinha um cheiro agradável, a mão dele estava quente, mas não pegajosa, na cintura dela, e ele não tentou forçar mais. Mas Lilah não sentiu nada.

Na verdade, sua única reação física ocorreu depois que ele já havia se afastado, quando seu olhar se fixou em Shane, que a olhava feio do outro lado da sala, e ela se assustou como se tivesse sido atingida por um raio.

Depois de se despedir de Kent, ela voltou a circular pela festa com vigor renovado. Tentou não prestar muita atenção ao que Shane estava fazendo, mas era difícil. Talvez ela estivesse imaginando, mas jurou que sentiu os olhos dele sobre si quando estava brindando com Annie, rindo com Pilar, dançando com Yvonne.

Mas, então, Lilah viu algo que o tirou completamente da cabeça dela: Marcus e Sareeta, conversando em um canto.

Quando Lilah se aproximou, eles a cumprimentaram calorosamente e os três logo começaram a conversar animadamente sobre o que haviam feito durante o recesso de fim de ano. Lilah estava tão nervosa que não reteve nada do que estavam dizendo. A adrenalina a percorria e seu nervosismo era palpável.

Quando a conversa deu uma pausa, o rosto de Marcus ficou solene.

— Olha, Lilah — disse ele, com o sotaque britânico de sons curtos e rápidos se suavizando. — Fico muito feliz por não haver ressentimentos. Realmente foi por pouco.

O estômago de Lilah virou pedra.

— Desculpa?

Marcus e Sareeta trocaram olhares de espanto.

— Meu Deus, nossa. Achei que sua agente já teria te avisado. Mil perdões, claro que não era minha intenção te contar desse jeito.

Lilah piscou, com um sorriso congelado no rosto, a notícia a inundando como se tivesse sido empurrada em um rio congelante.

Era típico de Jasmine esperar até depois do Ano-Novo para dar a má notícia, para não estragar a folga de Lilah. Ela provavelmente não imaginou que Marcus teria a oportunidade de dar a notícia pessoalmente.

Lilah conseguiu manter a compostura por tempo suficiente para pedir licença da forma mais graciosa possível, sentindo um nó na garganta. Mal conseguiu sair do meio da multidão antes de começar a chorar.

Ele já sentia havia um tempo, mas aquela noite enfim confirmava a suspeita que o importunava lá no fundo desde Vancouver: no que dizia respeito a Lilah, Shane tinha um puta problema.

Ele tentou ignorar o fato. Menosprezar o tal fulano — Clint? Brent? — não era ciúme. Era pena por ela estar presa a um cara que parecia tão chato. Shane sabia, só de olhar, que era do tipo que achava que dinheiro substituía personalidade.

Mas a sensação que ele teve quando a viu beijar Brent, Clint — como se tivesse levado um soco na barriga e um chute no saco ao mesmo tempo —, era algo que só havia sentido uma vez antes, ao vê-la sair daquela festa com Dean. E, naquela época, ele tinha um bom motivo para se sentir assim: os dois tinham feito aquilo especificamente para irritá-lo.

Dessa vez, isso não tinha nada a ver com ele, mas estava afetado mesmo assim.

O beijo nem foi algo digno de nota. Mal passava por um selinho. Mas Lilah sorriu para Clint, Brent quando ele se afastou, e Shane sabia ser um sorriso verdadeiro — que desapareceu assim que ela encontrou os olhos de Shane. Talvez, mesmo do outro lado da sala, ela conseguisse saber o que ele estava pensando — a maneira como queria ir até ela, pegá-la pela mão e arrastá-la para um quarto vazio, como da última vez que estiveram juntos em uma das festas de Ano-Novo de Yvonne.

— O que você está olhando? — perguntou Bailey, esticando o pescoço, tentando em vão enxergar por cima das cabeças das pessoas ao redor deles.

Ele tinha quase esquecido que ela estava ali.

— Nada.

Por mais que tentasse, ele não conseguia parar de observá-la. Talvez "observar" fosse a palavra errada; era menos premeditado que isso. Ela se destacava de qualquer forma, escultural e chamando a atenção mesmo quando não estava tentando; e, naquela noite, desfilando com saltos altíssimos, brilhando praticamente da cabeça aos pés, Lilah estava tentando.

Em algum momento, ela pareceu ter largado o acompanhante para ficar curtindo com as amigas — se divertindo muito, pelo que parecia. Shane lutou contra a vontade de se aproximar novamente. Não tinha nenhum motivo para isso.

Mas, mais tarde, quando viu um lampejo de vermelho saindo apressadamente da sala, seus pés o levaram atrás dela quase sem que ele percebesse. Bailey já havia desaparecido havia muito tempo, então Shane sentiu só uma pequena pontada de incerteza enquanto seguia Lilah à distância por um corredor após o outro, ultrapassando os limites de onde os convidados eram permitidos e depois desaparecendo por uma porta.

Ele ficou em frente à porta por um minuto, decidindo se devia dar meia-volta e voltar para a festa. Em vez disso, abriu.

Era um quarto de hóspedes, pelo que parecia — de bom gosto, imaculado, minimalista, com tudo ridiculamente caro, lógico.

Mas ele não a viu.

— Lilah?

Um pedaço de testa pálida apareceu do outro lado da cama, nada visível abaixo dos olhos vermelhos. O estômago dele se revirou com a visão e ele soltou um suspiro involuntário pelo nariz.

— Quê? — A voz dela estava embargada de soluços.

— Você está bem?

— Estou.

— Quer que eu chame suas amigas?

Ela fez que não com a cabeça.

— Quer que eu te deixe em paz?

Ela hesitou, com o olhar molhado de lágrimas, mas inabalável, e depois fez que não lentamente de novo.

Ele fechou a porta atrás de si e foi para o outro lado da cama. Lilah estava sentada no chão, com as costas apoiadas na cama, as pernas compridas desalinhadas como uma boneca de pano surrada. Ao lado dela havia uma garrafa de champanhe aberta.

Ele nunca a tinha visto assim. A cena despertou nele o mais bizarro coquetel de sentimentos: raiva, empatia, proteção. Ele não sabia o que fazer com nenhum deles.

Ele se sentou no chão ao lado dela.

— É... aquele cara fez alguma coisa? Como era o nome dele?

— Kent. — Ela balançou a cabeça. — Não. Ele era ok. Teve que sair mais cedo por causa de uma coisa do trabalho. — Ela virou a cabeça para olhá-lo, sem nunca tirar a nuca da beirada da cama, como se sua cabeça fosse pesada demais para levantar. — Cadê a Bailey?

— Ela foi tentar encontrar cocaína faz uns... — Ele consultou o relógio. — Noventa minutos? Não a vi desde então.

Lilah bufou em meio às lágrimas.

— Muito *cool*.

— Pois é. Não quero zicar, mas acho que ela pode ser a pessoa certa. — Ele deu uma olhada para Lilah. — Você está bem?

Ela segurou a garrafa no colo, analisando o objeto.

— Eu não consegui. Aquele papel que eu queria muito — disse ela, sem graça.

— Ah, que merda. Putz, sinto muito.

Ela deu de ombros, tomando um longo gole da garrafa.

— Eu me sinto tão idiota. Nunca chorei assim por causa de um papel antes. É uma atitude de novata me apegar antes de ter certeza de que eu conseguiria. Não deveria estar tão chateada.

— Não tem problema em ficar chateada. — Ele olhou para ela. — Na verdade, acho que nunca vi você chorar antes. Fora de uma cena, quero dizer.

Ela lhe lançou um olhar sarcástico.

— Algum feedback?

— Não teve ranho suficiente. Você ainda está bonita demais.

Ela riu, o que soou mais como um soluço.

— Vou tentar melhorar da próxima vez.

Lilah passou a garrafa para Shane. Ele deu um gole, depois a colocou do outro lado, fora do alcance dela. Ela não se opôs, apenas fechou os olhos.

— Acho que me deixei levar. Sabe quando você tem um primeiro encontro muito bom e aí começa a planejar todo o futuro juntos na sua cabeça? E, aí, às vezes a pessoa nunca responde sua mensagem, ou você conhece ela melhor e percebe que não é bem quem você achou que fosse. Você se apaixonou pelo potencial dela. É assim que me sinto. Sempre vai ser a experiência perfeita, porque nunca aconteceu.

Shane assentiu devagar.

— Mas nunca se sabe. Podia ser outro… — Shane não completou, porque não queria esfregar sal na ferida.

Por sorte, Lilah deu um sorriso autodepreciativo.

— Talvez. Se eu tivesse perdido aquele, com certeza teria sentido a mesma coisa. — O sorriso dela desapareceu, e ela gemeu. — Cacete. Você acha que é *por isso* que eu não fui escolhida? Aquela porra daquele filme vai me assombrar pelo resto da minha carreira?

— É claro que não. Com certeza todo mundo já esqueceu.

— Tomara. — Ela suspirou. — É que… é assustador, sabe? O futuro. Ter um trabalho que nem o nosso deixa a gente mal-acostumado. Faz esquecer como é a realidade do mundo lá fora.

— É. Não sei como você consegue, sério.

— Consigo o quê?

— Só… continuar tendo fé desse jeito. Se arriscando sem parar, sendo que é tudo tão incontrolável.

Ela deu de ombros, resignada.

— Sei lá. Acho que eu amo a profissão o suficiente para parecer que vale a pena.

Shane tomou outro gole da garrafa de champanhe, depois a colocou no colo, usando o polegar para brincar com o rótulo.

— Você ainda teria feito? O *Sem rede de segurança*. Se soubesse naquela época como seria o resultado.

Ela ficou em silêncio por muito tempo.

— Teria, sim. Aprendi muito com a experiência. E... e... sei lá. Parece certo eu ter voltado para a série.

Foi a maneira como ela olhou para ele ao dizer isso que o encorajou a dizer a próxima parte:

— E nós?

Ela arregalou os olhos.

— Como assim?

— Sabe. — Ele olhou para o colo. — Se você... se *nós*... soubéssemos. Como as coisas seriam. Você acha que ainda teríamos...?

Shane olhou para ela enquanto se afastava, inseguro, mas ficou aliviado quando ela deu uma risada, depois suspirou cansada, fechando os olhos.

— Acho que não tem muita coisa que poderia ter mantido a gente longe um do outro naquela época.

Ela olhou de volta para ele, e algo não dito passou entre eles. Algo que Shane não conseguia nomear.

— Eu sinto muito, Lilah — disse suavemente.

— Pelo quê?

— Por tudo.

Ela sustentou o olhar dele por um longo tempo, depois virou a cabeça para a frente.

— É — falou ela, ainda mais baixinho do que ele. — Eu também sinto.

Talvez Shane estivesse vendo coisa onde não tinha, mas não parecia só um pedido de desculpas. Parecia um lamento. Pelas versões perdidas deles, pelo futuro diferente que poderiam ter tido, por cada escolha feita ao longo do caminho que os afastou ainda mais um do outro.

— Você deveria fazer a convenção comigo — disse ele de repente. — Com todos nós, quer dizer. Em março.

Os outros cinco atores principais, mais Walt, iriam para San Francisco participar da maior convenção de cultura pop do ano. Lilah, como sempre, era a única a ficar de fora.

Ela voltou se arrastando de onde estava caída até ficar sentada de novo, secando as últimas lágrimas dos olhos.

— Como assim? Por quê? Você sabe que odeio essas coisas.

Ele sentiu uma pontada ao se lembrar da única vez que ela tinha ido, durante a primeira temporada — seu olhar vazio, como ela estava estranhamente quieta, as mãos entrelaçadas com tanta força que os nós dos dedos estavam brancos.

— Sim, mas isso era antes. Tudo ainda era muito novo. Agora você está mais acostumada a lidar com essas coisas, né? — Lilah assentiu, um pouco relutante. Ele continuou: — Pode ser até que você se divirta. Vai saber? É legal conhecer pessoas que gostam tanto da série. O suficiente para tirarem um tempo da vida corrida delas para ir ver a gente. Ter a chance de se conectar com elas… é especial de verdade. Eles sempre perguntam de você, sabia?

— Perguntam?

— Claro que sim. — Ele deu de ombros. — Pensa. É a última vez que vamos estar todos juntos assim. Até a gente estar acabado e fazendo o circuito da nostalgia, pelo menos. Acho que você merece sentir um pouco desse amor agora.

O olhar dela deslizou para o lado, mas Lilah não disse nada. Ele pigarreou.

— Enfim. Já que você me tirou da minha zona de conforto, achei que poderia retribuir o favor.

Ela se empertigou.

— Você vai fazer o *LNL*? Já decidiu?

— Vou. Está praticamente fechado.

— Com medo?

Ele abriu um sorriso.

— Morrendo.

Ela riu e, para o alívio dele, a voz não estava mais grossa de choro.

— Isso é bom, significa que você está se desafiando.

— Ou que estou prestes a fazer papel de bobo.

— Duvido. Na pior das hipóteses, você vai ser só ok e ninguém mais vai ligar na próxima semana. Mas fazer papel de bobo de vez em quando é meio que uma garantia como ator. Mesmo que aconteça, você vai sobreviver. Digo isso por experiência própria.

Ele ficou pensando nisso por um momento.

— Lilah?

— Hmm?

— Eu achei seu filme bom, na verdade.

Ela bufou.

— Não seja condescendente.

— Não estou sendo, juro — insistiu ele. — Tá, sim, o filme era uma porcaria. Mas *você*, não. Sinceramente, me impressionou. Na maior parte do tempo, esqueci que estava assistindo a você.

— Foi a prótese — disse ela baixinho, mas ficou claro que estava segurando um sorriso.

Ele soltou uma risada exasperada.

— Será que você pode me deixar fazer a porra de um elogio? Caramba.

Ela se virou para ele, com as lágrimas brilhando nos cílios novamente e as bochechas coradas, mas não disse mais nada. Ele continuou:

— Você estava ótima naquele filme, e provavelmente teria sido ótima neste também. E que se danem, eles que saíram perdendo. Não estou preocupado com você. Aconteça o que acontecer, sei que vai ficar bem.

Shane viu as lágrimas encherem seus olhos outra vez antes de ela desviar o olhar rapidamente, com a voz trêmula.

— É. Talvez.

— Talvez, não, com certeza — disse ele, com a voz ficando mais exaltada. — Porque você é talentosa pra caralho, trabalha duro pra caramba e é durona como ninguém. E corajosa também. Muito mais corajosa que eu. Você vai ter uma carreira incrível depois que a série acabar, eu sei que vai. Você é... — Ele fez uma pausa, procurando a palavra certa. — Você é inegável.

Ela ainda estava olhando para o outro lado, com os olhos baixos. Lentamente, a mão dela saiu do colo, deslizando pelo chão em direção a ele. Ela escorregou sobre a dele, mais fria do que ele esperava, seus dedos se entrelaçando com força e sem dificuldades. Sem pensar, Shane colocou a outra mão sobre a dela, fazendo um sanduíche com as suas, esfregando suavemente por alguns instantes até ela se aquecer.

Ele perdeu a noção de quanto tempo ficaram ali sentados, de costas para a cama, com as pernas esparramadas à frente, as palmas das mãos pressionadas, os dedos entrelaçados. Por alguma razão, ele só conseguia pensar em uma foto que Dean havia lhe mostrado uma vez, de duas lontras marinhas de mãos dadas enquanto dormiam, para evitar que fossem arrastadas pela correnteza e separadas para sempre.

Ele fechou os olhos, ouvindo o som da respiração dela, os murmúrios da festa ao longe. Só voltou ao abrir quando escutou a contagem regressiva, vozes gritando alto o suficiente para serem ouvidas.

— *OITO! SETE! SEIS!*

Ele virou a cabeça para Lilah, que já estava olhando para ele.

É claro que queria beijá-la. Só conseguia pensar nisso desde Vancouver — até mesmo antes, se fosse sincero consigo mesmo.

Mas fazer isso agora parecia errado. Como se fosse baratear o momento, fazer com que tudo se resumisse a sexo, esmagar aquela coisa delicada e valiosa que estava se formando e florescendo entre os dois. Não valia a pena se houvesse a menor chance de ela achar que ele estava ali para tirar vantagem dela em um momento de vulnerabilidade.

Ao olhar nos olhos dela, Shane soube sem dúvida nenhuma, até a medula, que não estava só em apuros. Estava completamente apaixonado por Lilah. Um amor que parecia antigo e novo ao mesmo tempo.

Ele amava as coisas que o haviam atraído a ela nove anos antes: sua beleza, seu talento, sua garra, sua autoconfiança. Amava as partes que ela só recentemente havia lhe mostrado: sua lealdade, sua coragem, sua resiliência, seu coração carinhoso.

Ele amava até seus lados ruins, cada uma das características que antes o repeliam, porque ela não seria Lilah sem elas.

No entanto, saber disso não lhe trouxe qualquer conforto, apenas uma vaga sensação de inquietação. Porque não importava o que sentia se ela não sentisse o mesmo. E, na hipótese improvável de que fosse recíproco, ele suspeitava que Lilah fosse intrinsecamente incapaz de admitir isso. Mas, mesmo que nunca mais se vissem depois do término da série, Shane sabia que ela nunca, jamais sairia da cabeça dele.

Aquela mulher era sua outra metade desde o dia em que foram escalados, um vínculo tão único quanto uma impressão digital.

Os dois deixaram o tempo passar sem se mexer, com aplausos distantes pairando sobre eles.

Ela sorriu para ele, um pouco triste, e apertou sua mão.

— Feliz Ano-Novo, Shane.

— Feliz Ano-Novo, Lilah.

Ela hesitou por um momento antes de inclinar o corpo em direção a ele, ainda segurando sua mão e alcançando o rosto dele com a outra. A respiração de Shane ficou presa na garganta quando ela segurou seu queixo.

— Eu gosto muito da barba, de verdade — murmurou ela, com a voz enviando uma onda de eletricidade pelas veias dele. — Mas sinto saudade disso...

Ela se afastou, passando o polegar pela bochecha dele, pressionando-o de leve no local onde ficava a covinha.

A pressão do dedo pareceu atingir diretamente o coração dele.

Ele engoliu em seco antes de estender a mão também, levando-a à têmpora dela, passando os dedos pelos cabelos. Pensou tê-la visto se arrepiar com o contato.

— E você ainda era a pessoa mais bonita da sala, mesmo com aquele corte de cabelo — provocou.

Ela riu, aliviando um pouco a tensão, mas não se afastou.

— Nem me lembre. Achei que nunca mais fosse crescer.

Ele riu também, segurando mais firme o cabelo dela sem pensar. A expressão dela deixou de ser divertida, seus olhos ficaram escuros e vidrados.

Antes que tivesse tempo de reagir, Shane ouviu a porta se abrir abruptamente, seguida por uma voz preocupada.

— Lilah? Você está aqui?

Os dois levantaram a cabeça de trás da cama ao mesmo tempo. Yvonne, Pilar e Annie estavam paradas na porta e suas expressões mudaram instantaneamente de preocupação para choque assim que viram Shane.

— Mas que caralho? — Annie deixou escapar.

Yvonne ergueu as sobrancelhas.

— Estamos interrompendo alguma coisa?

— Não — disseram os dois em uníssono.

Shane relutantemente soltou a mão dela e se levantou. As três mulheres o olharam com ceticismo quando ele se aproximou, parando no meio do caminho entre Lilah e a porta.

— Alguém disse que você saiu chorando, e aí você sumiu por tanto tempo... só queríamos ter certeza de que estava tudo bem — explicou Pilar.

— Na verdade, achamos que *você* poderia ser o responsável — completou Annie, apontando para Shane.

Lilah também se levantou, vacilante como um filhote de cervo, apoiando-se na lateral da cama como se não confiasse que suas pernas pudessem segurá-la.

— Dessa vez não — disse ela com naturalidade.

Foi só quando ele olhou para o rosto corado de Lilah que a implicação se abateu sobre ele, pesada e nauseante: ela já havia chorado por ele antes, e todas as amigas dela sabiam disso.

— Parece que você está em boas mãos agora — falou ele. — É melhor eu voltar.

Lilah assentiu em silêncio. As três amigas o olharam quando ele passou, e Shane encarou cada uma, confiante, mas sem confrontar. Elas se reuniram em torno de Lilah, mas ela continuou olhando só para ele até a porta se fechar.

23

DEPOIS DE SHANE IR EMBORA, as amigas de Lilah tentaram questionar o que estava acontecendo, mas ela estava bêbada e exausta demais para dar uma resposta coerente. Logo, foi colocada num carro e mandada para casa. Com a bochecha apoiada no vidro da janela, os olhos meio fechados, foi até sua casa oscilando à beira do sono.

Ela achava que desmaiaria assim que caísse na cama, mas tinha ficado se revirando por horas, a dor de cabeça cada vez pior, latejando ritmada com uma única palavra: *Shane. Shane. Shane.*

Quando acordou na manhã seguinte, ficou deitada pensando por um longo tempo. A perda de *Chamada noturna* doía ainda mais à luz do dia, um caroço congelado de medo, autopiedade e falta de esperança alojado sob as costelas. Lilah ficou ruminando cada etapa do processo de testes — as falas que poderia ter dito de forma diferente, as oportunidades perdidas de encantar as pessoas em uma conversa. Mas, por mais que quisesse, estava exausta demais para manter aquela espiral de aversão a si mesma. Uma vez que o processo se esgotou, ela conseguiu deixar para lá.

A ressaca a atingia como uma frigideira na cara, e Lilah soube imediatamente que o dia inteiro seria um desperdício. Enquanto seguia as etapas para se sentir um pouco mais viva — banho, café, torradas, litros de água —, tentou ignorar o latejar baixo e persistente da solidão que a acompanhava, como um machucado antigo que nunca havia cicatrizado totalmente.

Era nesses momentos que Lilah mais sentia falta de ter alguém. Passar o dia abraçada no sofá ou na cama, sem obrigações além de cochilar, transar, assistir a filmes ruins e pedir delivery. Algo mais possível, em teoria, do que quase todas as outras facetas de sua vida, algo dolorosamente mundano — mas ainda assim sempre fora de alcance.

Desde que se lembrava, sua abordagem em relação a relacionamentos amorosos tinha sido motivada pelo medo de cometer o mesmo erro dos pais, ficando presa a alguém que mal a tolerava por medo de ficar sozinha — o que significava, por extensão, que ela aceitava a possibilidade de talvez ficar sozinha para sempre.

Lilah priorizou a carreira, buscando a realização por meio da fuga de se perder em um personagem, a segurança da independência financeira, a validação fugaz do sucesso antes que os objetivos mudassem mais uma vez. Mas esse era um relacionamento que muitas vezes parecia igualmente tóxico, partindo seu coração com mais força e frequência do que qualquer homem jamais conseguiria.

A perspectiva de um dia encontrar uma conexão romântica que a nutrisse em vez de esgotá-la, que agregasse valor à sua vida, que a fizesse se sentir segura, aceita e compreendida, às vezes parecia mais fantasiosa do que as histórias mais ridículas de *Intangível*. Os breves vislumbres que Lilah teve disso — na noite anterior, durante as férias, em Vancouver, nove anos antes — tornaram sua ausência ainda mais dolorosa. O fato de todos esses momentos terem sido com Shane — *Shane* — parecia uma piada cruel.

Como se ele conseguisse sentir que ela estava pensando nele, seu nome — o verdadeiro — surgiu na tela do celular assim que ela se acomodou no sofá.

SHANE: Como você está?

Lilah deslizou os dentes pelo lábio inferior, sem saber como responder.

LILAH: melhor

LILAH: Ainda mal, mas melhor

Hesitou um segundo antes de acrescentar:

LILAH: Obrigada por ontem à noite

SHANE: que bom, fico feliz. & imagina

SHANE: Eu vi que a TBS vai fazer uma maratona de ano-novo dos melhores momentos de Kate e Harrison, se você estiver a fim de andar pelas alamedas do passado

LILAH: você sabe que não gosto de sair da avenida da repressão

Apesar disso, Lilah se viu mudando de canal mesmo assim. Seu próprio rosto encheu a tela imediatamente — uma cena da terceira temporada, ela percebeu de imediato, com base no comprimento do cabelo e na jaqueta que estava usando.

Ela estava ao volante de um carro, com Shane no banco do passageiro. Aquela porcaria daquele carro. Eles passaram centenas de horas enfiados lá dentro, filmando páginas e páginas e páginas de diálogos. Sempre que não estavam filmando, ficavam sentados em um silêncio gélido, sem nem mesmo os celulares para distraí-los, olhando pela janela para a paisagem imóvel.

Ela se lembrava nitidamente de todas as vezes que se irritara quando ele brincava com a equipe, com inveja da facilidade com que ele mantinha o bom humor de todos quando o dia era longo, consciente de como ela devia parecer indiferente em comparação, sendo que na verdade só estava tentando preservar sua energia e manter o foco entre as tomadas, assim todos poderiam ir para casa o mais rápido possível.

Mas naquele momento, assistindo de fora, anos depois, ela não viu nada disso. Só via Shane, devastadoramente charmoso, engraçado e carismático — e tudo isso direcionado a ela. Como era possível que Lilah o achasse tão irritante naquela época? E o modo como ele a estava olhando... não era real, obviamente. Ele também não a suportava naquela época. Mas, na câmera, parecia puro desejo.

À medida que o episódio prosseguia, ela descobriu qual era. Kate tinha sido possuída pelo fantasma de uma cientista que não conseguia seguir em frente até concluir o estudo no qual vinha trabalhando havia anos. Lilah tivera que metralhar tanto jargão técnico que teve certeza de que os roteiristas estavam zoando com a cara dela. Para piorar a situação, estava lutando contra um resfriado terrível, a cabeça parecendo cheia de algodão, o que dificultava reter até as falas mais fáceis.

Eles estavam no laboratório da cientista. Lilah teve flashbacks intensos do tempo que levaram para filmar aquela cena.

Depois de finalmente conseguirem a parte da cena com os dois, eles se reposicionaram para filmar a parte solo dela, com Shane fora do alcance das câmeras. Assim que gritaram "Ação", ele ergueu a palma da mão, onde havia escrito com caneta hidrográfica as palavras em que ela estava tropeçando, sorrindo maliciosamente enquanto a equipe caía na gargalhada. Isso acabou no vídeo de erros de gravação na festa de encerramento, é claro, e ela riu junto, mesmo com a humilhação se formando na boca do estômago diante do prazer que ele teve em zombar dela abertamente.

Mas e se ela tivesse entendido errado?

E se ele estivesse tentando ajudá-la?

Ela aproximou os joelhos do queixo, envolvendo-os com os braços, sentindo uma dor desconhecida em seu íntimo. Algo parecido com a solidão, mas mais agudo. Mais vazio. Como se sua caixa torácica tivesse sido substituída por um buraco negro.

Lilah desejou que Shane estivesse ali com ela agora. A vontade de convidá-lo era tão forte que ela pegou o celular antes de perceber. Ficou olhando para a tela por muito tempo.

Claro, ela podia enviar uma mensagem, mas e depois? Ele chegaria com comida, a faria rir, estaria cheiroso pra caralho, e ela ficaria ainda mais apaixonada por ele do que já estava.

Ela se sentou de repente, completamente nauseada.

Não. Ela não o amava. Sem chance. Era impossível estar apaixonada por alguém que nem estava namorando. Alguém que odiara durante anos.

E, mesmo que amasse, Lilah não tinha ideia de por onde começar a contar isso a Shane. Ter coragem de se expor diante dele daquela maneira, depois de tudo o que passaram. Depois de tê-lo afastado de novo tão recentemente. A ideia parecia pesadíssima, como se ela fosse uma baleia encalhada, esmagada por dentro pelo emaranhado denso das próprias emoções.

Apesar de seus melhores esforços, Shane parecia se recusar a ser relegado a uma nota de rodapé complicada e confusa no passado.

Lilah se permitiu considerar, só porque sim, o que significaria se Shane fosse, em vez de parte apenas do passado, parte do futuro dela também.

Obviamente, a química deles sempre fora explosiva — a ponto de fazer outras pessoas saírem correndo do cômodo. Ela não estava mais interessada nesse tipo de caos. Mas, embora nunca tivesse deixado de sentir aquela faísca, era difícil negar que os últimos meses tinham sido diferentes, e não apenas de como as coisas tinham sido com ele antes. De como eram com qualquer pessoa.

Mas, testando a palavra "namorado", Lilah achava que ela não se encaixava muito bem. Parecia juvenil demais, simples demais, mal atravessando a superfície de tudo o que o relacionamento deles tinha passado a abranger.

Mas o único outro título que ela conseguiu encontrar foi "companheiro", e isso ele já era. Mesmo depois de terem parado de transar, mesmo quando só olhá-lo fazia seu sangue ferver, eles ainda passaram a maior parte de uma década lado a lado, compartilhando cenas e telas e tapetes vermelhos e entrevistas e capas de revistas, o nome dela ligado ao dele acima de todos os outros. *Não por muito mais tempo*, percebeu, com uma pontada.

E então havia o último elemento, o maior deles: a série. O fato de que os dois juntos, de verdade, atrairiam o tipo de atenção invasiva que fazia o estômago dela revirar. Isso anularia todo o trabalho que ela havia feito para equilibrar saúde mental e o fato de ser uma figura pública.

Havia algo na inevitabilidade da coisa, também, que a irritava tanto agora quanto naquela época. Isso havia envenenado seu relacionamento com Shane desde o início; Lilah se ressentia dele por desejá-lo tanto, e se ressentia de si mesma por ser tão previsível.

Seu celular vibrou novamente.

SHANE: você está vendo, né

LILAH: talvez

SHANE: você ficou muito gata de jaleco

Lilah sentiu um aperto na garganta.

Não podia contar a ele. Não agora, pelo menos. Não até entender que caralhos ela queria dele — *deles.* A última coisa de que precisavam era complicar tudo de novo.

E talvez ela nunca tivesse que falar. Quem sabe, se tivesse muita, muita sorte, passaria.

24

O EPISÓDIO DE SHANE EM *Late Night Live* estava marcado para a segunda semana depois da volta das gravações após a folga. A produção de *Intangível* tinha organizado tudo para que a ida dele a Nova York coincidisse com a gravação do piloto para o spin-off potencial de Rosie e Ryder, de modo que nem ele, nem Lilah teriam que fazer muita coisa naquela semana. Ele tentou não se perguntar como ela planejava passar esse tempo livre, se ia sair de novo com o cara da festa.

Mas não conseguiu evitar mandar mensagem depois da primeira reunião com os roteiristas de *LNL*.

SHANE: ei

SHANE: Você planejava vir a Nova York para assistir ao programa?

Ela respondeu quase instantaneamente.

LILAH: humm talvez

LILAH: Não comprei passagem de avião nem nada ainda.

LILAH: Por quê?

SHANE: Quer fazer uma participação?

SHANE: No monólogo, quer dizer. Talvez um esquete se você estiver a fim de uma aventura

Ela começou a digitar algo, aí parou. Shane adicionou às pressas:

SHANE: Foi ideia deles

LILAH: Haha

LILAH: Sem esquete

LILAH: Mas eu apareceria no monólogo

LILAH: Quando eu teria que ir?

LILAH: Eles vão bancar?

SHANE: Só no ensaio geral da sexta, se puder. E provavelmente

LILAH: fechou

SHANE: você é maravilhosa

Ele mandou "enviar" antes de conseguir pensar melhor, aí guardou o celular de volta no bolso, imediatamente envergonhado. Para sua surpresa, vibrou de novo na mesma hora.

LILAH: E aí, como estão as coisas?

SHANE: boas, acho. A gente ainda não fez nada, mas por enquanto todo mundo é legal

SHANE: Não parece que vão me humilhar de propósito, pelo menos

LILAH: sla, hein

LILAH: Sabe o que dizem

LILAH: Nunca confie num comediante

LILAH: Eles fazem qualquer coisa por uma risada

Cinco noites depois, enquanto Shane suava durante o programa ao vivo, ele se arrependeu de não ter levado a sério o aviso dela.

Só que nem podia culpar uma sabotagem. Ele estava indo mal pra caramba, e a culpa era só dele mesmo.

As coisas tinham começado bem. O monólogo tinha ido bem; ele tropeçou nas dálias algumas vezes, mas conseguiu arrancar risadas em todos os momentos em que deveria.

O ponto alto, é claro, foi a participação especial de Lilah. Uma das integrantes do elenco, Faith, subiu ao palco vestida como uma sinistra Lilah-como-Kate, e os dois flertaram intensamente, aproximando-se cada vez mais, com um contato visual ardente e significativo e uma música dramática não muito diferente da trilha sonora de *Intangível*.

— Desculpa, estou interrompendo alguma coisa?

A entrada de Lilah foi recebida com vivas e aplausos, e Shane mordeu a parte interna da bochecha para não sorrir.

Ele entrou no primeiro intervalo comercial se sentindo bem, puxando Lilah para um abraço atordoado assim que saiu do palco, com o coração martelando loucamente no peito. Talvez fosse o nervosismo, mas pareceu que ela estava apertando com mais força que o habitual. Mas logo Shane foi levado às pressas para se preparar para seu primeiro personagem.

A partir daí, tudo foi por água abaixo.

Durante a fase de brainstorming no início da semana, com medo de parecer uma diva, ele havia concordado entusiasticamente com todas as ideias que os roteiristas lançavam, quer gostasse ou não. Não houve muito tempo para questionar depois, durante o período ensandecido dos ensaios, com esquetes sendo adicionadas, descartadas e reescritas a cada hora. Durante todo o tempo, os produtores garantiram que, por mais caótico que o processo parecesse, sempre dava certo no final.

Shane começou a duvidar disso na metade do primeiro esboço, no qual interpretava o pai de uma das personagens recorrentes do programa: uma adolescente desajeitada que sempre menstruava no pior momento possível. Tinha sido ok, já que a personagem era inexplicavelmente popular, e ele só precisava interpretar o homem hétero.

Mas, em seguida, Shane teve que fazer seu primeiro esquete de personagem, interpretando um motorista de táxi que compartilhava detalhes demais de sua vida sexual com os passageiros. Ele teve que usar um enorme bigode falso que coçava loucamente, tirando sua concentração e fazendo seu sotaque nova-iorquino ir e voltar. Ele tropeçou nas piadas e obteve basicamente só risadas educadas e envergonhadas.

Depois disso, estava tão intimidado que foi difícil se recuperar. O produtor-executivo veio até ele durante um intervalo comercial e lhe deu um tapinha no ombro, dizendo que ele estava indo muito bem e que só precisava relaxar, o que só o assustou ainda mais.

Shane nunca havia passado por algo assim antes. Ele sempre fora, pelo menos, confiante. Agora, porém, tinha que admitir que se sentia totalmente inadequado. Ele quase conseguia sentir o outro papel — aquele ao qual, apesar de seu bom senso, havia se apegado nas últimas semanas — escorregando por entre os dedos. Sabia que estava rígido, com a energia baixa, mas o trem estava cem por cento descarrilado e cada piada mal contada acabava pior do que a anterior.

Ele se sentia como um personagem de desenho animado, correndo da beira do penhasco apenas para descobrir que não havia nada além de ar embaixo, balançando as pernas desesperadamente por vários e longos segundos antes de se esborrachar no chão em uma nuvem de poeira.

De seu assento estratégico na plateia, vendo Shane passar com dificuldade pelo programa, Lilah se sentiu fisicamente mal.

Enquanto ele tropeçava por um esquete malconcebido atrás do outro, errando o timing e com a enunciação superdura — interpretando Borat como juiz de tribunal; vestido dos pés à cabeça como uma vovó drag numa roda de tricô; arrancando a calça e dançando europop com uma sunguinha prateada —, ficou impressionada ao pensar que, seis meses antes, teria adorado aquilo. O fato de Shane estar finalmente tendo o primeiro gostinho de fracasso na carreira encantada na qual simplesmente caíra de paraquedas. Em vez disso, quase sentia que quem estava no palco era *ela*, não ele: piscando para as dálias, as luzes assando a pele, o silêncio desconfortável da plateia latejando pesado nos ouvidos.

Shane conseguiria se recuperar daquilo. As próximas uma ou duas semanas provavelmente seriam ruins, mas, depois, isso desapareceria rapidamente da memória do público — pelo menos até chegar a hora de subir uma nova lista *clickbait* dos "Piores apresentadores do *LNL* de todos os tempos".

Mas, se era para ser um teste para o próximo trabalho, não havia dúvidas de que o desempenho de Shane naquele palco havia acabado com suas chances. Pelo menos os dois tinham isso em comum. Ainda assim, ver acontecer em tempo real era visceralmente doloroso. O corpo inteiro dela estava tenso, um pedregulho de ansiedade no lugar onde o estômago costumava ficar.

E, pior de tudo, ela sabia que a autoconfiança dele ficaria abalada por muito tempo depois que o público esquecesse. Por mais que estivesse se saindo mal, ela via que *Shane* achava que estava se saindo dez vezes pior. Lilah estava tão sintonizada com cada microexpressão dele que uma simples contração impotente das sobrancelhas era suficiente para fazer com que o suor brotasse na base da espinha dela.

Então, uma ficha caiu. Algo que ela deveria ter percebido havia muito tempo.

Lilah passara anos se ressentindo dele por seu charme fácil, por ser tão naturalmente simples para ele fazer com que as pessoas o amassem — mas, pela primeira vez, ela entendeu que *não era* fácil. Não era simples. Era assim que Shane sobrevivia. Ele não sabia quem era sem isso.

Olhando para Shane naquele palco, dando tudo de si para conquistar um público cada vez mais desinteressado, ela só conseguia ver aquele garotinho assustado que ele havia sido, convencido de que poderia consertar tudo se fosse agradável o suficiente, complacente o suficiente, amável o suficiente — o que quer que ele achasse que todos ao seu redor queriam que ele fosse.

As mãos dela tremiam de tanta vontade de alcançá-lo, de pular naquele palco, envolvê-lo em seus braços e lhe dizer que ele era suficiente.

O fato de ela não poder ajudá-lo a se livrar daquela situação a matava. Não suportava ser impotente para fazer qualquer coisa além de ficar sentada ali e assistir.

Só que ela não era impotente, percebeu. Podia fazer algo. A ideia tomou forma de uma só vez, agarrando-a e se recusando a soltá-la.

Ela esperava que o pânico viesse em seguida, mas, em vez disso, sentiu-se estranhamente leve. Tranquila. Era como se estivesse andando com uma armadura da cabeça aos pés havia tanto tempo que não percebia mais o peso. Mas, agora que a armadura estava repentinamente em pedaços aos seus pés, Lilah se sentiu leve e exposta. Saiu de seu assento e seus pés a levaram para os bastidores sem pensar duas vezes.

Shane se arrastou ao camarim, vestindo as roupas normais novamente depois do último esquete. Ainda faltavam uns minutos de programa: uma segunda apresentação do convidado musical, mais um intervalo comercial e o boa-noite. Para o bem ou para o mal, ele tinha saído inteiro — ao menos fisicamente.

Quando ele abriu a porta, Lilah estava lá, sentada na bancada, apoiada no espelho.

Até ver o rosto dela, ele estava se agarrando a uma esperança minúscula de que sua apresentação não tivesse sido tão trágica quanto parecia do ponto de vista dele.

— Eu sei — disse ele, fraco.

Ela suavizou o rosto, tentando recuperar a expressão impassível.

— O roteiro era um lixo. Você estava dando seu melhor.

Ele se jogou no sofá.

— Caralho. *Caralho*. — Ele cobriu o rosto com as mãos e gemeu. — Era exatamente disso que eu tinha medo. Todo mundo só vai falar disso amanhã, né? Que eu estraguei tudo?

Ela não respondeu nada, só apoiou as palmas das mãos na beirada da bancada e se inclinou à frente, os ombros levantados até as orelhas.

— Talvez — disse, com cuidado. — Ou a gente pode dar um outro assunto.

Shane estava tão agitado que levou um momento para processar o que ela estava dizendo. Ou o que achava que ela estava dizendo. Ele se endireitou.

— *Quê?*

A cabeça dela continuava virada para o colo, mas seus olhos se levantaram para os dele. O peito dela subia e descia. Lilah não falou nada.

Ele se levantou de repente, andando de lá para cá, exaltado, procurando palavras.

— Isso não é… a gente não pode… não seria… sei lá. Manipulador? Se não é… se *a gente* não é…

Ela baixou os olhos de novo, falando quase para si mesma:

— Mas e se a gente *fosse*?

Os olhos voltaram a ele.

Shane sentiu que estava paralisado. Ele abriu a boca, então fechou.

— Ah — foi só o que conseguiu dizer.

E então, voltou a se sentar no sofá com um baque. Nenhum dos dois disse nada, os olhares entrecruzados por um momento interminável. Shane sacudiu a cabeça, como se isso fosse colocar tudo de volta no lugar e de repente levar aquilo a fazer sentido.

— E é *assim* que…? A gente não devia… tipo… conversar? Ou algo do tipo? Primeiro? Antes de só…

Ele não completou, só gesticulou vagamente com a mão.

— Você não quer?

— Lógico que quero — disse ele imediatamente, ignorando o sorriso satisfeito que surgiu nos lábios dela. Ele sentiu sua voz se levantar sem querer, suas emoções já aguçadas depois do estresse das últimas horas. — Mas isso seria importante para caralho, Lilah. Para mim, pelo menos. E não quero ser enganado. Você está fazendo isso só porque está se sentindo mal por ter me convencido a fazer o programa? Você está com *pena* de mim? Porque não preciso disso.

Ela soltou um suspiro exasperado, os olhos brilhando de irritação, a voz ficando ainda mais alta do que a dele:

— Não, Shane, eu estou fazendo isso porque estou apaixonada por você.

As palavras soaram como um tapa brusco e forte. Lilah pareceu quase surpresa por ter dito aquilo, com o rosto corado e a boca entreaberta. Ele só conseguiu piscar para ela, sem se mexer. Mal conseguindo respirar.

— Quê? — A voz dele saiu tensa e estrangulada.

Ela respirou fundo e torceu as mãos no colo. Quando voltou a falar, sua voz estava baixa, cuidadosa.

— Eu te amo. Eu quero… eu quero ficar com você. E não ligo se a porra do mundo inteiro souber dessa vez. *Quero* que eles saibam.

Shane estava tonto, de repente tão zonzo que desejou que houvesse uma maneira de se sentar enquanto já estava sentado. De todas as coisas que imaginava que Lilah poderia lhe dizer — não apenas naquela noite, mas *na vida* —, essa era praticamente a última da lista.

Ele se perguntou se era a primeira vez que ela dizia isso a alguém. Se havia dito isso ao ex quando eles estavam juntos. Se havia acreditado na época.

Se ele deveria se permitir acreditar agora.

Mas então Shane se deu conta da seriedade do que ela estava sugerindo.

Da primeira vez, ela havia acabado com o relacionamento deles como um torpedo ao primeiro indício de que poderiam ter que assumir algo publicamente. E, nos últimos meses, ela deixara claro que era teimosa demais para admitir que talvez quisesse tentar de novo — o que era a única coisa que o impedia de se ajoelhar e implorar justamente por isso. Mas, naquele momento, ela não estava apenas pedindo, sem ser provocada, uma segunda chance — o que já era surpreendente por si só —, estava oferecendo essa segunda chance como uma tábua de salvação. Uma distração. Desviando a atenção da apresentação dele, para que ele não tivesse que sofrer nem uma fração da mesma humilhação pública que ela sofrera.

O que significava que deveria ser verdade.

Ela estava mesmo apaixonada por ele.

Se ele *fosse* um personagem de desenho animado, a revelação teria sido a bigorna caindo na cabeça, com direito aos passarinhos e estrelinhas circulando em seguida. Ou talvez um piano, deixando-o sorrindo vertiginosamente com a boca cheia de teclas.

Lilah gemeu, esfregando as mãos no rosto — um ruído de frustração consigo mesma, não com ele.

— Meu Deus, nunca fiz isso antes. Não sou boa nisso e está saindo tudo errado. Eu não deveria ter te falado, é o momento cem por cento errado. Você tem razão, provavelmente deveríamos conversar sobre o assunto primeiro. E não precisamos fazer dessa forma, tornar tudo público logo de cara.

Lilah soltou as mãos no colo de novo, olhando fixamente para elas. Então balançou a cabeça com um ar resignado, com a voz embargada pela emoção.

— Mas eu não conseguia esperar nem mais uma porra de minuto para te falar. Desculpa. Eu simplesmente não conseguia.

Nessa última parte, ela enfim encontrou seus olhos, e ele prendeu a respiração quando viu que a máscara havia desaparecido. A frieza estudada, a irritação, a presunção de chocá-lo e desestabilizá-lo. Era só Lilah, escancarada, desprotegida como ele jamais a vira.

Vagamente, nos recônditos da cabeça, Shane percebeu que talvez devesse responder. Mas também entendeu que, por mais corajosa que ela tivesse sido ao confessar, nunca teria feito isso se não estivesse completamente confiante de que ele estava tão envolvido quanto ela. Ele via isso na maneira como ela o olhava. Ela não estava esperando. Ela já sabia.

Por isso, ele se retraiu, deixando-a ter seu momento. Ele tinha todo o resto da vida para contar a ela. Para demonstrar.

Além disso, finalmente estavam quites.

— Você sabe que esse nunca foi o meu problema — disse ele com toda calma, mantendo o olhar dela. — Contar ao público, quer dizer. Se dependesse de mim, eu teria gritado dos telhados desde o primeiro dia.

Ela baixou o olhar, supostamente para esconder o sorriso envergonhado que estava surgindo em seu rosto.

— Acho que não faria sentido tentar manter em segredo, de qualquer jeito. Parece que nós dois somos os últimos a saber.

— Fale por você.

O sorriso dela se alargou, beirando uma alegria boba.

— Você não ia dizer nada?

— E dá para me culpar?

Ele sentiu algo ganhar vida com um solavanco no peito quando a alcançou, as coxas dela se abrindo para que ele pudesse ficar entre elas. Ele ia beijá-la, já segurando o maxilar dela, mas, quando se aproximou, viu que ela estava tremendo, com a pulsação loucamente acelerada.

Então, em vez disso, ele pegou as mãos dela, passando os polegares das suas suavemente sobre o dorso macio, sobre cada junta. Um arrepio a percorreu, seus olhos se fecharam e depois se abriram de novo. Ela parecia extremamente vulnerável naquele momento, como se fosse chorar, e ele apertou as mãos dela com mais força.

— Não. Não posso te culpar — disse ela em voz baixa.

Uma batida forte soou na porta, assustando-os — uma assistente de produção, enviada para chamá-lo para o encerramento. Shane soltou uma das mãos de Lilah, mas manteve a outra enquanto ela descia do balcão, ainda a segurando enquanto eles se dirigiam ao palco e tomavam seu lugar na frente e no centro, entre os membros do elenco. Ele tinha uma vaga sensação de pessoas falando com ele, parabenizando-o, dando-lhe tapinhas nas costas, mas só conseguia se concentrar no peso da mão de Lilah na dele.

A perspectiva do que estava prestes a acontecer — o que eles estavam prestes a fazer — o encheu de uma estranha sensação de calma. Era como se o restante da noite tivesse sido um pesadelo, uma lembrança distante e desagradável que não tinha nenhum poder sobre ele agora que estava acordado.

Shane soltou a mão dela e passou o braço ao redor de seus ombros. Ela o olhou antes de se aproximar, colocando a mão em seu peito e, em seguida, deixando-a cair envergonhada ao lado do corpo de novo enquanto o produtor fazia a contagem regressiva. A banda começou a tocar, e Shane olhou para a câmera.

— Obrigado a Lilah Hunter, Andromeda X, o elenco... foi uma semana incrível. Boa noite!

Ele olhou para Lilah enquanto o volume da música aumentava atrás deles. Se tivesse visto um traço sequer de apreensão no rosto dela, não teria feito nada. Mas tudo que viu foi empolgação, expectativa, uma dor latente — uma expressão que provavelmente combinava com a dele.

Com apenas a menor flexão dos bíceps em torno dos ombros de Lilah, ela estava na frente dele, com o peito pressionado contra o seu, a boca dele na dela sem hesitação, a outra mão subindo para segurar a parte de trás da cabeça dela.

Ele estava vagamente ciente dos aplausos ao redor deles, que aumentaram para um rugido estrondoso, mas tudo se transformou em ruído branco quando os braços dela deslizaram ao redor da cintura dele e ela abriu os lábios, a língua buscando a dele. Mas o que rolou não foi um beijo picante. Foi um beijo carinhoso, esperançoso e perfeito, os dois bem apertados um ao outro, balançando de leve para a frente e para trás, um circuito independente, sua própria ilha isolada, imune ao caos ao redor. Público, mas intensamente privado ao mesmo tempo.

Shane tinha a sensação de que, mesmo que estivessem completamente sozinhos dessa primeira vez que ele a beijou de novo — que a beijou *de verdade* —, ele teria ouvido gritos e aplausos.

Ele se afastou um pouco. Em sua visão periférica, via as expressões chocadas e alegres do elenco ao redor. Ele se abaixou para murmurar no ouvido de Lilah:

— E aí, você estava pensando em algo assim?

Ela riu.

— Sim. Era mais ou menos isso que eu tinha em mente.

— Pelo jeito, agora você está bem presa a mim.

Lilah encostou a bochecha na dele. Ele conseguia ouvir o sorriso em sua voz.

— Eu estive presa a você pelos últimos nove anos, Shane.

Ela inclinou a cabeça e capturou os lábios dele novamente, e tudo além deles dois deixou de existir.

25

SHANE TINHA PEDIDO PARA PULAREM a festa do *LNL* e irem direto ao hotel, mas Lilah insistiu em darem uma passadinha. Principalmente para o assunto principal da festa (e depois dela) não ser os dois fugindo de imediato para transar.

Parecia que o truque tinha funcionado: em vez de uma vibe fúnebre, ancorada por elogios vagos e insinceros do tipo "da próxima vez vai ser melhor" e "pelo menos você tentou", o clima que os recebeu era animado e congratulatório, quase como se estivessem participando de sua própria festa de casamento.

Eles se moviam pela multidão como uma coisa só, inseparáveis. A palma da mão dele o tempo todo na nuca de Lilah. Os dedos dela ao redor do pulso dele. Como se, se eles parassem de se tocar, o feitiço seria quebrado e as coisas voltariam a ser como antes.

Não conversaram muito a sós, mas, quando chegaram ao final da segunda rodada, se permitiram um beijinho aqui e ali — cada beijo um pouco mais profundo, um pouco mais longo — quando achavam que ninguém estava olhando. Isso fez Lilah se lembrar da primeira noite no bar do hotel, de certa forma: o ar fervilhando de possibilidades, todos os seus nervos à flor da pele.

Finalmente, eles se desvencilharam culpados no que pensavam ser um canto isolado quando o redator-chefe do *LNL* se esgueirou por trás deles e gritou, bem-humorado, na orelha deles:

— Arrumem um quarto!

Shane inclinou a cabeça em direção à saída, passando a mão pela dela enquanto caminhavam.

O ar de janeiro os atingiu em cheio quando saíram do restaurante, fazendo Lilah perder o fôlego. O hotel de Shane era mais perto do que o dela, a apenas algumas quadras de distância, e eles se abraçaram com força contra o vento. Ainda assim, levaram mais tempo do que deveriam para chegar, parando para se beijar e se agarrar em todos os sinais fechados até Lilah ter outro motivo para estar sem fôlego.

Quando entraram no saguão do hotel, no entanto, o efeito foi solene. A iluminação discreta, a decoração de bom gosto, a música suave, a ausência de pessoas devido à hora adiantada — tudo isso a atordoou. Sua ansiedade se agitou e se esticou, sussurrando perguntas pungentes em seu ouvido: *O que você fez? Você pensou direito nisso? O que vai acontecer agora?*

Eles tiraram os casacos enquanto esperavam o elevador, o calor opressivo do saguão fazendo com que um fio de suor descesse instantaneamente pelas costas de Lilah. Quando entraram no elevador, ela esperava que Shane a agarrasse novamente, mas ele deve ter percebido a mudança no clima, pois só colocou a mão, de um jeito reconfortante, em sua lombar.

Ela sentiu que ele estava olhando, mas manteve o olhar fixo em frente. O quarto dele ficava quase no último andar do hotel, com os números subindo agonizantemente devagar. Por fim, ela se permitiu olhar para ele, e a expressão de Shane, preocupada e curiosa, fez o estômago se revirar. Ele parecia exausto, com as olheiras escuras e as rugas finas na testa bem destacadas sob a luz pouco lisonjeira do elevador. Lilah tinha certeza de que ela mesma não estava com uma aparência muito melhor. Shane voltou a atenção para a frente novamente, então ela também.

— Eu sinto que devia estar tocando Simon e Garfunkel — murmurou ela.

— Por quê?

Ela olhou para ele.

— Você nunca viu *A primeira noite de um homem*?

Ele deu de ombros.

— Eu sei o básico. A gente ouvia muitas piadas sobre a sra. Robinson, eu e Serena. Então, nunca assisti só de birra.

O elevador finalmente se abriu e os dois saíram para o corredor.

— Então você não sabe como termina?

— Imagino que não seja com felizes para sempre.

— Não exatamente — disse Lilah. — Dustin Hoffman invade o casamento da filha dela, e eles fogem juntos e entram em um ônibus.

— Ele e a sra. Robinson?

— Não, a filha. E a última cena é só um longo take deles sentados no fundo do ônibus meio que "Ah, caralho, o que a gente acabou de fazer?".

Eles chegaram à porta do quarto dele, que procurou a chave no bolso.

— É assim que você se sente? Está arrependida? — perguntou ele, evitando olhá-la nos olhos deliberadamente.

Lilah sentiu um aperto no coração e fez que não enfaticamente.

— Não. É que acho que é para ser ambíguo mesmo. Não arrependimento necessariamente. Só, tipo... a gente fez uma coisa grande. Uma coisa que não dá para desfazer. E não tenho a menor ideia do que vai acontecer amanhã.

Ela não conseguiu impedir a voz de vacilar.

Shane já estava com a chave, mas, em vez de abrir a porta, virou-se para ela, segurando seu rosto com as duas mãos antes de se debruçar e a beijar gentilmente.

— Não se preocupa com amanhã. Nem com mais ninguém. Agora, somos só nós. É só hoje à noite.

Ela soltou uma risada, estragando o momento.

— O que foi? — perguntou ele.

— Você acidentalmente citou *Rent* para mim. Mais ou menos.

Ele resmungou, enrugando o rosto para tentar mascarar o sorriso.

— Caramba, você *é* mesmo uma nerd de teatro. Tem razão, essa coisa toda foi um erro. Vou nessa.

Ele fingiu que ia voltar para o elevador, mas ela agarrou a manga dele e o puxou com facilidade de volta a seus braços, os dois rindo.

— Tá, tá, só abre a porta logo, descoladão.

A risada parou abruptamente assim que entraram no quarto, Shane a segurando contra a porta antes mesmo de acenderem a luz. Os casacos dos dois caíram esquecidos no chão enquanto eles se apalpavam, trocando beijos ferozes, de deixar marca. Ele emaranhou o punho no cabelo dela e arranhou seu maxilar com os dentes, fazendo todo o corpo de Lilah ficar frouxo.

Ela se permitiu mergulhar no ritmo, no empurra e puxa da boca e da respiração e das mãos deles. Contra a vontade dela, a sonolência começou a dominá-la quanto mais seus olhos ficavam fechados, seus movimentos se tornando preguiçosos e lânguidos. Ele se afastou quando a sentiu desacelerando, e ela abriu os olhos e o viu observando-a preocupado.

— Oi.

— Oi — falou ela, com a voz fraca.

Ele estendeu a mão para tirar o cabelo dos olhos dela, os dedos passando ternos pela têmpora.

— Está cansada?

— Mais ou menos — admitiu ela.

— Quer esperar?

Ela considerou, aí balançou a cabeça em negativa.

— Você quer? Você deve estar prestes a desmaiar.

Ele se debruçou e lhe deu um beijo suave.

— Acho que já esperamos o suficiente, não?

A rouquidão da voz dele a fez perder o fôlego, e ela assentiu, entendendo-o perfeitamente. Ele não estava falando de sexo, obviamente. Queria dizer que tinha levado muito tempo para saírem da porra do caminho deles mesmos. Quanto tempo tinham perdido... Como tinham chegado perto de viver o resto da vida se odiando por motivos que Lilah não conseguia nem lembrar.

Tá, talvez conseguisse, sim, mas não ligava mais. Não ligava fazia muito tempo. Só queria saber de não desperdiçar mais nenhum segundo.

Ela se inclinou à frente e capturou o lábio inferior dele com os dentes. Shane gemeu e se apertou de novo contra ela, ancorando-a à porta com o corpo, agarrando a parte de trás das coxas dela até Lilah tirar as pernas do chão e fechá-las obedientemente em torno da cintura dele.

Ela ofegou ao sentir como ele estava duro, e o latejar no meio das pernas já estava insuportável. Shane mordeu a clavícula dela e subiu com beijos febris de volta à boca; ela passou a língua entre os lábios dele sem hesitar, fazendo-o dar um gemido. Lilah estava louca de desejo, dividida entre querer tê-lo dentro de si imediatamente e querer estender cada momento o máximo possível.

Cedo demais, ele se afastou, colocando-a de pé de novo. Lilah deu um gemidinho de protesto.

— Acho que preciso tomar banho primeiro. Tirar o suor do fracasso — murmurou ele na boca dela antes de se virar para o banheiro. Ela se apoiou na porta, tonta, piscando, sem conseguir fazer nada exceto assistir enquanto ele puxava a camiseta por cima da cabeça e jogava no chão. Ele estendeu o pescoço para olhá-la. — Você vem?

Ela se endireitou e chutou as botas para longe.

— Com certeza.

Os dois ficaram só de roupa de baixo, deixando uma trilha de roupas atrás. Ele chegou ao banheiro antes e já estava passando a mão embaixo da água do chuveiro quando ela fechou a porta.

— Você provavelmente quer uns graus acima de fervendo, né?

— Está tudo bem. Eu posso *ceder* — disse ela com um suspiro dramático.

Shane se virou para olhá-la, sorrindo, antes de voltar a cabeça para olhar de novo, com a expressão se afrouxando enquanto o olhar a varria da cabeça aos pés. Ela cruzou os braços na frente da barriga e se apoiou na pia.

— O que foi?

Com base na expressão dele, Lilah tinha uma boa ideia do que era, mas queria ouvi-lo dizer mesmo assim. Com certeza não era uma reação ao seu conjunto de sutiã e calcinha, que eram simples, funcionais e já tinham visto dias melhores.

Ele sacudiu a cabeça e se endireitou, indo devagar até ela.

— É que eu sempre esqueço. Tipo, eu me convenço que minha memória está me pregando peças. — Ele parou de repente na frente dela, fechando as mãos nas costelas de Lilah antes de deslizá-las devagar pelas bordas de sua silhueta, seguindo o progresso com os olhos e a fazendo tremer. — Mas você é mesmo linda pra caralho.

Ela descansou as mãos por um momento nos bíceps dele, aí subiu para os ombros, abaixando a cabeça para pressionar a boca na pele quente ali.

— Humm. Você serve.

— Bom, sei que não sou nenhum Pennywise.

— Que bom. O pau dele era bem estranho.

Ela pegou a risada dele em seus lábios, de um jeito leve e doce, antes de ele se afastar para olhá-la de novo.

— Achei que você fosse me dar um ataque cardíaco naquele ensaio fotográfico — murmurou ele, espalmando as mãos no quadril dela, achando o ponto onde ela era mais macia e apertando, possessivo.

— Puxa, sinto muito.

— Não sente, não. Eles não te deixaram ficar com as peças, né? As meias e tal?

— Não, mas provavelmente consigo encontrar alguma coisa nessa linha, se você quiser.

Ele se apertou mais forte contra ela, pele com pele.

— Eu quero, sim.

Ela passou as mãos pelas costas macias dele e se acomodou na lateral do pescoço, inspirando fundo o almíscar natural da pele dele antes que o chuveiro lavasse.

— Só para você saber, precisei de mais duas pessoas para me ajudar a vestir tudo.

— É, mas aposto que só precisaria de uma para tirar. Se ela estivesse bem motivada.

A voz dele ficou grave quando suas mãos subiram para abrir com delicadeza o fecho do sutiã, sua ereção se apertando insistente na virilha dela. Lilah colocou a mão sob o cós da cueca e permitiu que seus dedos se fechassem em torno dele, quente e duro, afagando suavemente, se reacostumando, sentindo um frio bem no fundo da barriga com a confirmação de que sua memória também não estava pregando peças. Shane gemeu e descansou a testa no espaço entre o pescoço e o ombro dela, descendo as alças do sutiã pelos braços de Lilah.

Ela roçou os lábios na orelha dele.

— Acho que estamos desperdiçando água.

Ele resmungou, meio por diversão, meio por arrependimento, e se desenredaram de novo, descartando os últimos fragmentos de roupa, Lilah amarrando o cabelo antes de entrar atrás dele.

Os dois sabiam que era melhor nem discutir a possibilidade de transar no chuveiro, que era risco de mais para recompensa de menos. Em vez disso, só se abraçaram, com beijos suaves e demorados, mãos explorando vagarosas com a desculpa de passar sabonete. Lilah suprimiu um gemido quando os dedos ensaboados de Shane passaram por seus mamilos. Ele soltou um gemido do fundo da garganta quando ela passou de leve a palma da mão por todo o membro duro dele, da base à ponta.

Depois de se enxaguarem, ela ficou de joelhos e tirou a cabeça do alcance da água. Os olhos dele ficaram escuros e enevoados, e ele apoiou um braço na parede, cheio de expectativa, com o antebraço se flexionando.

Mas o único lugar em que ela o tocou foi o quadril, dando um beijo suave na tatuagem. O coração de Lilah dera uma cambalhota assim que ela viu que estava intacta, as linhas quase tão escuras quanto no dia em que fizeram.

— Eu achei que você ia direto daquele set para a clínica de laser mais próxima — provocou ela, roçando o polegar ali.

— É que acabou não dando tempo — disse ele com uma risadinha rouca.

— Que estranho.

Ela moveu a cabeça alguns centímetros, levantando os olhos cheia de malícia antes de afundar os dentes na curvatura firme da bunda — não tão forte quanto ela queria, mas forte o bastante para fazê-lo gritar e dar um pulo.

— *Ai!* Caralho.

Mas ele estava rindo, estendendo a mão para esfregar o local, que já estava ficando rosa. Ela deu um beijo ali também.

— Desculpa. Sabe há quanto tempo venho pensando em fazer isso?

Ele desligou a água e a ajudou a ficar de pé, puxando-o para um beijo tão profundo e safado que ela sentiu nos dedos dos pés.

— Uhm, deixa eu te mostrar no que *eu* andei pensando.

Eles só tinham acendido a luz do banheiro, então, exceto pelo brilho indistinto da madrugada entrando pelas cortinas abertas, o quarto estava escuro. Depois do banho, Lilah se sentia bem desperta, a pele sensibilizada e formigando agradavelmente da cabeça aos pés, a pulsação latejando pesada entre as pernas.

Mas ela não foi direto para a cama. Perambulou até a janela, parando para olhar a rua lá embaixo — tranquila, mas nunca cem por cento vazia, o falatório da cidade amortecido a um zumbido suave, onírico. No reflexo embotado, ela viu Shane se aproximando por trás, já tendo descartado a toalha. Ele a abraçou e a segurou bem perto por um momento antes de abrir a toalha dela. Lilah deixou cair e chutou para o lado, curtindo a sensação do corpo dele em suas costas, quente e sólido, o ar no quarto de repente frio em comparação, seus mamilos endurecendo antes mesmo de as mãos dele os encontrarem.

Ela gemeu baixinho quando ele segurou seus seios, massageando forte, puxando os mamilos, o fôlego dele quente na nuca de Lilah.

— Acho melhor você apoiar as mãos no vidro — murmurou ele, arrastando os lábios pela linha do pescoço dela e mordendo o lóbulo da orelha.

Ela se inclinou à frente e se encolheu ao tocar as palmas na janela gelada, o corpo todo estremecendo. Ele pôs a boca na nuca dela, mantendo uma das mãos no seio, deslizando a outra devagar pela barriga até acomodá-la no meio das pernas de Lilah. O primeiro roçar dos dedos dele em seu clitóris a fez dar um solavanco e ela abaixou a cabeça, sem conseguir mais segurar.

Shane sabia exatamente como tocá-la. Como se estivesse pensando naquilo havia anos, esperando pacientemente pela chance de fazer de novo. Só esse pensamento foi suficiente para dobrar seus batimentos cardíacos, o prazer iluminando-a de dentro para fora, a pele ficando corada e febril. Logo Lilah estava delirando o bastante para se perguntar como era possível só ter mesmo um único homem atrás dela, já que parecia que ele estava em todos os lugares ao mesmo tempo: seus dedos provocando devagar o meio de suas pernas, a outra mão ainda brincando com os mamilos, a boca quente mordiscando e sugando as partes mais sensíveis de seu pescoço, ruídos baixos de satisfação ondulando perto do ouvido dela, de tão fácil que era para ele fazê-la desmoronar.

Ela rebolou nele, sem vergonha, desesperada. Quando ele enfim deslizou o dedo indicador para dentro, Lilah ofegou e se apertou contra ele por instinto. Ele gemeu no pescoço dela.

— Caralho, você está tão molhada. — A voz dele estava rouca. Quando ele enfiou mais um dedo e a fodeu mais forte, a ela só restou gemer, os dois respirando pesado e rápido, a outra mão dele subindo e descansando na base do pescoço dela. — Assim está gostoso?

Você sabe que está, ela queria dizer, com uma pressão quase dolorida crescendo em ondas que já a faziam tremer, mas saiu mais perto de "unngh"; a risada dele foi safada, dura, íntima. Shane mudou a posição do braço e achou um ângulo que a fez gritar na mesma hora, a base da mão dele apertada no clitóris, curvando os dedos para esfregar o ponto dentro dela que fazia fogos de artifício estourarem atrás dos olhos. Uma sensação tão boa que era quase excessiva.

Ela gozou rápido, de um jeito agudo e surpreendente, o corpo todo tomado por um espasmo enquanto a tensão insuportável dentro dela chegava ao ápice e se liberava, abrindo-a por completo. Shane a segurou firme, com o coração batendo forte às costas dela. Depois de Lilah se recuperar, no entanto, ela saiu de seu abraço, se empurrou para longe da janela e se virou para ele.

Ela se forçou a soar séria, embora cada parte de si ainda estivesse molenga.

— Vai para a cama — ordenou.

E ele obedeceu tão rápido que teria sido cômico se na verdade ela não achasse um puta tesão. Shane se estendeu por cima dos lençóis, olhando-a com as pálpebras pesadas enquanto ela ia na direção dele e abaixando a mão para acariciar distraidamente sua ereção, que ela nunca tinha visto tão dura e tensa.

— Não falei que você podia se tocar.

Um calor apareceu nos olhos dele. Shane levantou a mão em rendição antes de colocar as duas atrás da cabeça, os bíceps flexionados, uma pontada enrouquecida na voz.

— Eu gosto quando você fica mandona.

— Eu sei.

Ela ficava exultante com o fato de que o jogo de empurra e puxa entre eles não precisava terminar só porque não havia mais animosidade.

Eles sempre tinham sido bons juntos, e nenhum dos dois era exatamente virgem quando se conheceram, mas, agora, havia algo diferente na dinâmica. A excitação da descoberta e da redescoberta. O conforto e a confiança remanescentes do passado. A segurança e a experiência adquiridas nos anos separados. A gratidão por terem tido a chance de provar o que mais havia disponível, mas mesmo assim conseguido achar o caminho de volta para o outro: guardando o que funcionava para eles, descartando o que não funcionava, prontos e ansiosos para moldar tudo aquilo em algo que fosse só dos dois.

Ela se ajoelhou entre as pernas dele e ficou imóvel por um momento, absorvendo a cena à sua frente, o homem maravilhoso esparramado à sua mercê.

O homem maravilhoso por quem ela estava completa, inacreditável, perdidamente apaixonada, como só acontece uma vez na vida.

Algo se expandiu em seu peito e, para sua irritação, ela sentiu lágrimas nos olhos. Piscou para afastá-las. Lilah nunca tinha chorado durante o sexo — exceto daquela vez no ensino médio quando ficara de olho roxo por acidentalmente levar uma cotovelada na cara — e não começaria com isso justo naquele momento.

Então, voltou a se concentrar na tarefa do momento, agarrando a base do pau dele e dando uma lambida longa e lenta. O corpo todo dele tremeu, e Shane fez um ruído como se tivesse pisado numa armadilha de urso. O som criou um raio de prazer no meio das pernas dela.

Ela também ainda sabia do que ele gostava e o provocou com os lábios, a língua, as mãos, saboreando seus gemidos suaves e desesperados, a forma como seus quadris se contraíam e cediam, a respiração dele ficando pesada e rápida. Quando ela fechou a boca em torno dele, relaxando a garganta para colocar bem lá no fundo, ele xingou alto e tirou as mãos de repente de trás da cabeça, uma agarrando os lençóis, outra se enrolando forte no cabelo dela.

— *Puta que pariu*, Lilah, você vai me matar. Não sei quanto tempo mais vou aguentar — disse ele, puxando o cabelo dela.

Ela o soltou com um *pop* molhado.

— Vai ver isso é bom. Tirar a primeira da frente, aliviar a pressão.

Ele sacudiu a cabeça, rindo um pouco e ainda ofegante.

— Fico feliz de você achar que, no momento, vou conseguir mais de uma rodada. Provavelmente vou desmaiar assim que gozar, mas preciso foder você hoje.

— Não vou discutir com isso. — Ela engatinhou por cima do corpo dele e se abaixou para um beijo profundo e lento. — Você tem camisinha, né?

Ela supunha que, se não tivesse, ele não teria deixado ir tão longe, mas, mesmo assim, ficou aliviada quando ele fez que sim.

— Aham. Na minha mala. — Ele rolou para fora da cama e foi até a mala, fuçando em um bolso externo até pegar uma tira e arrancar uma. Shane apertou os olhos na luz fraca. — Espera. Merda. Qual o prazo de validade de uma camisinha?

— Sei lá. Alguns anos.

— Ah, tá bom. Então, tudo bem.

Ela deu um sorriso irônico, olhando-o rasgar a embalagem e colocar a camisinha.

— Já faz um tempo, é?

Ele sorriu, voltando para a cama ao lado dela.

— Talvez. — Ele deu um empurrãozinho para ela ficar de costas, se ajoelhou ao lado e deslizou as mãos coxa acima. — Pode ser que eu tenha andado meio distraído nos últimos meses.

Ela sentiu o rosto corar.

— Eu também.

Algo sincero passou pela expressão dele, que subiu a mão para acariciar o rosto de Lilah.

— Lilah — falou, com a voz cheia de ar. — Eu...

Ele se interrompeu, sacudindo a cabeça, aí se reposicionou entre as pernas dela e apoiou as mãos de cada lado do tronco.

— O que foi?

Ele sorriu, tímido, e balançou a cabeça de novo.

— Nada. Alguém me disse que durante o sexo não conta.

Ela sentiu o mesmo inchaço no peito, a garganta se apertando, as lágrimas ardendo nos cantos dos olhos outra vez. Tentou pigarrear, mas, mesmo assim, a voz saiu rouca:

— Bom, então vamos torcer para você ainda conseguir lembrar depois.

A intensidade do olhar dele lhe deu arrepios.

— Eu vou lembrar.

Lilah se forçou a rir, embora parecesse estar com dor.

— Você vai ser todo meloso comigo agora que a gente não se odeia mais?

Quando ele sorriu, tinha algo doloroso ali também. Anseio, talvez.

— Eu vou ser o que você quiser.

Ela sentiu seu rosto ficando sério, o nó na garganta se expandindo quando ela levantou a mão para segurar o rosto dele, passando os dedos pela barba.

— Eu só quero você — disse Lilah, baixinho.

Ele sorriu, abaixando-se para encostar o nariz na clavícula dela.

— Quem é que está sendo melosa agora?

Ela reagiu mudando de posição embaixo dele, levantando os joelhos para envolver seu quadril e estendendo o braço para encaixá-lo. E então, Shane entrou nela devagar, os dois exalando pesadamente, Lilah abraçando com força o pescoço dele e enterrando o rosto ali.

Ela se sentia à flor da pele e exposta, virada do avesso. Talvez pela primeira vez se sentia sem a pressão de fazer uma performance durante o sexo, de incorporar a fantasia do que o parceiro dela esperava. Era fácil demais para ela se proteger assim, intuir o que queriam dela e entrar no papel sem esforço — levando o trabalho para casa, intencionalmente ou não. E também havia prazer nisso, a seu modo.

Mas, enquanto ele se movia dentro dela, primeiro com cuidado, a respiração falhando, as porcarias das lágrimas dela ameaçando cair, ela enfim entendeu o poder de abaixar a guarda, de se permitir ser conhecida. Era o tipo de conexão que ela nunca havia sentido antes. Nem com ele, nem com ninguém. Sem jogos, sem personas, sem manipulação, sem desapego. Só os dois, completamente à mostra e se agarrando um ao outro, nervosos e vulneráveis como se fosse a primeira vez.

Lilah deixou a cabeça cair na cama e o olhou nos olhos, relaxando os braços em seu pescoço e subindo ao rosto dele. Havia fome no olhar de Shane, mas também ternura — algo que ela teria achado insuportável se não tivesse a consciência avassaladora de que o estava olhando exatamente do mesmo jeito. A constatação chegou perto de fazê-la perder o controle.

Shane jogou o peso do corpo para trás para poder pressionar a palma da mão na dela, entrelaçando os dedos dos dois enquanto ela esticava o braço acima da cabeça. A delicadeza já tinha desaparecido, os olhos dele estavam quentes e escuros; com gemidos, ela mostrava o quanto estava gostando enquanto o quadril dele impulsionava mais forte e mais rápido, fazendo o prazer faiscar pela coluna de Lilah. Ela sentiu outro orgasmo chegando, sem pressa, uma tempestade que se aproximava enquanto ela o envolvia com as pernas e balançava o quadril ao encontro do dele.

Quando sentiu que estava começando a atingir um platô, Lilah libertou uma das mãos e deu um tapinha de leve no quadril de Shane. Eles rolaram num movimento fluido até ela estar por cima, quase sem perder o ritmo. Desse jeito, era fácil para ela gozar, especialmente com ele. Ela fechou os olhos e apoiou as mãos no ombro dele, sendo dominada por ondas de prazer ao se roçar em Shane, que passava as mãos por todo o seu corpo — os seios, a cintura, agarrando o quadril com tanta força que ela tinha certeza de que ia acordar com hematomas no formato de dedos na bunda.

Quando ela chegou bem perto, seus olhos tremularam e se abriram de novo. Lilah conseguiu ver por um breve momento o rosto dele, olhando-a com uma expressão que só podia ser descrita como reverência. Ela se inclinou até estarem de novo com o tronco grudado, e ele a abraçou e estocou de baixo enquanto ela passava a língua pela lateral de seu pescoço.

— Puta merda, como senti saudade de você — rosnou ele, e foi a falha de sua voz, grossa de emoção, que acabou fazendo-a cair do precipício; e, sim, talvez algumas lágrimas finalmente também tenham caído, mas só porque parecia que ele mesmo estava prestes a chorar.

Se o primeiro orgasmo tinha sido agudo e intenso, este pareceu profundo, resplandecente e inesgotável, o corpo dela praticamente vibrando em câmera lenta numa frequência secreta que só Shane era capaz de acessar.

Ele os balançou de modo que ficassem sentados, ainda a abraçando, acariciando as costas dela, dando beijos leves como plumas no pescoço e nos ombros. Mas, antes mesmo de a última onda passar, Shane já a tinha colocado de costas outra vez, passando as duas pernas dela por cima de um ombro, as estocadas mais profundas e incansáveis, jogando a cabeça para trás num êxtase desinibido. Lilah via que ele não duraria muito, mas isso não impediu o começo de uma espiral elétrica dentro de seu baixo-ventre só com a sensação dele, a visão dele, os sons que saíam dos dois.

Ele desacelerou, as estocadas agora espasmódicas e instáveis.

— Caralho. *Caralho*.

Shane jogou a cabeça para a frente, ofegando.

Ela relutantemente o deixou levantar para lidar com a camisinha, mas ele logo caiu de volta na cama, desmaiando nos braços dela.

Enfim, levantou a cabeça para beijá-la, e Lilah passou as mãos pelo cabelo dele, úmido do banho e de suor.

— Lilah?

— Oi?

Ele rolou os dois para estarem deitados de lado se olhando, de mãos dadas em frente ao peito, como se estivessem numa queda de braço. Com o outro polegar, Shane traçou a bochecha dela. Lilah viu, em seu olhar, o que ele ia dizer antes mesmo de acontecer.

— Você acreditaria se eu dissesse agora que te amo?

Um calor nasceu no peito dela, e ela fechou os olhos.

— Sim.

— E se eu dissesse que te amava antes também?

— Quando?

A voz dela era quase um sussurro:

— No Ano-Novo. — Ela sentiu os lábios dele em sua testa. — Em Vancouver. — Na bochecha. — Quando você passou pela porta antes da apresentação para a mídia. — Na ponta do nariz. — No meu trailer antes de você ir embora. — Na mandíbula. — Quando a gente fez as tatuagens. — No ombro. — Na primeira vez que te beijei. — No pescoço. — Quando você esqueceu as falas no nosso primeiro teste.

Nos lábios de novo, enfim.

Lilah pensou em protestar, mesmo agora. Insistir que não tinha como ele amá-la desde o dia que a conhecera.

Mas não tinha importância, percebeu. Não havia satisfação em estar certa sobre esse assunto — se é que era possível estar. Porque esse não era o xis da questão. O importante era que Shane a amava agora, e ela sabia disso tanto quanto sabia seu próprio nome. O tipo de amor que lançava um brilho quente através do tempo, até lá no primeiro encontro, remoldurando o passado com as lentes do presente. Poderoso o bastante para iluminar a casca protetora que ela julgava envolver o próprio coração, revelando que não era casca coisa nenhuma, era um casulo. Seu coração não estava se calcificando, estava ganhando tempo, se partindo e se rearranjado a nível molecular até finalmente ser hora de se libertar e se revelar, trêmulo, brilhante e novinho em folha.

Ela abriu os olhos.

— Eu diria: "Eu também".

Ele abriu um sorriso tão grande e incontido que era quase infantil.

— Falei que eu não ia esquecer.

— O seu foi bem melhor do que o meu.

— O seu foi perfeito. — Ele acariciou o cabelo dela. — Mas acho que devo ter tido mais tempo para pensar.

— Bom, valeu a espera.

O sorriso de Shane se apagou devagar, e a expressão ficou séria.

— Será que valeu?

Ela mordeu o lábio.

— Acho que a gente precisava. Na época, não estávamos prontos um para o outro. Nós dois precisávamos crescer um pouco.

— Só se *você* precisava — murmurou ele, mas Lilah viu que ele estava com dificuldade de ficar sério, especialmente quando ela riu. Ele se debruçou e a beijou profunda e exaustivamente. — Por favor, me diz que hoje foi a última manhã que tive que acordar sem você — completou ele, baixinho, ao se afastar.

— Meio codependente, não? — provocou ela, embora as palavras tivessem criado arrepios de prazer em seus braços.

— A gente tem muito tempo perdido para compensar, eu diria que temos direito a um pouco de codependência nesse momento. Mas, se você não contar para a dra. Deena, eu também não conto.

Ele deu um empurrãozinho de leve para ela se virar e encaixou as costas dela em seu peito. Ela suspirou.

— Shane? — murmurou Lilah, já pegando no sono.

— Oi.

— Será que de vez em quando você pode transar comigo como se ainda me odiasse?

Ele riu e abaixou a mão para dar um tapa forte na bunda dela, seguido por um aperto reconfortante.

— Farei o meu melhor.

26

CONSIDERANDO O QUÃO POUCO TINHA dormido, Shane acordou surpreendentemente descansado. A humilhação da noite anterior mal passava por sua cabeça — não com Lilah enrolada nua em seus braços. Se fosse por ele, eles não sairiam daquela cama por mais alguns dias, no mínimo. Mas precisavam estar do outro lado do país na manhã seguinte, então, momentos depois de acordar, eles estavam recostados na cabeceira da cama, com as pernas ainda entrelaçadas, resolvendo a logística do dia seguinte: arrumar as coisas no quarto dele, pegar as de Lilah no hotel dela, tentar trocar as passagens para pegar o mesmo voo de volta para Los Angeles.

O despertador de Lilah tocou incansavelmente em algum lugar no outro externo da suíte, então ele se arrastou para fora da cama para pegar os celulares dos dois de dentro das roupas descartadas. Quando deslizou de volta para debaixo das cobertas e entregou o de Lilah, viu de relance a tela dela, inundada de notificações, o grupo das Más bem no topo (quarenta e sete mensagens não lidas). Ela olhou para a tela e gemeu, deixando a cabeça cair contra a cabeceira da cama com um baque, o que foi a deixa para ele se inclinar e mordiscar o pescoço exposto, incapaz de se conter, impressionado por poder fazer isso.

Eles realmente não tinham tempo para transar outra vez, mas bastou Lilah perguntar inocentemente o que Shane queria de café da manhã e, antes que ele percebesse, estava deitado de costas, com as coxas dela ao lado das orelhas, a respiração dela escapando em arfadas impotentes enquanto ela segurava a cabeceira. Quando Lilah gozou, ele a virou de barriga para baixo e deslizou para dentro dela por trás, cravando os dentes em seu ombro enquanto a prendia à cama.

Depois disso, eles *realmente* tiveram que correr.

De alguma forma, chegaram ao aeroporto com tempo de sobra. Enquanto esperavam no balcão para despachar a mala, Shane desenvolveu uma percepção gradual de algo que havia escapado de sua mente durante a loucura das últimas vinte e quatro horas.

Ele estava confortável com o nível de fama atual. Tivera anos para se acostumar com aquilo, e não estava nem perto de seus picos mais frenéticos — a primeira temporada de *Intangível*, seu relacionamento com Serena. Na maior parte do tempo, conseguia viver uma vida relativamente tranquila, só com a consciência, lá no fundo da mente, de que poderia ser fotografado a qualquer momento. Mas era capaz de lidar com uma foto furtiva aqui, uma abordagem de um fã ali. Na verdade, gostava de conversar com fãs, porque gostava de conversar com praticamente todo mundo.

Mas o nível de atenção que eles estavam recebendo enquanto caminhavam pelo terminal do aeroporto parecia quase como aquela primeira temporada outra vez. As pessoas estavam apontando abertamente, tirando fotos sem nem tentar esconder, dando a ele aquela sensação de animal no zoológico pela primeira vez em anos. Fazia sentido: os dois juntos chamavam muito mais atenção do que separadamente, mesmo para quem não assistia ao programa. Depois da noite passada, eles meio que tinham pedido por aquilo.

Ele olhou para Lilah, que ainda estava usando os óculos de sol, com a postura rígida e a boca em uma linha fina e sem humor. Ele queria pegar a mão dela para tranquilizá-la, mas não tinha certeza se isso pioraria as coisas. Ela retribuiu o olhar e sorriu com firmeza, pegando ela mesma a mão dele e apertando.

— Está tudo bem — disse Lilah em voz baixa. — Nós sabíamos que isso ia acontecer, certo?

Depois de passarem pela segurança, conseguiram escapar para a sala VIP da companhia aérea. Shane foi atrás de lanchinhos e café enquanto Lilah procurava um canto isolado perto da janela. Quando ele voltou, ela estava vendo o celular, com uma expressão perturbada.

— Acho bom você não estar lendo sobre nós — disse Shane, acomodando-se na poltrona ao lado dela.

Ela franziu a testa, culpada.

— É uma loucura. Eu sabia que as pessoas ficariam interessadas, mas não pensei que ficariam *tão* interessadas. Jasmine acabou de me enviar a porra de uma matéria do *New York Times*.

Ela bloqueou a tela e colocou o aparelho virado para baixo na mesa ao lado, aceitando com gratidão o funil de papel com mix de nozes que ele lhe ofereceu.

— É só porque é recente. Tenho certeza de que as pessoas vão superar em uma semana.

Ela deu de ombros, mas seu olhar estava distante.

— É.

Ele esticou as pernas à sua frente, desenroscando a tampa da garrafa de água.

— Está na hora de a gente conversar?

— Sobre?

— Você sabe. — Shane acenou com a mão entre eles. — Nós. O futuro. A gente meio que mergulhou de cabeça na coisa.

O canto da boca dela se contraiu. Era possível que ela não estivesse pensando em tudo em que eles literalmente tinham mergulhado de cabeça nas últimas doze horas, mas *Shane* com certeza estava.

— Certo. Provavelmente seria a coisa mais responsável a se fazer.

— O que você acha de casamento?

Lilah levantou uma sobrancelha.

— É um pedido?

— Acredite, se fosse, você saberia. Mas *já* se passaram nove anos, pode-se dizer que já passou da hora.

Ele percebeu que ela estava lutando para conter um sorriso.

— Então, o quê? Você só quer saber minha opinião sobre a instituição em geral?

Ele deu de ombros.

— Não quero presumir nada, Lilah. Eu te vejo como o tipo que mora junto por décadas sem nunca colocar uma aliança.

Ela se acomodou na poltrona, olhando para o teto enquanto pensava.

— Não sou contra. Mas não vou usar seu sobrenome.

Ele bufou.

— Estou pouco me fodendo pra isso. Eu posso usar o *seu* sobrenome, quem liga?

— De repente a gente pode usar o nome completo um do outro. Tipo, trocar mesmo. O primeiro, o do meio e o último.

— Podemos guardar isso para quando as coisas se acalmarem e a gente precisar muito de atenção. — Ele tomou um gole de água. — Eu preciso começar a estudar a possibilidade de me converter ao judaísmo?

— Só se você quiser agradar a meus avós. E eles estão todos mortos, então já vai ser uma batalha difícil. O que você é agora? Católico?

— Em teoria. Mas, que nem você, eu só ia à missa mesmo com meus avós.

— É claro que você é — disse ela com um sorriso irônico. — Homens católicos são obcecados por mim, por algum motivo. Talvez sintam que temos essa cultura compartilhada de culpa em comum. Ou talvez só achem que sou irlandesa.

— Bem, todos os outros homens católicos vão ter que entrar na fila.

— Pelo menos já estão acostumados.

Ele se inclinou, com a voz baixa.

— Eles também estão acostumados a ficar de joelhos.

Ela sorriu, mas ele viu suas bochechas avermelhadas.

— Não fica tão animadinho. Estamos em público, lembra?

— Que mente suja. Talvez eu ainda esteja falando sobre o pedido de casamento.

Lilah riu de novo, seu rubor se intensificando, os olhos encontrando os dele com um calor que fez o estômago de Shane dar uma estranha cambalhota.

Ela me ama.

O pensamento surgiu involuntariamente pelo que parecia ser a milésima vez desde a noite anterior. Ainda era tão difícil de entender que Shane só conseguia repetir várias vezes como um mantra.

Aos poucos, porém, o sorriso dela se desvaneceu.

— E filhos?

Ela olhou para baixo ao dizer isso, e ele sentiu a apreensão por trás da casualidade estudada.

Ele se inclinou para trás, esfregando a mão na barba.

— Não sei. Nunca senti que ser pai era o propósito da minha vida ou algo assim. Nem que teria alguma coisa faltando se eu não fosse. Mas também não sou contra. Eu meio que presumi que isso dependeria da pessoa com quem eu ficasse. Se ela ia querer ou não.

Ele viu os ombros dela relaxarem.

— Tá. Beleza. Isso é bom. — Foi só quando ele ouviu o alívio na voz dela que entendeu o quanto ela estava nervosa para ouvir sua resposta. — Acho que... — continuou ela. — Acho que pode ser mais fácil querer ter quando não é você quem tem que abrir mão de nada.

Ele colocou a palma da mão para cima no braço da poltrona e, depois de um momento, ela pôs a mão sobre a dele.

— Eu nunca vou te pressionar a fazer nada que você não queira. Você sabe disso, né? — perguntou ele, baixinho.

Ela não disse nada por um momento, ainda olhando para o colo. Finalmente, Lilah olhou para cima, com uma expressão sincera.

— Eu sei.

A confiança e a gratidão contidas naquelas duas palavras atingiram seu peito como um aríete, praticamente abrindo ao meio. Ele virou a mão dela e a beijou antes de colocá-la de volta na poltrona, ainda entrelaçada com a sua.

— Bom — disse ele. — Parece que concordamos com as coisas importantes, pelo menos.

— Que alívio. Seria muito humilhante se a gente passasse por toda essa palhaçada durante nove anos só para se separar depois de doze horas. — Ela estava sorrindo de novo. — Alguma outra preocupação que devemos tirar do caminho agora?

— Só uma: você vai me deixar te levar para um encontro de verdade ou não?

O sorriso dela ficou mais largo.

— Tipo, em público?

— A ideia é essa. Não sei se você ficou sabendo, mas agora meio que todo mundo já sabe da gente.

— Hmmm. Vou pensar. — A expressão dela ficou maliciosa. — Tem muita coisa que quero fazer com você em particular antes disso.

Ele também sorriu e se inclinou para beijá-la. Quando se afastaram, porém, ela parecia irritada. Ele virou a cabeça e seguiu o olhar dela, vislumbrando uma das funcionárias do salão se afastando às pressas, guardando o celular no bolso. Ele olhou de volta para Lilah, que sorriu sem humor.

— Vamos pedir para ela mandar a foto? De repente podemos começar um álbum de recortes.

27

MESMO COM A MELHOR DAS intenções, o novo relacionamento de Shane e Lilah rapidamente começou a se parecer muito com o antigo: os dois raramente iam a algum lugar que não fosse o set de *Intangível* e as casas dos dois. Não que qualquer deles se importasse — a agenda era tão exaustiva como sempre, além do fato de eles estarem dez anos mais velhos. Ele se perguntava como era possível ser tão feliz fazendo tão pouco, só porque estava com ela. Poder passar praticamente todos os minutos acordados ao lado dela, tanto no set quanto em casa, e ainda assim sentir que não era suficiente.

Shane esperava que a reação geral ao relacionamento deles entre os colegas de trabalho fosse positiva, mas cautelosa — uma respiração coletiva suspensa, já que todos sabiam o que aconteceria se ele e Lilah parassem de se dar bem outra vez. Mas, para sua surpresa, todos pareciam estar verdadeiramente felizes por eles, sem reservas. Shane sabia que todos tinham se aproximado nos últimos meses, mas era a primeira vez que realmente percebia a frente unificada que haviam se tornado.

Aproveitar o brilho da chama reacendida era a distração perfeita para a incômoda verdade de que nenhum dos dois tinha ideia do que o fim de *Intangível* lhes reservava. Parecia que todos os dias eles chegavam ao trabalho e recebiam a notícia de que mais alguém havia encontrado um novo emprego: o spin-off de Margaux e Brian estava avançando e gravariam um piloto real, Rafael havia conseguido um papel de apoio em uma franquia de super-heróis, Natalie se juntaria ao elenco de uma série de ficção científica de grande orçamento.

Em curto prazo, eles discutiram passar o verão viajando sem rumo e conhecendo a família um do outro, ticando cidades internacionais de suas respectivas listas de desejos, alugando uma casa na floresta ou em uma ilha isolada para poderem ficar sozinhos de verdade. Pela primeira vez desde que descobrira que a série ia terminar, a perspectiva do futuro enchia Shane mais de entusiasmo do que de terror.

Era incrível como era natural para ele parar de pensar em seus planos como algo singular, que só dizia respeito a ele, e abrir sua vida para englobar os dois como uma unidade, sem nem piscar. Nunca havia se sentido tão sincronizado com uma parceira antes — o que era irônico, considerando a conjuntura do relacionamento deles poucos meses antes. Mas talvez o atrito tenha sido necessário para aparar as últimas arestas que os impediam de se encaixar tão perfeitamente como naquele momento.

Em uma noite no início de fevereiro, abraçados no sofá de Lilah depois do trabalho, ela falou sobre a convenção que aconteceria em março de forma tão casual que Shane pensou duas vezes.

— Como assim? Você vai? Desde quando?

Ela inclinou a cabeça para olhar para ele, confusa.

— Eu não te contei? Jasmine acabou de confirmar com eles essa semana.

Ele balançou a cabeça em descrença.

— E você vai fazer tudo? O painel, o encontro com os fãs e tudo mais?

— Você não quer que eu faça?

Ele a puxou para mais perto, depositando um beijo suave na testa dela.

— É claro que quero. — Ela se aconchegou nele com um suspiro, e ele passou os dedos distraidamente para cima e para baixo na pele nua da parte superior do braço dela. — Você está nervosa? — perguntou Shane com a boca colada no cabelo dela.

Ela hesitou, depois fez que sim com a cabeça.

— Estou. Quer dizer, acho que você tem razão, que vai ser mais fácil para mim agora. Só estou preocupada com o fato de as pessoas ficarem mais... intensas. Com nós dois.

Ele ficou em silêncio por um momento, subindo a mão para acariciar o cabelo dela. Um nó de ansiedade se apertou em seu estômago — tanto pelos medos dela quanto pelo fato de que eles eram fundamentados.

— Aconteça o que acontecer, a gente vai conseguir lidar.

Ela levantou a cabeça para olhar para ele, com um sorriso nos cantos dos lábios. Shane se inclinou para beijá-la, lentamente, com ternura. Ainda estava se acostumando a poder beijá-la assim, um beijo que não tinha nada a ver com sexo. Um beijo que parecia uma confissão, uma confirmação, uma demonstração de gratidão, tudo ao mesmo tempo.

Na semana anterior à ida para a convenção, Shane tomou um café rápido com Dean durante um intervalo no set. Eles mal se viam ultimamente — Shane passava a maior parte das noites na casa de Lilah e, mesmo quando estava em sua própria casa, Dean andava sumido.

Houve um leve frisson de constrangimento entre eles enquanto faziam seus pedidos, Dean visivelmente distraído, respondendo às perguntas de Shane com respostas concisas de uma ou duas palavras.

Quando Dean foi ao banheiro, deixou o celular em cima da mesa. O celular tocou e se iluminou, e Shane olhou para a tela automaticamente.

Não era como se ele estivesse *tentando* bisbilhotar. Mas, mesmo de cabeça para baixo, conseguiu ler seu próprio nome na visualização da mensagem.

RENATA: Você já contou para o Shane?

O coração de Shane disparou no peito. Ele virou o celular para si, relendo o texto do lado certo, só para ter certeza. Mas a mensagem ainda dizia a mesma coisa. Imediatamente, relembrou a noite anterior à sua partida para Vancouver — como Dean havia sido evasivo sobre com quem ia jantar, como havia se esquivado desde então. Seria possível que ele tivesse levado adiante o flerte com Renata?

Ele olhou para cima e viu Dean se aproximando da mesa, sua sobrancelha já franzida quando viu Shane com seu celular.

— Você está transando com a Renata? — Shane deixou escapar antes que conseguisse se conter.

Dean franziu ainda mais a testa, incrédulo, enquanto pegava o celular da mão de Shane e se sentava novamente.

— *Quê?* Não, eu… sou cliente dela agora.

Ele disse a última parte sem olhar para Shane, sua atitude defensiva dando lugar à vergonha.

Shane piscou.

— Você é *cliente* dela? Desde quando?

Dean deu de ombros, ainda evitando os olhos do irmão, e tomou seu café.

— Há alguns meses.

— E você simplesmente não ia me contar?

Dean se mexeu desconfortavelmente no assento.

— Eu estava esperando até conseguir algum trabalho.

Shane percebeu que sua boca estava aberta, então a fechou à força.

— Por quê?

— Como assim, por que eu não te contei? — Dean ergueu as sobrancelhas sarcasticamente. — Será que tem a ver com o fato de que você está mais disposto a chegar à conclusão de que eu estava comendo Renata do que trabalhando com ela?

Shane sentiu o rosto esquentar, mas não falou nada. Dean continuou:

— E se você quer saber por que estou trabalhando com ela… — Ele olhou para a xícara. — Não me entenda mal, cara. Sou grato a você por ter me trazido até aqui, por ter me arranjado esse trabalho durante tantos anos. Mas… você tinha razão naquele dia, apesar de ter sido um puta escroto. Não posso continuar seguindo você por aí, sendo sua sombra para sempre. — Ele olhou para cima de novo, encontrando os olhos de Shane. — E eu não quero ser sua desculpa, também.

Shane franziu a testa.

— Minha desculpa?

Dean sorriu, balançando a cabeça.

— Eu te conheço, Shane. Você aceitaria um emprego que odiasse só para poder me levar junto. Não que eu não seja grato por isso, mas não *preciso* disso. O que quer que você faça a seguir, não quero que a sua preocupação comigo te influencie.

A garganta de Shane ficou apertada.

— Certo.

Shane bebeu um gole de café para ganhar tempo, adaptando-se a essa nova realidade. Para sua surpresa, a irritação já havia começado a desaparecer, substituída por algo que se parecia muito com orgulho. E apenas uma pontinha de ciúme pelo fato de Dean se sentir tão otimista em relação a um futuro sobre o qual Shane nunca se sentira tão ambivalente.

— Então, para quais testes ela tem te mandado?

O rosto de Dean se iluminou, os últimos traços de apreensão se dissipando.

— Até agora, principalmente comerciais. Alguns trabalhos de modelo. Renata diz que eu seria ótimo para coisas sem roteiro, mas ela ainda está procurando o ajuste certo. E tenho feito aulas de teatro nos finais de semana. De improviso, também.

— Que ótimo — disse Shane, com um entusiasmo não forçado. — Fico muito feliz por você.

— Fica?

— Fico, sim. Eu nunca vi você tão animado com algo relacionado ao trabalho.

Dean sorriu.

— Acredite se quiser, é um pouco mais legal do que servir sorvete na Braum's ou ficar parado esperando acertarem as luzes para você. — Ele levantou uma sobrancelha. — Mas será que seu ego aguenta?

Shane riu.

— Acho que vou sobreviver.

28

NAS SEMANAS QUE ANTECEDERAM A convenção, foi fácil para Lilah não pensar muito no assunto. Ela estava envolvida demais com Shane, as gravações, Shane, procurar seu próximo emprego e Shane. Mas, antes que ela percebesse, eles estavam embarcando em um voo para San Francisco, fazendo o check-in no hotel, checando o e-mail com os itinerários enquanto subiam de elevador até a suíte em silêncio.

A programação não era muito pesada — encontrar os fãs e dar autógrafos pela manhã, o painel à tarde, uma festa em homenagem a eles à noite —, mas tudo isso estava concentrado em um único dia, em vez de distribuído ao longo do fim de semana. Ela estava exausta por antecipação com a carga emocional que seria necessária para passar o dia todo *ligada*, encontrando centenas de fãs questionando tudo o que dizia, garantindo que ninguém saísse decepcionado e, ao mesmo tempo, resguardando seus próprios limites.

Mas, é claro, agora que ela e Shane estavam juntos, Lilah não tinha pensado duas vezes antes de concordar. Não queria ficar longe dele nem um minuto a mais do que o necessário. Além disso, o fato de que ele estaria ao seu lado o tempo todo foi suficiente para aliviar um pouco o nervosismo. Na semana anterior, ela fizera uma sessão de emergência com seu antigo terapeuta, analisando todos os piores cenários possíveis em detalhes excruciantes, criando estratégias para se acalmar sem recorrer a medicamentos — mas com benzodiazepínicos recém-prescritos na bolsa, só para garantir.

Ela teve um sono agitado e acordou muito antes do despertador, deitada nos braços de Shane, que roncava suavemente ao seu lado. No café da manhã, conseguiu engolir um pouco de café e a maior parte de uma banana antes que seu estômago se apertasse como um punho. Ela fingiu não ver a expressão preocupada de Shane.

Na van a caminho do centro de convenções, Lilah ficou sentada silenciosamente no banco de trás enquanto todo mundo ao redor conversava alegremente. Shane se juntou a eles, mas manteve a mão dela na dele o tempo todo.

O prédio se estendia pelo que parecia ser um quarteirão inteiro, com capacidade para centenas de milhares de pessoas — hordas de gente de peruca e fantasias de cores vivas se agitavam do lado de fora. Apesar de eles terem entrado por um acesso nos fundos, o barulho distante da atividade no andar principal já era opressivo. Lilah brincava distraidamente com o crachá laminado em volta do pescoço enquanto Raf e Brian discutiam para quais painéis queriam dar uma fugidinha entre um compromisso e outro.

Antes de levá-los para o salão principal, o funcionário da convenção que havia sido designado para eles lhes deu um resumo das regras: não eram obrigados a assinar nada que não quisessem. Podiam tirar fotos e conversar, mas a prioridade era manter a fila andando. Caso se sentissem inseguros em algum momento, deveriam alertar o segurança posicionado ao lado da mesa. O coração de Lilah batia abaixo da clavícula, seus olhos perderam o foco quando a porta se abriu e ela foi engolida pelo barulho da multidão.

Ela esperava que a mesa de autógrafos ficasse em uma sala isolada, mas a coisa estava localizada bem no meio do burburinho, as filas de fãs praticamente indistinguíveis das massas de outros transeuntes que tentavam abrir caminho. A mesa estava a pelo menos uma dúzia de metros de distância da porta, e Lilah lutou para evitar que seu sistema nervoso ficasse sobrecarregado a cada passo.

Ela conseguia distinguir vagamente as pessoas gritando seus nomes — *LilahKateShaneHarrison* — enquanto um mar interminável de celulares estava apontado para ela, mas o único momento em que seu sorriso extralargo vacilou foi quando sentiu alguém puxar seu braço. Lilah se virou, mas quem quer que fosse já havia sido absorvido de volta pela multidão.

Quando se sentaram à mesa comprida — Shane de um lado dela e Natalie do outro —, Lilah conseguiu relaxar um pouco e seu sorriso se tornou genuíno ao acenar para a longa fila de fãs que os fitavam. Ela se inclinou para Shane, com os lábios perto da orelha dele.

— É sempre assim?

Suas lembranças da primeira e única vez que havia feito aquilo estavam mais do que confusas, mas mesmo assim parecia exponencialmente mais intenso.

Ele olhou para a multidão.

— Nunca — disse ele baixinho, apertando rapidamente o antebraço dela.

— *BEIJA*! — alguém gritou, e Lilah se afastou dele num solavanco como se tivesse levado um choque. A multidão aplaudiu, e alguns outros começaram a cantar: — BEI-*JA*! BEI-*JA*! BEI-*JA*!

O rosto de Lilah ardia enquanto ela lutava para manter sua expressão neutra. Shane se virou para a multidão e balançou a cabeça, afastando o pedido com um sorriso autodepreciativo — como sempre, sabendo como atingir o equilíbrio perfeito entre lidar com o assunto com firmeza e não parecer um babaca. O coração dela se encheu de gratidão por ele.

Quando a sessão de autógrafos começou, porém, Lilah passou a se divertir. A maioria das pessoas que passava pela fila era gentil e respeitosa. Ela ficou genuinamente emocionada ouvindo uma pessoa após a outra dizer que *Intangível* era uma série que trazia conforto, que maratoná-la as tinha ajudado a superar a quimioterapia, o divórcio ou as primeiras semanas solitárias em uma nova cidade. Que Kate as inspirou a ser mais ousadas, mais francas e a não ter medo de ir atrás do que queriam. Que a cauda longa do luto explorada ao longo dos anos pela série ajudou a passar por esse momento também.

Ainda assim, não tinha como ignorar que havia mais do que alguns fãs ali cujo interesse pela série — e pelos dois — beirava o extremo. Ela sabia quando estava na presença deles quando lançavam um olhar mortífero para Natalie ou a ignoravam completamente no caminho até Lilah.

Um fã torceu o nariz para todos os outros na mesa só para empurrar uma camiseta customizada para Lilah assinar. Ela sentiu um baque ao perceber o que estava escrito ali: "#KARRISONFOREVER" em letras grandes em cima de uma foto dos dois se beijando no *LNL* — como eles mesmos, não como seus personagens.

Por uma fração de segundo, ela pensou em se recusar a assinar. *Mas nós pedimos isso*, pensou ela com tristeza, dando um sorriso brilhante para a fã enquanto rabiscava um autógrafo acima da própria cabeça na foto.

Perto do final da sessão, uma mulher de 30 e poucos anos jogou uma pilha de recordações de todas as temporadas na frente de Lilah. Enquanto Lilah começava a trabalhar com a pilha, a mulher cruzou os braços, olhando dela para Shane e vice-versa.

— Eu sempre soube — disse ela com um sorriso presunçoso.

— Sempre soube o quê? — Lilah perguntou, mal tirando os olhos da cópia do roteiro original do piloto que estava autografando.

— Que vocês são casados desde a primeira temporada e que todos os outros relacionamentos desde então eram falsos para tentar despistar as pessoas.

Isso chamou a atenção de Lilah. Ela levantou a cabeça abruptamente.

— Oi?

A mulher continuou.

— É verdade que você saiu da série para ter o bebê dele em segredo? E foi por isso que não trabalhou nos anos seguintes?

Lilah olhou para a mulher sem saber o que dizer.

— Ahn...

A fã pareceu interpretar seu choque como confirmação.

— Fica tranquila, acho que a maioria das pessoas não descobriu. Mas vocês deixaram tantas pistas que foi fácil juntar tudo quando começamos a procurar. Eu tenho um blog que...

Lilah enterrou o rosto de volta na pilha, assinando os últimos itens o mais rápido possível enquanto a mulher divagava.

— Obrigada por assistir — murmurou ela, evitando o olhar da fã enquanto empurrava a pilha para Shane, que permanecia alheio.

Depois que o tempo na mesa de autógrafos acabou, Lilah pulou o almoço para tirar um cochilo no quarto do hotel, e a adrenalina deixou seu corpo tão rapidamente que ela apagou assim que colocou a cabeça no travesseiro. Algumas horas depois, a mão de Shane em seu ombro a fez voltar à consciência.

— Como você está? — perguntou ele, com a voz terna e o olhar ainda mais. — Você comeu alguma coisa?

— Estou bem — disse ela, em resposta às duas perguntas.

Ele assentiu com a cabeça, embora sua expressão fosse de ceticismo.

— O painel é em uma hora. Eu não tinha certeza se você tinha ajustado o alarme.

— Ajustei, mas devo ter continuado dormindo.

Ela se espreguiçou, sem tentar se levantar ainda. Ele deslizou a mão pela clavícula dela, pousando sobre a barriga, que estava exposta, já que a regata tinha subido. Parecia que ele estava prestes a dizer alguma coisa, mas depois se conteve, sorrindo para si mesmo.

— O quê? — perguntou ela.

Ele balançou a cabeça.

— Nada. É que… nem dá pra ver que você teve meu bebê secreto.

Lilah meio que riu, meio que gemeu, enterrando o rosto no travesseiro.

— Ela também falou disso pra você?

— Falou. Se bem que ficou a maior parte do tempo me questionando sobre como meu relacionamento com Serena era só um disfarce elaborado.

Lilah se sentou com um suspiro, balançando a cabeça.

— Meu Deus, odeio que isso tenha que fazer parte de tudo. De nós estarmos juntos. Eu sei que deveria simplesmente ignorar, mas… é estranho pra caralho, não é? Não te incomoda?

Ele deu de ombros, pegando a mão dela e esfregando a outra palma levemente sobre os nós dos dedos.

— Me incomoda porque incomoda você. É claro que acho estranho, mas não tem a ver com *a gente*, sabe? Eles não conhecem a gente de verdade. Não podemos deixar isso nos afetar.

— É, você tem razão.

Lilah sabia que não tinha soado convincente. Ele soltou a mão dela para poder passar o braço em volta de sua cintura, puxando-a para mais perto de onde ele estava sentado na beirada da cama, e ela descansou a cabeça em seu ombro.

— Com certeza a pior parte é agora — disse ele. — Ainda é tudo muito novo, além do fim da série, além de Kate e Harrison ficando juntos ao mesmo tempo... mas não acho que as coisas vão ficar assim pra sempre. — Ele deu um beijo no topo da cabeça dela. — Fora que não dá para culpá-los. Eu mesmo estou obcecado com a ideia de nós dois há quase tanto tempo quanto eles.

Ele sentiu o sorriso dela contra sua pele.

— Então, quando vou poder ver seu blog?

— Confia em mim, você não vai querer. É sujo. Perturbado. Você nunca mais falaria comigo.

Ela riu e levantou a cabeça para beijá-lo.

— Guarda para nossos votos, então.

A estratégia de Lilah para sobreviver ao painel era simples: sorrir. Usar sua cara de Ouvinte Engajada. Acenar afirmativamente com a cabeça e rir quando apropriado. Falar o mínimo possível, a menos que lhe fizessem uma pergunta direta.

Até agora, parecia estar funcionando. Com sete deles lá em cima — os seis atores principais, mais Walt —, sempre havia alguém pronto a responder para que ela não precisasse. Quando o moderador perguntou a ela como tinha sido voltar à série, Lilah recitou a mesma resposta mecânica que vinha dando havia meses, embora mencionar o quanto gostava de trabalhar com o restante do elenco agora provocava uma rodada de risadinhas da plateia.

Shane, claro, estava arrasando. Encantador, engraçado, confiante sem dominar. Lilah só conseguia ficar lá observando com admiração. Até quando alguém fez uma pergunta que zombava levemente do episódio de *LNL*, Shane não hesitou. Ele jogou a cabeça para trás com uma gargalhada genuína antes de fazer a piada perfeita de autodepreciação.

Enquanto o moderador se preparava para encerrar o evento, convidando um último membro da plateia para fazer uma pergunta, Lilah soltou um longo suspiro de alívio por ter conseguido passar sem incidentes.

O homem que se aproximou do microfone parecia ter 40 e poucos anos, com um rabo de cavalo marrom desalinhado e uma barba que combinava com ele.

— Randall Meyer. Escrevo para o *The Geek Sheet*. Gostaria de saber se algum de vocês poderia comentar sobre os rumores de que *Intangível* será renovada de última hora para mais duas temporadas?

Murmúrios de choque se espalharam pela plateia. Lilah olhou brevemente para os outros membros do elenco, que pareciam tão confusos quanto ela, antes de dirigir o olhar diretamente para Walt. Ele estava com a sobrancelha franzida, a expressão perturbada, embora isso por si só não significasse nada.

Walt pigarreou. Lilah esperou que ele cortasse o assunto, que desse algumas pistas sobre o spin-off. Em vez disso, ele perguntou:

— Onde você ouviu isso?

O sangue dela gelou.

— Não me sinto à vontade para revelar minhas fontes — disse Randall com um sorriso presunçoso.

O volume das conversas na plateia aumentou.

Os olhos de Lilah estavam fixos em Walt, mas parecia que ele não ia dizer mais nada. Ela se inclinou para falar no microfone.

— Trabalhamos muito para dar ao programa a despedida perfeita nessa temporada. Não é fácil para nenhum de nós se despedir, mas acho que todo mundo vai ficar muito satisfeito com o final.

O olhar de Randall se voltou para Lilah, com um questionamento inconfundível.

— Mas os espectadores esperaram tanto tempo para ver vocês dois juntos, e agora a série vai terminar assim que acontece... Isso não é uma espécie de provocação? Você não acha que deve aos fãs a continuação da história de Kate e Harrison?

— Na verdade, acho que não devemos nada aos fãs — respondeu Lilah com firmeza, antes de conseguir se segurar. Pelo canto do olho, ela viu Shane se encolher. — Desculpa, eu não quis dizer isso — ela se esquivou, tentando se recuperar, a plateia já zumbindo em desaprovação à resposta. Ela deixou as mãos caírem no colo para que ninguém visse o quanto estavam tremendo. — É claro que somos muito gratos a todos que adoram a série, mas nossa prioridade é sempre fazer o que é melhor para os personagens e a história.

— Ótima resposta — disse o moderador apressadamente, sentindo uma abertura. — Obrigado, Randall. Vamos aplaudir mais uma vez o elenco de *Intangível*!

Eles saíram do palco com aplausos bem menos entusiasmados do que os que haviam recebido na chegada. Assim que estavam na sala vazia dos bastidores, os seis se juntaram ao redor de Walt, fervilhando de energia nervosa.

— É verdade? — perguntou Margaux imediatamente, com os olhos arregalados.

Walt suspirou.

— Sim, é verdade. — Todos começaram a falar ao mesmo tempo, então ele ergueu as mãos. — É verdade que estamos *debatendo*. Não tem nada decidido ainda.

— Por que agora? Por que eles mudaram de ideia? — perguntou Shane.

Com uma estranha sincronicidade, Margaux, Natalie, Brian, Raf e Walt viraram a cabeça para olhar para Shane e Lilah. Os dois trocaram um olhar incômodo.

Ninguém precisava dizer nada. A resposta era óbvia.

— Então, quem toma a decisão final? — perguntou Lilah, trêmula.

Walt tirou os óculos e esfregou os olhos.

— Bom, não era exatamente assim que queríamos dar a notícia. Mas a emissora está extremamente interessada. Parece que os índices de audiência nos últimos meses têm sido… muito persuasivos. — Ele lançou um olhar cansado para os demais antes de se voltar para Lilah e Shane. — Vocês dois são os únicos que ainda não estão presos a seus contratos se decidirmos continuar.

A implicação daquilo se abateu sobre o restante deles na mesma hora — a cor do rosto de Natalie se esvaiu, Margaux e Brian se entreolharam, atônitos.

— E tem que ser nós dois? — perguntou Shane, com a voz subindo de tom.

Walt assentiu com a cabeça.

— Vocês dois, ou nada feito.

A sala ficou em silêncio por um longo e carregado momento, antes que todos voltassem a falar, separando-se em suas próprias conversas paralelas para processar a notícia. Lilah agarrou o braço de Shane e o puxou para um canto.

— Você quer fazer isso? — perguntou ela, já parecendo mais agitada do que pretendia.

— Você não?

— Claro que não. Por que eu faria?

— Sei lá — disse ele, com o olhar voltado para o chão. — Pensei que talvez com tudo que... com a gente...

— A série não é *a gente*. Não precisamos dela para existirmos. — Ela passou os dedos pelo cabelo. — Era exatamente com isso que eu estava preocupada, com não ter separação suficiente.

— Mas não seria bom? — A voz dele era de súplica. — Quando tivermos outros empregos, mal vamos nos ver. Assim, teríamos a mesma agenda por mais dois anos. É um puta luxo.

Ela se encostou na parede, subitamente exausta.

— Ou a gente vai terminar e passar por toda aquela merda de novo, só que pior.

O rosto dele ficou abatido.

— Você acha que a gente vai se separar?

— Não, claro que não — disse ela apressadamente. — Mas... ninguém *espera* terminar um relacionamento.

Assim que disse a frase, Lilah percebeu que não era verdade. Em seus outros relacionamentos, tinha consciência quase imediata de qualquer incompatibilidade ou falha que acabaria por separá-los. Shane tinha sido a exceção — pelo menos até agora.

— E se fosse só mais uma temporada, em vez de duas?

Ela percebeu, pelo tom resignado dele, que ele sabia que era inútil perguntar.

Lilah exalou.

— Eu não quero fazer mais um *episódio* além do que já tenho que fazer, Shane. Para mim já deu. Já tinha dado quatro anos atrás. É hora de seguir em frente.

— Você ainda odeia tanto assim? Agora que as coisas estão bem entre nós de novo?

— Não é isso. Eu não odeio, só estou *entediada*. Não quero continuar fazendo a mesma merda que faço desde os 22 anos. Meu tempo está acabando.

Ele zombou.

— Você não está *morrendo*.

— Eu vou ser uma atriz com quase 35 anos, é como se estivesse — disse ela secamente.

— Muito engraçado. Sabe, você não é a única que vai ser afetada por essa decisão.

Ela ficou chocada com a súbita amargura no tom de voz dele e se esforçou para manter a própria voz uniforme, para não se deixar levar e perder a calma.

— Tudo bem, você quer jogar esse jogo? — Ela ergueu a mão e começou a contar nos dedos. — Se a gente aceitar, Margaux e Brian vão ficar presos sendo nossos coadjuvantes por mais dois anos. Natalie não vai poder fazer a série dela. O Raf tem aquela coisa de super-herói. A maior parte da equipe vai fazer o spin-off ou já tem outro trabalho agendado. Manter a série só porque *você* tem medo de não conseguir fazer mais nada seria mais egoísta do que acabar com ela.

As narinas dele se abriram.

— Você também não tem nada planejado ainda. Está escolhendo *nada* em vez de dois anos de trabalho garantido, então?

— E aquele papo de "não estou preocupado com o seu futuro"? E o papo de "você vai ficar bem"? — Ela baixou os olhos para o chão, respirando fundo, tentando em vão acalmar seu coração acelerado. — E aquele papo de "eu nunca vou te pressionar a fazer nada que você não queira"?

Ele não disse nada por um momento, mas ela o ouvia respirar de forma rápida e superficial.

— *Você* vai ficar bem. Eu não vou. Não posso abrir mão dessa oportunidade, Lilah, é a única coisa que eu sei fazer. Você me viu no *LNL*, não sirvo para nada além do Harrison.

O tom de voz rachado e áspero dele atraiu o olhar dela de volta, e ela viu o quadro completo de sua perturbação. O rosto vermelho, o cabelo desgrenhado. Shane parecia à beira das lágrimas.

Ela estava tremendo incontrolavelmente de novo, o corpo inteiro desta vez, o coração batendo mais rápido do que nunca. Enquanto balançava no lugar, com a visão turva, um suor frio brotando na testa, Lilah percebeu tarde demais que não havia comido quase nada o dia todo e a hipoglicemia finalmente a havia alcançado.

E agora ela estava tendo a porra de um ataque de pânico.

Ela se encostou com mais força na parede, cobrindo o rosto com as mãos, respirando ofegante ao sentir o peito cada vez mais apertado, as pernas gelatinosas, os pulmões presos em um aperto de ferro.

Não importava o que acontecesse, ela estava presa numa armadilha. Seria completamente infeliz se escolhesse a série. Mas, se escolhesse a si mesma, perderia Shane.

Ela abaixou as mãos e olhou para ele em desespero. Não sabia o que estava esperando ver. Shane estava ali, congelado, com o rosto vazio. A náusea se agitou no fundo do estômago de Lilah quando, de repente, ela entendeu.

Era ali que o limite se traçava. Ele também não ia escolhê-la.

Um soluço espontâneo saiu de dentro dela, alto e irregular, humilhando-a ainda mais.

— Eu preciso... Não posso — engasgou ela, afastando-se da parede e cambaleando em direção à porta.

Nove anos antes

QUANDO SE APROXIMOU DO BAR do hotel, Lilah não tinha certeza se estava torcendo para ele estar lá ou não.

Eles tinham deixado as coisas de um jeito ambíguo: ele abraçando-a ao saírem do palco após a apresentação de *Intangível*, murmurando no ouvido dela:

— Te ofereço um drinque depois.

Mas, se ele estava falando da festa da UBS, eles mal tinham tido um momento sozinhos, passando a noite toda em meio a um enxame de gente, apertando uma quantidade interminável de mãos.

Quando voltou ao quarto do hotel, ela considerou ficar lá. Estava exausta, a voz gasta e rouca de tanto gritar mais alto que a música por horas. Mas, embora tivesse olhado a cama com desejo, Lilah se viu retocando a maquiagem, passando perfume atrás da orelha, alisando os amarrotados no vestido social caro demais com o qual havia passado o dia. Ainda não era tão tarde, só meia-noite e quinze. Mesmo que ele não estivesse lá, ela podia tomar um drinque sozinha, relaxar um pouco depois do dia avassalador que tivera.

Mas, quando dobrou a esquina e viu Shane encostado no bar, soube que estava mentindo para si mesma. Se ele não estivesse esperando ali, ela teria se virado, voltado para o quarto e tirado o salto e o vestido antes mesmo de a porta se fechar atrás dela.

Shane ainda não a havia notado. Estava de frente para a entrada principal, obviamente tentando passar um ar de tranquilidade, mas se entregando ao olhar para cima ansiosamente toda vez que alguém passava. Ela tentou ignorar a agitação na barriga que sempre sentia quando o via, amplificada cem vezes naquela noite.

Era só um drinque com um colega de trabalho, só isso. *Um colega de trabalho por quem você se sente atraída demais, depois da meia-noite, em um hotel onde ambos estão hospedados*, sussurrou a voz de "você já deveria ter aprendido" em sua cabeça. Ela a afastou, chegando por trás dele e colocando a mão no meio das costas de Shane sem pensar duas vezes.

Ele havia tirado o smoking e vestido calça jeans e camiseta. Lilah sentiu o algodão quente sob a palma da mão. Shane a olhou sem se preocupar em esconder o sorriso, fazendo com que ela, por sua vez, também abrisse um sorriso em resposta, como se ele tivesse jogado uma pedra em um lago.

— Pensei que talvez você já estivesse cansada de mim — disse ele.

— Ainda não. Na verdade, parece que mal vi você o dia todo, não é estranho?

Ele fez que não com a cabeça.

— Não, eu super entendo. Tudo isso tem sido uma loucura.

O bar não estava de fato lotado, mas havia poucos lugares para sentar, então ela também permaneceu de pé, com o ombro roçando o dele. O barman veio anotar o pedido de Lilah, e ela hesitou. Só tinha tomado um drinque na festa, e o efeito da bebida já havia passado. Vinho branco parecia seguro o suficiente.

Depois que o barman serviu a taça, Shane levantou seu uísque e ela fez o mesmo.

— Então, a que vamos brindar? — perguntou ele.

Lilah olhou para o bar e depois de volta para ele.

— Talvez só… ao futuro?

Os cantos dos olhos dele se enrugaram, e o olhar dela foi direto para a covinha de Shane.

— Ao futuro. Que vai chegar a nós, não importa o que aconteça.

Ela pretendia ir devagar, mas a primeira taça acabou antes que percebesse, levando-a ao nível perfeito de embriaguez — não o suficiente para deixá-la alterada, só solta e brincalhona, e tudo o que ele dizia era a coisa mais engraçada que Lilah já tinha ouvido na vida.

Quando já estava na metade da segunda taça, eles estavam comparando cicatrizes de infância, o que era basicamente uma desculpa óbvia para se tocarem. Ela tentou não se arrepiar quando os dedos dele passaram sobre a linha em relevo no antebraço dela, onde ela havia levado cinco pontos depois de ser jogada da bicicleta. Por sua vez, ela inclinou um pouco o queixo dele para cima com as pontas dos dedos, sentindo o local sarapintado que ele havia aberto ao tentar mergulhar do telhado que nem uma bola de canhão na piscina do amigo.

Tinha cadeiras vazias de cada lado deles, mas ignoraram. Shane estava perto o suficiente para Lilah conseguir sentir o leve cheiro de pasta de dente em seu hálito, por baixo do uísque. *Ele escovou os dentes antes de vir.* O pensamento a fez sentir uma vertigem alegre.

Ele esperava que eles ficassem próximos assim.

— Então me diz, Lilah Hunter — disse ele, com as vogais longas e preguiçosas, enquanto se inclinava ainda mais para perto. — Tem alguém te esperando em casa?

Ela deu um longo gole antes de responder.

Provavelmente já deveriam ter discutido isso, mas nenhum dos dois estava muito a fim de mencionar a vida pessoal durante a gravação do piloto. Naquele momento, porém, ela podia admitir a si mesma que não era por profissionalismo. Ela não queria saber.

Lilah abaixou a taça e balançou a cabeça.

— Eu acabei de sair de um relacionamento meio longo. Dois anos e meio, com idas e vindas. A gente terminou antes de eu me mudar para Los Angeles, eu não queria namorar à distância. Mas ele mora aqui, a gente vai tomar café da manhã antes do voo.

— Ah, é? E você continua cortando as asinhas dele?

— Você quis dizer arrastando as asinhas pra ele?

Um sorriso autodepreciativo brincou nos cantos dos lábios dele.

— Merda. Cortar as asinhas é, tipo, tirar a liberdade de alguém, né?

— É. Mas não, não tem asinha nenhuma batendo. Nós somos só amigos. Mais ou menos. Eu odeio ele um pouco, mas não quero que ele tenha a satisfação de saber disso. Então… café da manhã.

Os olhos dele reluziram, divertidos.

— Ah, sim, claro.

— E você?

— Bom, não conheço o cara, mas estou disposto a odiar também.

Ela riu e cutucou a canela dele com a ponta do sapato.

— Vai.

Ele sacudiu a cabeça, ainda com o sorriso provocante.

— Mesma coisa, nada sério desde que me mudei para Los Angeles. Se bem que eu deveria ter arrumado alguém antes de isso tudo rolar. Agora como vou saber se alguém gosta de mim por mim ou porque sou um superastro chique da TV?

— Não vai. Mas, quando estiver se afogando em um monte de buceta, você provavelmente nem vai ligar.

Ele soltou uma risada pelo nariz.

— Nossa, *que* imagem. Belo jeito de começar.

Ela se esforçou para manter a seriedade.

— Mas é verdade. Você deveria ficar feliz de ser solteiro. Pode ser difícil para o relacionamento quando uma pessoa começa a receber atenção demais. É difícil evitar tanta tentação.

— Não é bem com a tentação que estou preocupado — falou ele, quase para si mesmo, e então virou o resto do drinque.

Quando Shane a olhou de novo, porém, não havia mais risada.

Ela sabia que estava corada e torceu para sua reação estar escondida na luz baixa. Não conseguia dizer nada e estava desajeitada pela primeira vez na noite, então, voltou-se para o bar e também terminou o vinho.

— Mas parece mesmo que temos algo aqui, não? — perguntou ele.

Ela segurou o olhar dele por um longo instante, tentando entender o que ele estava querendo, mas sua expressão era exasperantemente vazia.

— Com a série, né? — disse ela.

Ele fez que sim.

— Aham. Parece que talvez dê em alguma coisa. — Shane pausou, com os olhos no rosto dela. — Que bom… que bom que você está comigo. Que estamos juntos nessa. Ouvi dizer que pode ser solitário no topo. — Um lado da boca dele subiu, irônico.

— Pode ser solitário não importa onde a gente esteja.

A frase saiu mais melancólica do que ela queria, e Lilah mordeu o lábio, tímida.

Shane franziu um pouco a testa e chegou um pouco mais perto.

— E aqui?

Ela balançou a cabeça devagar, nunca tirando os olhos dos dele, sem saber qual era a resposta certa. As duas coisas pareciam verdade: por mais que estivesse curtindo a companhia dele, sentia uma dor estranha e desesperada se expandindo quanto mais tempo ficavam lá parados.

Ela se inclinou para a frente e murmurou no ouvido dele como se contasse um segredo:

— Eu também estou feliz por você estar comigo.

Ele pressionou a mão na parte inferior das costas dela, fazendo com que uma corrente elétrica subisse por sua espinha, quente e fria ao mesmo tempo.

— O que você acha? Outra rodada ou melhor encerrar por hoje?

Parecia que eles estavam à beira de alguma coisa — uma onda que subia, levantando-os para o alto; ainda não estava claro se conseguiriam surfar em segurança até a costa ou se seriam puxados para baixo, surrados, machucados, escapando por pouco com vida.

Aquele desconhecido a entusiasmava. O potencial que havia nele. O coração de Lilah palpitava no peito, a pele se arrepiava de calor.

Eles ainda não tinham terminado. Mal tinham começado.

— Eu tomaria mais uma. — Ela olhou para o canto, onde havia duas poltronas de veludo inclinadas uma em direção à outra em frente a uma pequena mesa. — Podemos ir para lá? Acho que preciso me sentar um pouco.

Algo ilegível cintilou na expressão dele.

— Claro.

Ela sorriu, acenando com a cabeça na direção do banheiro.

— Já volto.

Enquanto lavava as mãos, ela deixou a água fria correr sobre a parte interna dos pulsos por mais um momento, olhando para seu próprio reflexo, tentando ver o que ele via. Pupilas dilatadas, bochechas rosadas, um olhar que beirava a ferocidade.

Lilah parecia alguém prestes a tomar uma decisão grande e ruim.

Quando ela voltou, Shane estava sentado em uma das poltronas, com as duas bebidas sobre a mesa à sua frente. Ela se aproximou por trás, colocando a mão em seu ombro, e ele estremeceu com o contato.

Shane levantou a cabeça e eles se olharam, o estômago dela se revirando com a expressão no rosto dele, a mesma que ela acabara de ver refletida no espelho. Quando Lilah se deu conta, ele estava com o braço em volta da cintura dela, puxando-a suavemente para o colo, os braços dela rodeando o pescoço dele automaticamente, as pernas penduradas no braço da cadeira.

Ela quis rir, mas o riso morreu diante da intensidade do olhar dele. Mas Shane não a beijou imediatamente. Só ficou olhando para ela com as sobrancelhas ligeiramente franzidas, os olhos traçando o rosto de Lilah como se houvesse uma mensagem secreta impressa em sua pele que ele só conseguiria decodificar de perto.

Ela se aproximou e segurou o queixo dele com uma das mãos, a barba por fazer áspera na palma dela, e pressionou o polegar gentilmente na covinha, quase sem perceber que estava fazendo isso. Shane sorriu, o canto da boca se ergueu para encontrar o polegar dela, e se inclinou, finalmente diminuindo a distância entre eles.

No início, ele a beijou de forma delicada, mais carinhosamente do que ela esperava. Mas, pela tensão que percorria o corpo dele e pela respiração irregular, ela via o quanto ele estava se esforçando para se segurar. Um tipo delicioso de frustração se desenrolou na barriga dela enquanto os lábios dele a provocavam, exploravam, saboreavam, a contenção dele a enlouquecendo aos poucos.

— Caralho, você é muito cheirosa — murmurou ele. — Eu quero muito…

Ele virou a cabeça, os dentes roçando a borda do maxilar dela, parando antes de morder.

Lilah inspirou bruscamente, depois puxou o rosto dele de volta para o dela, chupando o lábio inferior antes de beijá-lo profundamente, incapaz de aguentar mais. Ele gemeu baixinho no fundo da garganta quando a língua dela tocou a sua pela primeira vez, segurando-a mais forte com um braço e a outra mão enroscada no cabelo dela.

Ela se derreteu no calor do corpo dele, os beijos se tornaram febris e exigentes. As mãos dele passaram a provocá-la, acariciando seus braços e pernas expostos, passando pela cintura, tocando-a em todos os lugares, menos onde ela realmente queria. Logo, Lilah estava se contorcendo no colo dele sem querer, com a respiração dele falhando cada vez que ela se mexia contra a protuberância na calça jeans dele, as coxas se apertando, desesperadas por alívio.

Ela não conseguia lembrar a última vez que tinha ficado tão excitada só com um beijo, como se pudesse gozar só com um leve roçar no meio das pernas; mas, por outro lado, não era só um beijo. Era a espera. A expectativa. A forma com que os olhos dele tinham analisado todo o corpo dela quando Lilah chegou ao bar, quando ele a viu pela primeira vez com aquele vestido, quando eles se sentaram um na frente do outro naquela sala de espera do teste.

Além do mais, Shane beijava bem *pra caralho.*

Por fim, ele se afastou, descansando a testa na dela, com a voz rouca.

— Jesus Cristo.

— Eu sou judia — murmurou ela, com o cérebro embaralhado demais para pensar em qualquer outra coisa.

— Bom, ele também era.

Ela deu uma risadinha, que se transformou em um gemido quando ele enterrou o rosto em seu pescoço, a barba por fazer raspando a pele sensível antes de seus lábios a acalmarem, saboreando a pulsação acelerada dela com a língua. Ela se segurou nele sem poder fazer nada, encontrando novamente seus lábios, sentindo os batimentos cardíacos falharem entre as respirações que compartilhavam. O cabelo dele era macio entre seus dedos, comprido o suficiente para ela se agarrar, e foi o que Lilah fez, com força.

Não havia outra maneira de a noite terminar, ela sabia. Óbvio que podia parar por ali, os dois se pegando que nem adolescentes que não tinham para onde ir. Mas não pararia. Não tinha como. Cada parte de Shane que ela havia examinado com os olhos parecia ainda melhor sob as palmas das mãos, e ela estava se sentindo egoísta, gananciosa. Queria mais. Queria ser dona dele. Queria que cada fio de cabelo, cada cicatriz, cada centímetro de pele e ondulação de músculo fossem seus — mesmo que apenas por uma noite.

De canto do olho, ela percebeu bem a tempo alguns olhares escandalizados que atravessaram a névoa, tirando-a da realidade alternativa em que estava a segundos de literalmente chupar os dedos dele em um bar público.

— Merda — murmurou ela, escondendo o rosto no pescoço dele, com as bochechas queimando. — Você acha que… tem várias outras pessoas hospedadas neste hotel?

A risada dele ressoou contra ela, enquanto a palma da mão deslizava por suas costas.

— Parece que sim.

— Você entendeu. Pessoas da apresentação. O pessoal da UBS. Eles sabem que somos nós? Estão olhando?

— Alguns estão. Mas acho que não estão nos reconhecendo. Acho que estamos só sendo…

— Constrangedores?

— Você está constrangida?

A voz dele era baixa e rouca em seu ouvido.

Lilah levantou a cabeça e depois a balançou em negativa, surpreendendo-se.

— Quer parar? — perguntou ele no mesmo tom, com a mão firme na parte superior da coxa dela, esfregando o polegar em círculos suaves, provocando pequenas faíscas na pele.

Pergunta fácil.

— Nem pensar.

— Ótimo. — Ela pensou que ele a beijaria outra vez, mas, em vez disso, ele apenas estudou seu rosto, levantando a mão para tirar uma mecha de cabelo dos olhos dela. — Você sabia que isso ia acontecer? — perguntou baixinho.

— Eu tinha um pressentimento. E você?

— Tentei não ter muitas esperanças, mas queria pra caralho que acontecesse.

Ela pegou as mãos dele com as suas, entrelaçando os dedos, sem ter certeza de quem estava tremendo.

— O que mais você esperava que rolasse esta noite? — perguntou ela.

Ele soltou um suspiro profundo e instável, balançando a cabeça.

— Nada que a gente possa fazer nesta poltrona sem ser preso.

Lilah percebeu que, se não tomasse cuidado, poderia facilmente ficar viciada no modo como ele a olhava. Deixar-se enganar e pensar que aquilo significava alguma coisa. Que era realmente por *ela*, e não pela emoção da perseguição, a empolgação do desconhecido, a mistura inebriante de inevitável e errado.

A coisa toda parecia maior que eles dois, o único próximo passo lógico na situação surreal em que haviam sido jogados. Mesmo que a escolha tivesse sido diferente, mesmo que não tivesse sido Lilah, ela sabia que, sem dúvida, ele estaria ali do mesmo jeito, nesta mesma poltrona, com outra Kate no colo.

Ela olhou para as mãos dos dois e depois de volta para ele. A mudança de humor em seus pensamentos devia estar estampada em seu rosto, porque ele a estava analisando com preocupação.

— Aonde você foi? — murmurou Shane.

Ela balançou a cabeça, afastando o pensamento, tentando sorrir.

— Estou bem aqui.

Ela se inclinou para beijá-lo mais uma vez — uma lenta volta da vitória depois de uma corrida acelerada — e aí saiu do colo dele, grata por suas pernas estarem firmes o suficiente para mantê-la de pé. Lilah o puxou para ficar de pé também, conduzindo-o sem palavras em direção ao elevador, as bebidas abandonadas e intocadas sobre a mesa.

Ela não deixaria que seu cérebro arruinasse aquilo. Não precisava haver nada de profundo naquele momento, nenhuma conexão mais intensa do que desejo e solidão. Não importava que nunca levasse a lugar algum.

Provavelmente seria melhor para os dois que não levasse, mesmo.

30

Agora

Descanse em Paz: Réquiem de Relacionamento!
Namoro dos Queridinhos Supernaturais Lilah Hunter
e Shane McCarthy Passa Dessa Para a Melhor

Menos de três meses depois de as estrelas de *Intangível* Lilah Hunter e Shane McCarthy chocarem o mundo com a confirmação pública de seu relacionamento que já era boato há muito tempo, o par oficialmente terminou.

"Eles sempre tiveram química, mas, no fim das contas, são diferentes demais", diz uma fonte próxima ao casal. "Mas estão comprometidos a manter a relação profissional civilizada e terminar a série num tom positivo." Representantes de Hunter, 32, e McCarthy, 35, se recusaram a dar maiores explicações, mas confirmaram a separação.

Hunter e McCarthy, que antes já tinham estrelado juntos durante cinco anos o drama emblemático da UBS, tiveram seus altos e baixos desde o retorno altamente divulgado de Hunter para a nona e última temporada. Entre um ensaio fotográfico ousado que terminou bruscamente, o diretor convidado Jonah Dempsey pedindo demissão no meio de um episódio entre rumores de uma briga no set e o beijo espontâneo durante a apresentação de McCarthy no *Late Night Live* em janeiro, o comportamento do par nos bastidores esteve nas manchetes — e no topo dos índices de audiência. O término, porém, deve acabar definitivamente com os cochichos de que o status de casal do momento quer dizer que *Intangível*, cujo final estreia em 18 de maio, pode sofrer uma ressurreição de última hora.

Para a última festa de encerramento de *Intangível*, eles reservaram o salão de baile do mesmo hotel em que Shane e Lilah tinham gravado a capa da *Reel*. Deve ter sido coincidência, mas, enquanto caminhava pelo lobby, Shane não conseguia afastar a sensação bizarra de déjà-vu que o tomou.

Ele tinha ido sozinho, claro. Dean não conseguira ir: embora ainda fosse segredo do público em geral, ele tinha sido oficialmente escalado como primeiro *Bachelor* bissexual. Os produtores já o tinham levado de volta a Oklahoma para gravar cenas suplementares dele "em casa", convenientemente escondendo do público que Dean morava em Los Angeles havia quase dez anos. Shane estava animado pelo irmão e ao mesmo tempo extremamente grato por não estar no lugar dele.

Ele podia ter achado uma acompanhante, mas, enquanto tomava seu uísque e olhava o salão, ficou feliz de não estar com uma quase estranha ao seu lado. A noite não era para isso: era uma despedida. Ele sabia que era quase tóxico pensar num local de trabalho como família, mas, enquanto atravessava devagar a multidão de rostos familiares — a maioria dos quais ele conhecia havia quase uma década —, era difícil tirar a palavra da cabeça. Sentiu que, ao longo da noite, tinha conversado com cada pessoa daquele lugar.

Bom, cada pessoa menos uma.

Todos estavam animados: tinham acabado de receber a notícia de que o spin-off de Rosie e Ryder, *Invencível*, tinha sido oficialmente contratado para uma temporada completa algumas semanas antes. Shane encontrou Polly e a parabenizou pelo novo trabalho como *showrunner*, mas ela já estava tão bêbada e alegre que ele tinha certeza de que não se lembraria de nada.

Já tarde da noite, ele avistou Walt no balcão do bar, e Walt deu um abraço brusco em Shane — era o primeiro, até onde Shane se lembrava. Ao se separarem, Walt segurou o ombro dele.

— Obrigado, Shane, por todo o seu trabalho nestes anos. — Ele levantou o copo. — É a porra do fim de uma era, né?

— É. — Shane bateu o copo no dele antes de dar um gole. — Você já descobriu o que vai fazer agora?

— Nada por um tempo, amém. Lance anda tentando me fazer ir ao Peru, ficar num daqueles casulos transparentes na encosta de uma montanha. Você já viu? Supostamente é maravilhoso.

Shane abriu um sorriso. Em todo o tempo que conhecia Walt, nunca o tinha visto feliz assim.

— Nunca vi, não. Parece bacana.

— E você? Já conseguiu alguma coisa?

— Na verdade... — Shane olhou para a bebida. — Na verdade, acho que vou dar uma pausa. Voltar a estudar.

Walt piscou.

— A *estudar*?

— É. As aulas começam em setembro. Psicologia. Com certeza só me aceitaram pela novidade, mas por mim tudo bem.

— Caramba. — Walt sacudiu a cabeça, desacreditado. — O calouro de 36 anos. Aposto que você conseguiria propor esse roteiro para um piloto, se quisesse.

Shane riu.

— Não sei, não. Acho que estou pronto para viver minha vida fora das câmeras por enquanto. Além do mais, vou fazer as matérias obrigatórias todas on-line, então vou passar um tempo sem ir ao campus.

— Ah, é?

— É, caso eu queira sair de Los Angeles.

Walt levantou as sobrancelhas.

— Está pensando em algum lugar específico?

Shane deu de ombros.

— Não, só... em teoria.

Ele deu um longo gole na cerveja.

Walt o olhou, analisando.

— Sabe, fico feliz por você. Eu nunca teria adivinhado, mas acho que pode muito bem ser o que você precisa.

— Obrigado, Walt. Eu também acho.

Foi aí que ele ouviu: a risada de Lilah, cortando o salão tão claramente quanto se ela estivesse ao seu lado. Ele não conseguiu impedir que a cabeça se virasse automaticamente, e vê-la absorta numa conversa com Margaux e Natalie lhe deu um frio na barriga.

Ele olhou de volta para Walt, que estava com a testa enrugada de preocupação.

— Fiquei muito triste ao ficar sabendo de vocês dois — falou Walt. — Mas obrigado por terem conseguido manter isso fora do trabalho. Não levar ao set.

Shane se forçou a sorrir.

— Ao menos dessa vez, né?

Walt abriu um sorriso.

— Foi você que disse, não eu.

Shane se virou de novo e descobriu que, dessa vez, era Lilah que estava olhando para ele. Ela desviou o olhar de novo, com uma expressão inescrutável.

— É. Eu e a Lilah... a gente está bem. Só não era certo. — Ele voltou-se para Walt. — Mas sinto muito pela série. Por não podermos continuar.

Walt deu de ombros.

— Eu falei para a emissora que era má ideia basear decisões de longo prazo no relacionamento de vocês. Não me leve a mal, mas a única coisa que eles veem desde sempre quando olham para vocês são cifrões, e não sei bem quanto a gente teria conseguido espremer depois de vocês ficarem juntos, de todo jeito. Kate e Harrison, quer dizer. Nove anos é um puta tempo bom.

— É. — Shane tomou a cerveja. — Provavelmente é melhor sair por cima.

— Acho que é o que você está fazendo também, né?

— A ideia é essa.

— E vai saber? Como vocês dois estão com uma relação boa, de repente eles reúnem vocês para um daqueles podcasts de recapitulação daqui a uns anos.

Shane riu.

— Não vamos colocar o carro na frente dos bois.

Walt terminou o drinque e colocou o copo numa mesa de apoio.

— Melhor eu ir dar parabéns para ela antes de esquecer. Pode deixar que mando seus cumprimentos.

Shane achou ter visto uma faísca conspiratória nos olhos de Walt, antes de o *showrunner* pedir licença e ir falar com Lilah.

Entre o último dia de gravação e a festa, tinha saído a notícia: Lilah havia conseguido um papel de protagonista numa prestigiosa adaptação em minissérie de *Macbeth* que se passava no mundo corporativo. As gravações começariam em Nova York em setembro.

Ele se apoiou na parede, vendo Walt aproximar-se dela, e só desviou o olhar quando ela o flagrou de novo.

Com a festa já terminando, só com os últimos retardatários, Shane saiu à francesa e pegou o elevador até o último andar. Andou pelo corredor vazio, com a mão no bolso, tateando a chave que parecia estar abrindo um buraco ali a noite toda. Ao chegar à porta da suíte no fim, hesitou antes de inserir a chave na fechadura, olhando por cima do ombro uma última vez para garantir que ninguém o tinha visto.

— Você está encrencada — chamou ele para a sala vazia, fechando a porta atrás de si e chutando longe os sapatos.

Lilah apareceu na porta do quarto com os olhos arregalados de pânico.

— Como assim? Por quê? Alguém falou alguma coisa? Eles sabem?

— Não é isso.

Ele foi na direção dela. As pálpebras de Lilah tremelicaram na expectativa da proximidade dele, mas, em vez de a puxar para seus braços, Shane se agachou, envolveu as coxas dela e a jogou por cima do ombro com um resmungo. Ela deu um gritinho agudo de surpresa e ele precisou morder o interior da bochecha para não rir enquanto a carregava de volta para o quarto.

— Estou falando disso aqui — explicou ele, subindo a mão pela costura da meia-calça dela, passando pela coxa exposta no topo e agarrando a bunda dela com a mão cheia. — Você acha engraçado aparecer vestida assim, desfilando na minha cara a noite toda sabendo que eu não posso fazer porcaria nenhuma? Sendo que não era nem para eu te olhar?

— Mais ou menos?

Ele não conseguia ver a cara dela, mas a voz estava ofegante de um jeito que ele sabia que significava que Lilah estava achando graça e excitada ao mesmo tempo.

Ele chegou à cama e a jogou com um baque suave. Ela abriu um sorrisão, se espreguiçando que nem gato, a barra do vestido subindo só o suficiente para mostrar a cinta-liga presa no topo da meia. O vestido dela era curto mas solto, com gola alta, praticamente uma tenda, sem revelar absolutamente nada — mas, assim que chegou à festa e viu a meia-calça, Shane soube o que significava e sua mente passou a noite toda acelerada com as possibilidades do que mais podia ter por baixo. Uma mensagem secreta só para ele.

Morrendo de calor de repente, Shane arrancou o paletó e soltou a gravata sem tirar os olhos dela.

Ele ficou lá parado um momento, observando-a por inteiro.

Não tinha tanto a ver com a aparência dela, embora isso ajudasse. A silhueta provocante do corpo embaixo do tecido embolado do vestido, a boca pintada impecavelmente — por enquanto — de batom vermelho, a cor no alto das bochechas, o cabelo espalhado como uma nuvem atrás da cabeça.

Era o jeito que ela estava olhando para *ele*. Com suavidade, honestidade e carinho, de um jeito faminto e satisfeito tudo ao mesmo tempo. Melhor do que qualquer fantasia que ele conseguisse criar sozinho, porque Lilah era real. Lilah era ela mesma, e era dele.

Ele deve ter ficado parado tempo demais, porque ela se apoiou nos cotovelos.

— Que foi?

— Nada. — Ele sacudiu a cabeça. — É só que sou sortudo pra cacete.

Os cantos da boca dela se curvaram para cima.

— Não é sorte.

— Não — concordou Shane, tirando por completo a gravata antes de desabotoar os punhos da camisa e subir a manga, enquanto os olhos dela acompanhavam o progresso. — Acho que não é, mesmo.

Podia ter sido a sorte que os unira no início — sorte, destino, acaso, como quisessem chamar —, mas não era por isso que estavam juntos agora.

Era o trabalho que tinham feito nos últimos nove anos para estarem prontos um para o outro. Era acordar e se escolher todos os dias: enfrentar o mundo como uma frente única, indivisível, não importando o obstáculo.

Era o amor.

Ainda em San Francisco, na sala nos bastidores depois do painel, ele tinha chegado perigosamente perto de perder a cabeça — de perder Lilah. Shane não tinha orgulho disso. Ele estava em estado de choque, com o medo anuviando sua capacidade de pensar. Tinha sido necessário vê-la surtando e saindo correndo da sala para ele se tocar. Mesmo meses depois, continuava envergonhado por não ter se tocado assim que viu a cara dela depois de Walt confirmar a notícia.

Mas a única coisa que importava era que dessa vez — *dessa* vez — ele tinha ido atrás dela.

Ela não estava no corredor, o que significava que não podia ter ido longe. Ele havia tentado a porta do armário de suprimentos à direita e visto que estava destrancada — e que Lilah estava encolhida no chão, soluçando, iluminada pela lâmpada sem lustre que balançava suavemente em cima dela.

Shane a tinha puxado para ficar de pé e direto para seus braços, os dois se agarrando sem falar nada por muito tempo. Shane também derramou algumas lágrimas antes de qualquer um dos dois se acalmar o bastante para falar.

— Me perdoa — dissera ele com a boca grudada no cabelo dela.

Ela deu um soluço, com a voz grossa de choro.

— Não, *me* perdoa. Eu estou tão envergonhada, faz séculos que isso não me acontece. Às vezes odeio a porra do meu cérebro.

— Não precisa ter vergonha. Eu amo a porra do seu cérebro sempre. — Ela se afastou o suficiente para olhá-lo, com o rosto vermelho-vivo, os olhos ainda brilhando de lágrimas, e ele segurou um sorriso. — Que bom que você aceitou minha sugestão sobre o ranho desta vez — brincou, gentilmente.

Ela soltou uma gargalhada surpresa e sincera enquanto ele oferecia a própria manga para secar o rosto dela. Lilah levantou a cabeça e piscou, olhando-o séria de novo.

— Mas o que a gente vai fazer com a série?

Ele pressionou a testa contra a dela.

— Lilah, você é o amor da minha vida. Você me fez acreditar no *conceito* de amor da vida. Foda-se a série. Eu só preciso de você.

Lilah tinha voltado a chorar, parando só quando a boca de Shane achou a dela e ficou lá. Provavelmente teriam continuado escondidos naquele armário por horas se não tivessem feito um zelador desavisado quase ter um ataque cardíaco minutos depois.

No fim das contas, ele estava certo de maneiras que não tinha previsto. Tinha sido ideia de Lilah que ele voltasse a estudar; ela sugerira do nada enquanto o ajudava a se preparar para mais um teste com o qual ele não podia estar menos animado. Eles haviam jogado o roteiro na lata de recicláveis e Shane deitara a cabeça no colo dela enquanto pensavam nas opções que ele tinha. De certa forma, estudar psicologia era como uma extensão das coisas de que ele mais gostava em ser ator (e barman, aliás): ouvir, conectar-se, tentar ao máximo entender o outro, ajudá-lo a entender a si mesmo.

Era difícil antecipar exatamente o que o futuro traria. Por enquanto, sua agenda tinha flexibilidade o bastante para ele viajar para onde quer que ela estivesse, e ela podia escolher os projetos pensando nele. Mas, mesmo que isso mudasse mais para a frente, Shane sabia que encontrariam um jeito de fazer dar certo, porque não tinha outra escolha. Ele a perdera uma vez — quase duas — e isso era mais do que suficiente pela vida toda.

Fingir o término também tinha sido ideia dela. Shane tinha desejado contar diretamente à emissora que não topavam, testando a assertividade destemida que havia aprendido com ela, mas Lilah o convencera a não fazer isso. Dessa maneira, eles teriam o bônus adicional de desviar um pouco do escrutínio público — pelo menos por um tempinho.

Mais cedo ou mais tarde, teriam que tornar o relacionamento público de novo. Eles eram velhos demais para ficarem se escondendo que nem delinquentes juvenis. Mas Shane não estava preocupado. Com o fim oficial da série, o interesse nos dois minguaria em breve. De certa forma, estava até animado: podia enfim se vangloriar para o mundo todo que, em algum momento do caminho, tinha feito alguma coisa certa para merecer o amor de alguém tão brilhante e linda e complicada e estranha — alguém que ao mesmo tempo ele entendia por completo e que o surpreendia todos os dias. A mulher por quem tinha passado quase dez anos arrastando as asinhas e cujas asas ninguém podia cortar.

Mas, por enquanto, ele ainda podia ser egoísta. Curtir tê-la só para si.

Shane se sentou devagar na cama, um joelho de cada vez, puxando lentamente a barra do vestido dela pelas coxas enquanto ela voltava a se reclinar.

— Talvez a palavra que eu estou procurando seja "grato" — murmurou ele.

— "Abençoado"?

A voz dela ficou ofegante outra vez.

— Isso também.

— Então me mostra.

Cada centímetro subsequente dela que ele descobria fazia seu coração latejar mais forte nas orelhas. Mas, quando chegou à cintura dela, ele parou de repente e voltou para trás, apoiado nos calcanhares.

O ponto do outro lado do quadril dela, que estava nu e sem marcação nenhuma quando ele saíra da cama dela de manhã, estava tapado com um quadradinho de plástico-filme preto.

Ele ficou boquiaberto.

— É o que eu estou pensando?

— Talvez.

Ela meio que deu de ombros, seu tom tímido indo de encontro ao sorriso incontido que se espalhava no rosto dela ao ver a reação de Shane.

Ele só conseguiu ficar olhando para ela, boquiaberto.

— Uau, já está sem palavras — provocou ela. — Acho que pelo jeito não precisava ter feito tudo isto.

Ela arqueou as costas e puxou o vestido pela cabeça. O sangue dele se esvaiu do cérebro tão rápido que ele viu pontinhos pretos.

— Ei, ei, ei. Não vamos nos precipitar — disse ele quando conseguiu, a voz uma oitava mais grave do que um momento antes e duas vezes mais rouca. — Eu só não sabia que nosso relacionamento era tão sério.

Ela jogou a cabeça para trás e gargalhou, uma risada que começava no peito e seguia em ondas por todo o corpo. Ele moraria dentro daquela risada se pudesse, viveria alimentado para sempre daquele som.

Shane levou as mãos aos tornozelos dela e lentamente as deslizou pelas pernas cobertas de náilon e pela pele macia, roçando a proteção de plástico enquanto subia pelo corpo de Lilah.

— Você vai ter que tomar cuidado — disse ela baixinho, e ele soube que ela não estava falando só da tatuagem recém-feita.

Estava falando dela mesma.

Do coração dela. Da confiança dela. Da lealdade dela. Do acesso ao seu lado mais suave, a ela inteira. Do privilégio de construir o resto da vida ao seu lado, seu destino permanentemente entrelaçado ao dela, onde quer que isso levasse. Nada disso era conquistado ou entregue facilmente e devia ser valorizado.

Ele subiu pela cama até o rosto estar na frente do dela e se abaixou para beijá-la.

— Sempre.

Agradecimentos

EMBORA O PROCESSO DE ESCRITA de *Como fingir em Hollywood* tenha sido muito, muito, muito mais fácil do que o deste livro, também foi muito mais solitário. Eu jamais teria conseguido levar este livro até o fim sem o apoio das seguintes pessoas:

Jess e Claire: obrigada por continuarem a ser as melhores parceiras que eu poderia desejar nesta jornada. Eu estaria completamente perdida sem vocês, em muitos aspectos.

Shauna: obrigada por acreditar neste livro e por sempre me incentivar a melhorá-lo. Mesmo que não tenha sido fácil, foi uma alegria vê-lo atingir todo o seu potencial sob sua orientação especializada.

A equipe da Ballantine: Mae, Taylor, Melissa, Corina, Kara W., Jennifer, Kara C., Kim, Erin, Andy, Jenna, Debbie, Saige, Elena. Sei que vejo apenas a ponta do iceberg do trabalho que vocês fazem para trazer cada livro ao mundo e sou incrivelmente grata por tudo o que fizeram por minhas duas obras.

Sarah: obrigada por criar a capa perfeita para a história de Lilah e Shane.

Sou muito grata por ter encontrado uma comunidade de escritores para ajudar a navegar juntos nesse meio bizarro. Sua amizade significa mais para mim do que eu poderia expressar aqui. Ray: obrigada por amar

Shane e Lilah desde aquele primeiro rascunho horroroso até as inúmeras versões e adições desde então. Eu não teria sobrevivido sem você. Mazey: obrigada por me encher de elogios e me ameaçar com violência para que eu conseguisse fazer as revisões. Funcionou! Victoria: obrigada, como sempre, por seu bom gosto, visão e brilhantismo. Grace: obrigada por responder a todas as minhas perguntas idiotas e extremamente específicas sobre as minúcias da produção de TV, e peço desculpas por todas as vezes que as ignorei para minha própria conveniência. Kaitlyn, Courtney, Karina, GennaRose: obrigada por estarem presentes para comemorar, se compadecer e rir para não chorarmos. Lillie, Rachel, Elena e Sarah: obrigada por sua generosidade e palavras gentis sobre *Como fingir*; significa muito para mim, mesmo. (Estou especialmente estressada de ter deixado alguém de fora desta seção, mas, se você é autor e já interagimos, sou grata a você!)

Os leitores que abraçaram e compartilharam seu amor por *Como fingir*: obrigada, obrigada, obrigada. Colocar qualquer coisa criativa no mundo em uma escala tão grande é uma experiência intensamente vulnerável (e assustadora), mas vale a pena por causa de vocês.

Walker: obrigada por ser a razão pela qual escrevo sobre o amor.

Este livro foi impresso pela Vozes, em 2024, para a Harlequin.
O papel do miolo é avena $70g/m^2$,
e o da capa é cartão $250g/m^2$.